名家名译

高植译托尔斯泰

ВОЙПА И МИР

战争与和平

I

[俄] 列夫 · 托尔斯泰 著

吉林出版集团股份有限公司

本书根据莫斯科国家艺术文学出版局 1937 年版本译出

前　　言

1

本书是依据莫斯科国家出版局一九四一年版的原书（四册）翻译的。

翻译时先后借助毛德和迦纳特的英译本。毛德译本的注释大都借移在译文里。

为了保持原书的面目，对白中的外国文和引用的外国文都尽量保留，大体上照原文附注译出，但凡是篇幅稍长，占一页以上的，即从略。有些句子里，法文和俄文混杂难分，甚至俄文名词前用了法文冠词，难以处理，只好在紧连着的译句里重复若干已译出的字。

人物中妇女姓氏的字尾全照原样。你您二字在原文的对白中表示关系的亲疏和感情的深浅，全照原样。书中的军下单位是军团，军团下单位是师。在度量衡方面，一律译音，如皆夏其那（俄亩），独俄里，仿照英里之为哩，用了个俚字。

毛德英译本一九四三年版的一篇附注和史事年表，附译于下（见2，3）。

2

—— 开头几章的附注 ——

战争与和平第一卷写俄军在奥地利对抗法军的战争，以奥斯特理兹战役为收场。

在雾月十八日（一七九九年十一月九日）政变之后，拿破仑由革命执政内阁中的将军，一变而为法国的元首，名义是第一执政。三年后，他成了终身职的元首，又二年（一八〇四年十二月），他做了法国皇帝。在一七九六——一七九七年，他在第一次意大利战争中，已经借坎坡·福米阿条约使他自己成了北意大利和莱茵河右岸的主人，并借一八〇〇年第二次意大利战争巩固了、提高了他的地位。起初他并没有遭到严重的反对。邻邦普鲁士与奥地利的土地受他的掠夺，但已一再挫败，对他惧怕，并且由于瓜分波兰，他们取得了失地的补偿。

只有两个重要的敌手对抗拿破仑，即是英国与俄国。年轻的沙皇，亚力山大一世，明白了拿破仑的野心对欧洲的危险，但是由于普奥两国不愿参加，并且在起初行动谨慎，所以拿破仑最初准备进攻英国。他占领了英国的属国汉诺佛，一八〇三年在布伦建立了一个巨大的设防的阵地，他在这里集中了一个军。他和西班牙联合，预备了一个大舰队掩护“布伦远征”，并使侵英成为可能。海军上将微尔涅甫本应统率舰队进入海峡，可是他的努力没有成功，他的舰队于一八〇五年被纳尔逊在特拉法加角击毁了。一八〇四年曾发生了一件事，它对欧洲各国朝廷有了巨大的影响，促使他们反对拿破仑。关于卡杜达—皮歇格鲁反对拿破仑的共谋的调查，显露了他们和布尔朋皇室的勾结，并被误认和皇室的后裔，L. A. M·德·布尔朋·康代，翁歧安公爵有关。拿破仑派法国骑宪兵在巴登领土中捉拿公爵，他们秘密地渡过莱茵河，把他押到巴黎附近的芬森城堡，在这里，他被法国军人们所组成的委员会在压力之下做了非法的审判，之后被枪毙了。

欧洲各国的朝廷无不谈论“正义者的殉难”，但是只有亚力山大一世是采取行动的元首。俄国大使撤离巴黎，法国大使离开彼得堡。战争与和平开始时，一八〇五年六月（译者按为七月）在安娜·涉来尔的客厅中的谈话，充满了因为这个杀害事件而对拿破仑的愤慨。他被称为凶手、基督叛徒、暴君，没有人说他是皇帝，虽然他在半年之前就登位了。他们甚而不称他拿破仑，只称他保拿巴特（Bonaparte）或甚至布奥拿巴特（Buonaparte），这暗示他不是法国人，而是科西加人，含有讽刺之意。

在一八〇五年六月，这个“恶徒”的恶行增多，引起欧洲的反感。最初，在三月间，他组成了意大利王国，在米兰自行加冕为意大利王，稍迟，把热那亚共和国并入法国，并组成卢卡小王国，他把这个小王国给了他的妹妹绮丽莎和妹丈。在本书的开头，这些事件是作为新闻加以叙写的。

安娜·涉来尔希望发西利公爵说出俄国要同法国打仗。她的预料是对的。亚力山大一世与欧洲其他国家所进行的谈判快要成功了。这年三月，诺佛西操夫所谈判的条约和英国订立了，它的目的是在强迫拿破仑从汉诺佛和意大利撤退他的军队，并承认荷兰与瑞士的独立。五月，文村盖罗德被派赴奥地利，提出英、俄、瑞典、奥地利、那不勒重新联合作战的计划。迟疑不决的普鲁士几乎被迫参加了。这个计划的详情见一卷一部二十三章中老保尔康斯基和安德来公爵的谈话。

拿破仑得悉反对他的各项准备，并想要破坏这个联合，出乎意料地要同英国议和。英国请亚力山大做居间人，后者派诺佛西操夫到巴黎去做他的代表。但六月间诺佛西操夫抵达柏林时，听到热那亚已被侵占，便未去巴黎。战争此刻是不可避免了，它不久就爆发了，然而普鲁士（普国大臣们好格维兹和哈尔顿堡均被提及）仍然没有参加。

在这部小说的初稿中，托尔斯泰提到皮阿托利神甫的真名，但后来改为莫利奥神甫，给了他更重要的任务。皮阿托利曾经做过阿丹·擦尔托锐斯基的教师，是亚力山大一世的朋友和顾问，在那个时期，他和亚力山大有密切的接触。皮阿托利的永久和平的计划，有一个时候，引起了彼得堡的兴趣，俄国在这个计划中处于重要的地位。它对于亚力山大后来神圣同盟的计划有点影响，应该列在那许多渐渐酿成国际联盟的计划与建议之内。

书中所写的老保尔康斯基公爵是影射托尔斯泰的外祖父，H.C·福尔康斯基，他是叶卡切锐娜女皇时代的将军。托尔斯泰的母亲是他的独生女。福尔康斯基没有儿子，小说中安德来公爵是托尔斯泰创造出来的典型，他把他自己的若干方面和他的哥哥塞尔该·托尔斯泰的若干特质附丽在这个典型上。托尔斯泰的另一方面在小说中分给了彼挨尔。

3

—— 重要历史事件年表 ——

一八〇五年（第一卷第二部）

旧 历	新 历	
十月十一日	十月二十三日	库图索夫在不劳诺检阅一个团。不幸的马克到临。
十月二十三日	十一月四日	俄军渡恩斯河。
十月二十四日	十一月五日	战斗在阿姆世太顿。
十月二十八日	十一月九日	俄军渡多瑙河。
十月三十日	十一月十一日	在丢任施坦击败莫尔提页师。
十一月四日	十一月十六日	拿破仑自射恩不儒恩致书牟拉。射恩格拉本战役。

一八〇五年（第一卷第三部）

十一月十九日	十二月一日	阿斯忒拉里兹（Ostralitz）军事会议。
十一月二十日	十二月二日	奥斯特理兹（Austerlitz）战役。

一八〇六年（第二卷第一部）

一八〇七年（第二卷第二部）

一月二十七日	二月八日	普鲁士-爱劳战役。

六月二日 六月十四日 佛利德兰战役。

六月十三日 六月二十五日 皇帝相会于提尔西特。

一八〇九——一八一〇（第二卷第三部）

一八一〇——一八一一（第二卷第四部）

一八一一——一八一二（第二卷第五部）

一八一二年（第三卷第一部）

五月十七日 五月二十九日 拿破仑离德来斯登。

六月十二日 六月二十四日 拿破仑渡聂门河入俄境。

六月十四日 六月二十六日 亚力山大派巴拉涉夫见拿破仑。

七月十三日 七月二十五日 巴夫洛格拉德骠骑兵在奥斯特罗夫那参战。

一八一二年（第三卷第二部）

八月四日 八月十六日 阿尔巴退支在斯摩棱斯克听到远处射击声。

八月五日 八月十七日 炮轰斯摩棱斯克。

八月七日 八月十九日 保尔康斯基老公爵离童山赴保古恰罗佛。

八月八日 八月二十日 库图索夫任总司令。

八月十日 八月二十二日 安德来公爵的纵队和童山平齐。

八月十七日 八月二十九日 库图索夫到达擦锐佛—萨伊密锡指挥军队。尼考拉·罗斯托夫到保古恰罗佛。

八月二十四日 九月五日 涉发尔既诺堡的战役。

八月二十六日 九月七日 保罗既诺的战役。

一八一二年（第三卷第三部）

九月一日 九月十三日 库图索夫下命撤退穿过莫斯科。

一八一二年（第四卷第二部）

十月六日　十月十八日　塔路齐诺的战役。

十月六七八日　十月十八十九二十日　法军离莫斯科。

十月十二日　十月二十四日　马洛·雅罗斯拉维次的战役。

十月二十一日　十一月二日　哥萨克兵在维亚倚马掳掠法军。

一八一二年（第四卷第三部）

十月二十八日至十一月二日　十一月九日至十四日　法军在斯摩棱斯克。

一八一二年（第四卷第四部）

十一月四日至六日　十一月十六日至二十日　克拉斯诺的战役。

十一月九日　十一月二十一日　奈伊领后卫到达奥尔沙。

十一月十四日至十六日　十一月二十六日至二十八日　渡柏来西那河。

十一月二十三日　十二月五日　拿破仑在斯摩尔高尼离弃军队。

十二月六日　十二月十八日　拿破仑到达巴黎。

一八一三——一八二〇（尾声第一部）

第一卷

第一部

1

“Eh bien, mon Prince, Gênes et Lucques ne sont plus que des apanages, des领地，de la famille Buonaparte. Non, je vous préviens, que si vous ne me dites pas, que nous avons la guerre, si vous vous permettez encore de pallier toutes les infamies, toutes les atrocités de cet Antichrist（ma parole, j’y crois）—je ne vous connais plus, vous n’êtes plus mon ami, vous n’êtes plus〔哦，公爵，热那亚和卢卡[①]不过是布奥拿巴特[②]家的领地了。可是，我要警告您，假使您不告诉我，我们已经有了战争，假使您还敢掩饰这个基督叛徒的一切罪恶，一切暴行，（我确实相信，他是基督叛徒）——我就要和您绝交，您就不是我的朋友，您就不是〕我的忠实的仆人，comme vous dites.〔像您所说的了。〕哦，您好，您好。Je vois que je vous fais peur,〔我知道，我吓着您了，〕坐下来谈谈吧。”

这话是著名的安娜·芭芙洛芙娜·涉来尔在一八〇五年七月接待第一个来赴晚会的达官要人发西利公爵时所说的。她是玛丽亚·费道罗芙娜太后的女官和心腹。安娜·芭芙洛芙娜咳嗽了几天，照她说，是患感冒（感冒在那时是新字眼，只有少数人采用）。那天早晨穿红号衣的听差所分送的请柬中，一律写了这样的话：

---

① 毛注：热那亚于一八〇五年并入法国，卢卡于同年改为侯国，受拿破仑辖制。

② 这是拿破仑的姓，本书中有两种拼法，B后有u的，如此处所译；B后无u的，译为保拿巴特。

"Si vous n'avez rien de mieux à faire, M. le comte（或mon prince）, et si la perspective de passer la soirée chez une pauvre malade ne vous effraye pas trop, je serai charmée de vous voir chez moi entre 7 et 10 heures. Annette Scherer.

〔伯爵（或公爵）先生，假使您没有更重要的事情，并且假使赴可怜的病妇的晚会这个期望，不太使您感到怪异，则今晚七时至十时倘蒙您光临舍下，无任欢迎。

安娜·涉来尔。〕"

"Dieu, quelle virulente sortie！〔呵呀，多么厉害的责难哦！〕"进房来的公爵回答，一点儿也没有因为这样的接待感到不安。他穿着绣花的朝服，长筒袜，低口鞋，佩着几颗明星勋章，扁平的脸上带着明朗的表情。

他说的法语是那么文雅，他的语调是那么温和宽厚，那种法语不但是我们的先辈用来说话，而且是用来构思的，而那种语调又是在社交界和朝廷里阅历深久的要人所特有的。他走到安娜·芭芙洛芙娜的面前，向她俯下洒过香水的光亮的秃头，吻了她的手，然后安闲地坐到沙发上。

"Avant tout, dites moi, comment vous allez, chère amie?〔亲爱的朋友，首先，您告诉我，您的身体怎样？〕让我放心。"他说，没有改变他的声音和语调，在语调的礼貌与同情里却可以体味到他的漠不关心，甚至讥讽。

"当你精神痛苦的时候，身体怎么会好呢？在这样的时候，一个有感觉的人能够不焦心吗？"安娜·芭芙洛芙娜说，"我希望您一个晚上都在我这里，行吗？"

"那么英国大使馆的庆祝会呢？今天是星期三。那里我一定要到一下的，"公爵说，"我女儿要来找我，陪我一道去的。"

"我以为今天晚上的庆祝会取消了。Je vous avoue que toutes ces fêtes et tous ces feux d'artifice commencent à devenir insipides.〔我认为这一切

的庆祝会和放焰火都要变得无味了。〕”

“要是他们知道了您想要这样，他们就会把庆祝会取消了。”公爵说，好像一个开足了发条的时钟，习惯地说着连他自己也不想令人相信的话。

“Ne me tourmentez pas. Eh bien, qu'a-t-on décidé par rapport à la dépechê de Novosilzoff? Vous savez tout.〔不要挖苦我了。哦，关于诺佛西操夫[①]的紧急公文，他们作了什么决定呢？您全都知道。〕”

“怎样向您说呢？”公爵用冷淡的没精打采的语气说，“Qu'a-t-on décide? On a décidé que Buonaparte a brûlé ses vaisseaux, et je crois que nous sommes en train de brûler les nôtres.〔他们作了什么决定呢？他们断定了，布奥拿巴特已经破釜沉舟，我觉得，我们也要破釜沉舟了。〕”

发西利公爵说话总是懒洋洋的，好像是演员在说老戏中的道白。反之安娜·芭芙洛芙娜·涉来尔虽然四十岁了，却还是十分兴奋而冲动的。

做一个热情的女子，成为她的社会职责了，有的时候，她虽然不愿意这样，却为了不辜负熟人的希望，她又做了热情的人。那不断地流露在她脸上的、被约制的笑容，虽然和她的憔悴的容貌不相称，却像流露在被溺爱的孩子们的脸上一样，表示她一向知道她的可爱的短处，这短处她既不愿意，也不能够，并且还觉得不需要矫正。

在关于政治问题的谈话中，安娜·芭芙洛芙娜激动起来了。

“啊，您不要和我说到奥地利了！也许，我什么都不明白，但是奥地利从来没有希望过战争，现在也不希望战争。奥国出卖了我们。只有俄罗斯应该做欧洲的救星。我们的仁君知道他的崇高的使命，并且会忠实于他的使命，就是这一点是我所相信的。我们的仁德的非凡的圣君要负起世界上最伟大的使命。他是这么贤良高贵，上帝不会离弃他的。他要完成他的使命——消灭革命的祸患，这祸患现在以这个凶手和恶棍为

① 毛注：诺佛西操夫是一八〇五年缔结英俄同盟的人。

代表，比从前更加可怕了。我们应该单独地为正义者的血去复仇。……我问您，我们能够信托谁？……英国是商业的脑筋，不会了解、而且不能够了解亚力山大皇帝精神的伟大。英国拒绝从马尔太撤退。英国想要看出并且还在寻找我们行为内里的动机。他们向诺佛西操夫说了什么呢？……什么也没有。他们没有了解，他们也不能够了解我们皇帝的自我牺牲的精神，他自己一无所求，只想要为世界谋取幸福。他们保证了什么呢？什么也没有。就是已经保证的，也不会实现的！普鲁士已经声明了，保拿巴特是不可征服的，整个的欧洲毫无力量反对他……哈尔顿堡和好格维兹[1]的话，我一个字也不相信。Cette fameuse neutralité prussienne, ce n'est qu'un piège.〔这个臭名昭著的普鲁士中立，只是一个圈套罢了。〕我只相信上帝，相信我们的可爱的皇帝的崇高的使命。他要拯救欧洲！……”她忽然停止了，对于自己的激动露出嘲弄的笑容。

“我觉得，”公爵微笑着说，“假使派您去代替我们可爱的文村盖罗德，您一定会胁迫普鲁士王同意的。您有这样好的口才。您可以给我一点茶吗？”

“马上就来了。A propos,〔顺便提一下，〕”她又镇静下来说，“今天我有两位很有趣的客人，一位是 Le vicomte de Mortmart, il est allié aux Montmorency par les Rohans,〔莫特马尔子爵，他由于罗罕家的关系也和蒙摩润斯家沾亲，〕那是法国的最好的家族之一。这个人是一个真正的善良的侨民。另一位是L'abbé Morio〔莫利奥神甫〕：您知道这个大智大慧的人吗？皇帝接见过他，您知道吗？

“啊！我很高兴会见他们，”公爵说，“告诉我，”他接着说，似乎是刚刚想起了什么，并且说得特别地漫不经心，而他所问的却正是他莅会的主要目的，“L'impératrice-mère〔太后〕想要任命冯克男爵做维也纳使馆的一等秘书，是真的吗？C'est un pauvre sire, ce baron, à ce qu'il

① 毛注：哈尔顿堡是普鲁士的首相，好格维兹是当时的普鲁士外交大臣。

parait.〔这位男爵，他好像是一个无足重轻的人。〕”发西利公爵希望任命他的儿子补这个缺，别人也正努力在请托玛丽亚·费道罗芙娜太后替男爵谋得这个缺。

安娜·芭芙洛芙娜几乎是闭着眼睛，表示她也罢，别的人也罢，都不能批评太后所愿意或者所高兴做的事情。

“Monsieur le baron de Funke a été recommandé à L'impératricemère par sa soeur.〔冯克男爵先生已经由太后的妹妹推荐给太后了。〕”她只用冷淡的忧郁的口气说。在安娜·芭芙洛芙娜提到太后的时候，她脸上忽然显出了深厚的诚挚的忠诚崇敬的表情，并且夹杂着一种忧郁的神色，她每次在谈话中提到她的高贵的女保护人的时候，都是这样的。她说，太后陛下对冯克男爵表示了 beaucoup d'estime〔很看重〕，然后她的脸上又流露着忧郁的神色。

公爵漠不关心地沉默着。安娜·芭芙洛芙娜，具备着她所特有的宫廷妇女的伶俐和敏捷，想要一方面责备公爵，因为他竟敢那样批评推荐给太后的人，一方面又安慰他。

“Mais à propos de votre famille,〔顺便提一提您府上的事，〕”她说，“您知道不知道，您的女儿自从露面以后，fait les délices de tout le monde. On la trouve belle, comme le jour.〔就引起了整个社交界的好感。大家都认为她漂亮极了。〕”

公爵鞠躬一下，表示敬意和感激。

“我常常想，”安娜·芭芙洛芙娜，沉默了片刻之后，又继续说，她向公爵凑近着，并且向他亲切地微笑着，似乎借此表示政治的社交的谈话已经结束，而知心的谈话现在开始了，“我常常想，人生的幸福有时候分配的多么不公平。为什么命运给了您两个这样好的孩子，两个这样可爱的孩子？你的小儿子阿那托尔不算在内，我不喜欢他，”她竖起她的眉毛不容辩说地加上这一句，“但是您，确实，还不如别人那样赏识他们，所以您不配做他们的父亲。”

她兴高采烈地微笑了一下。

“Que voulez-vous? Lafater aurait dit que je n'ai pas la bosse de la paternité.〔您看怎么办呢？拉法代要说我没有长一个父爱的瘤了。〕”公爵说。

“不要开玩笑了。我要同您说正经话。您知道，我不满意您的小儿子。这是机密的话，”（她的脸上露出忧郁的表情，）“有人在太后面前说到他，并且可怜您……”

公爵没有回答，但她沉默着，富有意味地望着公爵，等待回话。发西利公爵皱了皱眉。

“我怎么办呢？”他终于说了，“您知道，为了他们的教育，凡是父亲所能做的我都做了，但是他们两个都成了des imbéciles〔傻瓜〕。依包理特至少还是安分的傻瓜，但阿那托尔却是不安分的傻瓜，这是唯一的区别。”他说，比平常更不自然更兴奋地微笑着，因此他嘴边上的皱纹特别醒目地表现了意外粗鲁和令人不愉快的地方。

“为什么像您这样的人要养孩子呢？假使您不是一个做父亲的，我便没有一点地方能够责备您了。”安娜·芭芙洛芙娜沉思地抬起眼睛说。

“Je suis votre 忠实的仆人，et à vous seule je puis l'avouer.〔我是您的忠实的仆人，并且我只能向您一个人承认。〕我的孩子们——ce sont les entraves de mon existence.〔他们是我身上的累赘。〕这是我的不幸。我对自己就是这么说的。Que voulez vous?〔您看怎么办？）……”他沉默了，用手势表示着他对残酷的命运的屈服。

安娜·芭芙洛芙娜沉思了一下。

“您从来没有想到替您的放荡的儿子阿那托尔娶亲吗？据说，”她说，“老姑姑们都有la maine des mariages〔替人做媒的嗜好〕。我自己还没有感觉到这种弱点，但是我心目中有一个petite personne〔小姑娘〕，她和父亲在一起很是可怜，她是une parente à nous, une princesse,〔我们的亲戚，是一位公爵小姐，〕保尔康斯卡雅。”

发西利公爵没有回答，然而他具有交际家所特有的那种敏捷的理解力和好记性，他点了点头，表示他在考虑这番话。

“哦，您知道吗？阿那托尔一年要花我四万卢布，”他说，显然不能抑制他的不快的思绪，他沉默了一会，“假使这样下去，五年以后怎么办呢？Voilà l'avantage d'être père.〔这就是做父亲的好处。〕您的那位公爵小姐，她有钱吗？”

“她的父亲很有钱，而且吝啬。他住在乡下，您知道，他就是有名的保尔康斯基公爵，是在前朝皇帝的时候退役的，绰号叫作‘普鲁士王’。他是很聪明的人，却有点古怪脾气，令人难受。La pauvre petite est malheureuse, comme les pierres.〔那位可怜的小姐是非常地不幸。〕她的哥哥是库图索夫的副官，就是新近和Lise〔莉萨〕·灭益宁结婚的，他今天晚上也要到我这里来。”

“Ecoutez, chère Annette,〔听我说，亲爱的安娜，〕”公爵说，忽然抓住了对方的手，又因为什么缘故把她的手向下拉着，“Arrangez-moi cette affaire et je suis votre最忠实的奴仆à tout jamais（奴辈，comme mon村长m'écrit des 报告：硬音的П）。〔替我进行这件事吧，我永远是您的最忠实的奴仆（奴辈，像我的村长在报告中所写的：硬音的П）。〕[①]她是名媛，又有钱，这都正是我所需要的。”

他用他所特有的那种随便的亲昵的优雅的动作，握住女官的手，吻了一下，吻了之后，他一面摇着女官的手，一面躺到靠背椅上，望着别处。

“Attendez,〔别忙，〕”安娜·芭芙洛芙娜一面说，一面考虑着，“我今天晚上要同Lise（La femme du jeune保尔康斯基）〔莉萨（小保尔康斯基的妻子）〕谈一下。或者这件事可以办得成。 Ce sera dans votre famille, que je ferai mon apprentissage de vieille fille.〔为您府上，我要去学

① 仆人，原文раб，写成рап，末尾子音相似，故译为奴仆与奴辈。原文是法语夹俄语，〔……〕中的译文只得重复一部分已译出的字。

习做点老姑姑的事情了。〕”

2

安娜·芭芙洛芙娜的客厅里渐渐地人多起来了。彼得堡的最上流的显贵都来了，他们的年龄和性格各不相同，但他们的社会阶层却是一样的。发西利公爵的女儿——美人爱仑也来了，她是来找她的父亲一同去赴大使馆的庆祝会的。她穿着舞会的礼服，佩着女官徽章。年轻的、矮小的保尔康斯卡雅公爵夫人也来到了，她是有名的 La femme la plus séduisante de Pétersbourg〔彼得堡的最迷人的妇人〕，上个冬季结婚的，现在因为有孕不赴盛大的交际场所，却仍然参加小规模的晚会。发西利公爵的儿子依包理特带着他所介绍的莫特马尔一同来了。到会的还有莫利奥神甫和许多别的客人。

“您还没有见过吗？”或者：“您不认识ma tante〔我的姑母〕吗？”安娜·芭芙洛芙娜向每个赴会的客人这么说，并且极其庄严地领他们走到打着高高的蝴蝶结的、矮小的老太婆面前，她是在客人刚刚开始来到的时候就从另一个房间里蹒跚着走出来的。安娜·芭芙洛芙娜慢慢地把视线从客人身上移转到ma tante〔我的姑母〕身上，叫了他们每个人的名字，然后走开。

所有的客人都顾全了礼节，问候了这个谁也不认识的、谁也不感兴趣的、谁也不需要的姑母。安娜·芭芙洛芙娜带着忧郁的严肃的神情，关心地注视着他们的问候，默默地赞许着。Ma tante〔我的姑母〕向每个客人说了同样的话，问候客人的健康，说到自己的健康，说到太后陛下的健康，“谢谢上帝，太后现在好些了。”所有的来到她面前的人，为了礼貌的关系，没有表示匆忙，却带着完成繁重任务后的轻快之感离开老太婆，一个晚上再也不到她跟前去了。

年轻的保尔康斯卡雅公爵夫人在绣金的天鹅绒袋子里带来了她的针

黹。她的美丽的长了一点儿淡淡的黑毫毛的上唇，遮不住她的牙齿，但上唇张开时显得更加可爱，有时候上唇向下和下唇抿到一起时，显得尤其可爱。十分动人的妇女总是这样的，她的缺点——上唇很短，嘴张开一半——好像是她的特别的独有的美。大家看到这位十分健康的、活泼的、美丽的、未来的母亲，都觉得愉快，她是那么轻易地转动着她的沉重的身子①。年老的人和烦恼愁闷的年轻人，同她在一起，谈了一会儿之后，都觉得自己变得和她一样愉快了。谁和她说了话，看见了她说每句话时鲜艳的笑容，和不断地露出来的明亮皓白的牙齿，便以为今晚上她自己是特别可爱。每个男子都这样想。

矮小的公爵夫人，在手臂上挂着针黹袋子，踏着迅速的小步子，蹒跚着绕过桌子，然后，靠近银茶炊，得意地理着衣裳，坐到沙发上，仿佛她所做的一切都是她自己和她四周的人 partie de plaisir〔所乐意的事〕。

“J'ai apporté mon ouvrage.〔我把我的针线带来了。〕”她打开着她的袋子，向着大家说。

“您看啊，Annette, ne me jouez pas un mauvais tour,〔安娜，不要拿我开这么大的玩笑了，〕”她向女主人说，“Vous m'avez écrit, que c'était une toute petite soirée; voyez comme je suis attifée.〔您写信告诉我，说这是很小的晚会，您看，我穿得这样随便。〕”

于是她伸开两只手臂，让人看她的镶花边的、银灰色的、华丽的、紧贴着胸脯的下边有一条宽缎带的衣服。

“Soyez tranquille, Lise, vous serez toujours la plus jolie.〔您放心，莉萨，您永远是最漂亮的。〕”安娜·芭芙洛芙娜回答。

“Vous savez, mon mari m'abandonne,〔您知道，我的丈夫要丢开我了，〕”她用同样的语气向一个将军继续说，“il va se faire tuer.〔他是自己去找死。）”她又向发西利公爵说，“Dites moi, pourquoi cette

① 意指怀孕。

vilaine guerre. 〔您告诉我，为什么要有这个万恶的战争。〕”她不等到回答，又转向发西利公爵的女儿，美丽的爱仑。

“Quelle délicieuse personne que cette petite princesse! 〔这位矮小的公爵夫人，是多么可爱的人儿！〕”发西利公爵轻轻地向安娜·芭芙洛芙娜说。

在矮小的公爵夫人到后不久，来了一个魁伟的胖胖的年轻人，他剪短了头发，戴着眼镜，穿着浅色的时髦的裤子，棕色的燕尾服，和高褶领。这个胖胖的年轻人是叶卡切锐娜朝代鼎鼎有名的大官而此刻在莫斯科快要去世的别素号夫伯爵的私生子。他还没有在任何地方服务过，他是在国外受教育的，刚从外国回来，是初次入交际场。安娜·芭芙洛芙娜向他点头招呼，这是对待她客厅中社会地位最低的人的礼节。虽然是用低级的礼节，但是看见了进来的彼挨尔，安娜·芭芙洛芙娜的脸上便显出了不安和恐惧的神色，好像是在看到什么太大而又和地方不相称的东西的时候那么恐惧。虽然彼挨尔确实比客厅中的其他的男子们高大一点，但她的这种恐惧的神色只是因为彼挨尔的神情和客厅中所有的人都不相同，他聪明而又害羞，留神而又自然。

“C’est bien aimable à vous, monsieur Pierre, d’être venu voir une pauvre malade, 〔承蒙您来看可怜的病人，彼挨尔先生，盛情可感啊。〕”安娜·芭芙洛芙娜把他领到姑母的面前，一面惊恐地和姑母互使眼色，一面向他说着。

彼埃尔低声地说些不可解的话，并且继续用眼睛搜寻着什么。他愉快地高兴地，好像是向亲密的朋友一样地，向矮小的公爵夫人鞠躬着，微笑了一下，然后走到姑母面前。安娜·芭芙洛芙娜的恐惧不是无故的，因为彼挨尔没有听完姑母关于太后健康的话就走开了。安娜·芭芙洛芙娜惊惶地用话止住他：

“您不认得莫利奥神甫吗？他是很有趣的人……”她说。

“是的，我听说过他的永久和平计划，这是很有趣的，但是未必可能……”

“您觉得是这样吗？……”安娜·芭芙洛芙娜说，只是为了要说点什么，再去招待客人。但彼挨尔做出了相反的无礼举动。在先他没有听完姑母的话就走开，现在又用话阻止了需要离开他的女主人。他垂着头，撑开两只长腿，开始向安娜·芭芙洛芙娜证明为什么他认为神甫的计划是幻想。

“我们以后再谈吧。”安娜·芭芙洛芙娜微笑着说。

她离开了这位不善处世的年轻人，又去尽她的主人之责，继续谛听着注视着，预备到谈话不起劲的地方去帮忙。好像纱厂的监工，向工人们分配了工作，在厂房里来回地走着，发觉了纺锤的停顿或失常的、摩擦的、太大的声音，便赶快去约制住机器或使它恢复正常的转动，同样的，安娜·芭芙洛芙娜也在她的客厅里来回地走着，走到沉默的或者说话太多的小团体那里，说一句话，或者把客人调动一下，使谈话的机器重行做着不快不慢的正常的运动。但在这一切的关心照顾中仍然看出她对于彼挨尔的特别恐惧。当他去听莫特马尔那里的谈话，走到有神甫在说话的别的小团体那里去的时候，她总担心地注视着他。彼挨尔是在国外受教育的，安娜·芭芙洛芙娜的这次晚会是他在俄国第一次见到的。他知道这里聚集着彼得堡的所有的知识分子，他的眼睛好像在玩具店里的小孩的眼睛那样地流盼着。他总是怕漏掉他可以听到的聪明的谈话。他望着聚集在这里的各人的自信的文雅的表情，等待着特别聪明的言论。最后，他走到莫利奥神甫那边去了。他觉得这里的谈话有趣，于是他停下来，等着机会说出他自己的想法，年轻人都欢喜这样。

3

安娜·芭芙洛芙娜的晚会正起劲。各方面的纺锤不快不慢地、不停地响着。坐在ma tante〔我的姑母〕旁边的，只有一个面部消瘦的，哭得眼肿的，在这个漂亮的交际场中有点不相称的老太太，除了她们，所有的客人们分成了三个小团体。在第一个小团体里，男客较多，中心是神甫：在第二个年轻的小团体里，中心是发西利公爵的小姐——美人爱仑，和容貌美丽的、面色红润的、矮小的，由于怀孕而显得太胖的保尔康斯卡雅公爵夫人：在第三个小团体里，中心人物是莫特马尔和安娜·芭芙洛芙娜。

子爵是一个很好看的年轻人，有温良的容貌和文雅的风度，虽然以名士自居，但由于良好的教养，他谦和地让他所在场的这个团体利用他一下。安娜·芭芙洛芙娜显然是在用他招待她的客人们。好像聪明的饭馆老板，把那块倘若被人在肮脏的厨房里看见了便不要吃的牛肉，做成了极其精美的食品，安娜·芭芙洛芙娜在这天的晚会里，先把子爵后把神甫当作极其精美的珍馐招待了她的客人们。在莫特马尔的小团体里，他们立即谈到翁歧安公爵的被害[①]。子爵说，翁歧安公爵是死于他自己的宽宏大量，而保拿巴特的愤恨是有些特别的原因的。

“Ah！ voyons. Contez-nous cela, vicomte.〔哦！是了。给我们谈谈这件事情吧，子爵。〕”安娜·芭芙洛芙娜说，愉快地感觉到“Contez-nous cela, vicomte.〔给我们谈谈这件事情吧，子爵。〕”这句话里带有à la Louis XV〔路易十五的语调〕。

子爵鞠了一躬表示遵命，并且文雅地微笑了一下。安娜·芭芙洛芙娜让客人在子爵四周形成了一个圈子，并且邀请大家都来听他讲故事。

“Le vicomte a été personnellement connu de monseigneur,〔子爵本人认识公爵，〕”安娜·芭芙洛芙娜低声地向一个客人说，“Le vicomte est un parfait conteur,〔子爵非常会说话，〕”她向另外一个客人说，“Comme on voit l’homme de la bonne compagnie,〔我们立刻就看得出他是上等社会里的人。〕”她向第三个客人说，于是子爵好像是热碟里的

---

① 毛注：翁歧安公爵被控参与暗杀拿破仑事件，判罪，于一八〇四年三月廿一日在文生纳被杀害。

撒着绿菜叶的煎牛肉，在最精美而于他有利的情况下被端给了客人们。

子爵正要开始讲他的故事，并且机灵地微笑了一下。

“到这边来，chère Hélène,〔亲爱的爱仑，〕”安娜·芭芙洛芙娜向美人公爵小姐说，她坐在稍远的地方，形成另一个团体的中心。

爱仑公爵小姐微笑着，她带着她进客厅时所有的那种老是不变的绝色佳人的笑容，站立起来。她的绣了藤条与青苔的白色舞服轻轻地响着，她的白肩膀、亮头发和钻石都闪耀着，她在让路的男客们当中穿行着，她没有看任何人，却向所有的人微笑着，似乎是亲切地让每个人有权利去欣赏她的漂亮的身材、丰满的肩膀、时髦的露出很多的胸膛和脊背，仿佛是随身带着舞厅里的光彩，一直地走到安娜·芭芙洛芙娜的面前。爱仑是这样的可爱，她不但没有丝毫媚态的痕迹，而且相反，她似乎为了她的无疑的、太迷人的美丽而觉得惭愧。她似乎想要减少而又不能减少她的美丽对人的吸引力。

“Quelle belle personne!〔多么美丽的人儿！〕”看见她的人都这么说。

当她坐在子爵的面前、并且用那同样不变的笑容看他的时候，子爵好像是被什么不同寻常的东西引起了诧异，耸了耸肩，垂下了眼睛。

“Madame, je crains pour mes moyens devant un pareil auditoire.〔夫人，我在这样的听众面前，真担心我的本领。〕”他微笑着鞠躬着说。

公爵小姐把一只袒露的丰满的手臂搭在小桌上，觉得没有答话的必要。她微笑地等候着。在说故事的全部的时间里，她端正地坐着，时而看看自己的轻轻地搭在小桌上的丰满美丽的手臂，时而看看更美丽的胸膛，理着胸前钻石的项链。她理了几次衣服的皱裥，在故事动人的时候，她回头看安娜·芭芙洛芙娜，并且立刻露出女官脸上那样的表情，然后又带着鲜明的笑容，觉得安心了。在爱仑之后，矮小的公爵夫人也离开了茶桌。

“Attendez-moi, je vais prendre mon ouvrage,〔等我一下，我要拿

我的针钱〕”她说，“Voyons, à quoi pensez-vous?〔喂，您在想什么？〕”她向依包理特公爵说，“Apportez-moi mon ridicule.〔把我的提袋拿给我。〕”

公爵夫人微笑着，和大家说着，忽然之间引起了座次的变动，然后她坐下来，愉快地理着衣服。

“我现在很舒服。”她说，并且请求子爵开始讲，然后她又着手做她的针凿。

依包理特公爵把提袋带给了她，跟在她背后，并且把椅子向她移得很近，在她身边坐下来。

Le charmant Hippolyte〔这位可爱的依包理特〕引人注意的是他异常像他的姐姐美人儿，而更引人注意的是，虽然相像，他却非常难看。他的面貌和他姐姐的一样，但姐姐总是流露着愉快的、自足的、青春的、不变的笑容，和身材的古希腊式的异常美丽：弟弟却相反，同样的脸上笼罩着愚笨的神色，而且老是不变地表现出自信和暴躁，身体又瘦又弱。他的眼睛、鼻子和嘴，全都缩皱着，仿佛是在做着捉摸不定的讨厌的怪相，而手和脚总是显出不自然的样子。

“Ce n'est pas une histoire de revenants?〔这不是鬼怪的故事吗？〕”他在公爵夫人旁边坐下来，连忙把有柄眼镜架到眼睛上，然后才说，似乎没有这个眼镜他便不能开口。

"Mais non, mon cher.〔完全不是的，我亲爱的。〕”说故事的人说，吃惊地耸着肩膀。

“C'est que je déteste les histoires de revenants.〔因为我不欢喜鬼怪的故事。〕”依包理特用那样的语气说着，看得出，他是先说了话，然后才明白自己的话是什么意思。

由于他说话时所表现的自信，没有人能够了解他所说的话是很聪明还是很笨。他穿着深绿色的常礼服，像他自己所说的cuisse de nymphe effrayée〔受惊的仙女大腿〕[①]色的裤子，长筒袜和低口鞋。

子爵很动人地说着当时流行的传述，就是翁歧安公爵秘密地到巴黎去会M-lle George〔绕枝小姐〕[②]并且碰见了保拿巴特，他也享受到这个著名女伶的青睐。拿破仑在那里碰见了公爵之后，偶然地发作了他所患的昏厥症，落在公爵的掌握之中，公爵并没有乘机危害他，但拿破仑后来反弄死公爵，报复公爵的宽宏大量。

故事很动人很有趣，特别是说到情敌忽然互相认出了对方的时候，妇女们都似乎兴奋起来了。

"Charmant!〔好极了！〕"安娜·芭芙洛芙娜问询地转头望着矮小的公爵夫人说。

"Charmant!〔好极了！〕"矮小的公爵夫人低语着，把针插在针凿上，好像表示故事的有趣和优美使她停下了工作。

子爵重视这种沉默的赞美，感激地微笑了一下，又开始要向下说：但这时候安娜·芭芙洛芙娜——她始终注视着那个令她觉得可怕的年轻人——看见他同神甫说得太起劲太响亮，便连忙赶到危险地方去帮忙。果然，彼挨尔和神甫谈起了政治均势问题，神甫显然对于这个年轻人的单纯的激昂发生了兴趣，在他面前说出了自己心爱的理论。他们俩太兴奋地太随意地一边听着一边谈着，这使得安娜·芭芙洛芙娜很不高兴。

"方法是欧洲的均势和droit des gens〔人民权利〕，"神甫说，"要有一个强大的国家，像那据说以野蛮著名的俄国，大公无私地，领导着以求欧洲均势为目的的联盟，才可以拯救世界！"

"您怎样去获得这个均势呢？"彼挨尔正开始说，但是这时候，安娜·芭芙洛芙娜已经走来，严厉地望了望彼挨尔，问那个意大利人对于

① 这里是描写依包理特说话毫无意义。仙女原意是司花卉、泉水、树林、山岳的女神。

② 毛注：绕枝小姐本人后来在本书中出现。她是演悲剧的名女伶，曾是拿破仑的情妇。她于一八〇八年赴彼得堡，表演颇受欢迎，娜塔莎后来在爱仑的客厅中听到她的嗓音。

当地的天气觉得如何。意大利人的脸色顿然改变了，并且做出虚假得令人不快的、和悦的表情，这显然是他和妇女们说话时所惯有的。

“我有荣幸在这里承蒙接待，被你们的社交界的，尤其是妇女们的聪明和教养弄得那么迷惑，以致我还没有工夫想到天气。”他说。

安娜·芭芙洛芙娜没有放松彼挨尔和神甫，为了照顾的方便，把他们合并到大团体里面去了。

这时候客厅里来了一个新客人。这个新客人是年轻的安德来·保尔康斯基公爵，矮小的公爵夫人的丈夫。保尔康斯基公爵是身材不高而极漂亮的年轻人，具有明确而冷静的面貌。他的全身，从疲乏而厌倦的目光到缓慢整齐的脚步，显出了他和矮小活泼的妻子的极其鲜明的对照。显然客厅里的客人们不但是他所认识的，而且还那么使他觉得讨厌，他觉得连看他们一眼，听他们说话也是讨厌的。在所有的这些令他讨厌的面貌中，他的漂亮妻子的面貌，似乎最使他厌烦。他带着有损美丽面貌的皱蹙，掉转身背着她。他吻了安娜·芭芙洛芙娜的手，然后眯着眼，看了看全体的客人。

“Vous vous enrôlez pour la guerre, mon prince?〔您要从军打仗去了吗，公爵？〕”安娜·芭芙洛芙娜说。

“Le général Koutouzoff,〔库图索夫将军，〕”保尔康斯基好像法国人一样，把重音放在后面的音节‘索夫’上说，“a bien voulu de moi pour aide-de-camp……〔要我做副官……〕”

“Et Lise, votre femme?〔那么，您的妻子莉萨呢？〕”

“她到乡下去住。”

“您怎么可以把您的漂亮的妻子从我们这里带走呢？”

“安德来，”他的妻子用她向别人说话时的那种同样娇媚的语气向他说，“子爵向我们说的绕枝小姐和保拿巴特的故事，是多么有趣啊！”

安德来公爵垂下眼睑走开了。彼挨尔从安德来公爵一进客厅时，就没有从他身上移去喜悦的友爱的目光，这时走到他的身边，拉住他的手臂。安德来公爵没有回头看，皱蹙着面孔，表示厌烦有人拉他的手臂，但是看见了彼挨尔的笑脸，便笑出了意外和蔼愉快的笑容。

“嗬！……怎么您也到大交际场里来了！”他向彼挨尔说。

“我知道您要来，”彼挨尔回答，“我要到您那儿去吃晚饭，”他低声地补充说，免得打搅在说话的子爵，“行吗？”

“不行，不行！”安德来公爵带着笑声说，从握手上让彼挨尔知道这是无需问的。

他想要再说几句，但这时候发西利公爵和他的女儿站起来要走，男客们起身让路了。

“请您原谅，亲爱的子爵，”发西利公爵一面向这个法国人说，一面亲热地拉住他的袖子，把他按住，要他不要起身，“使馆里倒霉的庆祝会使我不能奉陪，并且打断您。”他又向安娜·芭芙洛芙娜说，“我很可惜，要离开您的精彩的晚会。”

他的女儿爱仑公爵小姐轻轻地按住衣褶，从椅子当中走过，笑容更鲜艳地呈现在她的美丽的脸上。当她从彼挨尔身边走过时，彼挨尔用着几乎是惊讶的热狂的目光看着这美人。

“很漂亮。”安德来公爵说。

“很漂亮。”彼挨尔说。

发西利公爵走过的时候，抓住彼挨尔的手臂，并且转向安娜·芭芙洛芙娜。

“替我教训教训这只熊，”他说，“他在我家里住了一个月，这是我第一次在交际场中看见他。年轻人最需要的，莫过于聪明妇女的社交团体了。”

4

安娜·芭芙洛芙娜微笑了一下，并且答应了照顾彼挨尔，她知道彼挨尔的父亲和发西利公爵算起来是亲戚。先前和ma tante〔我的姑母〕坐在一起的老太太连忙地站起来，在前厅里赶上了发西利公爵。她的脸上没有了刚才所有的假装的兴趣。她的善良的哭得眼肿的脸上只显出了不安和恐惧。

“我的保理斯的事，公爵，您向我说吧，怎么样了？”她在前厅赶上他说，（她把保字的音说的特别重）“我不能在彼得堡再住下去了。告诉我吧，有什么消息我可以带给我那可怜的孩子呢？”

虽然发西利公爵是勉强地并且几乎是不恭敬地听着老太太说，甚至显得不耐烦，她却讨好地动人地向他微笑着，并且拉住他的手臂，不让他走开。

“您向皇上说一句，并不费事，他却可以直接调到禁卫军里去了。”她请求着。

“请您相信，凡是我能办的，我都去办，公爵夫人，”发西利公爵回答，“但是我很难请求皇上，我还是劝您托高里村公爵去找路密安采夫，这是最好的办法。”

老太太名叫德路别兹卡雅公爵夫人，她的家庭是俄国的最好家庭之一，但是她家境贫穷，早已脱离了交际场所，并且失去了从前的人事关系。她现在到这里来，是为了要替她的独生子在禁卫军里找一个工作。就是为了要会见发西利公爵，她不请自到地来赴安娜·芭芙洛芙娜的晚会，就是为了这个，她听了子爵的故事。发西利公爵的话使她大吃一惊，她那张从前很美丽的脸上显出了怒容，但是这只经过了一刹那的时间。她又微笑了一下，把发西利公爵的手臂抓得更紧。

“请您听我说，公爵，”她说，“我从来没有求过您，我将来绝不再求您，我从来没有向您提过我父亲和您的交情。但是现在，我请求您，看上帝的情面，替我的儿子把这件事办一下吧，”她连忙补充说，“我要把您认作我的大恩人。请您不要生气，您答应我吧。我求过高里村，他拒绝了我。Soyez le bon enfant que vous avez ètè.〔请您好心待人，就像从前一样吧。〕”她说，极力想要微笑，可是她的眼眶里却含着泪。

“爸爸，我们要迟到了，”爱仑公爵小姐等在门边，向后转过她那长在具有古典美的肩上的美丽的头，说。

但情面在社会上是一种资本，应该节省，不让它消耗。发西利公爵知道这一点，并且认为，假使他开始替那些央求他的人去请求别人，他不久便不能为自己去请求别人了，因此他很少运用他自己的情面。可是对于德路别兹卡雅公爵夫人的事，在她的新的诉述之后，他感觉到一种良心的责备。她向他提起了这件事实：他初入官场时就是她父亲提携的。此外，他还从她的态度上看出她正是那种妇女，特别是那种做母亲的妇女，她们一旦心里有了什么念头，不到满足了她们的期望，是绝不罢休的，并且如若不然，便准备做每天不断的纠缠，甚至于哭闹。这最后的考虑使他动摇了。

“亲爱的安娜·米哈洛芙娜，”他在声音里带着素常具有的亲昵和烦闷的语气说，“要我做到您所希望的事，几乎是不可能的，但是为了要向您表示我是多么爱您，多么尊重您的过世的父亲的英灵，我一定要去做那不可能的事：把您的儿子调到禁卫军里去，我向您保证。您满意了吧？”

“亲爱的公爵，您是大恩人，我对您不再期望别的了，我知道您是多么厚道。”

他想要走开。

“等一下，还有两句话。Une fois passé aux gardes〔一旦调到禁卫军以后〕……”她迟疑了一下，“您同米哈伊·伊拉锐诺维支·库图索夫[①]很好，您把保理斯介绍给他做副官。那时我就安心了，那时候

① 毛注：库图索夫在一八〇五年已享有军事盛名。他曾在叶卡切锐娜女皇朝参与土耳其战争，与苏佛罗夫一同夺下奥恰考夫及伊斯马伊尔要塞，但受重伤，失去一眼。在彼得堡总督任内违忤亚力山大，失意居乡三年，此时起用，率领大军五万人协助奥地利。

就……”

发西利公爵微笑了一下：“这个我不能答应。您不知道，自从库图索夫做了总司令以后，有多少人纠缠他。他亲自向我说的，莫斯科的太太们商量好了，都要把儿子给他做副官。”

“不行，您答应吧，我不让您走，亲爱的，我的恩人……”

“爸爸！”美人又用同样的语调说，“我们要迟了。”

“好吧，au revoir,〔再见，〕再会。您看见了吗？”

“那么您明天向皇上说吗？”

“一定的，可是找库图索夫的事情，我不能答应。”

“不行，您要答应，您要答应，发西利，”安娜·米哈洛芙娜跟在他后边说，面上带着少女的媚笑，这在从前大概是她所素有的，但现在却和她的憔悴的面容很不调谐了。

她显然是忘记了她的年纪，习惯地拿出了她的全部旧有的女性的手段。但是当他刚刚走出门的时候，她的脸上又显出了先前的冷淡做作的表情。她回到小团体里，子爵还继续在说话。她又做出听讲的样子，等着机会走开，因为她的事已经办完了。

“但是对于du sacre de Milan〔米兰的加冕礼〕这幕最近的喜剧，您的感想如何呢？”安娜·芭芙洛芙娜问，“Et la nouvelle comédie des peuples de Gênes et de Lucques, qui viennent présenter leurs voeux à M. Buonaparte. M. Buonaparte assis sur un trône, et exauçant les voeux des nations! Adorable! Non, mais c'est à en devenir folle! On dirait, que le monde entier a perdu la tête.〔还有这个新近的喜剧：热那亚和卢卡的人民向布奥拿巴特先生请愿，布奥拿巴特先生坐在宝座上，答应了各国人民的要求。对于这个，您的感想如何呢？这真妙极了！这简直是教人发昏。我们可以说全世界的人都发疯了。〕”

安德来公爵对直地望着安娜·芭芙洛芙娜的脸，微微冷笑了一下。

“Dieu me la donne, gare à qui la touche,〔上帝赐我的王冠，他人慎

勿触动，〕”他说，（这是保拿巴特在加冕时所说的话。）他补充说，“On dit qu'il a été très beau en prononçant ces paroles,〔据说，他说这句话的时候是很好看的，〕”又用意大利语重复了这句话：“Dio mi la dona, guai a chi la tocca.”

“J'espére enfin,〔总之，我希望，〕”安娜·芭芙洛芙娜继续说，“que ça a été la goutte d'eau qui fera déborder le verre. Les souverains ne peuvent plus supporter cet homme, qui menace tout.〔这事做得太过火了。各国的君王都再也不能容忍这个威胁各国的人了。〕”

“Les souverains? Je ne parle pas de la Russie,〔各国的君王吗？我并没有说俄国，〕”子爵恭敬但失望地说，“Les souverains, madame! Qu'ont ils fait pour Louis XVII, pour la reine, pour ma-dame Elisabeth? Rien,〔各国的君王，他们为路易十七世，为皇后，为爱丽莎白夫人做了什么呢？什么也没有，〕”他激动地继续说，“Et croyez-moi, ils subissent la punition pour leur trahison de la cau-se des Bourbons. Les souverains? Ils envoient des ambassadeurs com-plimenter l'usurpateur.〔相信我吧，他们受到了欺骗布朋王朝的报应了。各国的君王吗？他们派了使臣去庆贺这个篡位者。〕”

于是他轻蔑地叹了口气，又改变了他坐着的姿势。依包理特公爵从有柄眼镜里向子爵望了很久，在子爵说这话的时候突然转过身，朝着矮小的公爵夫人，要了她的针，在桌上用针画着，开始向她说明康代家的纹章。他带着那么庄重的神情向她说明着这种纹章，好像是公爵夫人请他说的。

“Bâton de gueules, engrêlé de gueules d'azur-maison Condé.〔有线条的柱子，镶着蔚蓝色的绝条——康代家的房子。〕”[①]他说。

公爵夫人微笑着听他说。

① 毛注：依包理特的话是不可翻译的无意义的话。他的其他 言行都是极蠢的。

“假使保拿巴特在法国的王位上再坐一年，”子爵继续说着未完的话，他带着那样的神情，好像是在谈一个他比所有的人都熟悉的问题，他不听别人的话，只顺着他自己的思路在说，“事情就要不可收拾了。法国社会，我的意思是说上层社会，将永远被阴谋、暴力、放逐和屠杀所毁灭，并且……”

他耸了耸肩膀，并且摊开双手。彼挨尔被谈话引起了兴趣，正想说点什么，但监视着他的安娜·芭芙洛芙娜插上去说了。

“亚力山大皇帝，”她带着一提起皇家就显出的忧郁说，“表示过，他要让法国人民自己去选择他们的政体。我觉得，无疑的，从暴君手里解放出来的整个国家，将要投入合法的国王的怀抱里，”安娜·芭芙洛芙娜说，极力想对保皇党的侨民表示亲切。

“这是靠不住的，”安德来公爵说，“Monsieur le vicomte〔子爵先生〕以为事情已经不可收拾，这是十分对的。我以为恢复旧政体是很困难的。”

“据我所听说的，”彼挨尔红着脸，又插言了，“几乎是全体的贵族都倒到保拿巴特那边去了。”

“这是保拿巴特派的人说的，”子爵没有望着彼挨尔说，“现在很难知道法国的舆论。”

“Bonaparte l’a dit.〔这是保拿巴特说的。〕”安德来公爵嘲笑地说。（显然是他不欢喜子爵，他虽然没有望着子爵，他的话却是反对子爵的。）

在短时的沉默之后，他引用拿破仑的话说：“‘Je leur ai montré le chemin de la gloire, ils n’en ont pas voulu: je leur ai ouvert mes antichambres, ils se sont précipités en foule……’Je ne sais pas à quel point il a eu le droit de le dire.〔‘我向他们指示了光荣之路，他们不愿走：我为他们开了接待室，他们却拥挤进来……’我不知道他有什么权利说这种话。〕”

“Aucun,〔一点也没有，〕”子爵回答，“自从公爵被杀之后，连最偏袒的人也不再把他看作英雄了。Si même ça a été un héros pouqr certaines gens,〔即使在某些人看来，他是英雄，）”子爵向着安娜·芭芙洛芙娜说，“depuis l'assassinat du duc il y a un martyr de plus dans le ciel, un héros de moins sur la terre.〔在公爵被杀之后，天上多了一个殉道者，地上少了一个英雄。〕”

安娜·芭芙洛芙娜和别人还不及用笑容来称赞子爵的这些话，彼挨尔又突然插言了，安娜·芭芙洛芙娜虽然预觉他要说些不得体的话，却已经止不住他了。

“翁歧安公爵的被害，”彼挨尔先生说，“是政治的需要。我正是在这件事上看见了拿破仑的精神的伟大，就是，他不怕独自担负这件事的责任。”

“Dieu! mon dieu!〔哎哟！我的天！〕”安娜·芭芙洛芙娜用恐怖的低语说。

“Comment, M. Pierre, vous trouvez que l'assassinat est grandeur d'âme.〔怎么，彼挨尔先生，您认为暗杀是精神的伟大。〕”矮小的公爵夫人微笑着说，把针黹向自己面前拉近。

“啊！哦！”几个人同时说。

“Capital.〔好极了。〕”依包理特公爵用英语说，并开始在膝盖上拍着手掌。

子爵只耸了耸肩膀。彼挨尔严肃地从眼镜上边望着听话的人。

“我这么说，”他不顾一切地继续说道，“因为布朋皇室逃避了革命，让人民陷于无政府的状态：只有拿破仑一个人能够了解革命，战胜革命，并且为了大众的利益，他不能因为一个人的生命就停下来。”

“您不到那张桌子上去吗？”安娜·芭芙洛芙娜说。

但是彼挨尔没有回答，却继续说着。

“不，”他愈益激动地说，“拿破仑伟大，因为他超于革命，压制了革命的坏倾向，保存了一切好的东西——公民平等，言论出版自由——就是因此，他获得了权力。”

“是呀，假使他得到了权力，不利用它去杀人，却把权力交给合法的国王，”子爵说，“那时候，我就叫他伟人。”

“他不能够这么做。人民给了他权力，只是为了他可以使他们脱离布朋皇室，并且因为人民把他看作伟人。革命是伟大的事业。”彼挨尔先生继续说，从这种不顾一切的无礼的插言里，表现着他的极端的年轻和急于表现一切的愿望。

“革命和弑君是伟大的事业吗？……在这以后……您不到那张桌上去吗？”安娜·芭芙洛芙娜重复说。

“Contract social.《社会契约》。[①]”子爵带着温和的笑容说。

“我不是说弑君，我说的是观念。”

“是呀，抢劫、残杀和弑君的观念。”又插入了一个讽刺的声音。

“这些，当然，都是极端的事，但是重要的地方不在这里，重要的地方却是人权，解脱偏见，公民平权，拿破仑充分保存了所有的这些观念。”

“自由，平等，”子爵轻蔑地说，似乎终于决定了，要认真地向这个青年指出他的言论的一切错误，“这些响亮的字眼，早已成为可耻的话了。谁不爱自由、平等？连我们的救主也宣传了自由、平等。在革命以后，人民果然是更幸福吗？正相反。我们需要自由，但是拿破仑把它毁灭了。”

安德来公爵微笑着，时而看看彼挨尔，时而看看子爵，时而看看女主人。在彼挨尔最初发言时，安娜·芭芙洛芙娜，虽然是有社交的经验，却吃了一惊。但是当她看到，虽然彼埃尔说了亵渎的话，子爵却没有发火，并且认为要压制这些话已不可能的时候，她便集中精力，联合了子爵，攻击彼挨尔了。

“Mais, mon cher m-r Pierre,〔但是，亲爱的彼挨尔先生，〕”安

---

① 法国十八世纪思想家卢梭的作品。

娜·芭芙洛芙娜说，“一个伟人可以杀死一个公爵，总之，杀死一个不经审判没有犯罪的普通人，您怎样解释呢？”

“我要问，”子爵说，“Monsieur〔先生〕怎样解释雾月十八日呢？[①]难道那不是欺骗吗？C’est un escamotage, qui ne ressemble nullement à la manière d’agir d’un grand homme.〔那是一种欺骗，一点也不像伟人的行为。〕”

“还有被他杀死的非洲俘虏呢？”[②]矮小的公爵夫人说，“这很可怕！”于是她耸了耸肩膀。

“C’est un roturier, vous aurez beau dire.〔随便您怎么说，他是一个暴发户。〕”依包理特公爵说。

彼挨尔先生不知道先回答哪一个，看了看所有的人，微笑了一下。他的微笑不像别人的似笑非笑。反之，当他微笑的时候，立刻便没有了庄严的甚至是有些沉郁的脸色，而显出另外一种幼稚的、良善的，甚至愚笨的，并且似乎是求饶的面容。

和他初次见面的子爵，明白了这个雅科宾党徒一点也不像他的话那样可怕。大家都沉默着。

“您们要他同时回答各位吗？”安德来公爵说，“还有一点，我们应该在政治家的行为里，分别出来什么是私人的行为，什么是统帅的，或者皇帝的行为。我以为是这样的。”

“是的，是的，当然啦。”彼挨尔接上去说，由于替他解围而高兴起来了。

“我们不能不承认，”安德来公爵继续说，“拿破仑在阿尔考拉桥上，在雅发的医院里他伸手给患瘟疫的人的时候，是伟人……但别的行为是难以辩护的。”

---

① 毛注：十一月九日（法国革命历），拿破仑以政变推翻法国革命政府，因而做了执政。

② 毛注：此处是指拿破仑镇压埃及反抗时的残暴。

安德来公爵显然是想要减轻彼挨尔言语的失当，站起身来预备走开，并且向他的妻子做了一个暗示。

依包理特公爵忽然站立起来，做着手势挽留着大家，请他们再坐一下，说道：

“Ah! aujourd'hui on m'a raconté une anecdote moscovite, char-mante: il faut que je vous en régale. Vous m'excusez, vicomte, il faut que je raconte en russe. Autrement on ne sentira pas le sel de l'histoire.〔啊！今天有人告诉我一桩莫斯科的逸事，很有趣：我一定要奉告诸位。请您原谅，子爵，我一定要用俄语来讲，不然便体味不到故事的精彩了。〕”

于是依包理特公爵开始用俄语讲，他的发音好像是在俄国住过大约一年的法国人的俄语发音那样。大家都留下来了，依包理特那么兴奋地固执地要大家注意听他的故事。

“在莫斯科有一位太太，une dame. 她很吝啬。她需要两个跟车的valets de pied〔随从〕，并且要有很高的个子。这是她的爱好。她有une femme de chambre〔一个侍女〕，也是高个子。她说……”

依包理特公爵在这里停了一下，显然是费力地在思索。

“她说……对了，她 à la femme de chambre〔向侍女〕说：‘丫头，穿上livrée〔号衣〕，站到车厢后边去，跟我一道去 faire des visites〔拜客〕。”

这时候依包理特早在别人之先扑哧一声，哈哈大笑，这引起了别人对他不好的印象。但是有些人微笑了一下，其中有老太太和安娜·芭芙洛芙娜。

“她坐车出门了。忽然起了一阵狂风。侍女的帽子刮掉了，长头发披散下来了……”

在这里他再也忍不住了，开始发出断断续续的笑声，在笑声中说出：

“于是大家都知道了……”

逸事就这样地结束了。虽然不明白为什么他要说这件事，并且为什么一定要用俄语来说，但安娜·芭芙洛芙娜和别人还是称赞了依包理特公爵的社交礼貌，他这样愉快地结束了彼埃尔先生的不愉快的无礼貌的乱说。在这个逸事之后，谈话分散为琐屑的无关重要的闲谈，谈到下次的和上次的跳舞会、演剧、以及谁和谁要在什么时候什么地方见面。

5

客人们向安娜·芭芙洛芙娜感谢了她的charmante soirée〔迷人的晚会〕，便开始告辞了。

彼挨尔笨拙、肥胖，是一个宽肩大汉，双手又大又红：如人们所说的，他不会进交际场，更不会出交际场，就是说，他不知道在临走之前说点特别愉快的话。此外他还是心不在焉的。他站起来，没有拿起自己的帽子，却抓住一顶有将官花翎的三角形帽子，他拿在手里，抚弄着花翎，直到那个将军要他把帽子送回去。他的心不在焉，不会进交际场，在交际场中不善谈吐，这一切都由他的善良、单纯和谦恭的态度弥补起来了。安娜·芭芙洛芙娜向他转过身来，以基督教徒的温和，对他的言谈表示着宽恕，向他点了点头，说道：

“我希望和您再见，但我还希望您改变您的意见，我的亲爱的彼挨尔先生。”

当她说这话时，他没有回答，只是鞠躬了一下，又向大家微笑了一下，这笑容并未表达什么，除非是说：“意见是意见，但是你们知道，我是一个多么良善的出色的人。”大家和安娜·芭芙洛芙娜都不自觉地感觉到这一点。

安德来公爵走进了前厅，把肩膀移近替他披大衣的听差，漠不关心地听着他的妻子和依包理特公爵谈话，公爵也走到前厅来了。依包理特公爵靠近美丽的有孕的公爵夫人站着，从有柄眼镜里向她老盯着。

“进去吧，Annette,〔安涅特，〕您要受凉了，”矮小的公爵夫人向安娜·芭芙洛芙娜告别时说，她又低声地加上这一句，“c’est arrêté.〔

就这么决定了。〕”

安娜·芭芙洛芙娜已经和莉萨谈过了她要替阿那托尔和矮小的公爵夫人的小姑做媒的事。

“亲爱的朋友，我依仗您了，”安娜·芭芙洛芙娜也低声地说，“您写信给她，并且告诉我，comment le père envisagera la chose, Au revoir.〔她父亲对这件事是什么看法，再会。〕”于是她从前厅走出去了。

依包理特公爵走到矮小的公爵夫人前面，把面孔向她凑近着，开始向她低声地说了些什么。

两个听差——一个是公爵夫人的，一个是他自己的——拿着披肩和斗篷站立着，等待他们把话说完，并且带着那样的神情听着他们所不了解的法语，仿佛是他们了解所说的话，却不愿表示出来。公爵夫人像素常一样，带着笑容说着，带着笑声听着。

“我很高兴，我没有到大使馆去，”依包理特公爵说，“很无聊……这是很愉快的晚会，是不是，愉快得很？”

“他们说跳舞会很好，”公爵夫人噘着有毫毛的嘴唇回答，“社交界所有的美丽的妇女都要到那里去的。”

“并不是所有的，因为您没有到那里去，并不是所有的。”依包理特公爵带着快乐的笑声说，并且夺了听差手里的披肩，甚至把他推开，然后自己开始把它向公爵夫人身上披着。由于粗笨，或者是有意（没有人能够辨别），披肩已经披好了，他还好久没有放下手臂，似乎是要搂抱这位年轻的太太。

她优雅地，但仍然微笑着，闪开身体，转过头来，瞥了瞥她的丈夫。安德来公爵的眼睛闭着，他显得那么疲倦而有睡意。

“您准备好了吗？”他把目光看着别处问他的妻子。

依包理特公爵连忙披上时髦的齐到脚跟下边的斗篷，这斗篷绊着他的脚，他跟着公爵夫人跑到台阶上，听差正在扶她上马车。

“Princesse, au revoir.〔公爵夫人，再会。〕”他大声说，他的舌头和他的两脚一样地错乱着。

公爵夫人提起衣服，坐到马车的黑暗处：她的丈夫在理佩剑：依包理特公爵借口效劳，却妨碍了大家。

“让开一下，先生，”安德来公爵用俄语向挡路的依包理特公爵冷淡地、不快地说。

“我等您，彼挨尔。”安德来公爵的同样的声音亲切地、温柔地说。

车夫动身了，马车轮子辗响了。依包理特公爵，断断续续地笑着，站在台阶上等候着子爵，他曾应许了送子爵回家。

“Eh bien, mon cher, votre petite princesse est très bien, très bien,〔哦，亲爱的，您的矮小的公爵夫人是很漂亮，很漂亮，〕”坐在马车里的子爵向依包理特说，“Mais très bien.〔确实很漂亮。〕”他吻了吻他的手指头。“Et tout-à-fait française.（完全像法国妇女。）”

依包理特扑哧一声笑起来了。

“Et savez-vous que vous êtes terrible avec votre petit air innocent,〔您可知道，您的样子很天真，却是个可怕的人物，〕”子爵继续说，“Je plains le pauvre mari, ce petit officier, qui se donne des airs de prince régnant.〔我可怜那不幸的丈夫，那个做出摄政亲王的样子的小军官。〕”

依包理特又扑哧一声笑起来，边笑边说：

“Et vous disiez, que les dames russes ne valaient pas les dames françaises, Il faut savoir s'y prendre.〔您常说，俄国妇女不如法国妇女。我们应该知道怎样应付她们。〕”

彼挨尔坐车先到了安德来公爵家，就像他家里的人一样，走进安德来公爵的书房，立刻习惯地躺在沙发上，从书架上取下了一册随手摸到的书（这是恺撒的《笔记》），身子靠在臂肘上，把书翻到中间读了起来。

“您对涉来尔小姐做了什么？她现在要害重病了。”安德来公爵走进书房，擦着又小又白的手说。

彼挨尔全身翻转过来，使沙发响了一下，向安德来公爵抬起兴奋的面孔，微笑了一下，摇了摇手。

“哦，那个神甫很有趣，但是他没有把问题弄明白。……在我看来，永久的和平是可能的，但我不知道，怎么说这句话。……可不是用政治均势……”

安德来公爵显然对于这种抽象的谈话不感兴趣。

“我亲爱的，随便在哪里想到什么就说什么是不行的。”安德来公爵在片刻的静默之后，问他，“可是您到底决定了什么呢？您要做骑卫军军官呢，还是外交官呢？”

彼挨尔把双腿盘曲着，在沙发上坐起来。

“您可以想象到的，我还是不知道。我两样都不喜欢。”

“但你一定要决定一行，你的父亲期待着呢。”

彼挨尔在十岁的时候，就被充任教师的一个神甫带到国外，一直住到二十岁。当他回到莫斯科的时候，他的父亲解聘了神甫，并且向这个年轻人说，“现在你到彼得堡去，看看情形，选一行职业。我什么都同意。这是给发西利公爵的信，这是给你的钱。写信来把一切告诉我，我什么都帮助你。”彼挨尔选择职业已经三个月了，但是什么也没有决定。安德来公爵就是向他说到他的择业的问题。彼挨尔摸了摸自己的额头。

“但他一定是共济会会员。”他说，意思是指他在晚会里所见的神甫。

“这都是废话，”安德来公爵又阻止了他的话，“我们顶好还是谈谈正事。你到骑兵禁卫军里去过吗？……”

“没有，我没有去过，但是这正是我所想到的，我要同您说。现在的战争是反对拿破仑的。假若这是为自由的战争，我便能了解它，我便最先从军。但帮助英国、奥国，去反对世界上最伟大的人……这是不对……”

安德来公爵听到彼挨尔的幼稚的话只耸了耸肩膀。他做出了对于这种荒谬的话不能回答的样子，但是确实，对于这个单纯的问题，除了安德来公爵所作的回答而外，也难作别的回答。

“假使每个人只为他自己的信念去打仗，就没有战争了。”他说。

“那就好极了。”彼挨尔说。

安德来公爵冷笑了一下：

“很可能，这是极好的，但这是永远不会有的……”

“那么，为什么您要去打仗呢？”彼挨尔问。

“为什么？我不知道。是应该如此的，并且我去……”他停了一下，“我去，是因为我在这里所过的生活，这个生活对我不适合！”

6

在隔壁的房间里有了妇女的衣服的响声。安德来公爵好像是刚醒过来，把身子抖擞了一下，他的脸上露着他在安娜·芭芙洛芙娜客厅里所有的那样的表情。彼挨尔从沙发上放下了双腿。公爵夫人进了房。她已经换了一件家常的但同样漂亮鲜艳的衣服。安德来公爵站立起来，很客气地为她挪动着椅子。

“我常想，为什么，”她像平常一样，用法语说，并且赶快地、费力地坐到椅子里，“为什么安娜·芭芙洛芙娜不出嫁？你们这些messieurs〔先生们〕不娶她，是多么笨哦。您原谅我这话，但您并不了解妇女们。彼挨尔先生，您是一位多么欢喜争论的人！”

“我还在同您的丈夫争论，我不明白他为什么想要去打仗？”彼挨尔向公爵夫人说，一点儿也没有青年男子和青午妇女交谈时所常有的那种拘束。

公爵夫人打了一颤。显然，彼挨尔的话使她激动了。

“啊，这正是我所要说的！”她说，“我不明白，简直不明白，为什么男子没有战争便不能生活？为什么我们女子不希望这种事情，不需要这种事情呢？哦，凭您讲理吧。我总是向他说：他在这里是叔叔的副官，处于最显赫的位置。大家都知道他，并且很尊重他。有一天，在阿卜拉克生家，我听见一位太太说：'c'est ça le fameux prince André?〔他就是有名的安德来公爵吗？〕'Ma parole d'honneur!〔说的是真话！〕”她笑了一下。“他处处受人欢迎。他要做一个侍从武官是很容易的。您知道，皇上很垂爱地同他说过话。我同安娜说过，这是很容易办到的。您觉得怎样？”

彼挨尔望了望安德来公爵，看出他的朋友不高兴听这些话，便没有回答。

“您什么时候走？”他问。

“Ah! ne me parlez pas de ce départ, ne m'en parlez pas. Je ne veux pas en entendre parler.〔啊！不要和我说到他这次的出发，不要和我说。我不愿听到这话。〕”公爵夫人用她在客厅里和依包理特说话时那样随便轻佻的语气说，这语气对于家里的人显然是不适合的，而彼挨尔就好像是家里的人一样。“今天，我想到这一切亲爱的关系都要断绝了……还有，安德来，你知道，”她富有深意地向她丈夫眨了眨眼，“J'ai peur, j'ai peur!〔我怕，我怕！〕”她颤动着脊背，低声地说。

她的丈夫用那样的神情望她，好像注意到除了他和彼挨尔之外，还有别人在房间里，因而觉得惊异，他用质问的口气冷淡、客气地同他的妻子说话。

“你怕什么？莉萨？我不明白。”他说。

“原来男人都是自私的，他们都是，都是自私的！天晓得为什么，他要任意丢开我，把我孤单单地关在乡下。”

“是同我父亲和妹妹在一起，不要忘记了。”安德来公爵低声说。

“没有了我的朋友们，还是等于孤单单的……他还教我不要怕。”

她的语气已经在抱怨了，上唇噘起来了，使她的脸上增加着不快的，像松鼠般的，野物的表情。她沉默着，似乎觉得不该在彼挨尔面前说到她的怀孕，而这正是问题的要点。

“我还是不明白，de quoi vous avez peur.〔你怕什么。〕”安德来公爵没有把眼睛从他的妻子身上挪开，慢慢地说。

公爵夫人脸红了，并且失望地向上举了举她的双手。

“Non, André, je dis que vous avez tellement, tellement chan-gé……〔唷，安德来，我说你是大大地，大大地改变了……〕”

“你的医生要你早点睡，”安德来公爵说，“你该去睡了。”

公爵夫人没有说话，她的有毫毛的短唇突然发抖了。安德来公爵，站立起来，耸了耸肩膀，在房里走了一个来回。

彼挨尔惊异地单纯地从眼镜上边时而看他，时而看公爵夫人，并且动弹了一下，似乎他也要站立起来，但又改变了主意。

“彼挨尔先生在这里，这有什么关系，”矮小的公爵夫人忽然说，并且她的美丽的面孔忽然带着眼泪皱蹙起来了：“我早就想要和你说，安德来，你为什么对我大大地改变了？我对你做了什么？你去从军，你不可怜我。为什么？”

“莉萨！”安德来公爵只说了这一声，但在这一声里又有恳求，又有威胁，而主要地，是相信她要懊悔她自己所说的话，但她连忙地继续说道：

“你对待我，就像对待病人或者小孩一样了。我全知道。半年前你是这样的吗？”

“莉萨，我请你不要说了，”安德来公爵语气更加强硬地说。

彼挨尔在他们谈话时越来越兴奋了，他站起身来，走到公爵夫人面前。他似乎不忍看见她的泪容，并且自己也想哭了。

“放心吧，公爵夫人。您觉得这样，因为……我向您保证，我自己也经验过……为什么……因为……啊，请您原谅，外人在这里是多余的……啊，放心吧……再见……”

安德来公爵拉住了他的胳膊。

“不要走，等一下，彼挨尔。公爵夫人很贤惠，不会不让我同你过一晚的。”

“啊，他只替他自己设想。”公爵夫人没有约制她的愤怒的眼泪，低声地说。

“莉萨。”安德来公爵冷淡地说，把声音提高到那样的调子，表示已经忍无可忍了。

公爵夫人的美丽的小脸上的愤怒的松鼠般的表情，忽然变为动人的令人同情的恐怖表情，她皱着眉用美丽的眼睛瞥了瞥丈夫，她的脸上显出胆怯的认错的表情，好像一只迅速而又无力地摇着弹垂的尾巴的狗的表情。

“Mon dieu, mon dieu!〔我的天呀，我的天呀！〕”公爵夫人说，一手提起衣裙，走到丈夫面前，吻了他的前额。

“Bonsoir, Lise.〔再见，莉萨。〕”安德来公爵站起身来说，客气地吻着她的手，好像是吻外人的手一样。

朋友们沉默着。彼此都不愿开口。彼挨尔向安德来公爵看了几下，安德来公爵用小小的手拭着前额。

“我们吃饭去吧。”他叹着气说，站起身来，向门口走着。

他们走进了富丽堂皇的簇新的餐室。从餐布到银器、瓷器、玻璃器，一切都具有年轻夫妇的家庭里所特有的簇新气象。在夜餐的当中，安德来公爵把手臂搭到桌上，好像一个人早就心中有事，忽然决心要表示出来一样，他带着彼挨尔从来未曾看见他有过的那种神经质的激动的表情，开始说道：

“绝不要，绝不要结婚，我的好朋友，这是我给你的劝告：除非到了你认为你已经尽了你所能的时候，除非到了你不再爱你所选择的女子的时候，除非到了你把她看清楚了的时候，你绝不要结婚，不然你就要犯那严重的不可纠正的错误。老了，到了一点用处也没有的时候，你便结婚。……不然，就要失掉你的一切美好的高贵的东西。一切都要浪费在琐事上了。是的！是的！是的！不要那样惊讶地望着我。假使你结了婚，还要你的前途有希望的话，那么，你就会处处觉得，对于你一切都完了，一切都关闭了，除非是在客厅里，在那里，你和宫廷仆役以及白痴是一个样的。……何必结婚呢！……”

他猛力地摇了摇手。

彼挨尔取下了眼镜，他的面孔因而变了样子，显得更加良善了，他惊奇地看着他的朋友。

“我的妻子，”安德来公爵继续说，“是贤良的妇女。她是一个那样少有的妇女，男人娶了她，对于自己的名誉，可以放心：但是，我的上帝啊，只要我现在是未结婚的人，什么东西我都肯牺牲！我向你这个唯一的第一个人说这些话，因为我爱你。”

安德来公爵说这些话的时候，和先前靠着坐在安娜·芭芙洛芙娜家的圈椅里、眯着眼、从牙齿缝里说法语的那个安德来更不相同了。他的冷淡的面孔上的每块肌肉都发生了神经质的兴奋的颤动，先前似乎是熄灭了生命之火的眼睛，现在发出了炯炯的闪亮的光辉。显然在平常的时候他愈显得没有生气，在激怒的时候他愈有精力。

“你不明白，为什么我要说这话，”他继续说，“但这就是全部的生活经历。你说到保拿巴特和他的事业，”他说，但是彼挨尔并不会说到保拿巴特，“你说到保拿巴特：但是保拿巴特，当他工作着，一步一步地向他的目标前进时，他是自由的，他心中没有别的，只有他的目标，并且他达到了他的目标。但是你要把你自己和女人纠缠在一起，你便像一个带镣的犯人，失去一切的自由了。并且你的所有的希望和精力，只是使你苦恼，使你懊悔。客厅、谈天、跳舞会、虚荣、琐事——这个蛊惑的圈子我跳不出去。我现在去打仗，去参与空前的伟大战争，我却什么也不明白，什么也不适宜。Je suis très amiable et très caustique,〔我又很和蔼，又很苛刻，〕”安德来公爵继续说，“并且在安娜·芭芙洛芙娜家里，他们都听着我说话。这种无谓的社交界，没有它我的妻子便不能生活，而且这些妇女们……你要能够知道toutes les femmes distinguées〔所有的这些出色的妇女〕和一般的妇女是什么样的人，那就好了！我的父亲说得对。处处自私、虚荣、愚笨、浅薄——这就是在她们露出真正面目时候的妇女。你在交际场中看见她们，她们似乎有点内容，但是什么，什么，什么也没有！你不要，不要结婚，我的好朋友，你不要结婚。”安德来公爵结束了。

“我觉得好笑的是，”彼挨尔说，“您认为您自己，您自己是无用的人，认为您的生活是腐化的生活。您却有无限的，无限的前途。并且您……”

他没有说出“您是什么”，但他的语调已经表示出来，他是多么尊重他的朋友，并且对于他的前途抱着多么大的期望。

“他怎么能够说这样的话？”彼挨尔心里想。彼挨尔认为安德来公爵是十全十美的模范，正因为安德来公爵高度地具备了彼挨尔所没有的那些美德，而这些美德可以最切近地称作“意志力”。彼挨尔总是惊讶安德来公爵应付各种人物的镇静的态度，他的异常的记忆力，他的博学（他阅读一切，知道一切，对于一切都有他的见解），尤其是他的工作与学习的能力。虽然彼挨尔常常诧异安德来缺少哲学玄想的能力（彼挨尔却富有这种能力），他并不把这看作他的短处，却当作他的长处。

甚至在最好的、最友爱的、最单纯的关系中，阿谀或称赞也是不可少的，正如同要使轮子转得滑溜，膏油是不可少的。

“Je suis un homme fini,〔我是一个已经完结的人了，〕”安德来公爵说，“为什么要说到我呢？让我们来说你吧。”沉默了片刻，对自己的一些快慰的念头微笑了一下，他又说。

这笑容立刻反映在彼挨尔的脸上。

“干吗要说我呢？”彼挨尔说，在嘴上带着无忧无虑的快乐的笑容。“我是什么样的人？Je suis un bâtard！〔我是一个私生子！〕”他立刻面色深红。显然他是费了很大的劲才说出这句话的。“Sans nom, sans fortune〔没有名份，没有财产〕……哦，确实的……”但他没有说完“确实的”是什么。“现在我是自由的，我觉得很好。但是我并不知道我应该怎么着手。我想要好好地和您商量一下。”

安德来公爵用善良的眼睛望着他。但在他的友好的亲切的目光里，仍然表现了他自己的优越感。

“我看重你，特别是因为，你是我们整个的社交界中唯一的活人。你很好。你想要做什么，你就选择什么，这是没有关系的。你随便到哪里都好，但是有一点：你不要再去看库拉根那一类的人，过那种生活。这是于你不适宜的：这一切的酒宴，骠骑兵的生活，和一切……”

“Que voulez-vous, mon cher,〔您看怎办呢，我亲爱的，〕”彼挨尔耸着肩膀说，“les femmes, mon cher, les femmes!〔女人们，我亲爱的，女人们！〕”

“我不了解，”安德来回答，“Les femmes comme il faut,〔正派的女人们，〕又是一回事，但是库拉根家那种女人们，les femmes et le vin,〔女色和酒，〕我不了解！”

彼挨尔住在发西利·库拉根公爵的家里，参加过他的儿子阿那托尔的放纵的生活，那个阿那托尔就是他们预备替他娶安德来公爵的妹妹使他改邪归正的人。

“您知道吗，”彼挨尔说，似乎忽然有了一个快乐的思想，“真的，我早已想到这一点。过着这种生活，我什么也不能够决定、不能够思索。头痛了，钱没有了。今晚上他邀我去，我不去。”

“你能向我发誓，不再去了吗？”

“我发誓！”

彼埃尔离开他朋友家里的时候，已经是夜里一点多钟了。那是一个彼得堡七月的无云的夜。彼挨尔坐在一辆雇用的马车里，心想回家。但是离家愈近，他愈觉得在这个更似暮晚或清晨的深夜里不能睡觉。[①]在空空的街道上可以看得很远。在中途彼挨尔想起了，今天晚上阿那托尔·库拉根那里要凑成素常的赌局，赌后照例是狂饮，然后，用彼挨尔所欢喜的一种娱乐来收场。

“到库拉根那里去也好。”他想。

但他立刻想起了他向安德来公爵所发的不到库拉根那里去的誓言。可是，像这种情形是所谓意志薄弱的人所常有的，他立即又那样热烈地希望再过一次他那么熟悉的放纵生活，于是他决定了去。并且立刻他的头脑里又有了一种思想，就是他的誓言是无所谓的，因为在向安德来公爵发誓以前，他也向阿那托尔公爵发过誓要去，最后他想，这些誓言都是照例的事情，没有任何确定的意义，特别是假使一个人想到他明天会死，或者他会发生什么非常的事变，则名誉和不名誉的问题都没有了。彼挨尔常常有这样的思想，它消灭他的一切决心和意向。他到库拉根那里去了。

到了禁卫骑兵营房里阿那托尔所住的大屋子的台阶前，他跨上有灯的台阶，上了楼梯，走进一道敞开的门。外室里没有人，空酒瓶，斗篷，套鞋，都零乱狼藉，酒气弥漫，可以听到远处的话声和叫声。

赌局和夜餐已经结束，但客人们还没有散。彼挨尔脱掉斗篷，走进第一个房间，房里有残剩的餐肴和一个听差，他以为没有人看到他，偷偷地在喝酒杯里的剩酒。从第三个房间里传来喧嚣，笑声，熟悉的叫声，和熊嗥。八九个年轻人不安地挤在敞开的窗口。三个人在玩弄一只小熊，其中有一个人牵着链子拖熊吓别人。

“我赌司梯芬司一百！”有一个人叫着。

“注意，不要手扶呀！”另一个人叫着。

“我赌道洛号夫！”第三个人叫，“库拉根，你来分手！”[②]

---

① 七月里彼得堡的夜是极短的。

② 毛注：俄国人打赌时双方握手，由第三者做见证人分手。

“嘿，放掉小熊吧，这里在打赌呢。”

“一口气喝，不然算输。”第四个人叫着。

“雅考夫，拿瓶酒来，雅考夫！”主人亲自呼喊，他是一个高高的漂亮的人，只穿着一件薄衬衫，胸前敞开着，站在大家的当中。“等一下，诸位。彼得路沙来了，”他向着彼挨尔说，“亲爱的朋友。”

另外一个有明亮蓝眼的、身材不高的人的声音，在所有的这些酒醉的声音当中，因为他的清醒的音调，特别令人注意，这声音在窗口叫道，“到这里来，分手呀！”这人是道洛号夫，是塞妙诺夫团的军官，又是有名的赌徒和决斗家，同阿那托尔住在一处。彼挨尔微笑着，愉快地环顾着。

“我毫不明白。是怎么一回事？”他问。

“等一等呀，他还没有喝醉。拿瓶酒来。”阿那托尔说，于是从桌上拿了一只杯子，走到彼挨尔面前。

“你先喝酒。”

彼挨尔开始一杯一杯地喝着，皱眉望着那些又挤在窗口的醉酒的客人们，听着他们的谈话。阿那托尔给他倒酒，并且告诉他说，道洛号夫同在场的一个英国海军军官司梯芬司在打赌，就是，道洛号夫要坐在三层楼的窗口上，把脚垂在窗外，喝一瓶甜酒。

阿那托尔把最后的一杯酒拿给彼挨尔，说：“哎，把它全喝了，不然我不放你走！”

“不，不喝了。”彼挨尔推开着阿那托尔说，然后走到窗口。

道洛号夫抓住英国人的手，并且清楚明白地说出打赌的条件，主要的是向着阿那托尔和彼挨尔说的。

道洛号夫是一个中等身材的人，有鬈曲的头发和明亮的蓝眼睛。他的年纪大约二十五岁。他和所有的步兵军官一样，没有留胡子，他的嘴，是他脸上最动人的一部分，全露在外边，嘴的线条是异常美妙地弯曲着。上唇的当中好像尖锐的楔子，很有力地垂在紧凑的下唇上边，两边的嘴角上似乎永远地浮现着笑意，这一切，连同那坚强傲慢而伶俐的目光，产生了这样一种效果，就是令人不能不注意他的面孔。道洛号夫是个没有钱的人，没有任何人事关系。虽然阿那托尔一年花几万卢布，但是道洛号夫和他住在一起，却能过得使所有的认识他们的人对道洛号夫比对阿那托尔更加尊重，甚至也使阿那托尔自己更尊重他。道洛号夫会做各种赌博，几乎总是赢钱。无论他喝多少酒，他从来没有失去过他的清醒的头脑。库拉根和道洛号夫都是那时候彼得堡恶少浪子中的著名人物。

一瓶甜酒已经拿来了。使人不能坐到窗子外边侧壁上的窗档，正由两个听差在拆除，他们显然被四周绅士们的意见和叫声弄得又发急又胆怯了。

阿那托尔带着得意扬扬的样子走到窗口。他想破坏些什么东西。他推开了听差，扳了扳窗档，却扳不动。他敲碎了一块玻璃。

“你来吧，大力士。”他向彼挨尔说。

彼挨尔抓住横档，扳了一下，啪的一声，就在破裂的地方把橡木档子扳下来了。

“全下掉，不然他们以为我要扶的。”道洛号夫说。

“英国人吹牛……啊？……好吗？”阿那托尔说。

“好。”彼挨尔望着道洛号夫说。道洛号夫拿着一瓶甜酒，走到窗前，从窗子里可以看见天光和交融在天空里的曙色和晚霞。

道洛号夫拿着一瓶甜酒，跳上窗台。

“听着！”他站在窗台上向着房里边叫喊。大家都沉默了。

“我打赌。”（他说法语，好让英国人听懂，但是他的法语说得并不很好。）“我赌五十块金卢布，”[①]他又向着英国人加上一句，“您要赌一百吗？”

---

① 毛注：当时此币一枚合十卢布。

“不要了，就是五十。”英国人说。

“好，赌五十块金卢布，我要喝一整瓶甜酒，坐在窗口上一口气喝完，就在这个地方，”（他俯下了头，指了指窗外倾斜的凸缘，）“什么也不扶，……就这样吗？”

“很好。”英国人说。

阿那托尔转过身来对着英国人，抓着他的晚礼服的扣子，向下看着他（这个英国人身材短小），开始用英语向他重述打赌的条件。

“等一下！”道洛号夫在窗子上敲着瓶喊叫着，要别人向他注意。“等一下，库拉根，听我说。假若别人也这样做，我给他一百块金卢布。明白吗？”

英国人点了点头，并没有让人明白他是否有意接受这个新的打赌。阿那托尔没有放开英国人，虽然英国人点头让人知道他已经明白了一切，阿那托尔仍然把道洛号夫的话向他译成了英语。一个在晚间输了钱的、年轻的、瘦瘦的禁卫骠骑兵军官，爬到窗台上，伸了伸头向下看。

“呜！……呜！……呜！……”他望着窗外人行道的石板说。

“不要作声！”道洛号夫喊着，把这个军官从窗前推开，这年经人绊着马刺，笨拙地跳回房当中来了。

道洛号夫把酒瓶放在窗台上，好顺手拿到它，然后他小心地慢慢地爬上窗子。他垂下两腿，伸开双手抵着窗子的两边，让自己试了拭。他坐好了，放下了双手，向右又向左移动了一下，然后拿起了酒瓶。阿那托尔拿来两支短蜡烛，放在窗台上，但天色已经大亮了。道洛号夫的穿白衬衫的脊背和鬈发的头被烛光从两边照亮。大家拥挤在窗口。英国人站在前面。彼挨尔微笑着，没有说话。在场的人当中一位年纪最大的，带着惊恐愤怒的面色，忽然挤到前面去，想要抓住道洛号夫的衬衫。

“诸位，这是傻事，他会跌死的。”这位较有理智的人说。

阿那托尔阻止了他。

“不要动，你骇了他，他要跌死的。啊？……那时候怎办呢？……

啊？” 道洛号夫转过头来，又用双手抵着，让自己坐正着。

“假使再有人来麻烦我，”他慢慢地从紧抿的薄唇里吐出话来，“我马上就把他从这里掼下去。哦！……”

说了“哦！”他又转过头去，放下了手，拿起酒瓶，送到嘴边，把头向后仰着，把一只空的手向上举着，保持身体的平衡。一个在捡碎玻璃片的听差，停了手，弯着腰，眼睛盯在窗子和道洛号夫的脊背上。阿那托尔站得挺直，大瞪着眼。英国人噘起嘴唇，在一边观看。那个刚才阻止他的人跑到房角落里，躺在沙发上，脸向着墙。彼挨尔蒙了脸，那淡淡的，被遗忘的笑容还在他的脸上，虽然他的脸上此刻显出了惊骇和恐怖。大家沉默着。彼挨尔从眼上拿开了手。道洛号夫仍然原样地坐着，但是他的头向后仰着，使脑后鬈发碰上了衬衣领子，拿酒瓶的手颤抖着，并且很费劲地越举越高。酒瓶显然快空了，同时举得更高了，使他的头更向后仰了。“为什么这样久？”彼挨尔想。他似乎觉得已经过去了半点多钟。忽然道洛号夫的背向后动了一下，他的一只手臂剧烈地发抖，这颤抖足以使他的坐在倾斜的凸缘上的身体滑下去。他向下滑了一下，他的手和头紧张地颤抖得更厉害了。他举起了一只手，想抓窗档，但是又放下了。彼挨尔又蒙了眼睛，心里说绝不再放开了。忽然他觉得四周有了骚动。他瞥了一眼：道洛号夫站在窗台上，他的脸苍白而愉快。

“空了！”

他把酒瓶抛给英国人，英国人敏捷地把瓶接住。道洛号夫从窗上跳下来了。他发出了强烈的甜酒气味。

“好极了！好汉！这才算得打赌！您真见鬼哦！”大家都叫起来。

英国人掏出钱袋，数着钱。道洛号夫皱着眉，不作声。彼挨尔跳上了窗台。

“诸位！谁愿和我打赌？我也照样办，”他忽然大叫着，“不要打赌，就是这样。叫人拿瓶酒来。我来做……叫人拿酒来。”

“让他做，让他做！”道洛号夫微笑着说。

“你怎么？疯了吗？谁会让你干的？你就是在楼梯上，头也要发昏了。”大家都这么说。

“我要喝完，拿瓶甜酒来！”彼挨尔带着坚决的酩酊的姿态拍着桌子大叫着，然后向窗子上爬着。

他们拖他的手臂，但他是那么有力，走近他身边的人都被他推得很远。

“不行，你们那样是劝不住他的，”阿那托尔说，“等一下，我来哄他。听着，我和你打赌，但是要在明天才行，现在我们大家要到×××去。”

“我们去，”彼挨尔大叫，“我们去……我们带小熊一起去……”

于是他抓住小熊，抱着它举起来，开始和小熊在房里打转。

7

发西利公爵履行了他在安娜·芭芙洛芙娜家晚会中向德路别兹卡雅公爵夫人所许的诺言，她是为了她的独生子保理斯去请求他的。保理斯的事曾经奏禀了皇上，并且皇上破例地把他调到塞妙诺夫禁卫团里去做准尉。安娜·米哈洛芙娜虽然有过很多次的奔走和请求，但是保理斯却没有被派做库图索夫的副官或侍从。在安娜·芭芙洛芙娜家晚会后不久，安娜·米哈洛芙娜便回到莫斯科，直接到了她的有钱的亲戚罗斯托夫家，她在莫斯科时就住在他家，她心爱的保理斯也从小就在他家受教育，并且住了多年，最近才从军，并且又立即调为禁卫军的准尉。禁卫军已经在八月十日从彼得堡出发，她的儿子，留在莫斯科备置服装，要在通达拉德西维洛夫[①]的大道上去赶上他的队伍。

---

① 毛注：是一边境市镇，援奥的俄军须由此进入加里西亚。

罗斯托夫家在庆祝两个娜塔丽的命名日，母亲和小女儿同名。从早晨起，六马车载着贺客们到厨子街上全莫斯科闻名的罗斯托娃伯爵夫人的大房子，不断地来去。伯爵夫人和美丽的大女儿陪着前后不断的贺客们坐在客厅里。

伯爵夫人是个东方式瘦脸的妇人，年纪大约四十五岁，养了十二个子女，显然是因为养育子女而憔悴了。她的举动和言语的迟缓，是由于体力的衰弱，却增加了她的令人起敬的庄严态度。安娜·米哈洛芙娜·德路别兹卡雅公爵夫人，好像是自家的人一样，也坐在那里，帮同招待并陪客谈话。年轻的儿女们都在后房，觉得无需出来招待客人。伯爵[①]迎客、送客，邀所有的客人都来吃饭。

“我自己，还代两个亲爱的过命名日的人，非常非常感谢您，ma chére〔我亲爱的〕或，mon cher〔我亲爱的，〕”他向男女宾客一律称呼亲爱的，并且没有丝毫差别地称呼那些比他地位较高或较低的人，“记着，您准来吃饭。不然您便教我不痛快了，mon cher.〔我亲爱的。〕我代表全家奉请您，ma chère.〔我亲爱的。〕”他那丰满快乐而剃刮干净的脸上带着同样的表情，带着同样的紧捏的握手，和一再的迅速的鞠躬，没有例外没有差别地说这些话。伯爵送了客人，便立刻回到仍然坐在客室里的男女宾客面前：他向前移动一张椅子，带着热爱生活和善于生活的神情，得意地伸开双腿，把手放在膝盖上，庄严地摇动着身体，推测天气，谈论健康问题，有时说俄语，有时说很糟的但自以为是的法语，然后又带着疲倦但坚决要顾全礼节的神情，理着光头上稀疏的灰发，起身去送客人，又邀请吃饭。有时，从前厅回来时，他穿过花房和听差房，走到大理石的大餐厅，那里有人在摆设八十座位的餐桌，他望着拿银器和瓷器的、搬动桌子的、铺缎子台布的听差们，把世家出身的替他管理一切事务的德米特锐·发西利耶维支叫到面前，说：

---

① 毛注：他是作者祖父伊里亚·A·托尔斯泰的写真，他的妻子很像作者祖母Ⅱ. H·托尔斯泰伯爵夫人。

“哎，哎，米清卡，当心，一切都要很好。对了，对了，”他满意地望着摆开的大餐桌说，“最重要的是招待周到。这就对了……”他满意地叹着气，又走进了客厅。

“玛丽亚·勒福芙娜·卡拉基娜和小姐到！”伯爵夫人的高大的出门的跟班，跨进客厅的门，用低音通报。伯爵夫人沉思了片刻，从那个有她丈夫画像的金鼻烟盒里嗅了一点鼻烟。

“这些拜访把我累坏了，”她说，“好吧，我只最后接见她一个人了。她太拘礼了。请，”她用忧悒的声音吩咐听差，似乎是说，“哎，你们把我累死了！”

一个高高的、胖胖的、神情骄傲的太太，和她的圆脸的带笑的女儿，拖着窸窣地响的衣裙，走进了客厅。

“Chère comtesse, il y a si longtemps……elle a été alitée, la pauvre enfant……au bal des Razoumowsky……et la comtesse Apraksine……j'ai été si heureuse……〔亲爱的伯爵夫人，这样久了……她害病了，可怜的姑娘……在拉素摩夫斯基的跳舞会上……阿卜拉克西娜伯爵夫人……我是这么高兴……〕”这些生动的妇女的声音，彼此打断着，并且夹杂着衣裙的窸窣声和椅子的移动声。于是那样的谈话开始了，谈得恰好让客人在第一次停止的时候便站起身来，响动着衣裙，说：“Je suis bien charmée, la santé de maman……et la comtesse Apraksine〔我很愉快，妈妈的健康……阿卜拉克西娜伯爵夫人〕……”于是又响着衣裙，走到前厅，穿上外套或斗篷，坐车走了。谈的是当时本城的重要新闻，谈到著名的富翁、叶卡切锐娜朝代的美男子，老别素号夫伯爵的病状，还谈到他的私生子彼挨尔，他在安娜·芭芙洛芙娜的晚会中的举止是那么失礼。

“我很同情那个可怜的伯爵，”女客人说，“他的身体那么坏，现在又为了儿子苦恼，这要送他的命了！”

“这是怎么回事？”伯爵夫人问，似乎不明白客人指的是什么，虽然她已经听过别素号夫伯爵苦恼的原因大约十五次了。

“这就是现代教育！在国外的时候，”女客人说，“这个年轻人就没有人照管，现在，在彼得堡，听说，他做出了那样可怕的事，教警察把他驱逐了。”

“说吧！”伯爵夫人说。“他交错了朋友，”安娜·米哈洛芙娜公爵夫人插言说，“发西利公爵的儿子，和他，和一个叫道洛号夫的，据说，天晓得他们干了些什么。他们都吃了苦头。道洛号夫贬为兵士，别素号夫的儿子被驱逐到莫斯科来了。阿那托尔·库拉根的父亲设法掩饰了他的事情，但他也从彼得堡被驱逐了。”

“那么，他们干了些什么呢？”伯爵夫人问。

“他们简直是强盗，特别是道洛号夫，”女客人说，“他是玛丽亚·依发诺芙娜·道洛号娃那么一位高贵太太的儿子。干了什么事呢？您想吧！他们三个人从什么地方弄到了一只熊，带在车子上，带到一个女伶的家里去了。警察去制止他们。他们捉住警察，把他和熊背靠背绑着，把熊抛在莫益卡运河里，熊背上驮着警察游水。”

“好呀！ma chère,〔亲爱的，〕警察的样子一定好看极了。”伯爵叫着，笑得要死。

“啊！多么可怕！这件事有什么可笑的，伯爵！”

但太太们自己也忍不住笑出声了。

“他们好容易才救起了这个倒霉的人，”女客人继续说，“就是基锐尔·夫拉济米罗维支·别素号夫伯爵的儿子，他玩耍得那样聪明！”她补充说，“人家说他的教养那么好，又聪明。这就是外国教育造就出来的。我希望这里没有人接待他，尽管他有钱。有人要把他介绍给我。我断然地拒绝了：因为我有女儿们。”

“您为什么要说这个年轻人是那样有钱呢？”伯爵夫人问，转身避开着女儿们，她们立刻做出没有听见的样子。“原来他养的全是私生子。好像……彼挨尔也是私生子。”

女客人摇了摇手。

“我想，他有二十个私生子。”

安娜·米哈洛芙娜在谈话中插言了，显然是想要表示她的关系和她对于一切社会情形的熟悉。

“是这么回事，”她意味深长地低声地说，“基锐尔·夫拉济米罗维支伯爵的名誉是大家知道的。他数不清他有多少儿子，但这个彼挨尔却是他最宠爱的。”

“就在去年，这个老人还是多么好看哦！”伯爵夫人说，“我没有看见过更好看的男子了。”

“现在他改变的很多了，”安娜·米哈洛芙娜说，“哦，像我所说的，”她继续说，“发西利公爵，因为公爵夫人的关系，是全部财产的直系承继人，但父亲很爱彼挨尔，关心他的教育，呈文给皇上……所以没有人知道，假使他死了。”（他病得很凶，随时会死，Lorrain〔劳兰〕医生从彼得堡来了，）“是谁承继这笔大财产，是彼挨尔还是发西利公爵。四万个农奴和无数的钱。这一切我知道得很清楚，因为这是发西利公爵亲自向我说的。基锐尔·夫拉济米罗维支是我母亲的从表兄。他是替保理斯施洗的。”她加上这话，好像一点也没有对这事加以重视。

“发西利公爵昨天到了莫斯科。有人告诉我，他是来视察的。”女客人说。

“是的，但是，entre nous,〔我们说句机密的话，〕”公爵夫人说，“这不过是借口。他是听说基锐尔·夫拉济米罗维支病得很凶，特地来看他的。”

“但是，ma chère,〔亲爱的，〕这个笑话好极了，”伯爵说，看到年长的女客人不在听他说，便转向小姐们说，“我想，警察的样子是多么好看哦！”

他模仿着警察怎样挥手，又笑出洪亮的、低音的笑声，这笑声使他颤动着整个丰满的身体，就像那些一向吃好饭、尤其是喝好酒的人们笑的一样。“那么，请到我们这儿吃饭。”他说。

8

沉默来临了。伯爵夫人望着女客人，愉快地微笑着，然而并不隐瞒，假使女客人此刻站起身来告辞，她一点也不觉得难受。女客人的女儿已经探询地望着母亲，在整理衣服了，忽然隔壁房间里传来了几个男女向着房门跑来的脚步声，碰椅子和倒椅子声，然后一个十三岁的女孩子，在短纱裙下藏着什么，跑进了房，在房当中停住。显然，她是无意地信步地跑到这里来的。同时在门口出现了一个有红衣领的大学生，一个禁卫军的军官，一个十五岁的女孩，和一个肥胖的红腮的穿童装的男孩。

伯爵跳起来，摇摇晃晃地张开两臂，抱着跑进房来的女孩。

“啊，她来了！”他带着笑声大叫着，“过命名日的！“Ma chére,〔我的亲爱的〕，过命名日的！”

“Ma chère, il y a un temps pour tout,〔我的亲爱的，什么事都有一个时候的，〕”伯爵夫人说，装着严厉的样子。她又向丈夫说，“你总是溺爱她，Elie.〔依利。〕”

“Bonjour, ma chère, je vous félicite,〔好吗，我的亲爱的，我恭贺你，〕”女客说了，又向母亲说，“Quelle délicieuse enfant！〔多么讨喜欢的孩子！〕”

她是个黑眼睛、大嘴、不美丽、但十分活泼的女孩子，她的童年的、袒露的肩膀因为跑得太快而滑脱了挂肩，她的黑发向后梳，细瘦的手臂袒露着，小腿上穿着镶花边的长筒裤，和低口鞋。她到了那种可爱的年纪，要说她是孩子，她已经是少女，要说她是少女，她还是孩子。她从父亲手里挣出来，跑到母亲身边，毫不注意她的严厉的斥责，把泛红的脸藏在母亲的花边披肩里，并笑起来了。她笑着，上气不接下气地说到她从小裙子下边取出来的玩偶。

“您看见了吗？……小娃娃，米米……您看。”

娜塔莎[1]不能够再说别的了（她觉得一切都好笑）。她倒在母亲的怀里，并且笑得那么高声响亮，使大家，甚至使拘礼的女客，都忍不住地笑起来了。

“哎，去吧，你这个丑样儿，去吧！”母亲假作生气地推着女儿说。她向女客说：“这是我的小女儿。”

娜塔莎把她的脸从母亲的花边披肩里抬起了一会儿，含着快乐的眼泪，抬头看了看母亲，又把脸藏了起来。

女客人不得不欣赏这个家庭情趣，觉得应该感受一下。

“您说，我的亲爱的，”她向娜塔莎说，“这个米米是您的什么人呢？是您的女儿，对吗？”

娜塔莎不喜欢女客人这种对儿童说话的迁就的语气。她没有回答，却严肃地望着女客人。

这时候，全体的幼辈：安娜·米哈洛芙娜公爵夫人的儿子——做军官的保理斯，伯爵的大儿子——大学生尼考拉，伯爵的十五岁的甥女索尼亚和小儿子彼得路沙[2]，都在客厅里，显然都极力想要他们每个面孔上还流露着的兴奋和快乐不越出礼貌的范围。可以看出，在他们急忙地跑出来的后边房间里，他们的谈话，比这里关于城市的琐闻、天气和阿卜拉克西娜伯爵夫人的谈话更加有趣。他们不时互相看看，几乎不能忍住他们的笑声。[3]

---

① 娜塔莎是娜塔丽的爱称。

② 这是彼得的爱称，即后面的彼恰。

③ 毛注：托尔斯泰描写罗斯托夫家幼辈，用到他自家的传说和他对妻子拜尔斯家的印象。他用自己的父亲的特征描写尼考拉·罗斯托夫，甚至用了他父亲的名字（尼考拉·伊里奇）。他描写索尼亚，是摹绘他心爱的姨母塔琪安娜·阿列克三德罗芙娜·叶高斯基，像家庭传说中她年轻时的那个样子。小说中索尼亚和尼考拉的关系，正是现实生活中塔琪安娜·阿列克三德罗芙娜和他父亲的关系。韦婼是摹绘他的大姨子莉萨·拜尔斯，娜塔莎是摹绘他的小姨子塔琪安娜·拜尔斯，加上一点他自己妻子的影子。罗斯托夫家的气氛颇显出拜尔斯家的特色。

两个青年，一个是大学生，一个是军官，从小是朋友，他们年龄相同，都好看，但彼此并不相似。保理斯是高高的金发的少年，他的美丽的沉着的脸上有匀称的细致的线条：尼考拉是不高的鬈发的青年，脸上有直率的表情。他的上唇已经有了黑毫毛，他整个的脸上表现着冲动和热情。尼考拉一进客厅，脸色便红了起来。看得出，他在找话说却找不出来：保理斯，正相反，立刻便找到话说，沉着地开玩笑说，这个玩偶米米在鼻子未破之前还是小姑娘的时候他就认识她，在他认识她的五年之间她变老了，并且她头上的脑壳打破了。说了这话，他瞥了瞥娜塔莎。娜塔莎把脸避开了他，看了看她的弟弟，他眯着眼，不出声地笑得发抖，她不能再克制住自己了，她跳起来，尽她的快腿的最大速度跑出了房间。保理斯没有笑。

“好像是，您要出门了吗，妈妈？要马车吗？”他微笑着向母亲说。

“是的，去，去，吩咐预备吧。”她微笑着说。

保理斯悄悄地走出门，去找娜塔莎。胖胖的小孩子愤怒地跟在他们后边跑着，好像是因为他的事情被打搅了而恼怒。

9

幼辈中，除了伯爵夫人的大女儿（她比妹妹大四岁，她的举动已经和成人一样了）和女客人的小姐之外，只有尼考拉和甥女索尼亚留在客厅里。索尼亚是一个苗条娇小的褐色女子，柔媚的眼睛上罩着长长的睫毛，浓黑的发辫在头上绕了两圈，脸上的皮肤，特别是袒露着的细瘦的然而有肌肉的美丽的手臂上和颈子上的皮肤，是黄色的。由于行动的平稳，娇小四肢的柔软灵活，以及几分狡猾和谨慎的态度，她好像是一只美丽而未成熟的小猫，这只小猫就要长成美丽的猫儿。她显然觉得，她应该用笑容来表示她注意大家的谈话，但是不自主地，她的眼睛，流露着那样的少女的热情的崇拜，从密密的长睫毛下边望着就要去从军的cousin〔表兄〕，以致她的笑容不能有片刻的工夫欺骗任何人，并且看得出，这只猫蹲着，只是为了要更加有力地跳起来，在她和表兄，就像保理斯和娜塔莎那样，一跑出这个客厅的时候，就去玩耍。

“是的，我亲爱的，”老伯爵指着他的尼考拉向女客人说，“现在他的朋友保理斯做了军官，他因为友谊关系不愿离开他，他要离开大学校和我这个老头子，去服兵役了，我亲爱的。已经替他在档案部里谋了一个位置，一切都弄好了。”伯爵疑问地说，“这就是友谊吗？”

“但是，据说，已经宣战了。”女客人说。

“他们早就说了，”伯爵说，“他们还要说了又说，说个不停。Ma chère,〔我亲爱的，〕这就是友谊啊！”他重复说，“他要去做骠骑兵了。”

女客人不知道说什么是好，摇了摇头。

“完全不是因为友谊，”尼考拉红了脸，好像是由于可羞的诽谤，否认地说，“完全不是因为友谊，我不过是觉得服兵役是我的天职。”

他看了看表妹和年轻的女客人：她们俩都带着赞许的笑容望着他。

“今天巴夫洛格拉德骠骑兵团的舒柏特上校要到我们家来吃饭。他是在这里休假的，要带他一道去。怎办呢？”伯爵说，耸着肩膀，嘲笑地说着那显然给他许多烦恼的事情。

“我已经向您说过了，爸爸，”儿子说，“假使您不肯让我去，我就不去。但是我知道，除了去服兵役，我做什么事都不适宜，我不是外交家，不是官吏，不知道掩饰我心里的情感。”他说，仍旧带着美少年的媚态望着索尼亚和年轻的女客人。

小猫用眼睛盯住他，似乎时时刻刻都准备去玩，并表现她的猫性。

“哦，哦，好！”老伯爵说，“他总是有火气。……保拿巴特把他们的头都弄昏了，都想到他怎样从一个尉官变成了皇帝。哦，哦，但愿如此哦。”他补充说，没有注意到客人的嘲讽的笑容。

年长的人开始谈到保拿巴特。卡拉基娜的女儿尤丽转向年轻的罗斯托夫：

“多么可惜，星期四您没有到阿尔哈罗夫家去。没有您，我觉得很没趣。”她向他亲切地微笑着说。

被阿谀的年轻人，带着少年人的媚态的笑容向她靠近了一点，并且和微笑的尤丽单独地谈话，根本没有注意到，这个无心的微笑，好像一把嫉妒的刀，刺进了脸红的装作微笑的索尼亚的心。在谈话的当中他回头看了她一眼。索尼亚热情而愤怒地看了他一眼，她几乎不能控制眼睛里的泪，维持嘴上的假装的微笑，于是站起身来，从房里走出去了。尼考拉的活泼精神完全消失了。他等到了谈话的初次停顿，带着不安的脸色，走出房去找索尼亚。

“这些年轻人的心事都摆在外边了！”安娜·米哈洛芙娜指着出去的尼考拉说。她又加上一句：“Cousinage-dangereux voisinage.〔表亲是危险的亲。〕”

“是的，”伯爵夫人，在那随着幼辈们一同射进客厅的阳光消失之后，仿佛是回答那个并无人问然而一向盘踞在她心里的问题，说道，“为了现在对他们的欢喜，有过多少的痛苦，多少的操心啊！就是现在，也确实是担心多，快乐少，总是教人担心，总是教人担心！正是这样的年纪，对于青年男女有许多危险。”

“一切都要看教育如何。”女客人说。

“是的，您说得很对，”伯爵夫人继续说，“谢谢上帝，直到现在，我总是儿女的朋友，我得到他们的完全的信任。”伯爵夫人说，重蹈着许多父母的错误，以为他们的儿女对于他们没有秘密。“我知道，我总是女儿们的第一个confidente〔知己〕，我知道，尼考林卡，是个容易激动的人，即使他顽皮（男孩子是不能不顽皮的），也绝不像那些彼得堡的公子哥儿们那样。”

“是的，他们都是顶好的顶好的孩子。”伯爵附和着，他一向解决困难问题的时候，总说一切是顶好。“您看，他想当骠骑兵！但您又有什么办法呢，我亲爱的！”

“您的小女儿是个多可爱的孩子哦！”女客人说，“就像火药！”

“是的，就像火药，”伯爵说，“她就像我！她的声音这样好：虽然是我的女儿，我也要说实话，她可以成为一个女歌唱家，是莎乐美尼第二①。我们聘了一个意大利人教她。”

“不太早了吗？据说，在这个年纪就学唱，对于嗓音是有害的。”

“啊，不，哪里太早！”伯爵说，“我们的母亲可不是十二三岁就结婚的吗？”

“她现在已经爱上了保理斯了！您觉得她怎样？”伯爵夫人微笑着望着保理斯的母亲说，并且显然是在回答一个总是萦绕在心的念头，她继续说，“哎，您明白，我若严格地管她，禁止她……上帝晓得，他们会暗下做些什么，”（伯爵夫人的意思是他们会要接吻，）“但现在我知道她说的每个字。她晚上总要自动地跑到我这里来，告诉我一切。也许是我放纵她：但，确实，这样似乎要好一点。我管大女儿很严格。”

“是的，我受的教育完全不同。”美丽的大女儿，韦婉伯爵小姐微笑着说。

但笑容并不像通常那样地使韦婉的面孔变得好看：反之，她的面孔变得不自然，而且显得讨厌。大女儿韦婉，又美丽，又聪明，读书很好，教养也好，她的声音可爱，她所说的话是真实而得当的，但奇怪的是，女客人和伯爵夫人，回头看了看她，似乎是诧异着，她为什么说了这话，并且她们都觉得不舒服。

“人对于顶大的儿女们总是太精明了，希望把他们造成非常的人才。”女客人说。

---

① 毛注：一八〇五年莎乐美尼是莫斯科的德国班子的头牌坤伶。“她生在俄国，只有她的声音是意大利的，她说俄语像土著一样，教养极好，拉提琴，弹钢琴，跳舞，都美妙之至。”

“何必隐瞒呢，我亲爱的！伯爵夫人对韦娅实在太精明了，”伯爵说，“哦，那又何妨呢！她仍然是很好的。”他满意地向韦娅眏着眼睛补充说。

客人们答应来吃饭，站起身来告辞了。

“这算什么礼节！尽是坐，尽是坐。”伯爵夫人送走了客人时，这么说。

10

当娜塔莎出了客厅跑走时，她只跑到了花房里。她停留在花房里，谛听着客厅里的谈话，等候着保理斯出来。她已经开始有点不耐烦了，因为他还不立刻出来，她跺了跺脚，想要哭了，这时候，她听到那个年轻人的不快不慢的彬彬有礼的脚步声。娜塔莎迅速地跑到花桶之间藏匿起来。

保理斯站在房当中，回顾了一下，用手拍去制服袖子上的灰点，又走到镜子前面，注视着他的美丽的面孔。娜塔莎屏声息气，从她的隐藏处向外窥探着，等着看他要做什么。他在镜子前面站了一会儿，微笑了一下，向通外面的门走去。娜塔莎想叫他，但又改变了主意。她心里说：“让他找吧。”保理斯刚出去，面色发红的索尼亚就从另外一道门里走了进来，含着泪，愤怒地低诉着什么。娜塔莎刚要动步向她面前跑去便控制了自己，停留在隐藏处，好像是在一顶隐形帽子[①]下边，观看着世界上所发生的事情。她感觉到一种特别新鲜的乐趣。索尼亚低诉着什么，向客厅的门回头望着。尼考拉从门里走出来了。

“索尼亚！你怎么啦？怎么能够这样？”尼考拉向她面前跑着说。

“没有什么，没有什么，不要管我！”索尼亚啜泣着说。

---

① 童话中的隐形帽子，戴了它的人，即不被人看见。

“啊，我知道是怎么回事。”

“您知道，那更好。到她那里去吧。”

“索阿阿尼亚！听我说一句！怎能够因为幻想就使得我和你自己这么苦恼呢？”尼考拉抓住了她的手说。

索尼亚没有抽开她的手，不再流泪了。

娜塔莎不动弹、不透气，把发亮的眼睛从她的隐藏处向外面望着。“现在要发生什么事呢？”她想。

“索尼亚！世界上的一切我都不需要！只有你是我的一切，”尼考拉说，“我要向你证明的。”

“我不喜欢你这么说。”

“好，我不再说了，请你原谅，索尼亚！”他把她拉到自己面前，吻了她一下。

“啊，多么有趣呀！”娜塔莎想，当索尼亚和尼考拉走出去时，她跟在他们后面，把保理斯叫到她面前来了。

“保理斯，到这里来，”她带着意味深长的狡猾的神情说。“我给你看一样东西。到这里来，到这里来。”她说着，领他走进花房，到了她先前在花桶间躲藏的那个地方。

保理斯微笑着跟她走。

“一样什么东西？”他问。

她为难了一下，向四周看了一看，看到抛在花桶上的木偶，把它拿到了手里。

“您吻一下小娃娃。”她说。

保理斯用注意的亲切的目光望着她的兴奋的脸，没有回答。

“您不愿吗？那么，到这里来，”她说，向花枝里面走了一点，抛开了玩偶，“靠近一点，靠近一点！”她低声说。

她抓住这个军官的袖口，在她的泛红的脸上显出了严肃和恐惧的神色。

“您愿意吻我一下吗？”她低声地几乎听不见地说。她皱着眉望着他，微笑着，并且兴奋得几乎要流泪了。

保理斯脸红了。

“您多么可笑！”他低头向着她说，更加脸红了，但是他等待着，没有做出什么动作。

她忽然跳上一只花桶，于是她站得比他高，用双手抱住他，她的细小袒露的手臂搂住他颈子上边，然后仰了仰头，把乱发摆到脑后，在他的嘴唇上吻了他一下。

她朝花桶另外一边的花盆之间溜出去，垂了头，站立着。

“娜塔莎，”他说，“您知道我爱您，但是……”

“您爱我吗？”娜塔莎插言问。

“是的，我爱您，但是请您记着，我们不要做刚才那样的事了……再过四年……那时，我就要向您求婚。”

娜塔莎思索了一下。

“十三，十四，十五，十六……”她在纤细的手指上计算着说，“好！一定的吗？”

高兴和满意的笑容映在她的兴奋的脸上。

“一定的！”保理斯说。

“永远的吗？”小女孩说，“到死不变吗？”

于是她拉住他的手臂，带着幸幅的面容，和他缓缓地并肩地走进起居室。

11

伯爵夫人由于接见宾客，弄得那么疲倦，她吩咐了不再接见任何客人，并且命令守门的人一定要邀请所有的还要来道贺的[①]客人们吃饭。

---

① 毛注：俄国风俗，在出生、订婚、结婚，其他喜事时，以及在节日、圣日（或命名日）、生日，均正式道贺。

伯爵夫人想要单独地和她幼年时代的朋友安娜·米哈洛芙娜公爵夫人谈心，伯爵夫人自从她由彼得堡回来以后，还不曾好好地接待过她。安娜·米哈洛芙娜带着她的哭肿了的然而愉快的脸，把她的椅子向伯爵夫人的椅子更加凑近了一点。

“我对你要十分坦白，”安娜·米哈洛芙娜说，“我们老朋友们，在世的已经很少了！因此我是这样重视你的友谊。”

安娜·米哈洛芙娜看了看韦娅，停住了。伯爵夫人紧握了一下她的朋友的手。

“韦娅，”伯爵夫人向着显然不是心爱的大女儿说，“你怎么一点儿也不懂事？难道你不知道你在这里是多余的吗？到妹妹们那里去吧，或者……”

美丽的韦娅轻蔑地微笑了一下，显然一点也不觉得难受。

“假使您早向我说，妈，我早就走了。”她说过，便向自己的房里走去。

但走过起居室时，她看见两对男女对称地坐在两道窗子前面。她停下来，轻蔑地微笑了一下。索尼亚靠近尼考拉的身边坐着，他在抄写他第一次所作的诗赠给她。保理斯和娜塔莎坐在另一个窗口，当韦娅进来时，便不作声了。索尼亚和娜塔莎带着自疚而又快乐的面孔看了看韦娅。

看看这些在恋爱的女孩子，是愉快而动人的，但是她们的样子显然没有引起韦娅的愉快的感觉。

“我向您请求过多少次，”她说，“不要拿我的东西，您有您自己的房间。”她从尼考拉手里拿开了墨水瓶。

“等一下，等一下。”他蘸着笔说。

“你们总是做事不是时候，”韦娅说，“你们跑进客厅，弄得大家都替你们难为情。”

虽然她的话是十分正确，或者正因此，却没有人回答她，他们四个人只是面面相觑。她拿着墨水瓶在房里滞留着。

"在你们这样的年纪，在娜塔莎和保理斯当中，和你们两个人当中，能够有什么样的秘密呢？都是些愚蠢的事！"

"啊，与你有什么相干，韦娅？"娜塔莎低声地辩驳着。

显然，这一天她对所有的人都比寻常更和善更亲切。

"很蠢，"韦娅说，"我替您难为情。好大秘密哦！"

"各人有各人的秘密。我们并不干涉你和别尔格。"娜塔莎生气地说。

"我认为您并没有干涉，"韦娅说，"因为我的行为从来没有过不对的地方。可是我要告诉妈妈，您是怎样对待保理斯的。"

"娜塔丽·依利尼施娜对待我很好，"保理斯说，"我不能埋怨什么，"他说。

"您不要说了，保理斯，您是这样的一个外交家。"（外交家这个名词在孩子们当中很流行，含有他们对于这个名词所赋予的特殊意义，）"简直教人讨厌了，"娜塔莎用愤慨的发抖的声音说，"为什么她要麻烦我呢？"

"你永远不会了解这个的，"她向韦娅说，"因为你从来没有爱过谁，你没有心肝，你只是 Madame de Genlis[①]〔让理夫人〕"（这个很刺耳的诨名是尼考拉送给韦娅的）"你的最大的乐事就是对别人做不愉快的事。你尽管同别尔格去调情吧。"她迅速地说。

"但我却绝不至于在客人面前向一个年轻人献殷勤……"

"哦，你达到目的了，"尼考拉插言说，"向大家说了不愉快的话，扰乱了大家。我们到育儿室里去吧。"

四个人像一群受惊的鸟，都站立起来，走出了房间。

"你们向我说了些不好听的话，我没有向人说什么。"韦娅说。

"Madame de Genlis！ Madame de Genlis！〔让理夫人！让理夫人！〕"门外的带笑的声音说。

---

① 毛注：让理夫人是当时法国教育作家和小说作家。她的小说是上流社会的故事，优美完善，娜塔莎因为讨厌她的拘泥礼节，便用作韦娅的诨名。

美丽的韦娅引起了大家那么大的气愤和不愉快，她微笑了一下，并且显然没有为了那些对她所说的话而感到难受，走到镜前，整理她的领巾和头发。她望着自己的美丽的面孔，似乎变得更冷静更镇定了。

客厅里还在继续谈话。

“Ah！ Chère,〔啊，亲爱的，〕”伯爵夫人说，“我的生活 tout n'est pas rose.〔并不全然称心。〕难道我没有看到，du train, quenous allons,〔照我们这样过活下去，〕我的家产便维持不久了吗？这都是因为俱乐部和他的好心肠。我们住在乡里，难道就安静吗？演戏、打猎，还有别的，天晓得。但是为什么要说到我自己呢！那么，你是怎样安排这一切的呢？我常常对你觉得奇怪，Annette,〔安娜，〕你这样年纪，一个人坐车子到莫斯科，到彼得堡，会所有的大臣，所有的要人，知道应付一切的人，我觉得奇怪！那么，这是怎么安排的呢？可是这些事我一点也不会。”

“啊，我心爱的！”安娜·米哈洛芙娜公爵夫人回答，“上帝不要你知道：一个寡妇，没有接济，而又有一个十分心爱的儿子，是多么困难。什么都要学会，”她有点儿骄傲地说，“我的讼事把我教会了。假使我需要会什么要人，我便写个字条：‘Princesse une telle〔某某公爵夫人〕要会某某，’我自己雇车去两次，三次，四次，许多次，一直到我达到了我的目的为止。他们对我是什么想法，我一概不管。”

“那么，你是替保任卡①求谁的呢？”伯爵夫人问，“你瞧，你的儿子已经做了禁卫军的军官，但是尼考卢施卡②却去当见习官③。没有人替他帮忙。你是求谁的？”

“求发西利公爵的。他心肠很好。他立刻就答应了，他呈报了皇帝，”安娜·米哈洛芙娜得意地说，完全忘记了她为了达到目的而忍受

① 保理斯的爱称。

② 尼考拉的爱称。

③ 毛注：见习官是志愿从军的富家子弟，非正式军官，却有军官地位。

的屈辱。

“发西利公爵变老了吗？”公爵夫人问，“自从我们在路密安采夫家一同串演过戏以后，我就一直没有看见过他。我想他忘记我了。”伯爵夫人微笑地提起，“Il me faisait la cour.〔他追求过我。〕”

“他还是那样，”安娜·米哈洛芙娜回答，“又亲切又客气。Les grandeurs ne lui ont pas tourné la tête du tout.〔他的地位并没有使他看不起人。〕他向我说，‘我抱歉，我能替您做的事太少了，亲爱的公爵夫人，您吩咐吧。’啊，他是一个很不凡的人，很好的亲戚。但是，Nathalie〔娜塔丽〕，你知道我对于儿子的爱。我不知道，为了他的幸福，有什么事是我不会去做的。但是我的家境是那样坏，”安娜·米哈洛芙娜愁闷地压低声音说，“是那样坏，使我现在处在最可怕的境况中了。我的不幸的讼事耗尽了我所有的一切，没有一点儿进展。你可以想象得出，我这里，à la lettre,〔实实在在，〕是一文没有了，我不知道要用什么去替保理斯置服装。”她取出手帕，哭起来了：“我需要五百卢布，但是我只有一张二十五卢布的钞票。我处在这样的境况中……我现在唯一的希望是在基锐尔·夫拉济米罗维支·别素号夫伯爵的身上了。假使他不愿接济他的教子——你知道他是替保理斯主持洗礼的——不给一点东西维持他，那么我的一切的奔走都要落空了：我没有法子去替他置服装。”

伯爵夫人流出了眼泪，沉默地思索了一会。

“我常常想，也许，这是罪过，”公爵夫人说，“我常常想：基锐尔·夫拉济米罗维支·别素号夫伯爵在这里独自儿过活……这一大笔财产……他为什么要活呢？生活对他是拖累，但保理斯才开始生活。”

“他一定要留一点东西给保理斯的。”伯爵夫人说。

“天晓得，chère amie！〔亲爱的朋友！〕这些富翁要人是那么自私的人。但我还是马上就要带保理斯去看他，我要坦白地说出是什么回事。随便他们怎样地看待我，当我的儿子的命运就靠着这个的时候，我实在觉得一切都无所谓了。”公爵夫人站起身来。“现在是两点钟，你们四点钟吃饭，我还来得及走一趟。”

于是，安娜·米哈洛芙娜带着善于利用时间的干练的彼得堡贵妇的举止，派人把儿子找来，和他一同走进了前厅。

“再见，我亲爱的，”她向送她到门口的伯爵夫人说，“祝我成功吧。”她避开儿子低声地说。

“您到基锐尔·夫拉济米罗维支伯爵家去吗，我亲爱的？”从饭厅里走到前厅来的伯爵说，“假使他要好了一点，您就邀彼挨尔到我这里来吃饭。他到我家来过的，和孩子们跳过舞。您一定要邀他，我亲爱的。我们要看看，塔拉斯今天怎样显他的本领。他说，奥尔洛夫伯爵家[①]没有举行过我们家今天这样的宴会。”

12

“我亲爱的保理斯，”当他们所乘的罗斯托娃伯爵夫人的马车，走过了铺草秸的街道，驶进基锐尔·夫拉济米罗维支·别素号夫伯爵家的大院子时，安娜·米哈洛芙娜公爵夫人向她的儿子说：“我亲爱的保理斯，”母亲从旧斗篷里伸出了手，羞怯地亲热地放在儿子的手上说，“你要对他亲热、关心。基锐尔·夫拉济米罗维支伯爵到底是你的教父，你将来的命运就靠在他身上。记住这个，我亲爱的，你要显得可爱一点，你是知道怎样……”

“假若我知道，这里面除了卑屈而外，还会有别的……”儿子冷淡地回答，“但是我答应了你，我为了你要这么做。”

① 毛注：这是阿列克塞·奥尔洛夫伯爵，曾参与一七六二年的宫廷革命，这促成彼得三世之死和叶卡切锐娜女皇即位。他在一七七四年土耳其战争中立功，嗣后留居莫斯科，举行舞会酒宴，广交好客，在十九世纪初年，他是莫斯科最著名的人物。

虽然是车子停在大门前，看门的望了望母子两人（他们不要通报，在两行壁龛里的雕像之间一直走进了玻璃门廊），意味深长地看了看旧斗篷，问他们要看谁，是要看公爵小姐们还是伯爵，当他知道了是要看伯爵，他说伯爵大人今天病况更坏，什么人也不接见。

“我们可以走了。”儿子用法语说。

“我亲爱的！”母亲又摸着儿子的手臂，用恳求的声音说，似乎这一摸可以安慰他或鼓励他。

保理斯沉默着，没有脱军大衣，疑问地望着母亲。

“亲爱的，”安娜·米哈洛芙娜用温和的声音向看门的说，“我知道基锐尔·夫拉济米罗维支病很重……我就是因此来的……我是他的亲戚……我不会打搅他的，亲爱的……我只要会见发西利·塞尔盖维支公爵。他是住在这里的。请你去通报一下。”

看门的不高兴地扯动了通上边的铃索，并且转过身去。

“德路别兹卡雅公爵夫人要会发西利·塞尔盖维支公爵。”他向那个从楼上跑下来，在楼梯当中的转弯处向下探望的，穿长筒袜、低口鞋、和常礼服的用人大喊着说。

母亲理平了染过色的绸衣的皱褶，照了照墙上的威尼斯大镜子，然后踏着磨蚀了后跟的低口鞋，在梯毡上轻快地向上走。

“Mon cher, vous m’avez promis.〔我亲爱的，你答应了我的。〕”她说，又用手触儿子，鼓励着他。

儿子垂了眼，镇静地跟着她走。

他们进了大厅，这里有一道门通发西利公爵所住的房间。

当母子两人走到大厅当中，正要向那个在他们进来时跳立起来的老用人问路时，有一道门的紫铜把柄转动了，发西利公爵像在家里那样地穿着天鹅绒上衣，佩着一颗星章，送着一位漂亮的黑发的男人，走了出来。这男人是彼得堡著名的医生，Lorrain。〔劳兰。〕

“C’est donc positif?〔那么，这是真的吗？〕”公爵问。

“Mon prince, ‘Errare hummanum est’, mais……〔我的公爵，‘人孰无过’，但是……〕”医生说，在r上发着喉音，用法语发音说着拉丁成语。

“C’est bien, c’est bien.〔很好，很好。〕……”

注意到安娜·米哈洛芙娜母子两人，发西利公爵便鞠躬一下送别了医生，然后，沉默地，却带着疑问的神色，走到他们的面前。儿子注意到母亲的眼中忽然露出了深沉的悲哀，便淡淡地微笑了一下。

“哦，我们又在多么伤心的情况下会面了，公爵……哦，我们亲爱的病人怎么样了？”她说，似乎没有注意到那冷淡的、不敬的，向她注视着的目光。

发西利公爵疑问地，迷惑地望了望她，又望了望保理斯。保理斯恭敬地鞠了躬。发西利公爵没有答礼，转身向着安娜·米哈洛芙娜，用头和嘴唇的动作回答了她的问题，表示对于病人的希望是极少的。

“果真的吗？”安娜·米哈洛芙娜叫着说，“啊，多么可怕！想起来可怕……这是我的儿子，”她指着保理斯补充说，“他想要亲自感谢您。”

保理斯又恭敬地鞠了躬。

“您相信，公爵，母亲的心绝不会忘记您为我们所做的事。”

“我高兴我能够为您效一点儿劳，我亲爱的安娜·米哈洛芙娜，”发西利公爵理着领巾说，在这里，在莫斯科，他在态度和声音中，对于受他恩惠的安娜·米哈洛芙娜，比在彼得堡，在安娜·涉来尔的晚会里，显出了更多的自尊的样子。

“您要努力好好服务，要做一个值得尊敬的人，”他向保理斯严厉地说，“我很高兴……您是在这里休假的吗？”他用冷淡的语气问。

“大人，我是等候命令去就新的职务。”保理斯回答，显出他既对于公爵的严厉的语气没有恼怒，也不想加入谈话，却那么安详而恭敬，使公爵注意地看了看他。

“您和母亲住在一起吗？”

“我住在罗斯托娃伯爵夫人的家里，”保理斯说，又加上，“大人。”

“就是在娶娜塔丽·沈升娜的依利亚·罗斯托夫家。”安娜·米哈洛芙娜说。

“我知道，我知道，”发西利公爵用单调的声音说，“Je n'ai jamais pu concevoir, comment Nathalie s'est décideé à épouser cet ours mal-léché! Un personnage complétement stupide et ridicule. Et joueur à ce qu'on dit.〔我从来不能够明白娜塔丽怎么会决定了嫁这个脏熊！一个十足的愚蠢而可笑的人。据说他还是一个赌徒。〕”

“Mais très brave homme, mon prince.〔但他是个很厚道的人，公爵。〕”安娜·米哈洛芙娜动人地微笑着说，好像她知道罗斯托夫应得这种批评，但要求他同情这个可怜的老人。

“医生们怎么说的？”沉默了一会，公爵夫人在她的哭肿了的脸上带着深沉的悲哀又问。

“希望很小。”公爵说。

“我为了他对我和保理斯的一切恩惠，很想再感谢叔叔一次。C'est son filleul.〔他是他的教子。〕”她用那样的语气说，好像这个消息应使发西利公爵极为高兴。

发西利公爵想了一下，皱了皱眉。安娜·米哈洛芙娜明白了，他怕她是别素号夫伯爵遗产的竞争者。她连忙使他放心。

“假若不是因为我对叔叔的真爱和忠诚，”她说，特别确信而又不经心地说“叔叔”这个字，“我知道他的性格，高贵，爽直，但是只有公爵小姐们在他身边……她们还年轻……”她垂下了头，低声地问：“他尽了他最后的责任吗，[①]公爵？这最后的时间是多么宝贵啊！似乎情形不能再坏了，假如他是这样的不好，一定要替他准备了。公爵，我们女子，”她温柔地微笑了一下，“总是知道怎样说这些话的。我一定要见他。无论这使我多么难受，但是我已经受苦受惯了。”

---

① 毛注：即是受膏油礼。

公爵显然明白了她的意思，并且如同在安娜·涉来尔的晚会中一样，明白了要脱离安娜·米哈洛芙娜是很困难的。

“这个见面会不会使他痛苦，亲爱的安娜·米哈洛芙娜，”他说，“让我们等到晚上吧，医生料到要有危机。”

“但是公爵，在这样的时候，是不能等的。Pensez, il y va du salut de son âme……Ah, c'est terrible, les devoirs d'un chrétien〔您想想看，这是拯救他的灵魂的事情……啊，可怕呀，一个基督徒的这些责任〕……”

里面房间的一道门打开了，伯爵的甥女、公爵小姐们当中的一个走了出来，她带着闷闷的冷淡的面色，她的长腰和短腿显得极不相称。

发西利公爵转身向着她。

“啊，他怎样了？”

“还是那样。您希望怎样，这些吵声……”公爵小姐好像望生人一样地回头望着安娜·米哈洛芙娜说。

“Ah, chère, je ne vous reconnaissais pas,〔啊，亲爱的，我不认识您，〕”安娜·米哈洛芙娜带着快乐的微笑说，轻脚轻步地向伯爵的甥女面前走去。“Je viens d'arriver et je suis à vous pour vous aider à soigner mon oncle. J'imagine, combien vous avez souffert.〔我刚刚到的，我是来帮同您侍候我的叔叔，我晓得，您是多么痛苦。〕”她同情地睁大着眼睛说。

公爵小姐没有回答，甚至也没有微笑，立刻走出去了。安娜·米哈洛芙娜脱下手套，占领着她所夺得的阵地，在靠背椅子里坐下来了，并且邀发西利公爵坐在她的身边。

“保理斯，”她向儿子说，并且微笑了一下，“我去看伯爵，看叔叔，此刻你去看彼挨尔，我亲爱的，不要忘了向他说，罗斯托夫家邀请他。他们叫他去吃饭。我想，他不会去的吧？”她向着公爵说。

“相反，”公爵说，他显然是不高兴，“Je serais très content si vous me débarrassez de ce jeune homme,〔只要您能使我脱离这个年轻人，我就很高兴了，〕……他在这里。伯爵一次也没有问到他。”

他耸了耸肩。用人领着年轻人下了楼，又上了另一个楼梯去看彼得·基锐洛维支。

13

彼挨尔在彼得堡始终没有能够选定自己的职业，并且确实因为荒唐的行为，被驱逐到莫斯科来了。罗斯托夫伯爵家所说的事件是真的。彼挨尔曾经参与捆绑警察和小熊的事。他是在几天之前来到的，照平常一样，住在自己父亲的家里。虽然他料想他的事情已经被莫斯科方面知道了，他父亲身边的一向对他不好的妇女们或许利用这个机会引起伯爵生气，他还是在到达的那天来到他父亲这边的屋里。走进公爵小姐们通常起居的客厅，他问候了两个在做刺绣的和一个在出声读书的妇女们。她们是三个人。顶大的是整洁的长腰的严厉的女子，就是那个出去看见安娜·米哈洛芙娜的，她在读书：两个年轻的，都面色红润而美丽，彼此的分别只是一个在嘴唇上有一个小痣，这使她很美，她们俩都在做刺绣。彼挨尔被她们当作了死人或害瘟疫的人。顶大的公爵小姐停止了读书，把惊惶的眼睛沉默地望着他：第二个，无痣的，也作出同样的表情：最小的，有痣的，她有快乐的爱笑的性格，低头对着刺绣，遮藏着笑容，这笑容大概是她所预见到的当前景状的可笑处所引起的。她向下拉了毛线，低着头，好像是在辨别花样，几乎不能抑制她的笑声。

“Bonjour, ma cousine,〔表姐，您好，〕”彼挨尔说，“Vous ne me reconnaissez pas?〔您不认识我吗？〕”

“我认识您太清楚了，太清楚了。”

“伯爵的身体怎样？我能看他吗？”彼挨尔像平常一样笨拙地问，但是并不发窘。

“伯爵在身体上和精神上都痛苦，好像您所关心的事，就是要增加他精神上的痛苦。”

“我能看伯爵吗？”彼挨尔又问。

“哼！……假使您想要弄死他，一下弄死他，那么，您可以看他。奥尔加，您去看看，舅舅的肉汁预备好了没有，时候快到了。”她说，借此向彼挨尔表示她们忙，忙于使他父亲安适，而他显然只忙着使他不安。

奥尔加出去了。彼挨尔站了一会，看了看表姐妹们，鞠了一躬，说：

“那么我到自己房里去了。能够看他的时候，您再告诉我吧。”

他走出去了，在他后边，那有小痣儿的表妹发出了响亮而不太高的笑声。

发西利公爵是第二天到的，住在伯爵家里。他把彼挨尔叫到面前，向他说：

“Mon cher, si vous vous conduisez ici, comme à Pétersbourg, vous finirez très mal, c'est tout ce que je vous dis.〔我亲爱的，假使在这里的行为像在彼得堡一样，您的结果是很坏的，这是我要向您说的一切。〕伯爵病得很重，很重，您根本用不着去看他。”

从此以后，他们没有打扰彼挨尔，而他也单独地整天待在楼上他自己的房间里。

当保理斯来看他的时候，他正在自己的房里来回地走，有时停在角落里，向墙壁做威胁的姿势，好像是用剑在刺杀不可见的敌人，并且从眼镜上边严厉地凝视着，然后又在房里走动着，说些不清楚的话，耸着肩，举着臂。

“L' Angleterre a vécu,〔英国完了，〕”他皱着眉，并且用一只手指指着什么人说，“M. Pitt comme traître à la nation et au droit des gens est condamné à〔庇特先生是国家和人民权利的叛徒，他被判了〕……”这时他设想自己就是拿破仑，并且完成了加莱海峡危险的横渡，征服了伦敦，他还未说出庇特的罪状——便看见了一个年轻的、体格匀称的、美丽的军官进房来看他。他站住了。彼挨尔在保理斯还是十四岁的少年时便和他分别了，完全记不得他了，虽然如此，他却带着他所素有的迅速而热情的态度握他的手，并且友爱地微笑了一下。

“您记得我吗？”保理斯带着愉快的笑容镇静地说，“我和母亲来看伯爵，但他似乎不好过。”

“是的，他好像是病了。他们总是打搅他。”彼挨尔回答，极力要想起这个青年是谁。

保理斯觉得彼挨尔认不出他，但是认为无需介绍他自己，并且没有感觉到一点不安，对直地望着他。

“罗斯托夫伯爵请您今天到他家去吃饭。”他在彼挨尔觉得不舒服的、很长久的沉默之后向他说。

“啊！罗斯托夫伯爵！”彼挨尔高兴地说，“那么您是他的儿子，依利亚。您看，我乍见面的时候，没有认出您来。您还记得，我们同m-me Jacquot〔若果夫人〕坐车上麻雀山吗……很久了。”

“您弄错了，”保理斯从容不迫地，带着大胆的、有点儿嘲笑的笑容说，“我是保理斯，是安娜·米哈洛芙娜·德路别兹卡雅公爵夫人的儿子。罗斯托夫家的父亲叫依利亚，儿子叫尼考拉。我不认识什么m-me Jacquot〔若果夫人〕。”

彼挨尔摆手摇头，好像有蚊子或蜂子向他身上在飞。

“啊，怎么一回事！我全弄混乱了。在莫斯科有这么多的亲戚！您是保理斯……是的。那么，我们现在说清楚了。那么，您对于部洛涅远征是什么想法呢？假使拿破仑渡过了海峡，英国人不是很糟吗？我觉得远征是很可能的。但愿维尔纳夫不要疏忽！”①

保理斯并不知道部洛涅远征的事，他不看报纸，并且是第一次听到维尔纳夫的名字。

“我们在莫斯科对宴会，闲谈比对政治更加关心，”他用镇静的嘲笑的语调说，“我不知道也不想到这种事。莫斯科最关心的是闲谈，”

---

① 毛注：维尔纳夫是一八〇五年法国征英舰队司令。是年十月他的旗舰被掳。

他继续说，“现在大家谈到您，谈到伯爵。”

彼挨尔露出了善良的笑容，似乎在为他的交谈者担心，怕他会说出他要懊悔的话来。但是保理斯对直地望着彼挨尔，露骨地、明显地、冷淡地说着。

“在莫斯科，除了闲谈，就没有别的事干，”他继续说，“大家都在关心，伯爵要把财产遗留给谁，不过他也许要活得比我们都久，这是我诚心希望的……”

“是的，这都是很痛心的，”彼挨尔插言说，“很痛心的。”

彼挨尔仍然怕这位军官会无心地说出令他自己不自在的话来。

“您一定以为，”保理斯微微地脸红着说，却没有改变他的声音和姿态，“您一定以为，大家所关心的只是要从富翁那里得到点什么。”

“正是如此。”彼挨尔想。

“但是为了避免误会，我正要向您说，假使您要把我和我的母亲也算在这种人里面，您就大错了。我们很穷，但至少，我替自己说：正因为您的父亲有钱，我不认为我是他的亲戚，我和我的母亲都绝不会去请求什么，去从他那里取得什么。”

彼挨尔好久不能够明白这话的意思，但当他明白时，他从沙发上跳起来，以他所特有的迅速而又笨拙的动作，抓住保理斯的手，并且脸红得远比保理斯厉害，带着羞惭和恼怒的混杂情绪，开始说话了。

“啊，这才奇怪！难道我……谁能够想到……我很知道……”

但保理斯又打断他的话：

“我高兴，我说出了一切。也许您觉得不愉快，请您原谅我，”他安慰着彼挨尔说，以免彼挨尔安慰他，“但我希望我没有得罪您。我有一个常规，直说一切……那么要我传达什么呢？您要到罗斯托夫家吃饭去吗？”

保理斯，显然是完成了自己的艰巨的任务，自己脱离了困难的地位，让别人处在那种地位上，自己又变得十分愉快了。

“不，您听我说，”彼挨尔安静下来说，“您是一个异常的人。您刚才所说的，很好，很好。当然您不认识我了。我们这么久没有见面……还是小孩的时候……您可以猜想我……我了解您，很了解。我是不会这么做的，我没有这种勇气，但这是极好的。我很高兴，我认识了您。”他停了一下，微笑着说，“奇怪，您以为我会怎样！”他笑起来了。“但这有什么要紧呢？让我们更加熟识吧。就请这样吧。”他握了保理斯的手。“您可知道，我还没有一次看到伯爵。他不叫我去……我可怜他，他这个人……但是有什么办法呢？”

“您以为拿破仑能够渡过他的军队吗？”保理斯微笑着问他。

彼挨尔知道保理斯想要更换话题，并且和他意思一样，开始说明部洛涅远征的利弊。

听差来请保理斯到公爵夫人那里去。公爵夫人要走了。彼挨尔为了更加接近保理斯，答应了去吃饭，亲切地从眼镜上边望着他，用劲地握了他的手。……他走后，彼挨尔又在房中走动了很久，他不用想象的剑刺杀不可见的敌人了，却微笑着回想这个可爱的、聪明的、坚决的年轻人。

这是在青年初期，特别是在孤独的时候所常有的情形，他对于这个年轻人感觉到不知所以的亲切，并且下了决心，一定要和他做朋友。

发西利公爵送别公爵夫人。公爵夫人把手帕放在眼上，她的脸上有了泪痕。

“这是可怕的！可怕！”她说，“但无论要我付多大的代价，我也要尽我的责任。我要来守夜。让他这样是不行的。每一分钟都是宝贵的。我不明白为什么公爵小姐们要延宕。也许上帝要帮助我找出一个方法来使他有准备！……Adieu, mon prince, que le bon Dieu vous soutienne.〔再见，公爵，愿上帝帮助您。〕……”

“Adieu, ma bonne.〔再见，我的亲爱的。〕”发西利公爵回答，转身离开她。

“啊，他的病况可怕，”当他们又坐上车时，母亲向儿子说，“他几乎认不出人了。”

“妈妈，我不知道他对于彼挨尔是什么态度？”儿子问。

“遗嘱上要说明一切的，我亲爱的，我们的命运靠它……”

“但是您为什么以为他要遗留点东西给我们呢？”

“啊，我的亲爱的！他那么有钱，我们这么穷！”

“哦，这并不是充分的理由，妈。”

“啊呀！我的天！他的病多么凶啊！”母亲叫起来了。

14

当安娜·米哈洛芙娜和儿子去看基锐尔·夫拉济米罗维支·别素号夫伯爵的时候，罗斯托娃伯爵夫人用手帕蒙着眼，独自坐了很久。最后，她捺响了铃子。

“您怎么啦，亲爱的，”她向那个使她等了几分钟的女仆愤怒地说，“您不想做了，是吗？那么我就替您另找一个地方。”

伯爵夫人被她的朋友的悲伤和不体面的贫穷弄得心绪缭乱，因此有了脾气，而脾气总是用她对于女仆的“亲爱的”和“您”这种称呼来表现的。

“饶恕我吧。”女仆说。

“请伯爵到我这里来。”

伯爵像平常一样，带着几分自疚的神情，摇摆着走到妻子面前。

“哦，亲爱的伯爵夫人儿！多么好的sauté au madère〔马德拉酒煎〕山鸡啊，我亲爱的！我尝了一下，我为塔拉斯[①]花一千卢布不是白花的。他值得！”

---

① 毛注：这个厨子是一个家奴。通常家奴是连同财产出卖的，但有训练者，可以单独出卖。塔拉斯大概是在英国俱乐部跟外国师傅学烹调的。当时一千卢布可买八个或十个普通家奴。

他坐到妻子旁边，英俊地把胳膊支在膝盖上，搔着白头发。

“您有什么吩咐，伯爵夫人儿？”

“是这回事，我亲爱的——你这里是什么脏迹子？”她指着他的背心说。“大概是油迹，”她微笑着补充说。“是这回事，伯爵，我要钱用。”

她的脸色显得发愁了。

“啊，伯爵夫人儿！……”伯爵掏着皮夹，慌忙起来了。

“我要很多钱，伯爵，我要五百卢布。”她取出麻纱手帕，替丈夫拭背心。

“马上，马上就有。哎，谁在那里？”他用那样的声音喊叫，这只是那些相信他们所叫的人会立刻应声而至的人们才有的。“把米清卡叫来！”

米清卡是良家子弟，在伯爵家里受教养的，现在管理伯爵的全部家务，他轻脚轻步地走进房来。

“是这回事，我亲爱的，”伯爵向进房来的恭敬的青年说。“替我拿……”他思索了一下，“是的，七百卢布，是的。当心，不要像上次那样拿来破旧的脏的，要拿好的，给伯爵夫人。”

“是的，米清卡，费心，要干净的。”伯爵夫人愁闷地叹着气说。

“大人，要什么时候送来？”来清卡说，“大人知道……”注意到伯爵开始呼吸困难而迅速——这一向是就要发火的征兆，他补充说，“但是，不要烦心，我忘记了……要马上就拿来吗？”

“是，是，就是，拿来。交给伯爵夫人。”

当这个青年走出去时，伯爵微笑着说：“这个米清卡是我的宝贝哦。他没有办不到的事情。那是我不能忍受的。什么都办得到。”

“啊，金钱，伯爵，金钱，世界上因为它有了多少苦恼哦！”伯爵夫人说，“但这笔钱我很需要。”

“您，伯爵夫人儿，是著名会用钱的。”伯爵说，吻了妻子的手，又走进书房去了。

当安娜·米哈洛芙娜从别素号夫家回来时，伯爵夫人面前已经有了钱，全是新钞票，放在桌上的手帕下边，安娜·米哈洛芙娜注意到伯爵夫人因为什么而心神不安。

“哦，怎么样，我亲爱的？”伯爵夫人问。

“啊，他的病况是多么可怕呀！认他不出了，他病得那么重，那么重，我在那里只待了一会儿，两句话也没有说……”

“安涅特，看上帝情面，不要拒绝我。”伯爵夫人从手帕下取着钱，忽然红着脸说，这在她的中年、消瘦、庄严的面孔上显得很奇怪。

安娜·米哈洛芙娜立刻明白了是什么一回事，并且为了在适当时间灵便地搂抱伯爵夫人，她已经弯着腰了。

“这是我给保理斯的，给他置服装……”

安娜·米哈洛芙娜已经抱了她并且哭了。伯爵夫人也哭了。她们哭，因为她们是朋友：因为她们有好心肠：因为她们从小是朋友，却为金钱这样庸俗的事烦心：还因为她们的青春都过去了。……但两人的眼泪都是愉快的。

15

罗斯托娃伯爵夫人已经和女儿们同大部分的客人坐在客厅里了。伯爵把男客们领进了书房，把他的为玩赏而收集的土耳其烟斗给他们看。他时时地走出来问：她来了没有？他们是在等候玛丽亚·德米特锐叶芙娜·阿郝罗谢摩娃，[①]她在交际场中绰号叫作le terrible dragon〔可怕的蛟龙〕，她不是因为财富与地位而有名，而是因为她的思想的正直和言语的坦白直率。皇室和全莫斯科和全彼得堡都知道玛丽亚·德米特锐叶芙娜，这两个城市的人都对她感到惊奇，私下笑她粗野，说她的逸闻，然而大家都没有例外地同样地尊敬她、害怕她。

---

① 毛注：这人是实在有的，在莫斯科很有名。托氏把她的教名娜塔丽亚改为玛丽亚。在小说中用到她的不只托氏一人。

在充满烟气的书房里，大家谈到已经在宣言书里宣布的战争，谈到征兵。宣言书还没有人看到，但都知道它是发表了。伯爵坐在两个吸烟谈话的客人中间的躺椅上。伯爵自己不吸烟，不说话，只时而向这边，时而向那边点头，显然满意地看着吸烟的人，听着他所引起的两旁的客人的争论。

这两个说话的人当中的一个是文官，有一副打皱的、消瘦的、显得暴躁的、剃光的面孔，他虽然年纪大了，却穿得像最时髦的年轻人一样：他就像在自己家里一样，盘腿坐在躺椅上，把琥珀的烟嘴深深地含在口里，接连地吸着烟，并且闭着眼。这人是年老的单身汉沈升，是伯爵夫人的堂兄，莫斯科的交际界都称他为“恶舌”。他似乎是对于交谈者表示赏光。另一个气色旺盛、面颊红润的禁卫军军官，面孔洗得、衣服扣得、头发梳得无可指责，在嘴当中含着琥珀烟斗，红唇轻轻地吸进烟气，再从美丽的口中吐出烟圈。这人是塞妙诺夫团里的军官别尔格中尉，保理斯就要同他一道到团里去，娜塔莎曾经用他嘲弄姐姐韦媎，说别尔格是她的未婚夫。伯爵坐在两人之间注意地听着。除了他很欢喜的“波斯顿”牌外，伯爵最心爱的事情就是听人说话，特别是在他能够挑动两个饶舌的人的时候。

“哦，那么，老兄，mon très honorable〔我的很尊贵的〕阿尔房斯·卡尔累支，” 沈升嘲笑着说，混合着（这是他的言语的特点）最普通的俄国民间方言和漂亮的法国成语，“Vous comptez vous faire des rentes sur l'état,〔您想要从政府里获得俸金，〕您想要从连里获得薪饷吗？”

“不是，彼得·尼考拉益支，我只是想说明，在骑兵里的利益远不如在步兵里。那么，彼得·尼考拉益支，您现在想想看我的情形……”

别尔格说话向来很精确、镇静、恭敬。他的谈话总只是关于他自己，当别人说到与他直接无关的事情的时候，他总是安然地沉默着。他能够这样沉默几个小时，自己既不感觉到，也不引起别人丝毫的不安。但是谈话一和他本人有关时，他就显然满意地滔滔地说起来。

“您想想看我的情形，彼得·尼考拉益支：我要是在骑兵里，就是中尉阶级，四个月也收入不到二百卢布，但现在我收入二百三十，”他带着高兴的愉快的笑容，望着沈升和伯爵说，似乎他显然觉得，他的成功总是所有其余的人们的最大的心愿。

“此外，彼得·尼考拉益支，调入了禁卫军，我可以更受人注意，”别尔格继续说，“并且在步兵禁卫军里，空缺常常有。您再想想看，我能够用这二百三十卢布做些什么。我要留下一点，还常常寄一点给父亲。”他吐着烟圈，继续说。

“La balance y est.〔收支相抵了。〕……comme dit le proverbe〔成语说〕德国人能够在斧头上找到油水。”沈升说，把琥珀烟斗换到嘴的另外一边，向伯爵眏了眏眼。

伯爵哈哈大笑了。别的客人们看见沈升在谈话，走来旁听。别尔格没有注意到嘲笑，也没有注意到别人的淡漠，继续说到，由于调到禁卫军里，他比军事学校的老同学高了一级，说到在战时，连长会被打死，而他在连中官阶最高，很容易当连长：说到团里的人都欢喜他，他的父亲满意他。别尔格显然是，说着一切，很为高兴，似乎并没有想到，别人也可以有他们自己的兴趣。但他所说的一切的话是那么稳重可爱，他的青年人自我主义的天真是那样明显，以致他说服了他的听众。

“好，老兄，您无论是在步兵里、在骑兵里，是处处顺利的，我敢保证。”沈升从躺椅上拿下腿子，拍着他的肩膀说。

别尔格高兴地微笑了一下。伯爵和跟在他背后的客人们走到客厅里去了。

那正是宴会前的那段时间，集聚在一起的客人们没有开始作长谈，等候着被邀请去吃小食①，同时又觉得必须走动着而不沉默，以便表示

① 毛注：小食通常包括腌鲕，腌鲞，奶酪等食物及小杯酒料等。通常是放在旁边的桌上，目的在引起筵席前的胃口。

他们一点也不是急着要上席。主人们时时向门口望着，有时互相地望望。客人们极力想要凭这种目光猜出他们还在等什么人，或是什么东西，重要的迟到的亲戚，或是尚未预备好的菜。

彼挨尔正在饭前来到了，并且笨拙地坐在客厅当中最先碰到的靠背椅上，阻挡了大家的路。伯爵夫人想要使他说话，但他却天真地从眼镜里边看四周的人，似乎在找谁，并且用单音的字回答伯爵夫人的一切问题。他使人不舒服，只有他一个人没有注意到这个。大部分客人知道他和熊的故事，好奇地看着这个高大、肥胖、沉静的人，不明白这样一个笨拙而斯文的人怎么会和警察开那样的玩笑。

“您来了不久吗？”伯爵夫人问他。

“Oui, madame.〔是的，夫人。〕”他一面回答，一面回头望着。

“你没有看见我丈夫吗？”

“Non, madame.〔没有，夫人。〕”他极不得体地微笑了一下。

“您最近是在巴黎吗？我觉得很有趣。”

“很有趣。”

伯爵夫人和安娜·米哈洛芙娜交换了眼色。安娜·米哈洛芙娜明白了是要请她来应付这个青年，于是坐到他的身边，开始说到他的父亲，但是正如同对于伯爵夫人一样，他只用单音字回答她。客人们都在互相交谈。

“Les Razoumovsky……ça a été charmant……Vous êtes bien bonne……La comtesse Apraksine〔拉素摩夫斯基家……那好极了……您这样的厚道……阿卜拉克西娜伯爵夫人〕……”在座的都这样说。伯爵夫人站起来，走进了大厅。

“是玛丽亚·德米特锐叶芙娜吗？”她的声音从大厅里传来。

“是她。”传来了女子的粗声的回答，接着，玛丽亚·德米特锐叶芙娜走进了房。

所有的小姐们，甚至太太们，除了最老年的，都站起来了。玛丽亚·德米特锐叶芙娜站在门边，她高大肥胖，高抬着她的有白发绺的五十岁的头，环顾着客人们，她似乎是要卷袖子，从容地理着衣服的宽袖子。玛丽亚·德米特锐叶芙娜总是说俄语。

“祝贺亲爱的过命名日的人和她的孩子们。”她用沉重的高大的声音说，压倒了所有的别的声音。“你这个老作孽，”她向吻过她的手的伯爵说，“我看，你在莫斯科觉得无聊了吧？没有地方带狗打猎吗？但是，老先生，怎么办呢？这些小鸟儿们就要长大了……”她指着女孩子们，“无论你愿不愿，总得要找女婿了。”

“我的哥萨克兵好吗？”（玛丽亚·德米特锐叶芙娜总是叫娜塔莎哥萨克兵）她说，抚摩着大胆地、愉快地来吻她的手的娜塔莎。“我知道她是坏丫头，但我欢喜她。”

她从大提袋里取出一副梨形的琥珀耳饰，给了面色红润的、带着命名日的喜气的娜塔莎，立刻又转过身来向着彼挨尔。

“哎，哎！好先生！走近一点，”她用装作柔和的响亮的声音说。“走近一点，好先生……”

她凶狠地把袖子卷得更高了一点。

彼挨尔从眼镜上边天真地望着她，走到她面前去了。

“走近点，走近点，好先生！在你父亲得势的时候，我是向他说真话的唯一的人，我也应该对你这样的。”

她不作声了。大家沉默着等候下文，觉得这只是序论。

“好孩子，不用说的！好孩子！……他父亲躺在病床上，他却会开心，把警察放在熊背上。丢脸，先生，丢脸！最好你去打仗吧。”

她转过身，把手递给伯爵，伯爵几乎忍不住笑声……

“那么，入席吧，我想，到了时候了吗？”玛丽亚·德米特锐叶芙娜说。

伯爵和玛丽亚·德米特锐叶芙娜走在前面，后面是伯爵夫人，她由骠骑兵上校陪着，他是个有用的人，尼考拉就要跟他去入团的。然后是安娜·米哈洛芙娜和沈升。别尔格递了一只胳膊给韦娅。带笑的尤丽·卡拉基娜和尼考拉走到桌前。在他们后边还有别的对偶，排满了全厅，在大家之后，是单独的孩子们和男女教师们。仆人们开始走动了，椅子响动起来了，音乐队开始奏乐了，宾客们入座了。在伯爵家庭音乐队的乐声之后，是刀叉声，客人们谈话声，和仆人们的轻轻的脚步声。在餐桌的一端，伯爵夫人坐在主座上。右边是玛丽亚·德米特锐叶芙娜，左边是安娜·米哈洛芙娜和其他的女客人。在另一端坐着伯爵，左边是骠骑兵上校，右边是沈升和其他的男客人。在长桌当中的一边坐着成年的幼辈：韦娅和别尔格并坐，彼挨尔和保理斯并坐：另一边坐着小孩子们和男女教师们。伯爵从玻璃杯、酒瓶和水果碟子的后边时时观望妻子和她的有蓝缎条的高帽子，并且热心地为左右的人斟酒，也没有忘掉他自己。伯爵夫人也没有忘记主妇的责任，她从菠萝的后边向丈夫投射富有含义的目光，他的秃顶和面孔的红色，在她看来，和他的白发成了强烈的对照。在妇女们的那一端，进行着不高不低的谈话：在男客们的这一端，大家声音越说越高，特别是那个骠骑兵上校，他吃得喝得那么多，面色越来越红，以致伯爵拿他做了别人的榜样。别尔格带着亲切的微笑和韦娅说，爱情不是地上的而是天上的情感。保理斯向新友彼挨尔说了桌子对面客人们的姓名，并和坐在对面的娜塔莎交换眼色。彼挨尔说话很少，察看着许多新的面孔，吃了很多。开始是两种汤，他选了 à la tortue〔甲鱼汤〕。从鱼包，直到松鸡，他没有遗漏过一道菜，他也没有放过一种酒。仆人拿着裹布的酒瓶从邻座客人的肩头神秘地举起来，说着“干马代拉酒”，或“匈牙利酒”，或“来因酒”。他拿起有伯爵姓名头一个字母的、摆在每套食具之前的、四个玻璃酒杯当中最先摸到的一个，满意地饮着，带着越来越可爱的样子望着客人们。娜塔莎坐在他的对面，望着保理斯，正如同十三岁的女孩子们那样地望着她们刚刚第一次接吻过的，她们所爱的男孩子。她的这种目光也时而对着彼挨尔，这个可笑的活泼的女孩子的目光使他不知道为什么想要发笑。

尼考拉坐得离索尼亚很远，在尤丽·卡拉基娜的旁边，又带着同样的不自觉的笑容和她说了什么。索尼亚陪同微笑着，但显然是因为嫉妒而痛苦，她的脸色时而发白，时而发红，全力地倾听着尼考拉和尤丽在说什么。女教师不安地环顾着，好像准备着，假使有谁想要侮辱孩子们，便要同谁吵架。德国男教师极力想要记住各种菜肴，甜食和酒，以便在信中详细地把一切告诉在德国的家庭，但是因为拿着裹布的酒瓶的仆人越过了他而极其愤慨。德国人皱了皱眉，极想做出他并不想吃这种酒的样子，但他愤慨，因为没有人想要明白他需要酒不是为了过瘾，不是由于饕餮，而是由于诚恳的求知欲。

16

在酒席台的男客们的那一头，谈话越来越起劲了。上校说到宣战的诏书已经在彼得堡发表，他所看到的一份，已经在那天由急使送来给总司令了。

“究竟为什么我们要同保拿巴特打仗呢？”沈升说，“Il a dé jà rabattu le caquet à l’ Autriche. Je crains, que cette fois ce ne soit notre tour.〔他已经压下了奥地利的气焰。我怕这一次要轮到我们了。〕”

上校是个肥胖、高大、急躁的德国人，显然是一个热心服务者和爱国者。他愤慨沈升的话。

“因为这个，亲爱的先生，”他说，把母音“挨”说成“爱”，把软音说成硬音。[①]“这原因是皇帝知道的。他在诏书中说的，他不能漠视那威胁俄国的危险，为了帝国的安全，帝国的尊严，和同盟的神圣，”他因为什么缘故，特别强调“同盟”这个字眼，好像问题的整个要点就是这个字眼。

① 这是描写德国人说俄语。译文从简。

于是凭着他所特有的丝毫不错的对于公文的记忆力，他重述了诏书中的引言："'……皇帝所希望的唯一不变的目的，是在欧洲建立基础巩固的和平，因此决定把一部分军队调到国外，作新的努力，以达此目的。'"

"就是为了这个缘故，亲爱的先生。"他说完了，装模作样地喝着一大杯酒，并且望着伯爵，等待赞许。

"Connaissez vous le proverbe:〔您可知道这个成语：〕'叶饶马，叶饶马，你还是坐在家，好好纺你的纱！'"沈升皱着眉微笑着说。"Cela, nous convient à merveille.〔这话对我们非常适用。〕苏佛罗夫是能手，但他们也把他打得à plate couture〔大败〕，现在我们的苏佛罗夫之流的人物在哪里呢？Je vous demande un peu.〔我只问您这一点。〕"他说，不断地从俄语转到法语。

"我们一定要战斗到最后的一滴血，"上校拍着桌子说，"为我们的皇帝而死，那时一切都好了。我们要尽可能地少讨论。"他特别拖长声音说"可能"，说完之后，他又转向伯爵。"这是我们老骠骑兵的意见，就是这样了。您有什么意见呢，年轻人，年轻的骠骑兵？"他向着尼考拉说，尼考拉听到了在谈战事，便丢开了谈话的女对手，用眼睛注意地看着上校，用耳朵注意地听着上校说。

"我完全同意您，"尼考拉回答，他十分激动了，那么坚决地不顾一切地转动着碟子，移动着玻璃杯，好像他此刻就遭遇了巨大的危险，"我相信，俄国人应该去死或者战胜，"他自己也和别人一样，在话已说出之后，觉得这些话对于这个场合是太热情、太夸大，因此是不适宜的。

"C' est bien beau ce que vous venez de dire,〔你刚才所说的好极了，〕"坐在他身边的尤丽叹着气说。

索尼亚，在尼考拉说话时，全身打颤，脸红到耳根，红到耳后，红到颈子和肩头。

彼挨尔听着上校的话，同意地点头。

“这好极了。”他说。

“真正的骠骑兵，年轻人。”上校又拍了拍桌子说。

“你们在那儿吵什么？”忽然从桌子那头传来了玛丽亚·德米特锐叶芙娜的低沉的声音。“你为什么拍桌子？”她向骠骑兵说，“你对谁发脾气？你真以为法国人在你面前了吗？”

“我说真话。”骠骑兵微笑着说。

“都是关于战争，”伯爵在桌子那边说，“你知道我的儿子要去了，玛丽亚·德米特锐叶芙娜，我的儿子要去了。”

“我有四个儿子在军队里，但我并不心痛。一切都是上帝的意志：你会寿终正寝的，在战争中上帝会饶恕你的。”玛丽亚·德米特锐叶芙娜的低沉的声音毫不费力地传遍了全桌子。

“那是真的。”

谈话又集中在两处——妇女们在桌子的这一头，男子们在另一头。

“你不要问，”小弟弟向娜塔莎说，“我知道你不要问的！”

“我要问。”娜塔莎回答。

她的脸忽然发红，表示着不顾一切的愉快的决心。她把目光向坐在对面的彼挨尔看了一下，要他倾听，然后欠起身子，向母亲说：

“妈妈！”她的孩子的胸部声音传遍了全桌。

“你有什么事？”伯爵夫人惊惶地问，但是，在女儿的脸上看出了这是顽皮，便向她严厉地摇手，用头向她做出威胁的禁止的姿势。

谈话都停止了。

“妈妈！是什么甜菜？”娜塔莎的从容的声音说得更坚决了。

伯爵夫人想要皱眉，却不能够。玛丽亚·德米特锐叶芙娜伸着一只肥胖的手指恐吓着。

“哥萨克兵。”她威胁地说。

大部分的客人望着年老的人们，不知道对这样的顽皮应该采取什么态度。

“我教你当心！”伯爵夫人说。

“妈妈！是什么甜菜？”娜塔莎又大胆地、顽皮地、愉快地叫着，相信她的顽皮会被人嘉纳的。

索尼亚和肥胖的彼恰笑得抬不起头。

“你看，我问了。”娜塔莎低声向小弟弟和彼挨尔说，她又看了彼挨尔一眼。

“冰布丁，但是不给你吃。”玛丽亚·德米特锐叶芙娜说。

娜塔莎知道没有可怕的地方，因此也不怕玛丽亚·德米特锐叶芙娜。

“玛丽亚·德米特锐叶芙娜！什么样的冰布丁？我不欢喜冰淇淋。”

“胡萝卜冰淇淋。”

“不，什么？玛丽亚·德米特锐叶芙娜，什么？”她几乎叫起来了。“我要知道！”

玛丽亚·德米特锐叶芙娜和伯爵夫人笑起来了，客人们也都跟着笑。他们不是笑玛丽亚·德米特锐叶芙娜的回答，却是笑这个女孩子的不可思议的勇敢和伶俐，她能够并且敢那样地对待玛丽亚·德米特锐叶芙娜。

娜塔莎直到客人告诉她这是菠萝冰淇淋时才罢休。在冰食之前，斟了香槟酒。音乐又奏起来了，伯爵吻了伯爵夫人，客人们立起来祝贺伯爵夫人，隔着桌子和伯爵、和孩子们碰杯，并彼此碰杯。仆人们又奔忙起来了，椅子又响动起来了，客人们按照进来时同样的次序，却带着更红的脸，回到客厅里和伯爵的书房里去了。

17

几张波士顿牌桌摆开了，人也凑齐了，伯爵的客人们分散在两个客厅里，在起居室和图书室里。

伯爵把牌插成扇子形，费劲地抑制着饭后睡觉的习惯，对一切都发笑。小辈们，受伯爵夫人的怂恿，都聚集在大钢琴和竖琴旁。尤丽应大家的要求，在竖琴上首先奏了一个有变调的曲子，然后又同别的女孩子一道请求著名的有音乐才能的娜塔莎和尼考拉唱歌。娜塔莎，被人当作大人看待，显然很因此骄傲，同时又觉得害羞。

“我们唱什么呢？”她问。

“唱《泉水曲》，”尼考拉回答。

“哦，快些吧。保理斯，到这里来，”娜塔莎说，“索尼亚在哪里？”

她回顾了一下，看见她的朋友不在房里，便跑出去找她。

娜塔莎跑进了索尼亚房里，没有找到她，又跑到育儿室去找，索尼亚也不在那里。娜塔莎明白了，索尼亚一定是在走廊的箱子上。走廊的箱子是罗斯托夫家幼年女辈的悲伤的场所。果然，索尼亚压着自己的细薄的红色的衣服，脸向下躺在箱子上保姆的脏污的条纹布羽毛床垫上，用手蒙了脸在啜泣，颤动着她的袒露的肩膀。娜塔莎的在命名日整天喜悦活泼的面孔忽然改变了，她的眼睛不动了，然后她的粗颈子打颤了，嘴的两角下垂了。

“索尼亚，你怎么？怎么，你有什么事，呜呜呜！……”于是娜塔莎张开了大嘴，显得极丑，她不知道什么缘故，只是因为索尼亚在哭，她也像小孩一样地号哭着。索尼亚想要抬起头来，想要回答，但是她不能够，并且更向里边埋藏着她的脸。娜塔莎坐在蓝色羽毛床垫上，搂抱着她的女友哭着。索尼亚鼓起了精神，坐了起来，开始拭泪、说话了。

“尼考林卡再过一个星期就要走了，他的……公文……到了……他自己向我说的……但我还是不该哭……”（她出示了她拿在手里的纸：纸上有尼考拉所写的诗句，）“我不该哭，但你不能够……没有人能够明白……他的心是多么好。”

她又要哭了，因为他的心是那么好。

“你很好……我不嫉妒……我爱你，也爱保理斯，”她说，稍微提起了精神，“他可爱……你们不会遇到阻碍。但尼考拉是我的表兄……必须……总主教自己[①]……就是这样也不行。况且，假使她告诉妈妈……”（索尼亚把伯爵夫人当作并称为母亲）“说我是破坏尼考拉的前途，说我没有心肝，说我忘恩负义，当真……凭上帝……”（她画着十字）“我那么爱她，爱你们全体，只除了韦娅一个人。……为什么呢？我对她做了什么事情呢？我是这样的感激你们，我愿意牺牲一切，但我却没有东西……”

索尼亚不能向下说了，又把她的头藏在手里和羽毛床垫上。娜塔莎开始心安了，但是在她的脸上看得出来，她了解她的朋友的悲哀的深重。

“索尼亚！”她忽然地说，似乎猜中了表姐伤心的真正原因。“大概，韦娅饭后和你说了什么吗？是吗？”

“是的，这些诗句是尼考拉自己写的，我还抄了些别的，她在我的桌子上看见了它们，她说她要给妈妈看，她说我忘恩负义，她说妈妈绝不会让他娶我，但是他要娶尤丽。你知道，他怎样地和她整天……娜塔莎！……为什么？……”

于是她又开始哭得比先前更加伤心。娜塔莎扶起了她，抱着她，并且含泪地微笑着，开始安慰她。

“索尼亚，你不要相信她的话，亲爱的，不要相信她的话。你记得，我们和尼考林卡三个人饭后在起居室里怎么说的，你记得吗？我们还决定了将来的一切。我已经记不清是怎么说的，但你记得，一切都是很好的，一切都是可能的。沈升舅舅的一个兄弟娶了表姐妹，我们是更远的表亲。保理斯说这是很可能的。你知道，我把一切都向他说了。他是那么聪明、那么好，”娜塔莎说……“你，索尼亚，不要哭，最亲爱的，心爱的，索尼亚。”她吻了她，出声地笑了。“韦娅可恶，不要介意她！一切都会很好的，她不会向妈妈说的，尼考林卡自己要向她说的，他并不想娶尤丽。”

---

① 毛注：俄国教会风俗，表亲结婚须有特许。

她吻了她的头。索尼亚坐起来了。小猫活泼起来，眼睛发光了，它似乎准备了就要摇尾巴，蹬着轻柔的爪子跳起来，并且又像小猫所应有的那样开始玩弄线球了。

“你以为是这样吗？真的吗？”她说，迅速地整理着衣裳和头发。

“的确，真的！”娜塔莎一面回答，一面替她的朋友理着盘辫下边脱出的硬发绺。

于是她们两人都笑起来了。

“那么，我们去唱《泉水曲》吧。”

“我们去吧。”

“你知道，坐在我对面的那个胖胖的彼挨尔是那么可笑！”娜塔莎忽然站住了说，“我很快活！”

于是娜塔莎顺着走廊跑去。

索尼亚拂去了细毳，把诗句藏在颈子下边的胸骨突出的怀里，带着发红的脸，用轻柔愉快的脚步，跟着娜塔莎从走廊上向起居室跑去。年轻的人们应客人们的请求，唱了四人合唱的《泉水曲》，这歌大家都很欢喜，然后尼考拉唱了他新学会的一个歌。

良夜月光下，
怡然自想象：
世上有个人，
还在把你想！
她用美丽手，
弹奏金竖琴，
热情的和声，
向你传心音！
幸福即日来，
呜呼友命殒！

他还没有唱完最后的字句，年轻人们已经准备在大厅里跳舞了，音乐台上的乐师们在踏脚、在咳嗽了。

彼挨尔坐在客厅里，沈升和刚从国外回来的彼挨尔谈着令彼挨尔觉得无聊的政治问题，还有别人也加入了这个谈话。音乐演奏时，娜塔莎走进客厅，一直走到彼挨尔面前，笑着，红着脸说：

“妈妈叫我请您跳舞。”

“我怕跳错了步子，”彼挨尔说，“但是假使您愿意做我的教师……”

于是他把肥胖的手臂低垂着，递给清瘦的小姑娘。

当舞伴散开而乐师们调整乐器时，彼挨尔和他的小女伴坐了下来。娜塔莎觉得十分幸福：她和大人跳舞，和从国外回来的人跳舞。她坐在大家注意的地方，像大人一样，和他说话。她手里有一把扇子，这是一个小姐给她拿着的。她完全依照社交妇女的姿势（天知道她什么时候从什么地方学会的），扇着扇子，隔着扇子微笑着，和她的舞伴谈话。

“她怎样，怎样？您看，您看！”老伯爵夫人走过大厅时，指着娜塔莎说。娜塔莎红了脸，笑起来了。

“哦，您干吗？妈妈？哦，您何必这样？有什么奇怪的地方？”

在第三次的苏格兰舞的当中，伯爵和玛丽亚·德米特锐叶芙娜在玩牌的那个客厅里的椅子响动了，大部分尊贵的客人和年纪大的人，在久坐之后伸着腰，把钱夹和皮包向衣袋里放着，走到大厅的门口去了。玛丽亚·德米特锐叶芙娜和伯爵走在前面，两人都带着快乐的面色。伯爵照芭蕾舞的样式，献着开玩笑的殷勤，把弯曲的手臂递给玛丽亚·德米特锐叶芙娜。他挺直了身躯，他的脸上显出特别英俊狡猾的笑容，当他们刚刚跳完苏格兰舞的最后一节时，他便向乐师们拍手，向音乐台叫起来，向第一小提琴手说：

“塞妙恩！你知道《丹尼·古柏》吗？”

这是伯爵所喜爱的舞蹈，是他在年轻的时候跳的。（严格地说来，《丹尼·古柏》是英格兰舞中的一节。）[①]

“你们看爸爸，”娜塔莎向全厅的人叫着说（完全忘记了她和大人跳过舞），把她的鬈发的头弯到膝盖，把她的响亮的笑声充满了全厅。

确实，所有在舞厅里的人，都带着快乐的笑容，望着快活的老伯爵，他和身材比他还高的、威严的女伴玛丽亚·德米特锐叶芙娜站在一起，弯着两只手臂，随着拍子摆动着，并且挺起了肩膀，向外转动了腿子，轻轻地踏着脚跟，在圆脸上带着愈益扩大的笑容，要观众们准备看下面的东西。《丹尼·古柏》的愉快而刺激的声音，好像轻快的《特来巴克舞曲》[②]一样地刚刚发出，大厅的所有的门口都忽然挤满了奴婢们——一边是男的，一边是女的——他们都带着笑脸来看快活的主人。

“看我们的主人呀！像一只鹰啊！”保姆在一道门口大声说。

伯爵跳得很好，并且自己也知道，但他的女伴却全然不会跳，也不想跳得好。她的高大的身躯直立着，有劲的手臂下垂着（她把提袋交给了伯爵夫人），只是她的严厉然而美丽的脸在跳舞。伯爵摆动着他那整个圆圆的身体，玛丽亚·德米特锐叶芙娜只动着她的越来越微笑着的脸和颤动的鼻子。但是，要说越来越兴奋的伯爵是用他那出人意外的灵活的旋转和轻轻的跳跃吸引了观众，则玛丽亚·德米特锐叶芙娜是在旋转和踏拍子时，用她那弯起双臂和抖动肩膀的动作产生了同样的效果，由于她的肥大的身材与素常的严肃，引起了每个人的重视。舞跳得越来越起劲。别的对舞者们不能再引起、也不力求引起人们的注意了。大家都注意着伯爵和玛丽亚·德米特锐叶芙娜。娜塔莎拉拉所有在场的人的

---

① 毛注：英格兰舞是一种对面舞，有许多舞节，各有奇怪而任意的名称。这是托尔斯泰从他的家庭传说中获知的。

② 一种古农民舞。

袖子和衣服，要他们看她的爸爸，其实，他们本来就一直目不转睛地盯着这一对跳舞的人。伯爵在舞会的间歇时深深地换气，向乐师们挥手喊叫，要他们奏快一点。奏得越快，越快，越快，伯爵旋转得越灵活，越灵活，越灵活，有时用脚尖，有时用脚跟，环绕着玛丽亚·德米特锐叶芙娜旋转，最后把他的女伴转到她的位子前，在娜塔莎所领头的雷鸣的掌声和笑声中，向后举起柔软的腿，低下流汗的头和笑脸，用右手划了一圈，跳了最后的一步。两个跳舞的人停下来了，费劲地呼吸着，用细麻纱手帕拭着脸。

“在我们那时候便是这样跳的，ma chère.（我的亲爱的。）”伯爵说。

“啊，那才是《丹尼·古柏》！”玛丽亚·德米特锐叶芙娜费力地喘着气，卷着袖子说。

18

当罗斯托夫家的人，在乐师们因为疲倦而奏错的音乐声中，大厅里跳起了第六个英格兰舞，而疲倦的仆人们和厨子们准备夜饭时，别素号夫的病第六次发作了。医生们宣布了没有复原的希望，他们替病人施行了无言的忏悔礼和圣餐礼，他们作了涂油礼的准备，屋里出现了在这种时候所常有的忙乱和惊慌。在屋外，抬棺材的人挤在大门口，避让着那些来到的车辆，等待着办理伯爵的有排场的安葬。莫斯科的卫戍司令不断地派副官来探听伯爵的病况，这天晚上他亲自来和叶卡切锐娜女皇朝代的著名的贵官别素号夫伯爵诀别。

华丽的接待室里坐满了人。当卫戍司令独自和病人会面半小时之后从病房里走出时，大家都恭敬地站起来，他轻轻地回答别人的敬礼，力求赶快穿过医生们、神甫们和亲戚们向他注视的那些目光。发西利公爵这几天消瘦了、苍白了，他陪送着卫戍司令，好几次低声地向他重述着什么。

送走了卫戍司令，发西利公爵独自坐到大厅里的椅子上，高高地架着腿，把胳膊支在膝盖上，用一只手蒙住眼睛。这样坐了一会儿，他站起来，用惊恐的目光环顾着，踏着非常急速的步子穿过长走廊，到屋子后边去看顶大的公爵小姐。

在灯光暗淡的房间里，人们用高低不一的低语交谈着，每次有人出入病房的门时，他们便沉默下来用充满怀疑与期望的眼睛望着濒死的人的、发出微微响声的房门。

“人寿的期限，”一个年老的神甫向一个坐在他身边的、单纯地听他说话的太太说，“期限定了，便不能超过。”

“我想涂油礼不太迟吧？”这个太太问着，又说出他的教会的职衔，她好像对于这件事没有自己的任何意见。

“夫人，这是伟大的圣礼啊。”神甫回答，用手摸着光头，头上有几缕向后梳的半白的头发。

“这人是谁？是卫戍司令本人吗？”房间的另一端有人问，“多么年轻啊！……”

“六十多岁了！呀，说伯爵认不清人了吗？要举行涂油礼吗？”

“我知道有一个人受了七次涂油礼。”

二公爵小姐带了眼泪从病房里走出来，坐在劳兰医生的旁边。他把胳膊搭在桌上，庄严地坐在叶卡切锐娜画像下边。

“Très beau,〔很好，〕”医生回答关于天气的问题说，“très beau, princesse, et puis, à Moscou on se croit à la compagne.〔很好，公爵小姐，并且，在莫斯科，人觉得是在乡下一样。〕”

“N’est-Ce-pas?〔不是吗？〕”公爵小姐叹着气说，“那么，可以给他喝了吗？”

劳兰思索了一下。

“他吃了药吗？”

“吃了。”

医生看了看表。

“拿一杯开水，放une pincée〔一小撮〕，”（他用细手指表示了une pincée是多少）“de cremortartari〔酒石英〕……”

“纵来没又过，”德国医生向副官说，“在第三次发作衣后还能浩着的。”①

“他原是多么生气勃勃的人！”副官说，“这笔财产要给谁呢？”他低声地补充说。

“当然会有人的。”德国人微笑着说。

大家又向着门看了一下，门响了一声，二公爵小姐备好了劳兰医生所吩咐的药水，送进病房去了。德国医生走到劳兰的面前。

“还能拖到明天早晨吗？”德国人说着很糟的法语问他。

劳兰抿紧了嘴唇，严肃地否定地在鼻子前面摇着一只手指。

“今天夜里，不会再迟。”他低声地说，然后，因为他能够明白地知道并说出病人的情况，带着有礼貌的自满的笑容走开了。

这时候发西利公爵推开了公爵小姐的房门。

房里是光线暗淡的，只有两盏灯点在圣像前，香锭和花发出很好的香气。全房陈设了小巧的家具——小碗橱，小书柜，小桌子。在屏风后边，可以看见高高的羽毛床垫上的白被。一只小狗叫起来了。

“啊，是您，表兄吗？”

她站起来，理了理头发，她的头发总是那样异常光滑，甚至现在也如此，好像头发和头是一块东西做成的，并且是打了蜡的。

“有了什么事情吗？”她问，“我是那么害怕。”

“没有什么，还是照旧一样，我只是来同你谈一件事情，卡姬施。”公爵说，疲倦地坐到她所让出来的安乐椅上。“但是，你这里多

① 医生说的音不准，此句应为“从来没有过……以后还能活着的。”

么暖啊，”他说，“那么，坐到这里来，causons.〔我们谈谈吧。〕”

“我想，没有发生什么事吗？”公爵小姐说，带着她的经常不变的像石头那样严厉的面部表情，坐在公爵对面，准备着听。

“我想要睡觉，表兄，我却睡不着。”

“哦，怎么样，我的亲爱的？”发西利公爵抓住了公爵小姐的手，并且习惯地把它向下拉着说。

显然，这个“哦，怎么样”是关于他们俩不用说就明白的那些事情的。

公爵小姐的腰又直又硬，和腿部比较起来显得太长，她用突出的灰眼睛对直地没有表情地望着公爵。她摇了摇头，叹了口气，望着圣像。她的姿势可以看作是悲哀和忠实的表情，可以看作是疲倦和希望赶快休息的表情。发西利公爵把这种姿势当作疲倦的表情。

他说，“你以为我轻松吗？Je suis éreinté, comme un cheval de poste,〔我累得就像一匹驿马了，〕但我还是必须和你谈一下，卡姬施，是很重要的事。”

发西利公爵沉默了，他的腮开始神经质地忽而左边打颤，忽而右边打颤，增加了他脸上不愉快的表情，这表情是发西利公爵在客厅里的时候从来不会表现过的。他的眼睛也和寻常不同：时而傲慢地嘲笑地注视着，时而惊恐地环顾着。

公爵小姐用骨瘦的手把小狗捧在膝上，注意地望着发西利公爵的眼睛，但是可以看得出，即使要她沉默到第二天早晨，她也不会用问题来打破沉默。

“您知道，我的亲爱的公爵小姐和表妹，卡切芮娜·塞妙诺芙娜，”发西利公爵继续说，显然是带着内心的冲突在继续说他的话，“在现在这样的时候，我们应该把一切都想一想。必须想到将来，想到你们……我爱你们全体，好像爱我自己的孩子一样，这是你知道的。”

公爵小姐还是那么无神地不动地望着他。

“最后，还必须想到我的家庭，”公爵继续说，愤怒地推开小桌子，没有望她，“你知道，卡姬施，你们马芒托娃三姐妹，还有我的内人，只有我们是伯爵的直系继承人。我知道，我知道，你说到了、想到了这种事，是多么苦痛。我的心情也并不轻松，但我的亲爱的，我有五十多岁了，我必须对于一切有所准备。我派了人去找彼挨尔，伯爵对直地指着彼挨尔的画像，要他到自己面前去，你知道吗？”

发西利公爵询问地望着公爵小姐，但是他不能明白，她是在考虑他向她所说的话，或者只是望着他……

“我只为一件事情不断地祈祷上帝，表兄，”她回答，“求上帝可怜他，让他的高贵灵魂安静地离开这个……”

“是的，正是这样，”发西利公爵不耐烦地继续说，拭着秃顶，又愤怒地把推开的小桌子向自己面前拖着，“但，总之……总之，问题在这里，你自己知道，去年冬天伯爵写了遗嘱，在遗嘱里他没有把一切财产指定给他的直系继承人，给我们，却给了彼挨尔。”

“他写的遗嘱真不少！”公爵小姐镇静地说，“但是他不能够遗留给彼挨尔。彼挨尔是一个私生子。”

“我的亲爱的，”忽然发西利公爵说，把小桌子拖到自己面前，激动起来，开始迅速地说着，“但假使伯爵写了信给皇帝，要求承认彼挨尔是儿子，怎办呢？你明白，按照伯爵的功绩，他的请求会被批准……”

公爵小姐微笑了一下，就像那些自认对于所谈的事比交谈的人知道更多的人微笑的一样。

“我还要向您说，”发西利公爵抓住她的手继续说，“信已经写了，虽然没有送出去，皇帝却知道这件事。问题只在这封信销毁了没有。假若没有，那么一旦一切完结，”发西利公爵叹了口气，借此使她明白他说一切完结是什么意思，“他们打开伯爵的文件的时候，遗嘱和信就要送给皇帝，他的请求一定会批准的。彼挨尔作为嫡子，就要得到一切了。”

“我们的份儿呢？”公爵小姐问，那么讽刺地微笑着，好像任何事情都会发生，只是这件事不会有的。

“Mais, ma pauvre Catiche, c’est clair, comme le jour.〔但，我的可怜的卡姬施，这是像光天化日一样地明白。〕那时候只有他一个人是一切财产的合法的继承人，你们却得不到一点东西。你应该知道，我的亲爱的，这个遗嘱和信是不是写了、是不是毁了。假使因为什么缘故，它们被遗忘了，那么你应该知道它们在哪里，把它们找出来，因为……”

“岂有此理！”公爵小姐插言说，讽刺地微笑着，没有改变她的眼睛的表情。“我是女子，您以为我们都愚蠢，但是我知道，私生子不能继承……”她补充说，“un bâtard！〔一个私生子！〕”以为这个译名会断然地向公爵证明他的话没有根据。

“怎么你到底还不明白，卡姬施！你那么聪明：你怎么不明白——假使伯爵写了信给皇帝，在信里要求承认他的儿子是嫡子，那么彼挨尔就不是彼挨尔，而是别素号夫伯爵了，那时候，他便按照遗嘱得到一切——你怎么不明白呢？假使这个遗嘱和信没有毁掉，那么，除了这样的安慰：你是有德行的人 et tout ce qui s’en suit〔以及德行的一切后果〕，你便什么也得不到了。这是一定的。”

“我知道遗嘱已经写了，但我还知道它是无效的，您似乎把我当作一个十足的傻瓜，表兄。”公爵小姐带着妇女们以为她们在说聪明的辛辣的话的时候所有的那种表情说。

“我亲爱的卡切芮娜·塞妙诺芙娜公爵小姐，”发西利公爵不耐烦地说，“我到你这里来不是为了要和你争论，而是把你看作亲戚，善良的、好心的、真正的亲戚，谈谈你自己的利益。我向你说上十遍了，假使给皇帝的信和那件于彼挨尔有利的遗嘱是在伯爵的文件之内，那么，你，我的亲爱的，和你妹妹们都不是继承人了。假使你不相信我，那么是相信专家了：我刚才和德米特锐·奥努弗锐支谈过。”（这人是家庭法律顾问）“他也这么说。”

显然公爵小姐的思想忽然有了改变，她的薄薄的嘴唇发白了（她的眼睛还是照旧那样），在她说话时，她的声音发生了显然是她自己没有料到的那种轰响。

“这倒是很好的，”她说，“我没有想要过什么，也不想要什么。”

她从膝上抛下了小狗，理好了衣服的皱褶。

“这就是对于那些为他牺牲了一切的人们的谢意和感激，”她说，“好极了！很好！我什么也不需要，公爵。”

“但你不是一个人，你还有妹妹。”发西利公爵回答。

但公爵小姐没有听他说。

“是的，我早就知道这个，但是我忘记了，除了卑鄙、欺骗、嫉妒、阴谋，除了忘恩负义，最黑心的忘恩负义，我在这个屋子里不能够期望任何别的东西了……”

“你知道不知道这个遗嘱在哪里？”发西利公爵问，他的腮比先前颤动得更厉害了。

“是的，我做了傻瓜，我还是相信人，爱他们，牺牲我自己。只有那些卑鄙恶劣的人才得成功。我知道这是谁的阴谋。”

公爵小姐想要站起来，但公爵抓住她的手臂。公爵小姐显出对于全人类忽然感到失望的神情，她愤怒地看着她的交谈者。

“还有时间，我的亲爱的。你记着，卡姬施，这一切都是在发火、生病的时候偶然地做的，后来就被忘记了。我的亲爱的，我们的责任是要纠正他的错误，是要减少他临终的痛苦，不让他做出这样的不公平的事，不让他临死的时候觉得他还使那些人不幸……”

“那些为他牺牲了一切的人，”公爵小姐接上去说，又挣着要站起来，但是公爵没有放开她，“他从来不知道赏识这个。不，mon cousin,〔表兄，〕”她又叹着气说，“我要记住，在这个世界上，不能够期望酬报，在这个世界上没有荣誉、没有正义。在这个世界上应该狡猾凶狠。”

“哦，voyons,〔哦，〕你镇静一点，我知道你的好心肠。”

“不，我的心肠坏。”

“我知道你的心，”公爵重复说，“我重视你的友谊，并且希望你对我也是这样的态度。你镇静点吧，parlons raison,〔我们好好地谈谈吧，〕现在还有时间——也许是一天，也许是一小时，把你关于遗嘱所知道的一切告诉我吧，最重要的是它在哪里，你应该知道。我们现在就拿遗嘱给伯爵看。他一定把它忘记了，并且想要把它毁掉。你知道，我的唯一希望——是虔敬地完成他的意志，我就是为了这个到这里来的。我到这里来只是为了帮助他和你们。”

“现在我统统明白了。我知道这是谁的阴谋。我知道。”公爵小姐说。

“问题不在这里，我的心爱的。”

“这人是您的protégée〔被保护人〕，您的可爱的安娜·米哈洛芙娜公爵夫人，这样的人就是要做我的婢女我也不接受，这个卑鄙恶劣的女人。”

“Ne perdons point de temps.〔我们不要耽误时间了。〕”

“啊，您不要说了！去年冬天她硬闯到这里来，向伯爵说了关于我们的那样恶劣、那样卑鄙的话，特别是说到索斐——我不能重复说的——因此伯爵生了病，有两个星期不愿见我们，我知道，他就是在那个时候写了那个恶劣卑鄙的文件，但是我觉得这个文件是没有效力的。”

“Nous y voila,〔问题就在这里了，〕你为什么没有早向我说？”

“在他的镶花公文夹里，他把公文夹放在枕头下边。现在我知道了，”公爵小姐说，没有回答他的话，“是的，假使我有罪过，大罪过，那只是我对于那个贱女人的仇恨，”公爵小姐几乎是叫起来说，完全举止失常了，“为什么她硬闯到这里来？但我要向她说出一切，一切。时候要到了！”

19

当接待室里和公爵小姐房间里正在说这些话的时候，彼挨尔（他是被找来的）和安娜·米哈洛芙娜（她觉得应该陪他来）所坐的马车进了别素号夫伯爵的院子。当车轮在窗下铺着的草秸上轻轻地响着时，安娜·米哈洛芙娜向她的同伴说了些安慰的话，发现他在车子的角落里打盹，便将他唤醒。彼挨尔醒来，跟安娜·米哈洛芙娜下了车，这时才想到那等待着他的事：和将死的父亲的会面。他注意到，他们没有把车赶到大门，却赶到后门口。当他走下车踏脚时，两个穿小市民衣服的人连忙从门口跑到墙的暗处去了。彼挨尔站住了，看到两边墙下的暗处还有几个同样的人。但安娜·米哈洛芙娜，听差，车夫，他们一定也看见了这些人，却都不去注意他们。可见，是必须那样的，彼挨尔自己这么决定之后，便跟着安娜·米哈洛芙娜走去。安娜·米哈洛芙娜连忙地上了光线幽暗的狭窄的石楼梯，催促着落在她后面的彼挨尔，他虽然毫不明白为什么他必须去见伯爵，更不明白为什么要走后边的楼梯，但是从安娜·米哈洛芙娜的确信与匆忙上看来，他自己认为这是绝对必要的。在楼梯的当中，他们几乎被几个提桶的、脚步声很重、迎面跑下来的仆人们撞倒。这些仆人们靠着墙，让彼挨尔和安娜·米哈洛芙娜走过去，看到他们一点也不表示惊异。

“这里是到公爵小姐们住处的吗？”安娜·米哈洛芙娜问他们当中的一个。

“是这里，”仆人大胆地高声地回答，好像现在什么事都可以随便了，“左边的门，太太。”

“也许伯爵没有叫我去，”彼挨尔上到楼梯口时说，“我还是到自己房里去吧。”

安娜·米哈洛芙娜停了一下，以便和彼挨尔并肩着走。

“Ah, mon ami！〔啊，我的朋友！〕”她像早晨对于她的儿子一样，用同样的姿势摸着他的手说，“croyez, que je souffre, autant que vous, mais soyez homme.〔您相信，我是和您一样的难受，但是您做一个堂堂男子吧。〕”

“当真，我要去吗？”彼挨尔从眼镜上边亲切地望着安娜·米哈洛芙娜说。

“Ah, mon ami, oubliez les torts qu'on a pu avoir envers vous, pensez que c'est votre père……peut-être à l'agonie.〔啊，我的朋友，您要忘掉那些或许对您所做的错误，要记住，他是您的父亲……也许他快要死了。〕”她叹了口气说，“Je Vous ai tout de suite aimé comme mon fils. Fiez vous à moi, Pierre. Je n'oublierai pas vos intérêts.〔我一向就爱您像爱我自己的儿子一样。您相信我，彼挨尔。我不会忘记您的利益的。〕”

彼挨尔一点也不明白，但他更加深深地觉得这一切是应该如此的，于是他顺从地跟着已经开了门的安娜·米哈洛芙娜。

这道门通后边的外室。公爵小姐的老仆人坐在角落里打袜子。彼挨尔从来没有到过屋子的这部分，甚至没有想到这部分的存在。安娜·米哈洛芙娜向那个用盘子托着水壶的越赶他们的女仆（称她亲爱的和好姑娘）问到公爵小姐们的健康，拉着彼挨尔在石走廊上向前走。走廊上左边的第一道门通公爵小姐们的卧房。拿水壶的女仆在匆忙中（这时候屋里一切的事情都显得匆忙）忘记了关门，彼挨尔和安娜·米哈洛芙娜从门口走过时，不觉地向房里瞥了一下，顶大的公爵小姐和发西利公爵坐得很近，正在交谈。看见了走过去的人，发西利公爵做出不耐烦的动作，向后闪开，公爵小姐跳起来，在关门时，带着不顾一切的姿势，用全身的力量把门砰然一推。

这个姿势是那样地不像公爵小姐平常的镇静，表现在发西利公爵脸上的恐惧是那样地不合乎他的尊严，以致彼挨尔停下来，从眼镜上边疑问地看了看他的女领导人。安娜·米哈洛芙娜没有表示惊异，她只淡淡地微笑了一下，叹了口气，好像表示这一切正是她所预料的。

"Soyez homme, mon ami, c'est moi qui veilleral à vos intérêts.〔做一个堂堂男子，我的朋友，我要保护您的利益。〕"她这么说，回答了他的目光，在走廊上面走得更快了。

彼挨尔不明白这是怎么一回事，更不知道veiller à vos intérêts〔保护您的利益〕是什么意思，但他觉得这一切是应该这样的。他们从走廊上走到连着伯爵接待室的、灯光幽暗的大厅。这是彼挨尔从大门进来时所熟悉的清静而陈设华丽的房间之一。但是连这个房间的当中也有一只空澡盆，有水溅在地毯上。有一个仆人和一个拿香炉的教堂随从踮脚向他们迎面走来，却没有注意他们。他们走进彼挨尔所熟悉的那间有两扇向着花房的意大利式窗子、有叶卡切锐娜的巨大半身像和全身画像的接待室。接待室里原来的那些人，几乎都坐在原来的位子上，在低声交谈。大家停住了说话，看了看进门的安娜·米哈洛芙娜和她的哭肿的苍白的脸和低头顺从地跟随着她的、肥胖高大的彼挨尔。

安娜·米哈洛芙娜的脸上流露出紧要关头来到了的表情：她带着彼得堡的那种能干太太的神气，把彼挨尔带在身边，比早上更大胆地走进房间。她觉得，因为她带来了临终的人所要会见的人，所以接见她是靠得住的。她迅速地环顾了一下房间里所有的人，看见了伯爵的忏悔神甫，她不像是鞠躬，却似乎是忽然把身体缩小了，用小小的快步子走到忏悔神甫面前，恭敬地先后接受了两个神甫的祝福。

"谢谢上帝，您赶到了，"她向一个神甫说，"我们所有的亲属们是这样的担心。"她压低了声音说："这个青年是伯爵的儿子。多么可怕的时候呀！"

说了这些话，她走到医生面前去了。

"Gher docteur,〔亲爱的医生，〕"她向他说，"ce jeune homme est le fils du comte……y a-t-il de l'espoir?〔这个青年是伯爵的儿子……还有希望吗？〕"

医生沉默着，迅速地抬起眼睛和肩膀。安娜·米哈洛芙娜也同样地抬起肩膀和眼睛，几乎是闭了眼睛，叹了口气，离开医生，向彼挨尔面前走去。她特别恭敬地、亲切而忧郁地向彼挨尔说话。

“Ayez con fiance en sa miséricorde,〔相信上帝的慈悲，〕”她向他说，又向他指了指一张小沙发，让他坐下来等候她，她自己不声不响地向大家所注视的那道门走去，在发出几乎听不见的开门声后，走进了房间。

彼挨尔决心处处顺从他的女领导人，向她指给他的小沙发走去。安娜·米哈洛芙娜刚刚进去，他便注意到，房间里所有的人的目光都带着超过好奇与同情的神色注视着他。他注意到大家在低声交谈，并且似乎是畏惧地、甚至是卑屈地用眼睛指点他。他们向他表示了向来没有表示过的尊敬：一个他不认识的、在和神甫谈话的太太从她自己位子上站起来让座位给他：一个副官拾起彼挨尔掉下的手套递给了他：医生们当他走过他们面前时，都恭敬地沉默着，并且向两边闪开，给他让路。彼挨尔最初想要坐在另外一个地方，免得麻烦那位太太，想要自己拾起手套，并且从一点也不挡路的医生们身边走过去，但他忽然觉得这是不适宜的，他觉得，在这天夜里，他是一个应该完成大家期待于他的、某种可怕的仪式的人，因此他应该接受他们的效劳。他沉默地接过副官递给他的手套，坐在那太太的位子上，把自己的大手放在对称的高耸的膝盖上，带着埃及塑像的单纯姿势，并且心中认定了，这一切正是应该如此的，而且他今天晚上，为了要自己不慌张，不做蠢事，应该不按照他自己的意思而行动，而必须使他自己完全顺从那些领导他的人的意志。

不过两分钟，发西利公爵穿着长袍，挂着三颗星章，庄严地高高地抬着头走进房间。他似乎从早晨起又消瘦了，当他环顾全房，看见彼挨尔时，他的眼睛似乎比寻常更大了。他走到他面前，抓住他的手（这是他从来没有做过的），并且把它向下拉，似乎他想要试试看抓得紧不紧。

“Courage, courage, mon ami. Il a demandé à vous voir. C’est bien〔提起精神，提起精神，我的朋友，他要看您。这很好〕……”他想走开。

但彼挨尔觉得必须问："身体怎样……"他感到为难了，不知道称将死的人为伯爵是否妥当，他觉得称他为父亲是难为情的。

"Il a eu encore un coup, il y a une demi-heure.〔半小时前他又有了一次发作。〕又是一次发作。Courage, mon ami〔提起精神，我的朋友〕……"

彼挨尔的思想是那么混乱，以致他把"发作"这个字当作某种物体的"打击"。他迷惑地望着发西利公爵，后来才明白疾病的转剧叫作"发作"[①]。发西利公爵一边走着，一边同劳兰说了几句话，然后踮脚走进门。他不善于用脚尖行走，全身笨拙地颤动着。顶大的公爵小姐跟在他后边，再后是神甫和教堂随从，仆人们也走进了门。从门那边传来了搬东西的声音，最后，安娜·米哈洛芙娜仍然带着苍白的、但坚决地要履行职责的面孔跑出来，摸了摸彼挨尔的手臂说：

"La bonté divine est inépuisadle. C'est la cérémonie de l'extrême onction qui va commencer. Venez.〔上帝的慈悲是不尽的，这是最后的涂油礼，就要开始了。来吧。〕"

彼挨尔进了门，踏上软地毡，看到那副官，那不相识的太太，和几个仆人——都跟他进来了，似乎现在已经无需请求准许就可以进房了。

20

彼挨尔很熟悉这个大房间，房间里由许多柱子和一个拱门分隔着，墙上挂着波斯绒毡。在柱子后边的一部分，一边是一张高高的红木床，在绸幕下面，另一边是有圣像的大架子，这一部分被红光照得很明亮，好像教堂在晚祷时那么明亮。在明亮的像架边饰下边有一把长躺椅，椅上有雪白的、无皱的、显然是新换的枕头，彼挨尔所熟悉的、他父亲别

---

① 原文Удар有这两种意思。

素号夫伯爵的庄严的身躯躺在椅子上，浅绿色的被盖到他的腰部，他的宽额上的白发好像狮子头上的鬣毛，他的美丽的又红又黄的脸上有他所特有的那种高贵的深皱纹。他正躺在圣像下边，两只肥大的手臂被人从被下边拿出来，放在被上。在掌心向下的右手拇指与食指之间被放进了一支蜡烛，一个老仆人在椅子旁边躬着腰把它扶在他的手里。神甫们站在椅子旁边，他们穿着庄严的闪亮的道袍，散开的头发披在道袍上，手拿点着的蜡烛，慢慢地严肃地祈祷着。两个年轻的公爵小姐站在他们背后不远的地方，拿着手帕捂在眼上：大姐，卡姬施，站在他们前面，带着愤怒的坚决的神情，没有一刻让眼睛离开圣像，似乎是向大家说，假使她回头看，她自己是不负责的。安娜·米哈洛芙娜在脸上显出温顺、悲哀、宽恕的表情，和那个陌生的太太站立在门边。发西利公爵站在门的另一边，靠近躺椅，站在一只雕花的、天鹅绒的椅子的后边，他把椅背转过来对着他，把拿蜡烛的左手搭在椅背上，用右手画着十字，每当他的手指碰到前额时，他总把眼睛向上看。他的脸表示着安宁的虔敬，和对于上帝意志的顺从。似乎他的脸在说：“假使你们不了解这种心情，你们就更糟了。”

在他后边站立着一个副官和医生们、男仆们，好像在教堂里一样，男女分开。大家都沉默着画十字，只听到诵读祷文声，抑制的低沉的歌声，以及在沉默时的换腿声和叹气声。安娜·米哈洛芙娜，带着那种表示她知道该怎么办的自命不凡的样子，穿过房间，走到彼挨尔面前，给了他一支蜡烛。他把蜡烛点着，因为注视四周的人，分散了他的注意力，他开始用那只拿蜡烛的手画十字。

顶小的、面色红润的、爱笑的、有一颗痣的公爵小姐索斐望着他。她微笑了一下，用手帕遮着脸，好久没有放开，但是看见了彼挨尔，她又笑起来了。她显然觉得，她看见了他就不能不笑，但又不能够约制自己不看他，于是为了避免这种诱惑，她轻轻地走到一根柱子后边去了。在祈祷的当中，神甫们的声音忽然停止了，神甫们低声地互相说了些话：扶伯爵的手的那个老仆人站起来向妇女们说了什么。安娜·米哈洛芙娜走上前，向病人弯下腰来，在背后做手势要劳兰到她跟前去。法国医生手里没有拿蜡烛，他靠柱子站着，带着外国人的恭敬的态度，这表示虽然宗教信仰不同，他却明白目前所做的仪式的全部意义，甚至赞同它——他踏着年富力强的人的没有响声的步子，走到病人面前，用他的又细又白的手指从绿色的被上拿起伯爵的那只空手，然后，侧着头，开始切脉，并且思索了一下。他们给病人喝了一点东西，在他身旁忙了一阵，然后又各人回到各人的地方，祈祷礼又开始了。在祈祷间断的时候，彼挨尔注意到发西利公爵离开椅背，并且带着那样的神情，表示他知道应该怎么办，并且假使别人不了解他，他们就更糟了，他没有走到病人面前，却从他身边走过，走到顶大的公爵小姐那里，和她一同向卧房的里面，向绸幕下边的高床那里走去。公爵和公爵小姐两人都离开床边到后边的门外去了，但在祈祷结束前，他们先后回到了各人的地方。彼挨尔对于这事并不比对于其他的一切更加注意，在他自己的心中断然地认定了，今天晚上在他面前所发生的这一切，是绝对必要的。

祈祷的歌声停止了，传来了神甫的声音，他恭敬地祝贺病人接受了圣礼。病人仍旧没有生气地、不动地躺着。大家在他的四周骚动起来了，有了脚步声和低语声，而安娜·米哈洛芙娜的低语声比所有的低语声都高。

彼挨尔听到她说：

“一定要移到床上去，这里断不能够……”

病人被医生们、公爵小姐们和仆人们那样地围绕着，以致彼挨尔不能再看见他的那个有白的长头发的又红又黄的头部，这个头，是彼挨尔在祈祷的全部时间之内一直注视着的，虽然他还同时看着别人的面孔。彼挨尔凭了躺椅四周的人们的小心动作，猜出他们是抬起了并且在移动将死的人。

“扶住我的手臂，不然他要掉下来了。”他听到了仆人之中一个人的惊惶的低语，“从下边扶住……再来一个人。”许多声音说，于是仆人们的费力的呼吸和移动的脚步更加急促起来了，似乎是他们所抬的重量是他们的体力不能胜任的。

抬的人——安娜·米哈洛芙娜也在内——从这个青年的面前经过，他在刹那之间，从他们的脊背和颈项后边，窥见了仆人们托着病人的腋下抬着病人，看见了病人的高高的肥胖的敞开的胸脯，宽大的肩膀，和白色鬈发的、狮子般的头。这个头有异常宽大的前额和颧骨，美丽的色情的嘴，庄严冷静的目光，没有因为死亡的接近而变相。这个头还是和三个月前伯爵要他到彼得堡去的时候他所看见的一样。但是这个头现在因为抬的人的脚步不齐而无能为力地摆动着，冷冷的淡漠的目光不知道要停在什么东西上。

在高床的旁边人们忙碌了几分钟，然后抬病人的仆人们散去了。安娜·米哈洛芙娜触了触彼挨尔的手臂，向他说：venez.〔来吧。〕彼挨尔和她一同走到床前，病人被他们按照庄严的姿势放在床上，显然这个姿势是和刚才举行的圣礼有关的。他躺着，他的头高高地枕在枕头上。他的手对称地伸在绿色绸被上，手掌向下。当彼挨尔走近时，伯爵对直地望着他，但伯爵的目光里的思想与意义是凡人不能了解的。或者是这个目光并没有什么意义，不过是，因为既有眼睛，眼睛总要看着什么地方；或者是这个目光有很多意义。彼挨尔站住了，不知道做什么好，疑问地回头看了看他的女领导安娜·米哈洛芙娜。安娜·米哈洛芙娜用眼睛向他做了一个匆忙的暗示，望着病人的手，用嘴唇向手上送着飞吻。彼挨尔为了不碰到被，小心地伸出颈子，执行了她的劝告，吻了骨骼宽阔而有肌肉的手。伯爵的手和他脸上的肌肉都一点没动。彼挨尔又疑问地望望安娜·米哈洛芙娜，探问现在他该做什么好。安娜·米哈洛芙娜用眼睛向他示意着床边的扶手椅。彼挨尔顺从地坐到椅子上，继续用眼睛探问着他做得对不对。安娜·米哈洛芙娜赞同地点了点头。彼挨尔又采取了埃及塑像的对称单纯的姿势，他显然是在忧虑他的笨重肥胖的身躯占据了那么大的空间，并且运用全部的力量使自己显得愈小愈好。他望着伯爵。伯爵仍望着彼挨尔在站立时面部所在的地方。安娜·米哈洛芙娜在她的态度上显出她感觉到父子会面的最后时刻的动人的意义。这样过了两分钟，彼挨尔觉得过了有一小时。忽然在伯爵面部的厚肌肉与皱纹上出现了抽搐。抽搐加剧了，美丽的嘴歪斜了（直到此刻彼挨尔才明白他父亲离死是多么近），从歪斜的嘴里发出了含糊的沙沙声。安娜·米哈洛芙娜细心地望着病人的眼睛，极力要猜出他需要什么，她时而指彼挨尔，时而指饮料，时而低声地疑问地叫发西利公爵的名字，时而指被。病人的眼睛和脸表示了不耐烦。他费了劲，要看那站在床头不动的仆人。

“他想要转到那边去。”那仆人低声说，站起身来要把伯爵的重身躯翻过去对着墙。

彼挨尔站起来帮助仆人。

当他们翻转伯爵时，他的一只手无能为力地拖在后边，他做了徒然的努力要把它举过来。或者是伯爵注意到彼挨尔望他这只无生气的手臂时的恐怖的目光，或者是什么别的思想此时闪过了他的将死的头脑，他看了看不顺从的手臂，和彼挨尔脸上的恐怖表情，又看了看手臂，他的脸上显出了和他的面色那么不适称的、微弱的、可怜的笑容，好像是嘲笑他自己的无能为力。看到这个笑容，彼挨尔忽然感觉到胸口的颤抖和鼻子的酸痒，泪水迷糊了他的眼睛。病人被翻转了面向墙。他叹了口气。

“Il est assoupi,〔他打盹了，〕”安娜·米哈洛芙娜说，注意到来换班的公爵小姐，“Allons.〔我们走吧。〕”

彼挨尔走出去了。

21

接待室里除了发西利公爵和顶大的公爵小姐，已经没有别人了，他们坐在叶卡切锐娜画像下边，兴奋地谈着什么。他们一看见彼挨尔和他的女领导，就不作声了。彼挨尔觉得：他看见公爵小姐藏匿了什么东西并且低声说了：

“我不愿看见这个女人。”

“Catiche a fait donner du thé dans le petite salon,〔卡姬施吩咐在小客厅里摆茶，〕”发西利公爵向安娜·米哈洛芙娜说。“Allez, ma pauvre〔去吧，我的可怜的〕安娜·米哈洛芙娜，prenez queque clhose, autrement vous ne suffirez pas.〔吃点东西吧，不然您会支持不住的。〕”

他没有向彼挨尔说话，只是同情地捏了捏他的手臂。彼挨尔和安娜·米哈洛芙娜走进了petit salon〔小客厅〕。

“Il n'y a rien qui restaure, comme tasse de cet excellent thé russe après une nuit blanche,〔在熬夜之后，没有东西能像一杯很好的俄国茶这样地提神了，〕”劳兰带着克制的兴奋表情边说边喝着没有把柄的中国细瓷杯子里的茶，他站在小圆客厅中的桌旁，桌上有茶具和冷的夜餐。所有的这天夜里在别素号夫伯爵家的人，为了增加他们的精力，都聚集在桌子四周。彼挨尔很清楚地记得这个有镜子和小桌子的小圆客厅。在伯爵家举行舞会时，彼挨尔不会跳舞，却爱坐在这间有镜子的小房间里，注视着穿舞服的、在袒露的肩上戴着宝石和珍珠的妇女们，她们从这个房间走过时，对着明亮的镜子照看着自己的姿容，这些镜子一再反映出她们的倩影。现在这个同一的房间里只暗淡地点了两支蜡烛，在一只小桌子上狼藉地放着茶具和餐碟，半夜里，各种各样的并不快乐的人坐在房间里低声地交谈着，在每一个动作、每一个字眼上表示没有人能够忘掉卧房里现在所发生的和将要发生的事情。彼挨尔虽然很想吃东西，却没有吃。他询问地回头看他的女领导，看见她又踮脚走进发西利公爵和顶大的公爵小姐坐着的接待室里。彼挨尔认为这也是必要的，于是，稍停片刻，又跟她走去。安娜·米哈洛芙娜站在公爵小姐的旁边，两人同时兴奋地低声地说着：

“公爵夫人，告诉我吧，什么是该做的，什么是不该做的。”公爵小姐说，显然是和她砰然关上她的房门的时候一样地兴奋。

“但，亲爱的公爵小姐，”安娜·米哈洛芙娜一面温和地令人信服地说，一面阻挡着卧房的道路，不让公爵小姐过去，“在可怜的叔叔需要休息的时候，这对于他不是太痛苦吗？当他的灵魂已经准备……时候，说到人世的事情……”

发西利公爵坐在靠背椅上，照惯常的姿势，高高地腿架着腿。他的腮猛力地抽搐，在松下时，似乎下边胖一点，但他的样子好像是并不注意这两个妇人的谈话。

“Voyons, ma bonne〔啊，我亲爱的〕安娜·米哈洛芙娜，laissez faire Catiche.〔让卡姬施去吧。〕您知道伯爵是多么欢喜她。”

“我还不知道这个文件里写的是什么，”公爵小姐向发西利公爵指着她手里的镶花公文夹说，“我只知道真正的遗嘱是在他的书桌里，这只是一个被他忘掉的文件……”

她想要绕过安娜·米哈洛芙娜，但安娜·米哈洛芙娜跳了一步，又阻挡了她的路。

“我知道，亲爱的、好心的公爵小姐，”安娜·米哈洛芙娜一面说，一面用手抓住了公文夹，并且抓得那样紧，显然她不会马上放手的，“亲爱的公爵小姐，我求您，我恳求您，可怜他吧。Je vous en conjure〔我恳求您〕……”

公爵小姐沉默着。只听到用力争夺公文夹的声音了。显然是，假使她要说话，便要说出对于安娜·米哈洛芙娜是很不体面的话。安娜·米哈洛芙娜抓得很紧，但是，虽然如此，她的声音却保持着全部的甜蜜的坚决而又温和的语气。

“彼挨尔，到这里来，我亲爱的。我觉得，他在家庭会商中不是多余的人，不是吗，公爵？”

“您为什么不作声，表兄？”公爵小姐忽然叫得那么高，以致客厅里的人都听到了她的声音并且吃惊了。“此刻，天晓得是谁敢在这里干涉，在将死的人的房门口争吵，您为什么不作声？女阴谋家！”她恶毒地低声说，并且运用全身的力量争夺公文夹。

但安娜·米哈洛芙娜向前走了几步，以免放松了公文夹，并且换了手。

“噢！”发西利公爵责备地惊讶地说。他站起来了。“C’est ridicule. Voyons,〔这是可笑的！哦，〕放手吧。我告诉您。”

公爵小姐放了手。

“您也放手！”

安娜·米哈洛芙娜却没有听他的话。

“您放手，我告诉您。我负全责。我要去问他。我……这样可以使您满意了吗？”

“但，公爵，”安娜·米哈洛芙娜说，“在这样伟大的圣礼之后，让他安静一会儿吧。现在，彼挨尔，说说您的意见吧。”她向年轻人说，他走到他们面前，惊讶地望着公爵小姐的愤怒的没有一点礼貌的面孔和发西利公爵的抽搐的腮。

“记着，您要负一切的责任，”发西利公爵严厉地说，“您不知道您在干什么。”

“下贱的女人！”公爵小姐大叫着，突然冲到安娜·米哈洛芙娜面前夺取公文夹。

发西利公爵低了头，摊开双手。

这时候，彼挨尔注视了很久的那道门，那道可怕的门，那么轻轻地开关的门，迅速地大声地打开了，砰的一声撞到了墙，二公爵小姐从门里跑出来，并且拍了拍手。

“您在干什么！”她不顾一切地说，“Il s’en va et vous me laissez seule！〔他要死了，您让我一个人在那里！〕”

大公爵小姐丢下了公文夹。安娜·米哈洛芙娜迅速地弯了腰，拾起所争夺的东西，跑进了卧室。大公爵小姐和发西利公爵恢复了镇静，跟随着她。几分钟后，大公爵小姐带着苍白冷淡的脸和咬着的下唇，最先走出来。看见了彼挨尔，她的脸上显出不可抑制的愤恨。

“是的，现在您高兴吧，”她说，“这个给您等到了。”于是她呜咽着，用手帕蒙了脸，从房里跑出去了。

发西利公爵跟在公爵小姐后边走出来。他蹒跚着走到彼挨尔所坐的沙发前，倒在沙发上，用手蒙了眼。彼挨尔注意到他的脸色发白，他的下颌跳动并且打颤，好像是在发寒热。

“嗬，我的朋友！”他抓住彼挨尔的胳膊说，他的声音里带着诚恳和软弱，这是彼挨尔在他的声音里从来没有觉察过的。“我们犯过多少罪过，我们受过多少欺骗，这都是为了什么？我已经五十多岁了，我的朋友……你知道我……一切，一切都只要一死就完结了。死是可怕的。”他流泪了。

安娜·米哈洛芙娜最后走出来。她踏着轻轻的慢慢的脚步走到彼挨尔面前。

“彼挨尔！……”她说。

彼挨尔疑问地望着她。她吻了年轻人的额，她的眼泪沾湿了他的脸。她沉默了一会。

“Il n’est plus〔他不在了〕……”

彼挨尔从眼镜上边望着她。“Allons, je vous reconduirai. Tâchez de pleurer. Rien ne soulage comme les larmes.〔我们走吧，我陪您去。您哭哭看。没有东西像眼泪这样地给人安慰。〕”

她领他进了黑暗的客厅，客厅里没有人能够看见他的脸，彼挨尔因此觉得很高兴。安娜·米哈洛芙娜离开了他，当她回来时，他已经把头伏在手臂上沉沉入睡了。

第二天早晨安娜·米哈洛芙娜向彼埃尔说：

“Oui, mon cher, c’est, une grande perte pour nous tous. Je ne parle pas de vous. Mais Dieu vous soutiendra, vous êtes jeune et vous voilà à la tête d'une immense fortnne, je l'espère. Le testament n'a pas été encore ouvert. Je vous connais assez pour savoir que cela ne vous tournera pas la tête, mais cela vous impose des devoirs, et il faut être homme.〔是的，我亲爱的，这是我们大家的重大损失。我不是说您。但上帝会帮助您的，您年轻，我希望，您现在就做这个巨大家业的主人。遗嘱还没有打开。我很了解您，并且相信，这不会教您冲昏头脑的，但这在您身上加了许多责任，您一定要做一个堂堂男子。〕"

彼挨尔沉默着。

"Peut-être plus tard je vous dirai, mon cher, que si je n'avais pas été là, Dieu sait ce qui serait arrivé. Vous savez, mon oncle avant-hier encore me promettait de ne pas oublier Boris. Mais il n'a pas eu le temps J'espère, mon cher ami, que vous remplirez le désir de votre père.〔也许晚一点我要向您说，亲爱的，假使我不在那里，天晓得会发生什么事情。您知道，我的叔叔前天应许了我，说他不忘记保理斯。但他来不及了。我希望，我亲爱的朋友，您完成您父亲的愿望。〕"

彼挨尔一点也不明白，却沉默着，羞得脸红，望着安娜·米哈洛芙娜公爵夫人。和彼挨尔谈话之后，安娜·米哈洛芙娜坐车到罗斯托夫家去睡觉了。早晨醒来时，她向罗斯托夫家和所有的相识的人说了别素号夫伯爵逝世的详情。她说，伯爵死的正如同她希望她自己死的那样：说，他的死不但是动人的，而且是有教益的，父子的最后会面是那么动人，她一想到这个就要流泪：说，她不知道在这个可怕的时候，是父亲的还是儿子的举动更好：父亲在最后的时候想起了所有的事和所有的人，他向儿子说了那样动人的话，儿子彼挨尔，教人看见他就觉得难过，他很伤心，虽然如此，却极力掩饰他自己的悲哀，以免苦恼他的将死的父亲。她说："C'est pénible, mais cela fait du bien, ça élève l'âme de voir des hommes, comme le vieux comte et sou digne fils.〔这是痛苦的，但这是有教益的，看到像老伯爵和他的高贵的儿子这样的人，便会提高人的心灵。〕”关于公爵小姐和发西利公爵的行为，她虽不赞成，却也说到，但是极秘密地，低声地说到。

22

在童山，尼考拉·安德来维支·保尔康斯基公爵的田庄，他们天天盼望年轻的安德来公爵和公爵夫人来到，但这种期望并没有破坏老公爵家中严格的生活秩序。陆军上将[①]尼考拉·安德来维支公爵，社交场中的绰号是le roi de Prusse〔普鲁士王〕，自从被巴弗尔[②]皇朝谪放乡居以后，就深居简出地和女儿玛丽亚公爵小姐和她的女伴M-lle Bourienne〔部锐昂小姐〕住在童山。在新皇朝中，虽然准许了他入都城，他还是深居简出地住在乡里，他说，假使有谁需要看他，那么就从莫斯科走一百五十俚[③]到童山来吧，他却不需要任何人、任何东西。他常说，人类的罪恶只有两种：懒惰与迷信，而美德也只有两种：勤劳与智慧。他亲自担任女儿的教育，为了发展她这两种主要的美德，他教她代数学和几何学的课程，把她的全部生活安排在不断的工作中。他自己也不断地工作：写他自己的回忆录，演算高级数学，在车床上车烟壶，在花园中工作，管理他的田庄上不断地建造的房屋。因为勤劳的主要条件是规律，所以规律在他的生活方式中达到了最高度的精确性。他是在一定不变的情况下上桌吃饭，不仅是在同一点钟，而且在同一分钟。对待他身边的人们，从女儿到仆人，公爵是既苛刻而又一味地求全责备的，因此，他不须残忍，便会引起别人对他的畏惧与尊敬，而这是连最残忍的

---

① 毛注：这原是陆军元帅的官衔，在叶卡切锐娜女皇朝时，凡最高第三级将官皆用此官衔。

② 或译保罗。

③ “俚”用来暂代“俄里”。

人也难以办到的。虽然他已经退休，目前在政治上没有任何势力，他的田庄所在的本省的每一个长官都认为自己有来拜访的义务，并且正如同建筑师、园丁或玛丽亚公爵小姐一样，要在高大的接待室等候公爵在规定的钟点出房。当书房的极大的门打开，戴了敷粉假发的老人的矮小身材出现时，接待室中的每一个人都感觉到同样的尊敬，甚至畏惧。公爵的手又瘦又小，白色的浓眉垂挂着，有时当他皱眉时，这眉毛便遮蔽了他的聪明而又显得年轻的、明亮的眼睛中的光芒。

在年轻夫妇到家那天的早晨，玛丽亚公爵小姐照例地在一定的钟点来到接待室向父亲请早安，并且恐怖地画十字，默诵祷文。她每天进来，每天祈祷着这例行的会面能够顺利。

坐在接待室中带白粉假发的老仆人轻轻地站起来，低声地说："请进。"

从门那边传来了车床的有节奏的声音。公爵小姐胆怯地推了推没有声音的容易打开的门，站在门口。公爵在车床上工作，回头看了一下，又继续做他的工作。

大书房中摆满了显然经常要用的东西。大桌子和桌上的书籍与计划，高玻璃书橱和橱门上的钥匙，站立写字的高桌子和桌上面的一册敞开的稿本，旋转的车床，和摆好的工具以及散在周围的削片——这一切表示经常的各种各样有规律的活动。从公爵的穿银花鞑靼式靴子的小脚的运动上，从他的露筋的瘦手的坚强压力上，可以看到公爵仍然具有矍铄老年的坚强耐久的力量。他踏动了几转，把脚从车床的踏板上拿开，拭了拭凿子，把它放入车床上的皮口袋中，然后走到桌边，叫女儿来。他从来不祝福自己的孩子们，他只伸出他的今天尚未剃刮硬胡楂的腮，严格地而又注意地亲爱地看她一眼，说：

"你好吗？……哦，坐下吧！"

他拿了他亲手写的几何学稿本，用脚把他的椅子勾到自己身边。

"明天的！"他迅速地找出那一页，一面用粗指甲从某一段划到另一段，一面说。

公爵小姐低头对着桌上的稿本。

“等一下，你有一封信。”老人忽然说，从挂在桌子上边的口袋里取出了一封女子手迹的信，抛在桌上。

公爵小姐看见了这封信，脸上发红了。她连忙拿起这封信，低头看信。

“爱洛意丝[①]寄的吧？”公爵问，在冷笑中露出仍然坚固的黄牙齿。

“是的，尤丽寄的。”公爵小姐胆怯地望着他，胆怯地微笑着说。

“我要放过两封信，第三封信我是要看的，”公爵严厉地说，“我怕您写些无意义的话。我要看第三封的。”

“就看这封吧，爸爸。”公爵小姐脸色更红，向他递着信说。

“第三封，我说的，第三封。”公爵简短地大声说，推开着信，把胳膊搭在桌上，把几何图解的稿本拿到自己面前。

“嗯，姑娘。”老人开始说了，靠近女儿，低头对着稿本，把一只手臂放在公爵小姐所坐的椅背上，所以公爵小姐觉得自己周身都沉浸在父亲的烟气和老年的腐蚀性的气味中，这是她久已闻惯的。“那么，姑娘，这些三角形是相等的，请看，A B C角……”

公爵小姐惊恐地看了看父亲的靠她很近的明亮的眼睛，她的脸上红了一阵，显然是她不了解，并且是那么害怕，以致这恐怖使她不能了解父亲的下面全部的解释，虽然这些解释是很明白的。无论这是先生的过失还是学生的过失，但每天都要重复这个同样的事情：公爵小姐的眼睛模糊了，她看不见东西，听不清东西，只觉得严父的瘦脸靠近她，感觉到他的呼吸和气味，只想到怎样赶快走出这间书房，在她自己的房间里去自由地了解习题。老人发了脾气：把他自己所坐的椅子吱一声推开又拖拢，努力约制自己不发火，但几乎每次都发火、申斥、并且有时抛开稿本。

---

① 毛注：公爵爱好讽刺。他知道这信是尤丽写的，却提到卢梭的小说《尤丽或新爱洛意丝》，这书是重理性的公爵所轻视的。

公爵小姐回答错了。

“啊，简直是笨蛋！”公爵大叫了一声，推开稿本，迅速地掉转了头，但立刻又站起身，来回走了一趟，用手摸了摸公爵小姐的头发，又坐下了。

他把椅子靠近了桌子，又继续解释。

当公爵小姐拿了有指定功课的稿本，把它合起来，准备走开时，他说：“不行，公爵小姐，不行。算学是很重要的功课，我的小姐。我不想要你像我们的那些笨姑娘。习惯成自然。”他用手拍了拍她的腮，“它会赶掉你头脑中的愚笨。”

她想要走开，他做个手势止住了她，从高桌子上拿了一册未裁边的新书。

“这又是你的爱洛意丝寄给你的什么《神秘之钥》[①]。宗教的书。我不干涉任何人的信仰……我翻了一下。拿去。好，去吧，去吧。”

他拍了拍她的肩膀，自己在她后边关了门。

玛丽亚公爵小姐带着悲哀的惊恐的表情回到自己的房里，她常常带着这种表情，使她的不好看的病容的脸更加不好看，她坐到自己的写字台前，台手上摆了些小巧的画像，乱堆着稿本和书本。公爵小姐是那样的凌乱，相反的公爵是那样的整齐。她放下几何稿本，急切地拆开了信。这信是公爵小姐的从小的最亲密的朋友寄来的，这个朋友就是那个祝贺罗斯托夫家命名日的尤丽·卡拉基娜。

尤丽的法文信上写的是：

“亲爱的宝贵的朋友，别离是多么难受而可怕的事情啊！我常常想：我的生活和幸幅的一半是在您身上，虽然空间把我们分开，我们的心却被那些解不开的结子连结在一起，我的心反抗命运，虽然有各项娱乐和消遣在我身边，我却不能克制我们分别以后在我心坎里所感觉的某

① 毛注：这是爱卡尔邵生（1752—1803）所作的《自然神秘之钥》，一八〇五年，俄文译本读者甚多，特别是共济会员。

种潜隐的忧愁。为什么我们不能够像上个夏季在您书房里的蓝沙发上，在密谈的沙发上那样地在一起呢？为什么我不能像三个月以前那样，在您的那么文雅、娴静而明达的目光中取得新的道德力量呢？我是多么爱您的目光，而此刻当我写信给您时，我仿佛看到了您的目光。”

看到这里，玛丽亚公爵小姐叹了口气，看了看竖在她右边的穿衣镜。镜子映出她的丑陋的虚弱的身躯和瘦脸。一向忧郁的眼睛现在特别失望地望着镜子里的形影。“她在恭维我，”公爵小姐想，回过头来，继续向下看。但尤丽并没有恭维她的朋友，确实，公爵小姐的又大又深又明亮的眼睛（似乎有温暖的光线从她的眼睛射出）是那么好看，虽然她的面孔不美丽，她的眼睛却常常显得比一双美丽的眼睛还动人。但公爵小姐从来没有看见过自己眼睛的美丽表情，就是在她不想到她自己的时候，她的眼睛里所有的那种表情。和所有的人一样，她一照镜子的时候，她的脸上就出现了紧张的、不自然的、丑陋的表情。她继续读下去：

“全莫斯科的人只谈到战争。我的两个哥哥，一个已经在国外，一个在禁卫军里，禁卫军正要向边境开拔。我们亲爱的皇帝已经离开了彼得堡，并且听说要让他的贵体去冒战争的危险。上帝让这个破坏欧洲和平的考尔西卡怪物①被天使②收服了吧，这位天使是全能的上帝慈悲地安排给我们做君主的。不要说我的哥哥了，这个战争还使我失去了我最珍视的友谊。我是说年轻的尼考拉·罗斯托夫，他富有热情，无所事事，他已经离开大学从军去了。哦，亲爱的玛丽，我要向您承认，虽然他极年轻，他的离家从军对于我却是一大痛苦。上个夏季我向您提到的这个青年是那么高贵，有那么多真正的青年精神，这在我们这个时代，在二十岁的人当中是少有的。特别是他那么坦白而热诚。他是那么纯洁、富有诗意，我和他的关系，虽然是暂时的，却是我的经受了那许多痛苦的、可怜的心灵中的一种最甜蜜的安慰。有一天，我要告诉您我们

① 指拿破仑。
② 指俄皇。

的分别，以及我们在分别时所说的一切。这一切都还历历在目……啊！亲爱的朋友，您是幸福的，您不知道这些剧烈的快乐和剧烈的痛苦。您是幸福的，因为后者通常比前者更加强烈！我很清楚，尼考拉伯爵还太年轻，不能对于我有超过朋友的关系。但这种甜蜜的友谊，这些如此富有诗意而纯洁的关系，正是我心中所需要的。我们不要再说到这个了。近来全莫斯科所注意的重大新闻，是老别素号夫伯爵的死和他的遗产。您想吧，三位公爵小姐只得到很少的东西，发西利公爵一无所得，而彼挨尔先生继承了一切，并且他还被承认为嫡子，因此他成了别素号夫伯爵，成了俄国最大财产的主人。据说发西利公爵在这整个事件中扮演了很卑鄙的角色，他很失望地回彼得堡去了。

“我要向您承认，关于遗产和遗嘱这一切事情，我知道得很少，我所知道的，便是自从我们所知道的叫作彼挨尔先生的这个青年立刻成为别素号夫伯爵并成为俄国最大财产之一的主人之后，我很有趣地注意到，有待嫁的闺女的母亲们，以及小姐们本人，对于这个人的语气和态度都改变了，我附带说一句，这个人在我看来，总似乎是一个可怜的人。他们两年来高兴地替我找了些我大都不认识的求婚者，现在莫斯科的婚事闲谈把我做了未来的别素号娃伯爵夫人。但您知道得很清楚，我丝毫也不希望这个。顺便谈谈婚事吧，您知道，新近大家的姑母安娜·米哈洛芙娜极秘密地向我说了关于您的婚事的计划。这不是别人，正是发西利公爵的儿子阿那托尔，他们要替他娶一个有钱而出众的女子使他安下心来，他的父母选择了您。我不知道您对于这事有什么看法，但我觉得我应该事先通知您。据说他是很漂亮而很荒唐的，这是我所能知道的关于他的一切。

“谈得很多了。我写完了第二页，妈妈派人来找我到阿卜拉克生家去吃饭了。读一读我寄给您的神秘的书，这书在我们这里很流行。虽然这本书里有许多地方是人类脆弱的理性难以了解的，这却是一本极好的书，读了它使人平静并使心灵高尚。再会。我敬候令尊大人安福，并问部锐昂小姐安好。我诚心诚意地拥抱您。

尤丽。”

“又及：告诉我您哥哥和他的娇小妩媚的妻子的消息。”

公爵小姐沉思了一会，沉思地微笑了一下（这时她由于眼睛发亮而容光焕发，完全变了样），然后忽然站起来，踏着沉重的步子走到桌前。她拿了一张纸，她的手开始迅速地在纸上移动着。她写了下面的法文的回信：

“亲爱的宝贵的朋友。您十三日的来信给了我很大的快慰。您还爱我，我的诗意的尤丽。您所痛恨的别离，对您并没有起那通常的作用。您怨诉别离。我失去了一切我的亲爱的人，假使我敢诉述，我要说些什么呢？嗬！假使我们没有宗教来安慰我们，生活便是很悲惨的了。当您向我说到您对那个青年的情感时，为什么您以为我的态度是严峻的呢？关于这种事，我只对于我自己严格。我了解别人的这种情绪，即使我未曾经历过，我不能赞同那些情绪，我也不指责它们。似乎我只觉得，基督徒的爱，对于别人的爱，对于仇敌的爱，比起一个青年的美丽眼睛在像您这样诗意的多情的少女心中所能引起的情感，更有价值，更甜蜜，更美丽。

“别素号夫伯爵逝世的传言在您的信之前我们已经有所风闻，我父亲很悲伤。他说伯爵是大时代的最后第二个代表，而现在应该轮到他了，但他要尽力使他这一轮尽可能来得迟些。愿上帝使我们避免这个可怕的不幸！我不能赞同您对于彼挨尔的意见，我和他从小就相识。我似乎觉得他有一颗极好的心，这是我对于人们所最重视的美德。关于他的继承与发西利公爵所扮演的角色，对于双方都是悲惨的。啊！亲爱的朋友，我们神圣的救主说过，骆驼穿过针孔，要比要富人进入天国容易，这句话是十分正确的，我可怜发西利公爵，但我更可怜彼挨尔。他这样年轻，担负了这么多财产，他要受到多少引诱呀！假使有人问我，我在世界上最需要什么，我要说，我愿比最贫穷的乞丐还贫穷。万分感谢，亲爱的朋友，感谢您寄给我的这册在你们当中那么风行的书。然而，因为您还向我说，在许多好东西之中，还有一些别的东西是人类脆弱理性所不能了解的，我觉得，阅读不可了解的因而是不能给人益处的书籍是用不着的。我从来不能了解某些人的那种爱好：他们因为酷嗜神秘书籍而搅乱了他们的思想，这些书籍只增加他们精神上的怀疑，激起他们的幻想，给他们一种和基督教徒的简朴完全相反的夸大性格。让我们读《使徒书》和《福音书》吧。我们不要企图在这些书中寻找神秘的东西，因为当我们还有肉体躯壳，在我们和永恒之间形成不可穿透的幕帐时，我们这些可怜的罪人怎么能够了解天意的可怕而神圣的秘密呢？我们还是只让我们自己来研究伟大的原则吧，这是我们神圣的救主为了在地上领导我们而留给我们的，让我们努力去遵守并顺从这些原则，让我们相信，我们愈限制我们脆弱的人类理性的活动，我们愈得上帝的欢喜，上帝拒绝一切不是他所给的知识，我们愈不想要钻研他所不愿让我们知道的东西，他将愈迅速地用他的圣灵把它展示给我们。

“我父亲没有同我谈到婚事，但他只向我说接到了一封信，他等候发西利公爵来拜访。关于我的结婚计划，亲爱的宝贵的朋友，我要告诉您，我以为结婚是我们必须遵从的一种神圣制度。假使全能的上帝一旦赋予我做妻和母的责任，无论我觉得多么艰巨，我也要努力尽可能忠实地去完成它，而不自寻烦恼：去考察我对于天意给我做丈夫的那个人的情感。

“我接到哥哥的一封信，他说他要带嫂嫂到童山来。这是一个短时间的乐事，因为他就要离开我们去参与不幸的战争，上帝知道我们是如何、并为何卷入了战争。不但是在你们那里，在人事和社交界的中心，大家只谈到战争，而且在这里，如同城市居民通常对于乡村所设想的，在这些田野工作和自然界的平静之中，也听到了并且痛苦地感觉到了战争的谣传。我父亲只说到进军和转移，这些事我全不懂，前天我在村道上做日常的散步，我看到一件伤心的事……是我们这里征集的一队新兵要去入营……应该看看这些离家的人的母亲、妻子、儿女们的情形，听听两方面的啼哭声。好像人类忘记了他的宣传亲爱和恕罪的神圣救主的规律，人类把互相屠杀的技术当作自己的最大美德。

“再会，亲爱善良的朋友：愿我们神圣的救主和他的至上圣母把您庇佑在他们的神圣的万能的保护之下。

玛丽。”

“Ah, vous expédiez le courrier, Princesse, moi j'ai déjà expédié le mien. J'ai écrit à ma pauvre mère.〔啊，您要寄信，公爵小姐，我的信已经寄过了。我是写给我的可怜的母亲的。〕”带笑的部锐昂小姐用迅速的可爱的悦耳的声音说，用喉部发着r音，把全然不同的一种轻率愉快而自足的世界带到玛丽亚公爵小姐的聚神的、悲伤的、忧郁的气氛中。

“Princesse. il faut que je vous prévienne,〔公爵小姐，我必须告诉你，〕”她压低着声音补充说，“le prince a eu une altercation, altercation,〔公爵有了争吵，争吵，〕”她特别用喉部发着r音，满意地听着她自己说，“une altercation avec Michel Ivanoff. Il est de très mauvaise humeur, très morose. Soyez prévenue, vous savez……〔和米哈伊·依发诺维支争吵。他的脾气很不好，很不高兴，您当心，您知道……〕”

“Ah chère amie,〔哦，亲爱的朋友，〕”玛丽亚公爵小姐回答，“Je vous ai prié de ne jamais me prévenir de l'humeur dans laquelle se trouve mon père. Je ne me permets pas de le juger, et je ne voudrais pas que les autres le fassent.〔我请求过您永远不要向我说到我父亲是什么样的心情。我不许我自己批评他，我也不愿意别人做这样的事。〕”

公爵小姐看了看表，看到她应该去弹大钢琴的时间已经过了五分钟，她带了惊恐的面色走进起居室。按照日常的规定，在十二点与二点之间，公爵休息，公爵小姐弹大钢琴。

23

白发的老仆人坐在前厅里一面打盹，一面听着大书房中公爵的鼾声。在屋子的遥远的地方，从关着的门那边，传来了丢赛克长曲中重复了二十遍的困难的乐节。

这时有一辆四轮轿车和一辆四轮半篷车来到台阶前，安德来公爵下了四轮轿车，扶了矮小的妻子下车，让她走在前面。戴假发的白发齐杭，从前厅的门里伸出头来，低声地说公爵在睡午觉，又连忙地关了门。齐杭知道，公爵儿子的来家以及任何特殊的事件，都不得破坏日常秩序。显然安德来公爵和齐杭一样，很知道这个，他看了看表，似乎是要考察，在他离家的期间，他父亲的习惯是否有了改变，确信了没有改变，他便转向他的妻子。

“再过二十分钟他就要起来了。我们看玛丽亚公爵小姐去吧。”他说。

矮小的公爵夫人在这个时期长胖了，但她的眼睛和有毫毛的、带笑的短唇，在她说话时，照旧是愉快可爱地翘起来。

“Mais c’est un palais,〔啊，这是宫殿，〕”她环顾着四周，带着人们称赞跳舞会的主人时的那种表情向丈夫说，“Allons, vite, vite!〔走吧，快点，快点！〕……”她环顾着，向齐杭、丈夫和陪送的仆人微笑着。

“C’est Marie qui s’exerce? Allons doucement, il faut la sur-prendre。〔是玛丽在练习吗？我们轻轻地走，要让她吃一惊。〕”

安德来公爵带着有礼貌的、愁闷的表情跟着她。

“你老了一点了，齐杭。”他一面走着，一面向吻过他的手的老仆人说。

在传出大钢琴声的房间前面，从边门里跳出来了一个漂亮的金发的法国女子，部锐昂小姐，她似乎是欢喜得忘形了。

“Ah! quel bonheur pour la princesse!〔哦！公爵小姐要多么高兴啊！〕”她说，“Enfin! Il faut que je la prévienne.〔到底，哦！我应该

先告诉她。〕”

“Non, non, de grâce……Vous êtes M-lle Bourienne, je vous connais déjà par l'amitié que vous porte ma belle-soeur,〔不，不，请不要……您是部锐昂小姐，由于我的小姑和您的友谊，我已经知道您了，〕”公爵夫人说，和法国女子接吻着，“Elle ne nous attend pas!〔她不会料到我们来的！〕”

他们走到起居室的门口，门里传出一遍一遍重复的乐句。安德来公爵站住了，皱了皱眉，似乎是料到什么不愉快的事。

公爵夫人走进去了。乐节中断了，传出来了叫声，玛丽亚公爵小姐的沉重的脚步声、接吻声。当安德来公爵进去时，只在安德来公爵结婚时短时地见过一次的公爵小姐和公爵夫人还互相抱着，用嘴唇亲热地吻着随便碰到的地方。部锐昂小姐站在他们旁边，把手放在心上，虔诚地微笑着，显然是同等地又准备哭又准备笑。安德来公爵耸了耸肩，并且好像音乐的爱好者听到错音时那样地皱了皱眉。两个妇女彼此放开了，然后，好像恐怕要迟缓了似的，又互相攫住了手，开始吻手，把手放开，然后又互相吻脸，然后，完全出乎安德来公爵意外，两人开始流泪，又开始接吻。部锐昂小姐也开始流泪了。安德来公爵显然觉得不舒服，但两位女子却觉得她们流泪是那样自然的事，似乎她们并不认为，这个会面可以不是这么样的。

“Ah! chère! ……Ah! Marie! ……〔啊！亲爱的！……啊！玛丽！……〕”忽然两个妇女开始说话了，并且笑起来了。“J'ai, rêvé cette nuit……nous ne nous attendiez donc pas? ……Ah! Marie. Vous avez maigri……Et vous avez repris……”〔我昨天夜里梦见……您没有料到我们吧？……啊！玛丽，您瘦了……您长胖了……〕”

“J'ai tout de suite reconnu madame la princesse.〔我立刻就认出了公爵夫人。〕”部锐昂小姐插言说。

“Et moi qui ne me doutais pas!〔而我却没有想到！〕……”玛丽

亚公爵小姐大声说，“Ah！André, je ne vous voyais pas.〔啊！安德来，我没有看到您。〕”

安德来公爵和妹妹手拉手接了吻，并且向她说，她还是从前那样的pleurnicheuse〔好哭的女孩子〕。玛丽亚公爵小姐向哥哥转过身来，她的此刻显得美丽的明亮的大眼睛射出的亲爱、温暖、文雅的目光，她含泪地望着安德来公爵的脸。

公爵夫人不停地说话。有毫毛的短上唇时时忽然下伸，在必要时碰到鲜红的下唇，然后又把嘴唇张开，在牙齿和眼睛上露出鲜明的笑容。公爵夫人说到他们在斯巴斯卡山所遇到的失事，这在她现在的情况中对于她是危险的，然后她又立刻说到她把所有的衣裳都丢在彼得堡，说天晓得她在这里要穿什么，又说安德来完全变了，说基蒂·奥邓曹娃嫁了一个老头子，又说有一个pour tout de bon〔门当户对〕的人要向玛丽亚公爵小姐求婚，但是她说，这件事我们以后再谈吧。玛丽亚公爵小姐仍旧沉默地望着哥哥，在她的美丽的眼睛里又是爱又是愁。看得出，她心中现在有了与嫂嫂言语无关的、自己的思绪。在嫂嫂的关于彼得堡上次节日的叙述当中，她向哥哥说：

“你一定要去打仗吗？安德来？”她叹了口气说。

莉萨也叹了口气。

“而且就是明天。”哥哥回答。

“Il m’abandonne ici, et Dieu sait pourquoi, quand il aurait pu avoir de l’avancement〔他要把我丢在这里，天晓得为什么，在他能够升官的时候〕……”

玛丽亚公爵小姐没有听完，继续着她自己的思绪，望着嫂嫂，把亲切的眼睛向她的肚子示意着。

“真的吗？”她说。

公爵夫人的脸色改变了。她叹了口气。

“是的，真的，”她说，“啊！这很可怕……”

莉萨的嘴唇垂下来了。她把面庞贴近小姑的脸，又突然地流泪了。

“她需要休息了，”安德来公爵皱着眉说，“是不是呢，莉萨？领她到你房里去吧，我要去看爸爸。他怎样？还是一样吗？”

“一样，完全一样，我不知道，你觉得怎样？”公爵小姐高兴地回答。

“同样的钟点吗？在小道上散步，上车床，都还一样吗？”安德来公爵带着几乎察觉不出的笑容问她，这笑容表示他虽然敬爱他的父亲，他却明白父亲的弱点。

“同样的钟点和车床，还有数学和我的几何学的功课。”玛丽亚公爵小姐高兴地回答，好像她的几何学的功课也是她的生活中一件最快乐的事。

等待老公爵起身的那二十分钟过去了，这时候，齐杭来叫年轻的公爵去见他的父亲。为了表示欢迎儿子的来到，老人在自己生活方式中做了一件例外的事：他吩咐了在他饭前穿衣的时候，让儿子进自己的房间。公爵总是穿旧式的服装，穿卡夫祖[①]并且头发打粉。当安德来公爵（没有带着他在交际场中所有的那种侮慢的表情和态度，却带着他和彼挨尔谈话时所有的那种兴奋的面孔）进父亲的房时，老人坐在化妆室里宽大的山羊皮的椅子上，披着梳头罩衫，头对着齐杭的手。

“啊！战士来了！你想把保拿巴特打败吗？”老人说，在齐杭手中的发辫所许可的范围内摇着打粉的头，“你要好好地应付他，不然他马上就要使我们变成他的臣民了。你好！”他把自己的腮伸给儿子吻。

老人在饭前的午睡之后，心情很好。（他常说，饭后的睡觉是银的，饭前的睡觉是金的。）他高兴地从悬垂的浓眉下边侧视他的儿子。安德来公爵走上前，在向他指示的地方吻了父亲。他没有回答他父亲所爱说的那些话题——对于当代军人的嘲笑，特别是对于保拿巴特的嘲笑。

---

① 卡夫祖是一种农民长袍。

“是的，爸爸，我来到您这里，还带了有孕的媳妇。”安德来说，用兴奋而恭敬的眼睛注意着父亲脸上的每一部分的动作。“您的身体怎样？”

“孩子，只有傻子和浪子才身体不好，你知道我：我从早到晚都有事做，有节制，当然身体好了。”

“谢谢上帝。”儿子微笑着说。

“上帝和这件事无关。好，你说吧，”他继续说，回转到自己爱谈的题材上，“德国人怎样按照你们的新科学，所谓战略，教你们同保拿巴特打仗。”①

安德来公爵微笑了一下。

“让我想一想吧，爸爸，”他微笑地说，这笑容表示父亲的弱点并不妨碍他尊敬他、爱他，“我还没有住定呢。”

“废话，废话，”老人摇摆着发辫，试试看它是否编得紧，并且抓住儿子的手，大声说，“媳妇的住处预备好了。玛丽亚公爵小姐会领她去，告诉她，和她谈个不休的。这是女人们的事。我欢喜她。坐下来，说吧。米海生的军队我知道，还有托尔斯泰的……同时的登陆……南边的军队要做些什么呢？普鲁士，中立……这我知道。奥地利怎样呢？”他一面从椅子上站了起来，在房中走动着，一面说，齐杭跟他跑着，向他递着服装的各部分。“瑞典怎样呢？他们要怎样渡过波美拉尼亚呢？”

安德来公爵，鉴于父亲的坚持的要求，开始说明预料的战役的作战计划，起初他勉强地说着，但后来，他越说越兴奋，不觉地在谈话当中，习惯地从俄语转到法语。他说，要有九万多军队去威胁普鲁士，使她放弃中立，加入战争，这个军队的一部分要在施特拉尔松德和瑞典的军队会师，又有二十二万奥军要联合十万俄军在意大利和来因作战，要

① 毛注：这是指文村盖罗德的三面进攻法军的计划。英、俄、瑞典军自北路进攻。俄、奥军中路。俄、英军南路。

有五万俄军和五万英军在那不勒登陆，总共要有五十万军队从各方面向法军进攻。老公爵对于所说的话没有表示丝毫兴趣，似乎他不在听，并且一面继续走动着一面穿衣服，有三次突然地打断了他。有一次他打断了他的话，叫着："白的！白的！"

这意思是齐杭没有把他所要穿的背心拿给他。另外一次，他站住了，问："她快要生产了吗？"谴责地摇了摇他的头，说，"不好！继续说吧，继续说吧。"

第三次是当安德来公爵结束他的叙述时，老人用老年人的假嗓子唱起来："Malbroug s'en va-t-en guerre. Dieu sait quand reviendra.〔马尔不路克要去从军。上帝知道他何时转回程。〕"[①]

儿子只微笑了一下。

"我并没有说，这个计划是我所赞成的，"儿子说，"我只是向您说出事情的实况。拿破仑已经做出了他的计划，并不比这个计划坏。"

"那么，你并没有向我说出新的东西。"然后老人沉思地迅速地自言自语："Dieu sait quand reviendra.〔上帝知道他何时转回程。〕到饭厅里去吧。"

24

在规定的钟点，打过粉、刮过胡髭的公爵走进饭厅，他的媳妇，玛丽亚公爵小姐，部锐昂小姐，和公爵的建筑师都在那里等候着，建筑师由于老人的古怪脾气而被允许同桌吃饭，虽然按照他的地位，这个无足轻重的人是不能够指望有此荣幸的。公爵在生活中坚决地维持阶级的差别，甚至很少准许省里的重要官员同桌吃饭，却意外地拿那个常常在角落里用方格手帕擤鼻子的建筑师米哈伊·依发诺维支来证明，一切的人

① 毛注：这是法国名歌的起头两句。

都是平等的，并且屡次教导女儿说，米哈伊・依发诺维支没有一点儿地方不如你我。在饭桌上公爵向无言的米哈伊・依发诺维支说话的次数最多。

在这间和家里的一切房间同样地极其高大的饭厅里，家里的人和站在每把椅子后边的仆人们都在等候公爵进来，手臂上搭着餐布的司膳看着餐桌的布置，向听差眨着眼，不断地用不安的眼睛看看挂钟，又看看公爵所要进来的门。安德来公爵望着保尔康斯基公爵家系图的新的大金框子，和挂在对面的，一个同样大小的，戴王冠的在位的公爵粗劣画像的框子，这像显然是家庭画师的手笔，[①]那个公爵一定是柔锐克的后代，保尔康斯基家族的始祖。安德来公爵望着这个家系图，摇着头，带着人们看到一幅相像得可笑的画像时所有的那样的神情，发出了笑声。

“这完全是他的作风啊！”他向走到他面前来的玛丽亚公爵小姐说。

玛丽亚公爵小姐惊异地看了看哥哥。她不明白他在笑什么。她父亲所做的一切，都引起她的毫无问题的崇敬。

“人人都有他的弱点，”安德来公爵继续说，“用他的大智donner dans ce ridicule!〔做这样可笑的事情！〕”

玛丽亚公爵小姐不能够了解哥哥批评的大胆，并且准备反驳他，这时候从书房里传来了大家所期待的脚步声，公爵像平常走路一样迅速愉快地走进来，似乎是有意地用他的匆忙的举止和严格的家庭秩序来作对照。正在这时候，大钟敲了两点，客厅里另一个钟响应着清朗的声音。公爵站住了，生气勃勃的明亮的严厉的眼睛，从悬垂的浓眉下边望了望大家，然后停在年轻的公爵夫人的身上。年轻的公爵夫人这时所感觉到的情绪，好像朝臣在皇帝上朝时所感觉到的那种情绪，就是老人在身边所有的人的心中所引起的那种畏惧与恭敬的情绪。他摸了摸公爵夫人的头，然后又不灵便地拍了拍她的后颈。

“我高兴，高兴看见你。”他说，然后注意地看了看她的眼睛，迅

① 毛注：大地主的农奴中常有画家、音乐家等人才。

速地走开，坐上了自己的位子。“坐下，坐下！米哈伊·依发诺维支，坐下。”

他向媳妇指示了他身边的位子。仆人替她移动了椅子。

“咳，咳！”老人说，望着她的圆腰，“你太急了，不好！”

他冷冷淡淡地、不愉快地笑起来了，像他平常一样，他只用嘴唇笑，而不是用眼睛笑。

“一定要走动，走得愈多愈好，愈多愈好。”他说。

矮小的公爵夫人没有听，或者是不愿听他的话。她沉默着，显得局促不安。公爵问到她的父亲，于是公爵夫人开始说话了，并且微笑了一下。他向她问到共同相识的人，公爵夫人更加活泼了，开始纵谈了，向公爵传达别人的问候，报告城市的闲谈。

“La comtesse Apraksine, la pauvre, a perdu son mari, et elle a pleuré les larmes de ses yeux.〔可怜的阿卜拉克西娜伯爵夫人死了丈夫，把眼泪都哭干了。〕”她说，越来越活泼了。

她越来越活泼，公爵越来越严厉地望着她，他似乎充分地研究了她，对她有了明确的概念，便忽然转过身去，向米哈伊·依发诺维支说话。

“哦，米哈伊·依发诺维支，我们的布奥拿巴特要倒霉了。安德来公爵，（他总是在第三者的面前这么称呼儿子）向我说过，他们集合了什么样的兵力对付他！我同您总认为他是一个无用的人。”

米哈伊·依发诺维支实在不知道，什么时候“我同您”说过关于保拿巴特的这些话，但是他知道，是需要他引起公爵所爱好的话题，他惊异地看了看小公爵，不知道还要发生什么事情。

“他是我的大策略家！”公爵指着建筑师向儿子说。

谈话又转到了战争，保拿巴特，以及现在的将军们和官员们。似乎老公爵不但相信，所有的当时的人士都是不知道军事和政治常识的小孩，保拿巴特是无足轻重的法国小子，他得到成功，只是因为没有波巧姆金和苏佛罗夫之流的人反对他，而且相信，欧洲没有政治的困难，没有战争，只有傀儡戏，当时的人在这里面表演着，装作是在建功立业。安德来公爵愉快地容忍了父亲对于新人物的嘲笑，并且显然高兴地引起父亲说话，并且听着他说。

“似乎从前的一切都是好的，”他说，“苏佛罗夫自己不是陷在莫罗所布置的圈套里不能够出来吗？”

“谁告诉你这话的？谁说的？”公爵叫起来了，“苏佛罗夫！”他抛掉碟子，碟子被齐杭灵活地接住了。“苏佛罗夫……想想看，安德来公爵。两个人：腓得烈和苏佛罗夫……莫罗！假使苏佛罗夫是行动自由的，莫罗便要被俘，但他的手被御前军事香肠烧酒参议院[①]束缚住了。魔鬼也要觉得为难的！您到了那里，您就会知道这些御前军事香肠烧酒参议院是什么样的！苏佛罗夫不能应付他们，米哈伊·库图索夫怎么能应付呢？不，亲爱的，”他继续说，“您和您的将军们对付不了保拿巴特，一定要用法国人，让他们同类相残。德国人巴仑[②]被派到美国的纽约去找法国人莫罗，”他说，意思是指那年邀请莫罗来俄国服务的事。“怪事！……难道波巧姆金，苏佛罗夫，奥尔洛夫之辈是德国人吗？不是，孩子，或者是你们都发了疯，或者是我老糊涂了。上帝保佑您，我们看是怎样吧。布奥拿巴特成了他们的伟大的军事领袖！嗯姆！”

“我并不是说，那些计划都是好的，”安德来公爵说，“但是我不明白，您怎么能够那样地批评保拿巴特。您要笑就笑吧，但保拿巴特仍然是伟大的军事领袖。”

“米哈伊·依发诺维支！”老公爵叫建筑师，建筑师正在吃烤肉，希望他们忘记他。“我不是向您说过布奥拿巴特是伟大策略家吗？他现在也这样说。”

“是的，大人。”建筑师回答。

---

① 这是老公爵对奥国军事参议院的轻蔑的称呼。

② 毛注：巴仑是巴夫尔（即保罗）朝的彼得堡总督，他曾参与暗杀巴夫尔事件。此处有讽刺之意。

公爵又发出了一声冷笑。

“布奥拿巴特是生来的幸运儿。他的军队是极好的。他首先攻打德国人。只有懒惰的人才不打德国人。自从有世界以来，大家都打德国人。德国人却不打别人，只是自相残杀。他在德国人的身上获得了他的荣誉。”

公爵开始分析着在他看来是保拿巴特在战争中甚至在政事中所犯的一切错误。儿子没有辩驳，但显然是，无论向他提出了什么理论，他还是像老公爵一样地一点也不会改变他自己的意见。安德来公爵听着，抑制着自己不加辩驳，并且不禁诧异着，这个老人，独自在乡间，深居简出地住了这许多年，怎么能够那么详细、那么精确地知道并且批评近年来欧洲的一切军事和政治情况。

“你以为我这个老人不知道现在的局势吗？”他结束了，“我可是关心的！夜晚我睡不着觉。那么，你的这个伟大军事领袖在哪里证明了他的本领呢？”

“说来话长了。”儿子说。

“你到你的布奥拿巴特那里去吧。M-lle Bourienne, voilà encore un admirateur de votre goujat d’empereur!〔部锐昂小姐，这里又有一个您的流氓皇帝的崇拜者！〕”他用漂亮的法语说。

“Vous savez, que je ne suis pas bonapartiste, mon prince.〔公爵，您知道我不是保拿巴特派的人。〕”

“Dieu sait quand reviendra〔上帝知道他何时转回程〕…”公爵用假嗓子哼着，用更显著的假嗓子笑了一下，然后离开桌子。

矮小的公爵夫人，在全部争论时间和其余吃饭的时间里沉默着，并且惊恐地时而看玛丽亚公爵小姐，时而看公公。在他们离开桌子之后，她拉住小姑的手臂，把她牵到另一个房间里。

“Comme c’est un homme d’esprit, votre père,〔您父亲是一个多么聪明的人，〕”她说，“c’est à cause de cela peut-être qu’il me fait peur.〔

也许是因为这个缘故我怕他。〕”

“啊，他是那么仁慈！”公爵小姐说。

25

安德来公爵要在第二天傍晚起程。老公爵没有改变自己的生活秩序，饭后回到自己的房里去了。矮小的公爵夫人在小姑的房里。安德来公爵穿了一件没有肩章的旅行衣，在他所住的房间里和听差在收拾行李。他亲自察看了马车和箱子的放置，便吩咐了套马。房间里只留下了安德来公爵一向随身所带的东西：小提箱，大的银器餐具箱，两把土耳其手枪和一柄剑，这剑是父亲的礼物，是从奥恰考夫①带回来的。安德来公爵的这一切的旅行用品都是很整齐的：都崭新，干净，有布套，有带子仔细地捆绑着。

在起程和生活改变的时候，能够考虑自己行为的人们，通常是怀着严肃的心情。在这个时候，通常是检查过去，计划将来。安德来公爵的面孔是很沉思的、很亲切的。他把手放在背后，在房中从这个角落到那个角落来回迅速地走动着，望着前面，沉思地摇头。他是怕去打仗呢，还是舍不得离开妻子呢——也许两者都是——但显然他不愿别人看见他有这样的情形，他听到门廊上的脚步声，连忙放下了手，站到桌边，好像是在绑紧箱套，做出素常的镇静的和不可看透的表情。这是玛丽亚公爵小姐的沉重的脚步。

“我听说你吩咐人套马了，”她喘着气说（她显然是跑来的），“我很想和你单独地谈一下。上帝知道，我们又要分别多少时候。我来了，你不生气吗？”她又说，“你改变了很多，安德柔沙。”似乎是解答自己的问题。

① 毛注：一七八八年俄将苏佛罗夫所下之土耳其城。

她说“安德柔沙”这个名字时，微笑了一下。显然，她自己想起来觉得奇怪，这个严肃的美丽的男子就是那个童年的伙伴，瘦瘦的顽皮的孩子安德柔沙。

“莉萨在哪里？”他问，只用笑容回答她的问题。

“她那样疲倦，在我房里的沙发上睡着了。Ax, André！ Quel trésor de femme vous avez,〔啊，安德来！你的妻子多么好啊，〕”她说，坐到哥哥对面的沙发上，“她完全是小孩子，那么可爱的、愉快的孩子。我是那么欢喜她。”

安德来公爵沉默着，但是公爵小姐注意到他脸上流露出来的讽刺而轻视的表情。

“我们应该宽恕小的弱点，谁没有弱点呵！安德来！你不要忘记她是在社交界里教养长大的。所以她现在的处境并不快乐。我们应该设身处地想想每个人的处境。Tout comprendre, c’est tout pardonner.〔了解一切，即是宽恕一切。〕你想想看，她这个可怜的人，离开了她所习惯的生活，现在要和丈夫分开，独自住在乡间，在她这样的情况中，[①]她会觉得怎么样呢？这是很痛苦的。”

安德来公爵望着妹妹微笑着，好像在我们听着似乎是被我们看透了的人们说话的时候那样地微笑着。

“你住在乡间，不觉得这个生活可怕。”他说。

“我又是一回事了。为什么说到我！我不希望，也不能够希望别种生活，因为我不知道别种生活。你想想看，安德来，要年轻的社交妇女，在人生的最好的年华，埋没在乡下，孤单单的，因为爸爸总是忙，而我……你知道我……对于过惯社交生活的妇女，我是一个没有en ressources〔应付才干〕的人。只有部锐昂小姐……”

“您的部锐昂，我很不欢喜她。”安德来公爵说。

---

① 意指怀孕。

“啊，不！她是很可爱、很善良，尤其是很可怜的女子。她没有一个，没有一个亲人。但是老实说，我不但不需要她，而且讨厌她。你知道，我一向是不善交际的人，现在尤其如此。我爱孤独……爸爸很欢喜她。她和米哈伊·依发诺维支——两个人，他总是对他们俩亲切、和善，因为他们俩都受过他的恩惠，好像斯特因所说的：‘我们爱人们，与其说是为了他们对我们所做的好事，毋宁说是为了我们对他们所做的好事。’父亲领来了她这个sur le pavé〔无家的〕孤儿。她很善良。爸爸欢喜她诵读的方法。她每天晚上读书给他听。她诵读得很好。”

“哦，说真话，玛丽，我以为，父亲的性格有时候使你痛苦吧？”安德来公爵忽然地问。

玛丽亚公爵小姐起初诧异了一下，后来又怕这个问题了。

“我？！……我？！……我痛苦？！”她说。

“他总是严厉，现在我觉得他变得令人难受了。”安德来公爵说，显然是为了困惑或者试探他的妹妹，故意那么轻轻地指责他的父亲。

“你一切都好，安德来，但是你有一种思想上的骄傲，”公爵小姐说，她遵循着自己的思路，而不是顺着谈话的线索在说，“这是大大的罪过。我们怎么能够批评父亲呢？即使是可能的，但是像爸爸这样的人，除了vénération〔尊敬〕以外，还能引起什么别的情绪呢？我和他在一起是那样的满意、幸福。我只希望你们和我一样的幸福。”

哥哥不相信地摇头。

“只有一件事我觉得痛苦，我向你说实话，安德来：这就是父亲对于宗教问题的意见。我不明白，一个这样大智大慧的人怎么会看不到像光天化日一样明亮的东西，并且会有这种的错误想法。这是我的唯一不幸。但就是在这方面，近来，我看到一点好转的样子。近来他的嘲笑不那么毒辣了，他接见了一个修道士，和他谈了很久。”

“好，我的亲爱的，我恐怕您同修道士是枉费心机了。”安德来公爵讽刺地然而和善地说。

“Ah！ mon ami,〔啊！我亲爱的，〕我只恳求上帝，我希望他听到我的话，安德来，”她在片刻的沉默之后又羞怯地说，“我对你有一个很大的请求。”

“什么，亲爱的？”

“不，你要答应我，你不拒绝。这对你没有一点麻烦，也没有一点委屈的地方。但是你会使我心安的。你答应吧，安德柔沙。”她说，把手伸在提袋里，在里面握着什么东西，但是没有拿出来看，好像她所拿的东西，正是她的请求的对象，在他答应了执行请求之前，她不能把那件东西从提袋里拿出来。

她用请求的目光羞怯地望着哥哥。

“即使是要我有很大的麻烦……”安德来公爵回答，似乎是在猜测这是怎么一回事。

“你爱怎么想就怎么想吧！我知道，你是和父亲一样的。随便你怎么想法，但是你替我做这件事吧。请你做吧！我父亲的父亲，我们的祖父，在所有的战争中都挂着它……”她还是没有从提袋中取出她所拿着的东西。“那么，你答应我吗？”

“当然。是怎么一回事？”

“安德来，我用这个圣像祝福你，你要答应我，你绝不把它取下来。……答应吗？”

“假使它没有两普特重，[①]不拖断我的颈子……为了使你满意……”安德来公爵说，但同时，他看到妹妹脸上对于这个笑话的痛苦表情，他后悔了。他又说：“我很高兴，确实很高兴，亲爱的。”

“它要违反你的意志，救你，可怜你，把你带到它面前去，因为只有它有真理和安宁，”她用兴奋得打颤的声音说，并且用严肃的姿势，在哥哥面前，双手捧着精致的银链上的小小的、椭圆形的、古老的、银

---

① 一普特约合十六公斤，或三十七磅。

边的、黑脸的救主圣像。

她画了十字，吻了圣像，递给了安德来公爵。

“请，安德来，为了我……”

她的大眼睛里发出善良的、羞怯的光芒。这对眼睛照亮了她的病容的消瘦的脸，使她的脸变美了。她哥哥要接小圣像，但她阻止了他。安德来明白了，画了十字，吻了圣像。他的脸色同时是亲切的（他受了感动），又是嘲笑的。

“Merci, mon ami.〔谢谢你，我亲爱的。〕”

她吻了吻他的额头，又坐到沙发上。他们沉默着。

“像我同你所说的，安德来，你要像你平常一样地厚道宽大。不要严厉地批评莉萨，”她开始说，“她是那么可爱、那么善良，她的处境现在是很痛苦的。”

“玛莎，似乎我没有向你说过，我为了任何事情责备过我的妻子，或者不满意她。你为什么向我说这些话？”

玛丽亚公爵小姐的脸上发红，并且沉默着，似乎是觉得自己不对。

“我没有向你说过，但是有人向你说了。我为这件事很难过。”

玛丽亚公爵小姐的额上、颈上、腮上红得更厉害了。她想要说话，但说不出来。她哥哥猜中了：矮小的公爵夫人在饭后哭了，说她预感到不幸的生产，她觉得害怕，她埋怨自己的命运，抱怨公公和丈夫。哭后，她睡觉了。安德来公爵对妹妹觉得抱歉。

“你听我说，玛莎，我不能责备，我不会责备过，也永远不会责备我妻子的任何地方，我也不能因为我对她的任何地方责备我自己，无论我是在什么样的环境里，永远是如此的。但假使你想要知道真相……想要知道，我是幸福的吗？不是。她是幸福的吗？不是。为什么是这样？我不知道……”

说着这些话的时候，他站起身来，走到妹妹面前，低下头来，吻了她的额头。他的美丽的眼睛闪耀着智慧的、善良的、不常见的光芒，但他没有望着妹妹，却从她头上望着敞开的门外的黑暗。

“我们到她那里去吧，应该辞别了。或者，你一个人去把她叫醒，我马上就来。彼得路沙！”他叫他的听差，“到这里来搬吧。这个放在位子上，这个放在右边。”

玛丽亚公爵小姐站起来向门口走去。她站住了。

“André, si vous avez la foi, vous vous seriez adressé à Dieu, pour qu'il vous donne l'amour, que vous ne sentez pas, et votre prière aurait été exaucée.〔安德来，假使您有信心，您就向上帝祈祷，求他给您您所感觉不到的爱，您的祈祷会被接受的。〕”

“是的，也许如此！”安德来公爵说，“去吧，玛莎，我马上就来。”

在到妹妹房间去的途中，在连接两幢屋子的走廊上，安德来公爵遇到了嫣然微笑的部锐昂小姐，在这天这是第三次，她带着热情而单纯的笑容在僻静的过道上遇到他。

“Ah! je vous croyais chez vous.〔哦！我以为您在自己的房间里。〕”她为了什么缘故红着脸、垂下眼睛说。

安德来公爵严厉地看了她一下。安德来公爵的脸上忽然显出了怒容。他没有回答她，不望着她的眼，却那么轻视地望着她的额和发，以致法国女子红了脸，没有说话，就走开了。当他走到妹妹的房间时，公爵夫人已经醒了，她的愉快的声音，匆忙地说着一句一句的话，从敞开的房门里传出来。她那样地说话，好像是在长久的抑制之后，她想要补偿损失的时间。

“Non, mais figurez-vous, la vieille comtesse Zouboff avec de fausses boucles et la bouche pleine de fausses dents, comme si elle voulait défier les années〔不，您想吧，年老的苏保发[①]伯爵夫人配了假鬓发和满口的假牙齿，好像是要不顾她的年纪〕……哈哈哈，玛丽！”

---

① 毛注：苏保发上半段的“苏不”是牙齿的意思，这里有点嘲讽。

她妻子的关于苏保发伯爵夫人的这句同样的话、和同样的笑声，安德来公爵已经在别人面前听过大约五次了。他轻轻地走进房。肥胖而面色红润的公爵夫人，拿着针黹坐在安乐椅上，不停地说话，说着她的彼得堡回忆，甚至说些空话。安德来公爵走到她面前，摸她的头，问她在旅途的疲倦之后，是否休息够了。她回答了他，继续说着她的话。

六马的篷车停在台阶前。屋外是黑暗的秋夜。车夫看不见车杠了。仆人们拿着灯笼在台阶上忙碌着。大屋子里的灯光透过了大窗子。家奴们拥挤在前厅里，等着和小公爵道别，全家的人在大厅里：米哈伊·依发诺维支，部锐昂小姐，玛丽亚公爵小姐和公爵夫人。安德来公爵被召到父亲的书房里去了，他想单独地和儿子道别。大家都在等候他们出来。

当安德来公爵走进书房时，老公爵带了老光眼镜，穿着白色宽袍，他除了对于儿子，接见别人是不穿它的，他正坐在桌上写字。他回头看了一下。

“要走了吗？”他又开始写着。

“来辞行的。”

“吻我这里，”他指了他的腮，“谢谢，谢谢！”

“您为什么谢我呢？”

“因为你不误时，不守在妇女的裙边。职务重于一切。谢谢，谢谢！”他继续写着，因此墨水从沙沙响着的笔上溅下来。他又说，“你若需要说什么话，就说。”他补充说，“这两件事我可以一阵做的。”

“关于媳妇……我很惭愧，把她留给您照管……”

“干吗说废话？说你要说的吧。”

“在媳妇生产的时候，您派人到莫斯科去请接生的……让他到这里来。”

老公爵停住了，好像不明白，用严厉的眼睛注视着儿子。

“我知道，假使自然不帮忙，没有人能帮忙，”安德来公爵说，显然心乱了，“我承认，在无数的情形中，只有一个是不幸的，但这是她同我的幻想。有人向她说了什么。她在梦中梦见了，她怕。”

“嗯……嗯……”老公爵低声地哼着，继续写着，“我要照办。”

他签署了名字，忽然迅速地转身对着儿子，笑起来了。

“坏事情，啊？”

“什么坏事情，爸爸？”

“妻子！”老公爵简短地意味深长地说。

“我不明白。”安德来公爵说。

“但是没有办法，亲爱的，”老公爵说，“他们都是这样的，你不能解退婚姻的，你不要怕，我不同别人说，你自己知道。”

他用小小的骨瘦的手抓住儿子的手，抖了一下，用明快的似乎要把人看穿的眼睛对直地看了看儿子的脸，又发出了冷淡的笑声。

儿子叹了口气，在这个叹气声中承认父亲了解他。老人继续折信，封信，用他所惯有的迅捷动作，把火漆、封印和纸一一地抓起来又抛开了。

“怎么办呢？她美丽！我要一切照办，你放心吧。”他在封信的时候急促地说。

安德来沉默着：因为他的父亲了解他，他觉得又愉快又不愉快。老人站起来，把信交给了儿子。

“听着，”他说，“不要为媳妇担心：凡是能做到的，都要做到的。现在你听着：把这封信交给米哈伊·伊拉锐诺维支[①]。我信上写了，要他在适当的地方用你，不留你久当副官：卑贱的职务！

你向他说，我想念他、欢喜他。写信告诉我，他怎么接待你。假使他好，你就服务。尼考拉·安德来维支·保尔康斯基的儿子用不着在别人的照顾之下做事的。哦，现在到这里来吧。”

他说得那么快，以致他说出的话都不到半句，但他的儿子却惯于听懂他的话。他把儿子带到写字台前面，把盖子打开，抽出一个抽屉，取

① 即库图索夫。

出一册他的雄劲的长体的紧凑的手笔所写的稿本。

“大概我要死在你之先。注意，这是我的备忘录，我死后，你把它交给皇帝。现在这里是当铺证券[①]和信：这是给写苏佛罗夫战史的人的奖金。把它送到学院里去。这里是我的言论，我死后，你自己读一下，你会得到益处的。”

安德来没有向父亲说，他一定还要活很久。他觉得，这话是不需要说的。

“我都会办的，爸爸。”他说。

“好，现在，再会吧！”他把手给儿子吻，并且抱他。“记着这件事，安德来公爵：假使你打死了，我老人要觉得痛心的……”他突然地沉默着，又忽然用尖锐的声音继续说，“假使我知道你的行为不像尼考拉・保尔康斯基的儿子，我会……丢脸！”他大声说。

“您用不着向我说这话的，爸爸。”儿子微笑着说。

老人沉默着。

“我还想求您一件事，”安德来公爵继续说，“假使我打死了，假使我有了儿子，您不要让他离开您，像我昨天向您说的，让他在您面前长大……烦您的神了。”

“不把他交给媳妇吗？”老人说，笑起来了。

他们无言地面对面站立着。老人明快的眼睛对直地注视儿子的眼睛。老公爵的面孔下部的什么地方打颤了。

“辞过行了……走吧！”他忽然说，“走吧！”他用发怒的高大的声音叫着，打开着书房的门。

“什么事，什么事？”公爵夫人和公爵小姐问，她们看见了安德来公爵，和穿白宽袍、戴老光眼镜、没有戴假发、怒声大叫的老人在门口张了一会儿的身躯。

① 毛注：当铺是当时的国家机构，发行有利息的证券。

安德来公爵叹了口气，没有回答。

“哦。”他向着妻子说。这个“哦”的声音显得是冷淡的嘲笑，似乎他在说：“现在您表演您的笑剧吧。”

“André, déjà！〔安德来，已经！〕”矮小的公爵夫人脸色发白，恐惧地望着丈夫说。

他抱住她。她叫了一声，昏厥地倒在他的肩上。

他小心地抽出她所依靠的肩膀，看了看她的面孔，并且当心地扶她坐在扶手椅上。

“Adieu, Marie.〔再会，玛丽。〕”他低声地向妹妹说，和她手拉手地接了吻，然后快步地走出房。

公爵夫人躺在扶手椅上，部锐昂小姐摩擦着她的颞颥。玛丽亚公爵小姐扶着嫂嫂，仍然用流泪的美丽的眼睛望着安德来公爵走出去的门，为他画十字。书房里传来了老人一再重复的愤怒的擤鼻子的声音，好像放枪一样。安德来公爵刚刚走出，书房的门就迅速地打开了，穿白宽袍的老人的严肃的身躯向门外看了一下。

“走了吗？哦，好的！”他说，愤怒地看了看昏厥的矮小的公爵夫人，斥责地摇了摇头，砰然一声关上了门。

第二部

1

在一八〇五年十月，俄国的军队驻扎在奥地利大公国的许多乡村和城市里，并且还有新的部队从俄国开来，驻扎在不劳诺要塞附近，骚扰着那一带的百姓。总司令库图索夫的总司令部就在不劳诺。

一八〇五年十月十一日，刚到不劳诺的步兵中的一个团，扎在离城半英俚的地方，等候总司令的检阅。虽然是在非俄罗斯的地方和环境里（果园、石墙、瓦顶、遥遥在望的山），虽然有非俄罗斯的人民好奇地望着兵士们，这个团却有任何俄国的团在俄国中部任何地方准备受检阅时的完全相同的样子。

在行军最后一日的晚间，接到了命令，总司令要检阅在行军中的这个团。虽然命令的文字在团长看来是不明了的，并且发生了问题，命令的文字是什么意思：是不是照行军状态呢？——在营长会议中决定了让这个团照检阅状态，理由是礼节过分总比礼节不够的好。于是兵士们，在二十俚的行军之后，没有闭眼睛，整夜地补缝、刷擦，副官和连长们再三地报告人数，调配人数：于是到了早晨，这个团已经不是散开的无秩序的群众，像昨天最后行军那样的，却成了有组织的二千人的团体，人人知道他的地位，他的任务，每个人身上的每个扣子和带子都是整整齐齐的，并且非常清洁。不仅外表上是整洁的，并且假使总司令愿意看一下军装的里面，他便可以在每个人的身上看到同样的清洁衬衣，在每个背囊里找到合乎规定数目的物品，如兵士们所说的，“钻针肥皂，一应俱全”。只有一件事，关于这个是没有人能够放心的。这就是兵士的靴子。半数以上的人的靴子都破了。但是这个缺点不是由于团长的过失，因为虽然有过多次的要求，奥国的官厅却没有把靴子发给他，而这个团却走了一千俚。

团长是一个年老的、性急的、白眉毛和白胡须的，肥胖的将军，他的身体从胸前到背后，比两肩之间还要宽。他穿了一套崭新的、有折痕的军服，厚厚的金色肩章好像不是横着而是站立在他的肥胖的肩头上。团长的神情好像是一个人正高兴地做着生活中的一件最隆重的事。他把脊背微微弯曲着，在行列的前面走着，并且走的时候，每一步颤动一下。显然团长是在欣赏他的团，为这个团而高兴。并且他全部的精神只注意在团上，但虽然如此，他的颤动的步伐似乎在说，在军事兴趣之外，社交生活的兴趣和女性在他心中占着同样的地位。

“哦，米哈益洛·米特锐支老兄，”他向一个营长说，（营长微笑着走上前，显然他们俩都是高兴的，）“我们大忙了一夜。但是，我看，这个团不算坏吧……啊？”

营长明白了这愉快的嘲讽，笑起来了。

“就是在皇后草场[①]上也不会被赶走的。”

“怎么？”团长说。

这时候，有两个骑马的人在散布了信号兵的通往城里的道路上出现了。前面的是副官，后面的是哥萨克兵。

副官是由总司令部派来的，要向团长证实昨天的命令里没有说明白的那一点，就是，总司令希望看到这个团完全像行军时的情形那样——穿大衣，背行囊，不要有任何准备。

库图索夫那里昨天从维也纳来了一个御前军事参议院的人员，他带来了建议，要求他尽可能地赶快和斐迪南大公和马克的军队会师，而库

① 毛注：在彼得堡的聂瓦河畔，后来叫作战神场的检阅场。

图索夫并不认为这个会师有利，在支持自己意见的别的理由之外，他还想要向奥国将军指出从俄国开来的军队的悲惨的情况。他就是要想带着这个目的去检阅这个团，所以，这个团的情况越坏，总司令越会觉得满意。虽然副官不知道这些详情，但他向团长传达了总司令的不可违背的要求，要兵士穿大衣，背行囊，如若不然，总司令会不满意的。

团长听过了这些话，垂了头，沉默地耸了耸肩，并且带着性急的姿势摊开了两手。

“惹出麻烦来了！”他说，“我向您说了的，米哈益洛·米特锐支，照行军状态，就是穿大衣，”他谴责地向营长说，“啊，我的上帝！”他加上一句，坚决地走上前。“诸位连长！”他用惯于下令的声音喊叫，“诸位曹长！……他快到了吗？”他向一个来到的副官说，面上带着显然是对于他所说到的人而有的肃然起敬的表情。

“要隔一个钟头吧，我想。”

“我们来得及换衣服吗？”

“我不晓得，将军……”

团长亲自走到行列前，下令重行换上大衣。连长们跑回各连，曹长们忙碌起来（大衣并不很好），顷刻之间，原先整齐肃静的四方形队动荡了、散开了，并且有了话声。兵士们向各方面跑来跑去，把肩膀从后面向上一耸，从头上卸下背囊，拿出大衣，然后把手臂高举着，伸进袖筒里。

半小时后一切又恢复了先前的秩序，只是四方形队从黑色变成了灰色。团长又用颤抖的步伐走到这个团的前面，远远地望着他们。

“这究竟是怎么回事？这是怎么回事！”他停下来喊叫，“叫第三连连长来！……”

“第三连连长去见将军！连长去见将军！第三连去见长官！……”这是行列间发出的声音，然后一个副官跑着寻找那迟缓的军官。

当热烈的叫声，传讹着喊成“将军去见第三连”，传到目的地的时候，被召的军官从连后边出现了，虽然他已经年纪大了，没有跑步的习惯，却笨拙地碰着靴头子，慢跑着向将军走去。上尉的脸上显出了那样的不安，好像是小学生被叫起来复述他没有读熟的功课一样。他的红鼻子上（显然是因为贪酒）出现了斑点，他的嘴也神经质地抽搐着。上尉喘气走来，在快要走到时放慢着脚步，这时候团长从头到脚地看了看上尉。

“您马上要叫您的兵士们穿裙子了！这是怎么回事？”团长伸出下巴喊叫着，指着第三连里的一个兵，他穿了一件和别人的大衣颜色不同的布大衣。“您到哪里去了？我们在等候总司令，您却离开了自己的地方？啊！……我要教训您不许在检阅的时候叫兵士穿上袍子！……啊！……”

连长用眼睛注视着长官，把他的两个手指尽是向帽边紧贴着，好像他现在认为只有这种“紧贴”可以拯救他。

“哦，您为什么不作声？您那里穿得像匈牙利人的是谁？”团长严厉地嘲讽着。

“大人……”

“哦，’大人’干什么？大人！大人！但是大人干什么？没有人晓得。”

“大人，他是道洛号夫，贬做兵的军官……”上尉低声地说。

“他是贬做元帅，还是贬做兵呢？要是兵，就应当穿规定的军装，和大家一样。”

“大人！您自己在行军的时候准许他的。”

“我准许的？我准许的？你们年轻人总是那样的，”团长说，稍微冷静了一点，“我准许的？谁向您说了什么，您就……”团长沉默了一会，“谁向您说了什么，您就……什么？”他说，又发火了，“请您把士兵们穿合适了吧……”

团长回顾着副官，用颤抖的脚步向着队伍走去。显然他的发火是他自己觉得满意的，并且在队伍里走过的时候，他想要找出别的发怒的口实。因为一个未擦的徽章，他责备了一个军官，因为行列不整齐，他责备了另一个军官，然后他走到第三连。

“你怎么站的？你腿在哪里？腿在哪里？”团长距离穿蓝大衣的道洛号夫还隔五个人的时候，在声音里带着痛苦的表情喊叫。

道洛号夫慢慢地伸直了弯曲的腿，把明亮傲慢的目光对直地望着将军的脸。

“为什么穿蓝大衣？脱下……曹长！换他的……废……”他未及说完这个字眼。

道洛号夫急忙地说！“将军，我一定执行命令，但我不应该忍受……”

“队伍里不要说话！不要说话，不要说话！……”

“不应该忍受侮辱，”道洛号夫大声地、响亮地说。

将军的和兵的目光交遇了。将军沉默着，愤怒地向下拉着绷紧的绶带。

“请您换一下吧，我请求您。”他走开时说着。

2

“来了！”这时信号兵大声喊叫。

团长脸色发红，跑到他的马前，用颤抖的双手握住缰勒，将身体跨上马鞍，正了姿势，抽出指挥刀，带着快乐的坚决的面孔，把嘴歪斜地张开着，准备喊叫。全团沙沙地响了一阵，就像鸟雀理羽毛似的，然后又肃静了。

“立——正！”团长用惊心动魄的声音喊叫，这声音表示他对于自己的高兴，对于团的严厉，对于就要来到的总司令的欢迎。

在宽阔的、两旁种树的、未铺平的大道上，来了一辆疾驰的六马的高大的蓝色的维也纳车子，弹簧轻轻地响着。随从们和克罗特人的卫队在车后驰骋着。在库图索夫的旁边坐了一个穿白色军服的奥国将军，在黑色的俄国军服当中这军服是稀奇的。马车停在这个团的前面。库图索夫和奥国将军低声说着什么，然后库图索夫沉重地踏着脚步，从车踏板上走下来，微笑了一下，完全好像是没有这两千个屏声息气望着他和团长的兵。

命令声发出了，这个团又带着叮当的声音颤动了一下，行了举枪礼。在死般的寂静中可以听到总司令的微弱的声音。这团兵喊叫："祝大——大——大人康健！"大家又安静了。起初，当这个团运动时，库图索夫不动地站立着，后来，库图索夫和白衣将军一同由随从们陪伴着在行列间走着。

由于团长把眼睛凝视着他，挺着腰，愉偷地走近，向总司令行礼，由于他的身子向前倾斜着，跟随着将军们在行列间走过，几乎不能抑制颤抖的动作，由于他在总司令说每句话和做每个动作时都跟在后面——可以看出，他尽部下的责任，比起尽官长的责任更加高兴。由于团长的严格和努力，这个团的状况比其他同时来到不劳诺的团要好。落伍和生病的只有二百一十七人。除了靴子，一切都很好。

库图索夫走过各行列，有时站住，向他在土耳其战争中认识的军官们说些亲切的话，有时也向兵士们说话。他注视着他们的靴子，几次悲伤地摇头，带着那样的表情把这个情况向奥国将军指出，好像他并不为这件事责备任何人，但不能不看到这个情形是多么坏。团长在总司令每次说话时，都跑上前去，恐怕遗漏了总司令所说的关于这个团的每一句话。在库图索夫后边跟随着大约二十个随从，相隔得很近：每句低声说出的话都可以听到。随从先生们彼此谈话，有时发出笑声。最靠近总司令的是一个漂亮的副官。他是保尔康斯基公爵。他旁边是他的同事聂斯维次基，他是个高大的、极其肥胖的参谋官，有一张善良的带笑的漂亮面孔和一双湿润的眼睛。聂斯维次基看着他身旁那个黑脸的骠骑兵军官，几乎忍不住笑。那骠骑兵军官没有微笑，没有改变凝视的眼睛的表情，带着严肃的面色，望着团长的背，模仿他的每一个动作。每次团长的身体颤抖着向前倾斜时，那骠骑兵军官的身体也同样地、完全一样地颤抖着向前倾斜。聂斯维次基发出笑声，并且用胳膊捣别人，要他们看这可笑的人。

库图索夫慢慢地、颓唐地从成千双眼睛前面走过，这些眼睛都瞪着，向长官注视着。到了第三连，他忽然停住。随从们没有料到他会停步，不觉地向他靠近了。

“啊，齐摩亨！”总司令说，认出了那个为了蓝大衣受斥责的、红鼻子的上尉。

似乎是，在团长斥责他时，没有人能够把身子挺得比齐摩亨更直。但在总司令向他说话时，上尉把身体挺得那么直，好像，总司令向他再看一会儿，上尉便不能忍受了，库图索夫显然明白了他的情况，并且只希望他好，因此连忙地掉转身。在库图索夫肥胖的因伤而破相的脸上闪过了一丝察觉不出的笑容。

“又是一个在依斯马伊尔的同事，”他说，“是一个勇敢的军官！你满意他吗？”库图索夫问团长。

团长没有感觉到他的举动好像在镜子里一样地被骠骑兵军官反映着，他颤抖了一下，走上前回答：

“很满意，司令大人。”

“我们都不是没有弱点的。”库图索夫说，微笑着离开他。“他信奉巴库斯[①]。”

团长害怕他会为了这件事受责备，没有回答。骠骑兵军官这时注意到红鼻子上尉的面孔，凹进去的肚皮，并且那么酷似地模拟他的面孔和姿势，以致聂斯维次基忍不住笑声。库图索夫转过头来了。显然是这个军官能够如意地控制他的面部：在库图索夫转头时，这个军官已经做过了嘴脸，接着做出最严肃的、恭敬的、天真的表情。

第三连是最后的一连，库图索夫思索了一下，显然是在回想什么。

---

① 巴库斯是酒神。

安德来公爵从随从里走出来，用法语低声说道：

“您叫我提起这个团里的贬做兵士的道洛号夫。”

“道洛号夫在哪里？”库图索夫问。

道洛号夫已经换了灰色兵士大衣，未料到有人叫他。这个金色头发的、明亮的蓝眼的、模样好看的兵从行列中站出来了。他走到总司令面前，举枪致敬。

“有什么申诉吗？”库图索夫微微皱着眉问。

“这是道洛号夫。”安德来公爵说。

“啊！”库图索夫说，“我希望这个教训可以纠正你，你要好好地服务。皇帝仁德。假使你有功，我不会忘记你的。”

他把一双明亮的蓝眼睛像他望团长时那样大胆地望着总司令，好像是要用眼睛的表情撕破那个把总司令和兵士隔得那么遥远的虚礼之幕。

“我只要求一件事情，大人，”他用响亮的、坚决的、从容的声音说，“要求给我一个机会改过、证明我对于皇帝陛下和俄罗斯的忠诚。

库图索夫转过身。在他的脸上闪过了当他离开齐摩亨上尉时那样的眼部的笑容。他转过身，皱了皱眉，好像是要借此表示：道洛号夫向他所说的一切，他能向他说出的一切，是他早已、早已知道的，这一切已使他厌烦，这一切完全不是他需要听到的。他转身向马车走去。

这个团分散成许多连，向不劳诺附近的指定的驻扎处开去，他们希望在这里得到靴子、衣服，在艰难的行军之后在这里休息一下。

“您不怀恨我吗，卜罗号尔·依格那齐支？”团长骑马赶上了向驻扎地前进的第三连，跑到走在前面的齐摩亨上尉的身边说。团长的脸上，在快乐顺利的检阅之后，显出了不可压制的高兴。“皇家的职务……不能不……有时在检阅中说一点性急的话……我先道歉，您知道我……他很满意！”他向上尉伸出了手。

“不用提了，将军，恕我冒昧！”上尉回答，鼻子更加发红，并且微笑着，露出了在依斯马伊尔被枪托打落的两颗门牙的豁子。

“您转告道洛号夫先生，我不会忘记他的，他可以安心。但是请您告诉我，我想问一声，他怎样，他的行为如何？大体上……”

“他在职务上很周到，大人……但是他的性格……”齐摩亨说。

“哦，他的性格怎么样？”团长问。

“一天一个样，大人，”上尉说，“他有时聪明，显得有教养，对人和善。有时又像是一只野兽。在波兰他几乎杀死一个犹太人，若要想知道……”.

“是的，是的，”团长说，“我们还是应该同情不幸的青年。您要知道，他有大背景……所以您……”

“就是了，大人。”齐摩亨说，用笑容使人觉得他明白了长官的希望。

“对啦，对啦。”

团长在队伍的行列中找到了道洛号夫，便勒住了自己的马。

“到第一次交战的时候，就有肩章了。”他向他说。

道洛号夫回头看了一下，没有说什么，也没有改变嘲讽带笑的嘴部表情。

“好，这就好了，”团长继续说，“我要给每人一杯伏特加酒，”他又说得让兵士们都听得见，“谢谢大家！谢谢上帝！”于是他越过了这一连，向另一连驰去。

“哦，他，真是好人，我们是能够和他处得好的，”齐摩亨向他身旁的低一级的军官说。

“总之，是个红心王！……”（团长绰号叫红心王牌）低一级的军官笑着说。

长官在检阅后的快乐心情传给了兵士们。这个连快活地走着。各方面有兵士们的交谈声。

“他们说库图索夫瞎了一只眼，是吗？”

“怎么不是！一只眼完全瞎了。”

“不……老兄，比你眼睛还好些。靴子和裹腿[①]，他都看见了……”

“老兄，当他看我的腿的时候……哦！我想……”

“那个和他一起的是奥国人，好像是他身上涂了粉笔灰。好像白面粉。我敢说，他们一定是像擦枪一样擦他！”

“哎，费介绍武！……他说过什么时候开仗呢？你站得很近吗？都说布奥拿巴特本人在不路诺佛。”

“布奥拿巴特在那里！听那个傻瓜胡说吧！有什么他不知道！现在普鲁士造反了。你知道奥国在平定它。平定了它以后，就要同布奥拿巴特开仗了。他说布奥拿巴特在不路诺佛！你明明是傻瓜。你多听别人说吧。”

“那些鬼军需们！看，第五连转弯进村子了，他们煮粥了，我们还没有走到住处。”

“给我一点饼干，小鬼。”

“你昨天给我烟卷的吗？对了，老兄。好，好，上帝保佑你。”

“我们可以在这里休息了，不然，我们还要空着肚子走五俚。”

“德国人给我们马车坐，那多么好。坐车走，你看，好极了！”[②]

“但这里，弟兄们，人都穷极了。那里好像都是波兰人，都是俄国臣民，现在，弟兄们，碰到真正德国人[③]了。”

“歌手们上前！”上尉喊叫。

从各行列中跑出来了大约二十人在连的前面。领唱的鼓手向歌手们转过脸来，挥动了手臂，唱出冗长的军歌，开头是：“天刚黎明，太阳方升……”结尾是：“于是，弟兄们，光荣归于父库图索夫和我

---

① 毛注：俄军用长布条裹脚和腿，代替袜子。

② 毛注：俄军于旧历八月十三日自拉德西维洛夫起程，两月时光，方到达战地附近。奥军进行亦甚慢。奥军以为拿破仑在部洛涅准备侵英，却在九月间突然发觉他已到达来因。此时库图索夫相隔甚远，他的军队立即获得车辆运送，每天可行三十英里，而步行则为十四至二十里。

③ 这里的德国人实是奥国人。

们……”这只歌是在土耳其编的，现在在奥国唱，唯一的更改是在“父卡明斯基”的地方换了“父库图索夫”。

这个年约四十的漂亮的严肃的鼓手，照兵士那样地唱出了最后的字句，挥动了手臂，好像是向地上抛掉了什么东西，他向唱歌的兵士们严厉地看了一下，皱了皱眉。然后，相信所有的眼睛都注视在他身上了，他好像是用双手小心地举起什么不可见的宝贵物品，在头上举了几秒钟，又忽然不顾一切地把它抛掉，唱：

啊，我的门廊，门廊！

“我的新门廊……”二十个声音接着唱，敲响板的人虽有军械的担负，却敏捷地跳到前面，脸对着全连倒走着，摇动着肩膀，好像用响板在威胁着什么人。兵士们随着拍子挥动着他们的手臂，踏着大步子，步伐不觉地合着拍子。从连的后边，传来了车轮声，弹簧声，和马蹄声。库图索夫和他的随从们正回城去。总司令做了个手势，要兵士们继续自由地行走，他的脸上和所有随从们的脸上都表示了对于歌声的满意，对于跳舞的兵士们的神态以及对于连中快乐地活泼地行走的兵士们的满意。在马车从旁经过的连的右翼第二行，那个蓝眼的兵，道洛号夫，不觉地惹人注目。他特别活泼地优美地合着歌的拍子行走着。他带着那样的表情望着骑马走过的人们，好像是他在可怜所有的在这时候没有和这连兵士同走的人们。库图索夫随从中模拟团长的那个骠骑兵少尉，落在马车后面，骑马走到道洛号夫面前。

骠骑兵的掌旗官热尔考夫曾经有一个时期在彼得堡属于道洛号夫所领导的那个荒唐团体。但热尔考夫在国外看到道洛号夫是一个兵，便认为用不着招呼他。现在在库图索夫和贬做兵士的军官谈话之后，他带了老友的高兴的样子向他说话了。

“亲爱的朋友，你怎么样？”他夹在歌声中说，使马的步伐合着兵士们的步伐。

“我怎么样？”道洛号夫冷淡地回答，“就像你看见的这样。”

雄壮的歌声，对于热尔考夫说话时的轻松愉快的语气，对于道洛号夫回答时的有意冷淡，给予了特别的意义。

“那么同长官处得怎么样？”热尔老夫问。

“很好，都是好人。你怎么钻进了司令部？”

“我是随从，我当值。”

他们沉默了一会。

“她从右手衣袖上放鹰飞去……”歌声唱着，不觉地唤起着英勇愉快的情绪。假使他们不是在歌声中说话，他们的谈话大概是另外一个样子了。

“奥国打败了，是真的吗？”道洛号夫问。

“鬼知道他们，他们这么说。”

“我很高兴。”道洛号夫简短明了地回答，好像是歌声要求如此。

“那么，随便哪天晚上，到我们这里来打法饶牌。”热尔考夫说。

“您的钱太多了吗？”

“你来。”

“不行，我发过誓。不复了职，我不吃酒、不赌钱。”

“那么，要到第一次的交战……”

“那时就明白了。”

两人又沉默了一会。

“假使你需要什么，你就来，司令部里的人都可以帮忙的……”热尔考夫说。

道洛号夫冷笑了一下。

“你最好不要烦神。我需要什么，我不去请求，我要自己拿。”

“没有关系，我不过……”

“哦，我也不过。”

“再见。”

“祝你康健……”
……飞得又高又远
到我故乡……

热尔考夫刺了他的马，马兴奋地把蹄子踏动了三次，不知道用哪一只先走，待镇静了之后，便放步奔腾，越过了这连兵，并且仍旧合着歌的拍子，赶上了马车。

3

库图索夫检阅回来，偕同奥国将军，走进自己的房间，然后叫来了一个副官，吩咐他把关于开到的军队的情形的一些文件，以及指挥前锋的军队的斐迪南大公寄来的信交给他。安德来·保尔康斯基公爵带了所要的文件来到总司令的房间。库图索夫和奥国参谋部人员坐在摊开着计划的桌子前。

“啊……”库图索夫回头望着保尔康斯基说，好像要用这句话教副官等一等，然后他用法语继续说下去。

“我所能说的，将军，”库图索夫带着令人愉快的优美的表情和音调说，那音调使人不得不听着每个从容说出的字眼。库图索夫显然也高兴听他自己说话。“我所能说的，将军，就是，假使事情是取决于我个人的愿望，法兰西斯皇帝陛下的意志便早已执行了，我便早已和大公会师了。请您相信我的话，要我把最高的军事指挥权交给比我更有学问更有本领的将军——这种人在奥国是很多的——从我身上卸去一切繁重的责任，在我个人倒是一件快事。但是形势比我们更有力量，将军。”

库图索夫带着那样的表情微笑了一下，好像是说：“您有充分的权利不相信我，您相信我也罢，不相信我也罢，在我都是无所谓的，但是您没有理由对我这样说。全部问题就在这里。”

奥国将军现出不满意的神色，但他不能不用同样的语调回答库图索夫。

“相反，”他用埋怨的愤怒的语气说，这语气是那样违反他话中阿谀的意向，“相反，大人参与共同作战，这是极受陛下重视的：但我们以为，目前的迟缓使光荣的俄军和他们的总司令失去了他们在战事中经常得到的荣誉。”他结束了显然是预先准备好的词句。

库图索夫鞠了一下躬，没有改变他的笑容。

“但我相信是那样的，并且根据最近斐迪南大公阁下惠寄给我的信函，①我以为，像马克将军这样有本领的副总司令所指挥的奥军，现在已获得决定的胜利，不再需要我们的帮助了。”库图索夫说。

将军皱了皱眉头，虽然没有关于奥军失败的确实消息，却有了许多的情况证实了这个流传的不利的消息，因此库图索夫对于奥军胜利的假定很像是嘲讽。但库图索夫还是带着那样的表情，温雅地微笑着，那表情好像在说，他有权利作这个假定。确实，最近他接到的马克自军中寄来的信函，向他报告了胜利和军队的最有利的战略地位。

“把那封信拿给我，”库图索夫向安德来公爵说，“请看。”于是库图索夫嘴角上带着讽刺的笑容，向奥国将军读了斐迪南大公来信中如下的一段：

“Wir haben vollkommen zusammengehaltene Kräfte nahe an 70000 Mann, um den Feind, wenn er den Lech passirte, angreifen und schlagen zu können, Wir können, da wir Meister von Ulm sind, den Vortheil, auch von beiden Ufern der Donau Meister zu bleiben, nicht verlieren: mithin

---

① 毛注：托尔斯泰采用了俄国战史家米哈益洛夫斯基·大尼列夫斯基的著作中引证的一封真实信件中的一段。在这全部小说中，托尔斯泰是很小心地根据史实。关于法国方面他采用了提埃尔的著作，此外，他还参考许多别的权威著作、私人信件，他自己及别的参战人士的回忆录。这些私人资料有时使他改正了历史家们的错误。

auch jeden Augenblick, wenn der Feind den Lech nicht passirte, die Donau übersetzen, uns auf seine Communika-tions-Linie werfen, die Donau unterhalb repassiren und dem Feinde, wenn er sich gegen unsere treue Allirte mit ganzer Macht wenden wollte, seine Absicht alsbald vereiteln. Wir werden auf solche Weise den Zeitpunkt, wo die Kaiserlich-Russische Armee ausgerüstet sein wird, muthig entgegenharren, und sodann leicht gemeinschaftlich die Möglichkeit finden, dem Feinde das Schicksal zuzubereiten, so er verdient.〔我们有全部集中的兵力，约七万人，若敌人渡雷赫河，我们即攻击并打败他们。因为我们已经控制了乌尔姆，我们也不能失去控制多瑙河两岸的优势，并且假定敌人不渡雷赫河，我们可以随时渡过多瑙河，攻击敌人的交通线，从下游再渡多瑙河，假如敌人企望以全力攻击我们忠实的同盟者，我们将立即粉碎敌人的计划。这样一来，我们将安心地等待着帝俄军队完成装备，然后，我们很容易在一起找到机会，为敌人准备他所应得的命运。〕”

库图索夫读完了这一段，深深地叹了口气，并且注意地亲切地望着奥国参谋部的人员。

“但是总司令大人，你知道这个聪明的格言：准备万一。”奥国将军说，显然是希望结束笑话，进行正事。他不觉地回头看了看副官。

“对不起，将军，”库图索夫打断了他的话，也对安德来公爵转过头来，“这么办，我的好孩子，你到考斯洛夫斯基那里去把我们侦探们的情报都拿来。这两封信是诺西提兹伯爵寄来的，这封信是斐迪南大公阁下寄来的，还有，”他一面说，一面给了他几个文件，“根据这些，用法文明白地写出一个memorandum，一个备忘录来，说明我们所有的关于奥军行动的一切消息。做好了就交给这位大人。”

安德来公爵点了点他的头，表示他不仅一开始就明白了库图索夫所说出的话，并且明白了库图索夫要向他说的话。他收集了文件，向两个人鞠了一躬，轻轻地在地毡上走着，进了接待室。

虽然安德来公爵离开俄国没有多久，他却在这个时候改变了很多。在他的面部表情上、在动作上、在步态上，几乎看不到了从前的做作、疲倦和懒惰，他好像是一个人没有时间想到自己在别人心中产生的印象，却忙于愉快的有趣的事务。他的面部显出他越来越满意他自己和四周的人，他的笑容和目光是越来越愉快而吸引人了。

库图索夫是他在波兰赶上的，很亲切地接待他，答应了照顾他，显出他和别的副官们不同，把他带到维也纳，给他更重要的任务。库图索夫从维也纳写信给他的老同事，安德来公爵的父亲说：

“您的儿子，”他在信上说，“由于他的勤勉、坚定、和踏实，很有希望成为一个出众的军官。有这样的助手在我身边，我认为我自己是幸运的。”

安德来公爵在库图索夫司令部里，在同僚之间，以及在全军之中，正和在彼得堡的社交界里一样，有两种完全相反的声誉。有些人，小部分的人，认为安德来公爵和他们自己，和所有其他的人不同，期待他有伟大的成就，听他的话，羡慕他，并且模仿他，对于这些人，安德来公爵是率直可亲的。别的人，大部分的人，不欢喜安德来公爵，认为他是高傲、冷淡、可厌的人。但对于这种人，安德来公爵知道怎样对待他们，使他们尊敬他甚至怕他。

安德来公爵带了文件，从库图索夫的房间走进接待室，走到值日的同事考斯洛夫斯基副官面前，他正拿着一本书坐在窗口。

“是什么事，公爵？”考斯洛夫斯基问。

“奉命写备忘录，说明我们为什么不前进。”

“为什么呢？”

安德来公爵耸了耸肩。

“马克没有消息来吗？”考斯洛夫斯基问。

“没有。”

“假使真的他打败了，就该有消息来了。”

“也许。”安德来公爵说，向着外边的门走去。

但正在这个时候，一个穿礼服的、高大的，显然是刚到的奥国将军和他迎面地、迅速地走进接待室，砰然关闭了门，这人用黑巾扎了头，颈上挂了玛丽亚—泰利撒勋章。安德来公爵站住了。

“库图索夫大将呢？”刚到的将军用粗硬的德语发音迅速地说，一面向两旁看着，一面不停地向房间的门口走去。

“大将有事。”考斯洛夫斯基说，连忙走到不相识的将军面前，阻挡了房门的道路，“怎么去通报呢？”

不相识的将军轻蔑地低头向下看了看考斯洛夫斯基的矮身材，似乎是诧异他们竟会不认识他。

“大将有事。”考斯洛夫斯基镇静地又说一次。

将军的脸沉下来，他的嘴唇震动并且发抖了。他取出笔记簿，用铅笔迅速地写了什么，撕下一页，递给考斯洛夫斯基，快步地走到窗前，投身在椅子上，看了看房里的人们，似乎是在问：他们为什么望他？然后将军抬起头，伸出颈子，似乎想说什么，但立刻，又似乎是不经心地开始低声地哼着什么，发出奇怪的声音，这声音立刻便中断了。房间的门开了，库图索夫在门口出现了。扎了头的将军，好像是躲避危险，向前低着头，用瘦腿大踏快步地走到库图索夫面前。

“Vous voyez le malheureux Mack[①].〔您看这不幸的马克。〕”他用不连贯的声音说。

库图索夫站在房门口，他的脸上有好一会儿完全没有动。然后，一道皱纹，好像波浪一样，荡过了他的脸，他的前额又平了，他恭敬地点了点头，闭了闭眼，沉默地让马克从他身边走过去，自己顺手关了背后的门。

先前已流传的关于奥军失败和全军在乌尔姆投降的消息现在证实

① 毛注：Baron Karl Mack von Leiberich（1752—1828）在乌尔姆指挥奥军。

了。在半小时之内，便派出副官们带着命令到各方面去了，这证明，直到现在尚未作战的俄军立刻就要和敌人相见了。

安德来公爵是那种稀有的参谋人员，他把主要的兴趣放在战争大势上。他看见了马克，听到了他的失败的详情，他明白战役的一半已经失败了，他明白了俄军处境的困难，并且清楚地设想了军队所要遭遇的事情，以及他在军中所要担任的角色。他想到自大的奥地利所受的耻辱，想到也许在一星期之内他便要看见并参与苏佛罗夫以后第一次的法俄会战，他不禁感觉到兴奋的快乐的情绪。但是他怕保拿巴特的天才或许比俄军全部的勇敢还有力量，同时他又不能容许他的英雄受到耻辱。

安德来公爵因为这些思想而兴奋着、激怒着，要到自己的房间里去写信给他父亲，他每天写信给他父亲。他在走廊上遇到他的同房的聂斯维次基和诙谐家热尔考夫，他们像平常一样，在笑什么。

“你为什么这样不高兴？”聂斯维次基问，注意到安德来公爵的发亮的眼睛和苍白的面孔。

“没有可以高兴的地方。”安德来·保尔康斯基回答。

在安德来公爵遇见聂斯维次基和热尔考夫时，从走廊的另一端迎面走来了奥国将军施特绕黑（他在库图索夫司令部里掌管俄军军粮）和一个昨天到此的奥国参谋部人员。在宽阔的走廊上有足够的地方让将军们宽绰地从三位军官的身边走过去，但热尔考夫用胳膊推着聂斯维次基，用急促的声音说：

“来了！……来了！……让开，让路！请让路！”

将军们带着希望避免麻烦的礼节的神情走过来。在诙谐家热尔考夫的脸上忽然显出了似乎是他不能约制的、愚蠢的快乐的笑容。

“大人，”他走上前用德语向奥国将军说，“我有荣幸祝贺您。”他低了低头，好像小孩们学跳舞一样，笨拙地向后移了一只腿又向后移了另一只腿。

参谋部的将军严厉地看了看他，但注意到笨拙笑容的认真，他不能不对他注意了一下。他眯了眯眼，表示他在听。

“我有荣幸庆贺，马克将军到了，他很好，只是在这里有一点伤。”他笑容焕发地指着自己的头说。

将军皱了皱眉，转过身向前走去。

“Gott, wie naiv！〔天哪，他多么单纯！〕”他走开了几步，愤怒地说。

聂斯维次基大笑着搂抱安德来公爵，但保尔康斯基面色更加苍白，带着怒容，把他推开，转身向热尔考夫。被马克的样子，他失败的消息，以及关于俄军当前任务的思索所引起的盛怒，在他对于热尔考夫的不合时宜的嘲讽的气愤中找到了发泄。

“假使您，阁下，”他厉声地说，下颌微微地打颤，“想做小丑，我不能不让您做，但是我告诉您，假使您下次再敢当我面轻佻，我就要教训您放规矩些。”

聂斯维次基和热尔考夫是那样地诧异此番的发火，以致他们沉默地瞪着眼望保尔康斯基。

“有什么关系，我不过是庆贺他们。”热尔考夫说。

“我不和您开玩笑，请您住口！”保尔康斯基大声说，拉住聂斯维次基的胳膊，离开了热尔考夫，热尔考夫不知道回答什么是好。

“哦，你是怎么回事，老兄！”聂斯维次基劝慰地说。

“怎么回事？”安德来公爵说，因为兴奋而站住，“你该明白，我们或者是军官，为皇上为祖国服务，为共同的成功而欢喜，为共同的失败而悲伤：或者是仆役，不关心主人的事。Quarante mille hommes massacrés et l’armée de nos alliés détruite, et vous trouvez là le mot pour rire,〔四万人打死了，我们的同盟国的军队损失了，您却借这个来说笑话，〕”他说，似乎是用这几个法文字句在加强他的意见“C’est bien pour un garçon de rien, comme cet individu, dont vous avez fait un ami, mais pas pour vous, pas pour vous.〔对于一个无足重轻的人，像您所结交的那个人，这是可以的，但对于您，这是不行的，对于您，这是不行的。〕”安德来公爵注意到热尔考夫还可以听见，用俄语加了一句，“只有小孩们才能那么开心，”他用法语的发音说“小孩们”。

他等了一会儿，看这个骑兵掌旗官是否要回答什么，但是掌旗官转过身，离开了走廊。

4

巴夫洛格拉德骠骑兵团驻扎在离不劳诺两英里的地方。尼考拉·罗斯托夫在一个骑兵连里当见习官，这一连驻扎在一个德国的村庄，叫作萨曾柰克。村庄上最好的房子分配给了骑兵连长皆尼索夫上尉，整个的骑兵师都知道他叫作发西卡·皆尼索夫。罗斯托夫见习官，自从在波兰赶上队伍以后，就和骑兵连长住在一起。十月十一日，就是在总司令部里所有的人都因为马克失败的消息而骚动的那一天，连部里的行军生活还是平静如常的。皆尼索夫整夜地赌牌输了钱，当罗斯托夫一清早办了粮秣，骑马回转时，他还没有回家。罗斯托夫穿了见习官的制服，扯了扯马，走到台阶前，用年轻敏捷的姿势拿开了一只腿，在镫上站了一会儿，好像不愿下马，最后，跳了下来，唤侍从兵。

“啊，邦大任考，心爱的朋友，”他对一个向他马前直奔而来的骠骑兵说，“遛马去，好朋友。”他友好地快乐地和蔼地向他说，就像善良的年轻人在快乐的时候对于一切人那样的。

“就是，老爷。”乌克兰人快活地摆着头回答。

“当心，好好遛马！”

另一个骠骑兵也向着马跑来，但邦大任考已经把缰勒从马头上抛过去了。显然是见习官给的酒钱多，侍候他是有好处的。罗斯托夫抹了抹马颈，又抹了抹马臀，然后停留在台阶上。

“好极了！它要长成一匹多么好的马哟！”他低声地说，于是微笑着，握着佩刀，响着靴刺，跑上台阶。房主德国人，身穿背心，头戴尖帽，手拿着打扫粪污的叉子，从牛圈里向外看。德国人一看到罗托斯夫，他的脸色便立刻明朗了。他快活地笑了一下，眏了眏眼："Schön, gut Morgen！ Schön, gut morgen！〔早安，早安！〕"他说，显然是乐于问候这个年轻人。

"Schon fleissig！〔已经干活啦！〕"罗斯托夫带着那还留在他的兴奋面孔上的快乐友爱的笑容说，"Hoch Oesterreicher！ Hoch Russen！ Kaiser Alexander hoch！〔奥国人万岁！俄国人万岁！亚力山大皇帝万岁！〕"他重复着德国房主所常说的话，向德国人说。

德国人笑起来了，走出了牛圈的门，脱了尖帽，在头上挥了挥，喊叫："Und die ganze Welt hoch！〔全世界万岁！〕"

罗斯托夫自己也和德国人一样，在头上挥了挥帽子，笑着喊叫："Und Vivat die ganze Welt！〔全世界万岁！〕"虽然打扫牛圈的德国人，和办过草秣回来的罗斯托夫都没有任何特别高兴的理由，两个人却都带着快乐的欣喜和弟兄的友爱的心情互相望了望，摇了摇头表示互相亲爱，便微笑着分开了——德国人进了牛圈，罗斯托夫进了皆尼索夫所住的村舍。

"主人怎样了？"他问皆尼索夫的侍从兵拉夫如施卡，他是全团闻名的无赖。

"他从昨天晚上起，就不在家。一定是输了，"拉夫如施卡回答，"我现在晓得了，假使他赢了，他便早早地回来夸口，假使早上还不回来，就是输了——回来要发脾气了。要喝咖啡吗？"

"拿来，拿来。"

十分钟后拉夫如施卡把咖啡拿来了。

"来了！"他说，"现在要倒霉了。"

罗斯托夫从窗口看出去，看见了回家的皆尼索夫。皆尼索夫身材不高，有一副红脸，两只明亮的黑眼，黑虬须，鬈头发。他穿着敞开的骑兵外套，松垂的有褶的宽裤子，脑后戴着皱了的骑兵帽。他愁闷地垂头走到台阶前。

“拉夫如施卡，”他大声愤怒地叫着，发出含糊不清的r音，“来脱衣服，蠢货！”

“是的，我就来了。”拉夫如施卡的声音回答。

“啊，你已经起来了。”皆尼索夫走进房说。

“早就起来了！”罗斯托夫说，“我已经出去办了草秣，看见了马帝尔德小姐。”

“当真的！老兄，我昨天晚上输得好像个狗儿子！”皆尼索夫大叫着，“多么倒霉！多么倒霉！……你刚走了我就倒霉了。哎，茶！”

皆尼索夫皱了皱眉，好像是要微笑，露出短而坚固的牙齿，开始用手指短小的双手搔了好像森林般的稠密的黑头发。

“鬼把我带到了那个老鼠那里！”（老鼠是一个军官的诨名）他一边说，一边用双手擦着他的额和脸，“你想吧，他一张牌，一张牌，一张牌也不给我赢！”

皆尼索夫接住递给他的点着的烟斗，握在拳头里，并且继续叫着，把它在地板上敲了一下，冒出了火星。

“他输单注子，赢双倍的注子，他输单注子，赢双倍的注子。”

他散落着烟的火星，熄灭了烟斗，随手一丢。他沉默了一会，忽然用明亮的黑眼睛愉快地看了看罗斯托夫。

“要是有女人就好了。但这里，除了吃酒，就没有事情做了。要是马上打仗就好了……”

“谁在那里？”他听到了门外的大靴的停止声、响亮的马刺声和恭敬的咳嗽声，便向着门外问。

“是曹长！”拉夫如施卡说。 皆尼索夫把眉毛皱得更紧了。

“糟了，”他说，抛开一只装着几枚金币的钱袋，“罗斯托夫，亲爱的，数一下，还剩多少，把钱袋塞在枕头底下吧。”他说，便接见曹长去了。

罗斯托夫拿了钱，开始机械地一面分类，把新钱和旧钱分别地叠成小堆，一面计数。

“啊！切李亚宁！你好！我昨天晚上受骗了。”这是从另一个房间传来了皆尼索夫的声音。

“在谁那里？在培考夫那里，在老鼠那里？……我知道。”另一个尖细的声音说，然后切李亚宁中尉走进了房，他是本连中的一个矮小军官。

罗斯托夫把钱袋塞在枕头底下，握了向他伸来的小而湿的手。切李亚宁是为了什么缘故在开拔之前从禁卫军里调来的。他在团里行为很好，但大家都不欢喜他，尤其是罗斯托夫不能容忍他，不能隐藏他对于这个军官的无故的厌恶。

“哦，年轻的骑兵，我的白嘴鸦侍候您怎样？”他问。（白嘴鸦是切李亚宁卖给罗斯托夫的小马。）

中尉从来不看同他说话的人的脸，他的眼睛不断地从这一件东西移到另一件东西上。

“我看见了您今天骑马……”

“很好，是好马，”罗斯托夫回答，不过这匹马，他用七百卢布购买的，却不值这一半的价钱。他又说，“左前蹄有点儿跛了……”

“蹄铁破了！这没有关系。我要教您，我要告诉您，钉什么样的掌子。”

“好，请说吧。”罗斯托夫说。

“我要说的，我要说的，这不是秘密。但是您要为这匹马感谢我的。”

“那么我叫人把马牵来！”罗斯托夫说，希望逃避切李亚宁，于是走出去叫人牵马。

在门廊上，皆尼索夫拿着烟斗，在门坎上躬着腰，坐在曹长的对面，曹长在报告事情。看到罗斯托夫，皆尼索夫皱了皱眉，又一面把拇指从肩膀上边向切李亚宁所坐的房间指示着。一面皱了皱眉，并且憎恶地颤抖了一下。

“嗬，我不喜欢那个人。”他说，并不在意曹长的在场。

罗斯托夫耸了耸眉，似乎说：“我也不欢喜，但是有什么办法呢！”他下了命令，又回到切李亚宁那里。

切李亚宁还是照他在罗斯托夫离开他的时候那样懒洋洋地坐着，擦着又小又白的手。

“有这样讨厌的人们。”罗斯托夫走进房时这么想。

“那么，您叫人牵马了吗？”切李亚宁立起来，漫不经心地环顾着说。

“叫过了。”

“我们自己去吧。我来只是要问皆尼索夫昨天的命令。皆尼索夫，您接到了吗？”

“还没有接到。您到哪里去？”

“我要在这里教这个年青人怎样上马掌子，”切李亚宁说。

他们走下台阶，进了马厩。中尉说过了怎样钉马蹄铁，便回到自己的住处去了。

当罗斯托夫回来时，桌上放了一瓶伏特加酒和香肠。皆尼索夫坐在桌前，用笔在纸上画着。他愁闷地看了看罗斯托夫的脸。

“我在写信给她。”他说。他把胳膊搭在桌土，手拿着笔，显然是因为他能够预先地说出他想写的一切而高兴，他把信中的意思向罗斯托夫说了。

“你知道，我的朋友，”他说，“我们不恋爱的时候，便是在睡觉。我们是尘世的儿女……但是恋爱了，我们就是上帝，就好像在创世的第一日那样纯洁……又是谁？滚他的蛋！没有工夫！”他向着一点也不畏怯地走到他身边的拉夫如施卡大叫。

“是谁呢？你自己要他来的。曹长来要钱的。”

皆尼索夫皱了皱眉，想喊叫什么，却又不作声了。

“糟糕的事，”他向自己说，“钱袋里还剩多少钱？”他问罗斯托夫。

“七个新的，三个旧的金币。”

“啊，糟糕！为什么站着，死人，找曹长来！”皆尼索夫向拉夫如施卡大叫。

“皆尼索夫，请你借我的钱用，你晓得我有钱。”罗斯托夫红着脸说。

“我不喜欢向自己的朋友借钱，不喜欢。”皆尼索夫说。

“假使你不在同事的情分上拿我的钱用，你便是教我难受了。真的，我有钱。”罗斯托夫又说。

“还用不着。”于是皆尼索夫走到床前，在枕头下边掏钱袋。

“你放在哪里？罗斯托夫？”

“在下边枕头底下。”

“可是没有。”皆尼索夫把两个枕头抛到地上，没有钱袋。

“真是怪事！”

“不要忙，你没有弄掉下来吗？”罗斯托夫一面说，一面把枕头一一捡起来抖着。他拿起被褥来抖。还是没有钱袋。

“我没有忘记吧？没有，我还觉得，你常把它当宝贝一样放在头底下，”罗斯托夫说，“我就是把钱袋放在那里。它哪里去了？”他问拉夫如施卡。

“我没有进来。你放在那里，就一定在那里。”

“但是没有……”

“您总是这样的，到处抛，又好忘记。在口袋里看看。”

“没有，我没有把它当作宝贝，”罗斯托夫说，“但是我记得，是放在这里的。”

拉夫如施卡搜索了全床，看了床下，看了桌下，搜索了全房，然后站在房当中。皆尼索夫沉默地注意拉夫如施卡的行动，当拉夫如施卡惊讶地摊开双手，说它什么地方也不在的时候，他回头看了看罗斯托夫。

“罗斯托夫，你不是小孩子……”

罗斯托夫感觉到皆尼索夫目光在看他，便抬起眼睛，但立刻又低下来了。他全身的似乎锁在喉下什么地方的血涌上了他的脸和眼睛。他不能换气了。

“房里除了中尉和你们自己，没有别人。一定是在这里什么地方。”拉夫如施卡说。

“好，你这个鬼东西，好好去找，”皆尼索夫脸色发紫，带着威胁的姿势冲到听差的面前，忽然地吼起来，“把钱袋找到，不然我就抽你。抽你们所有的人！”

罗斯托夫避免着皆尼索夫的目光，开始扣了外衣，佩上军刀，戴上帽子。

“我告诉你，一定要你把钱袋找出来。”皆尼索夫，摇着侍从兵的肩膀，把他抵到墙上，大吼着。

“皆尼索夫，让他去，我知道谁拿去的。”罗斯托夫向门口走着，没有抬起眼睛来说。

皆尼索夫站住，想了一下，显然是明白了罗斯托夫指谁而言，便抓住了他的手臂。

“胡说！”他那样地大叫，以致他的脉管，同绳子一样，在他的颈子和额头上暴起来了，“我向你说，你发疯了，我不许你这样。钱袋就在这里，我要撕掉这个浑蛋的皮，钱袋就会在这里找到的。”

“我知道，是谁拿的。”罗斯托夫声音颤抖地说，向门口走去。

“我向你说，不许你做这件事。”皆尼索夫一面大声说，一面向见习官冲去，要阻挡他。

但是罗斯托夫挣出自己的手臂，并且带着那样的怒气，正面地、坚决地注视着皆尼索夫的眼睛，好像皆尼索夫是他的最大的敌人。

“你明白你在说什么吗？”他用颤抖的声音说，“除了我，没有人到这个房间里来过。所以，假使不是这样，那么……”

他没有把话说完，就从房间里跑出去了。

“啊，你和所有的人都该死。”这是罗斯托夫所听见的最后的话。

罗斯托夫到了切李亚宁的住处。

“老爷不在家，到司令部里去了。”切李亚宁的侍从兵向他说。诧异着见习官的不安的脸色，侍从兵又说：“发生了什么事吗？”

“没有什么。”

“差一点儿就会见了。”侍从兵说。

司令部离萨曾柰克三俚。罗斯托夫没有回家，便上了马到司令部去了。在司令部所驻扎的村庄里有一家军官们常常光顾的食店。罗斯托夫到了食店：在门口看见了切李亚宁的马。

中尉坐在食店的第二个房间里，面前有一碟香肠，一瓶酒。

“啊，您也来了，年轻人。”他微笑着，扬起了眉毛说。

“是的。”罗斯托夫说，好像说出这个字是费了大劲，他坐在邻近的桌上。

两人都沉默着，房间里坐着两个德国人和一个俄国军官。大家都沉默着，只听到碟上的刀声，和中尉的嚼食声。切李亚宁吃完饭的时候，从衣袋里取出一个双层的钱袋，用他的向上翘着的弯曲的又白又短的手指，打开环口，取出一枚金币，并且扬起眉毛，把钱给了侍者。

“请快点吧。”他说。

金币是新的。罗斯托夫站起来，走到切李亚宁跟前。

“让我看看钱袋。”他用低微的，几乎听不见的声音说。

切李亚宁，带着逃避的目光，但仍然抬起眉毛，把钱袋递给了他。

“是的，很好的钱袋……是的……是的……”他说，忽然脸色发白了，他又说，“您看吧，年轻人。”

罗斯托夫把钱袋拿在手里，看看钱袋，又看看里面的钱，又看切李亚宁。中尉习惯地环顾着四周，似乎忽然变得很快活。

“假使我们到了维也纳，我要把所有的钱都在那里花掉，但现在，在这些恶劣的小地方，没有地方用钱，”他说，“好，给我吧，年轻人，我要走了。”

罗斯托夫没有作声。

“您要做什么？也吃饭吗？他们给客人吃的很好，”切李亚宁继续说，“给我吧。”

他伸手去抓钱袋。罗斯托夫放了钱袋。切李亚宁拿了钱袋，开始把它放进马裤的口袋里，他的眉毛漫不经心地扬起，他的嘴微微张开，似乎是说：“是的，是的，我把自己的钱袋放进衣袋里，这很简单，这件事和任何人都不相干。”

“怎样，年轻人？”他说，叹了口气，从扬起的眉毛下边看了看罗斯托夫的眼睛。

在俄顷之间，一种目光以电光的速度，从切李亚宁的眼睛里射进罗斯托夫的眼睛，又射回来，射去，又射回来。

“您到这里来，”罗斯托夫抓住切李亚宁的手臂说。他几乎把他拖到了窗口，“这是皆尼索夫的钱，你把它拿来了……”他低声向他耳朵里说。

“什么？……什么？……您怎敢？什么？……”切李亚宁说。

但是这话声就像是悲惨的绝望的呼叫和求饶。罗斯托夫刚刚听到这话声，就从他心里边滚去了怀疑的重石。他觉得快乐，而同时又可怜这个不幸的站在他面前的人，但他一定要把已经开始的事做得彻底。

“上帝知道这里的人会想到什么，”切李亚宁一面抓着帽子，向一间小的空房间里走着，一面低声地说，“一定要说明……”

“我知道这件事，我要证明这件事。”罗斯托夫说。

“我……”

切李亚宁的惊惶的苍白的脸上的全部肌肉都开始颤动了，他的眼睛仍然不安地逃避着，却是向着地下，没有抬起来看罗斯托夫的脸，并且发出了啜泣声。

“伯爵！……不要毁坏一个年轻人……这就是那倒霉的钱，您拿去……”他把钱抛在桌上，“我有老父，母亲！……”

罗斯托夫躲避着切李亚宁的目光，拿了钱，没有说一个字，就走出了房间。但是他在门口停住了，又转回了身。

“我的上帝，”他眼里含着泪说，“您怎能够做这样的事？”

“伯爵。”切李亚宁向见习官挨近着说。

“不要碰我，”罗斯托夫退避着说，“假使您需要钱用，把这钱拿去。”他把钱袋抛给了他，从食店里跑出去了。

5

当天晚上，在皆尼索夫的住处，骑兵连的军官们有了一场兴奋的谈话。

“但是我向您说，罗斯托夫，您一定要向团长道歉，”一个身材高大的、白头发和大胡子的、皱脸上有粗大线条的骑兵上尉向面色绯红的、激动的罗斯托夫说。

基尔斯清上尉曾经两次为了不名誉的事贬为兵士，两次复官。

“我不许任何人讲我说谎！”罗斯托夫大吼着，“他向我说，我说谎：我向他说，他说谎。事情就是这样的。他可以每天叫我值班，把我监禁，但是没有人能够教我道歉，因为，他是团长，假使他认为向我赔罪是不值得做的事，那么……”

“但是您等一下，老兄，您听我说，”骑兵上尉安闲地摸着长胡子，用他的低音插言，“您当别的军官的面向团长说有一个军官偷了……”

“当别的军官的面说话，我并没有错。也许是不该当他们的面说的，但是我不是外交家。我是因此进骠骑兵的，我想这里用不着机巧，但是他向我说我是说谎……所以要让他向我赔罪……”

“这很好，没有人以为您是懦夫，但是问题不在这里。您问问皆尼索夫，见习官要求团长道歉，这像什么话。”

皆尼索夫咬了咬胡子，带着愁闷的神情听着谈话，显然是不愿参与。对于上尉的问题，他否定地摇头。

“您当军官们的面向团长说了这样的丑事，”上尉继续说，“保格大内支（他们称团长为保格大内支）责备了您……”

“他没有责备我，只是说我说谎。”

“对了，您向他说了蠢话，应当道歉的。”

“办不到！”罗斯托夫叫起来。

“我没有想到您这样，”上尉严肃地厉声地说，“您不愿道歉，但是您，老兄，不只是对他，而且是对全团，对我们全体做的不对，完全怪您。是这样的：假使您想了一想，和人商量了一下，怎样处理这件事情，那就好了，但是您在军官们的面前，信口地说出来了。现在团长怎么办呢？他要把军官交付审判并且侮辱全团吗？因为一个坏蛋，全团要受耻辱吗？在您看来，是这样的吗？在我们看来，不能这样的。保格大内支是个好汉，他向您说，您说谎。这是不愉快的，但是有什么办法呢，老兄，是您自找的。现在，他们要了结这件事情，您却因为傲气，不愿道歉，还想要全部说出来。因为您得值班您就生气，但是您向一个年老的正派的军官道歉，那有什么关系！无论保格大内支是怎么样的，他仍然是一个正派的、勇敢的老上校，您生气，但是侮辱全团，与您无关吗？”上尉的声音开始打颤了。“您阁下在团里不一定待多久，今天在这里，明天又到别处做副官去了，别人说：‘巴夫洛格拉德团的军官里面有贼！’您不在乎。但是我们就不同了。是不是呢，皆尼索夫？我们是不同的吗？”

皆尼索夫仍然不作声，动也不动，偶尔用明亮的黑眼睛望望罗斯托夫。

“您觉得您自己的骄傲是宝贵的，不愿道歉，”上尉继续说，“但是我们老兵们，我们在团里长大的，愿上帝让我们在团里死，我们觉得团的名誉是宝贵的，保格大内支了解这一点。嗬，多么宝贵呵，老兄！但这是不好的，不好的！无论您发火不发火，但我总是要说真话。这是不好的！”

上尉站起来，离开了罗斯托夫。

“真的，见鬼！”皆尼索夫跳起来大叫，“哦，罗斯托夫！哦！”

罗斯托夫脸色发红又发白，望望这个军官，又望望那个军官。

“不是，诸位，不是……你们不要以为……我完全明白，你们那样看我便是错了……我……对于我……我……为了团的名誉……但怎么办呢？我要在事实上表现，并且对于我，军旗的光荣……好，没有关系，真的，我不对！……”泪水涌在他的眼睛里。“我不对，完全是我不对！……那么，你们还要怎样呢？……”

“就是这样了，伯爵。”上尉转过身来，用大手拍着他的肩膀，大声地说。

“我告诉你，”皆尼索夫大声说，“他是顶好的人。”

“那更好，伯爵，”上尉又说，好像是为了他的认错而开始称他的爵位，“去道歉吧，大人，是的，去吧。”

“诸位，我什么事都可以办到，谁也不会再听到我说一句话的，”罗斯托夫用恳求的声音说，“但是我不能够道歉，我确实办不到，不能像你们所希望的那样！我怎能够像小孩子一样去道歉、去求饶呢？”

皆尼索夫笑起来了。

“您这样更不好。保格大内支是好记仇的，您要为您的固执付出代价。”基尔斯清说。

“凭上帝，不是固执！　我不能够向您说我是怎么样的心情，我不能……”

“好吧，随您怎样，”上尉说，“那么，要怎样处理那个浑蛋呢？”他问皆尼索夫。

“他告了病假，明天就要下令除名了。”皆尼索夫说。

“只能说是病，不能够有别的说法了。”上尉说。

无论是病不是病，他可不要碰见我。我要杀了他！”皆尼索夫残忍地叫着。

热尔考夫走进了房。

“你怎么来的？”军官们忽然问进来的人。

“要打仗了，诸位。马克和他的全军投降了。”

“胡说！”

“我亲自看见的。”

“怎么？你看见了活的马克吗？有手有脚吗？”

“要打仗！打仗！为了这个消息，给他一瓶酒喝吧。你怎么到这里来的？”

“又被派回到团里来了，为了那个鬼，为了马克。奥国将军控告了我。我为马克的到来庆贺他……罗斯托夫，你怎么啦？洗了澡吗？”

“哦，老兄，我们这样的混乱已经两天了。”

团部副官进来了，证实了热尔考夫带来的消息。下了命令第二天前进。

“要打仗了，诸位！”

“好，谢谢上帝，我们停得太久了。”

6

库图索夫向维也纳撤退，并且破坏了队伍后边的因河（在不劳诺）和特劳恩河（在林兹）上的桥梁。十月二十三日，俄军渡恩斯河。俄军的行李车、炮兵和各纵队，在这天中午从桥的两边穿过恩斯城。

那天是秋季的温暖的雨天。辽阔的远景，从俄军的护桥的各炮兵连所据守的高地上展开，有时忽然被斜雨的纱幕遮住，有时忽然扩张，在太阳光下可以清晰地看见远处的景物，好像涂了油漆那样地闪耀着。在下边可以看见小城和白屋、红顶、教堂和桥梁，在桥的两边拥挤地流动着大群的俄军。可以看见多瑙河湾的许多船只、一个岛屿和一个有公园的城堡，它的四周环绕着恩斯河注入多瑙河的流水，可以看见多瑙河的险峻的有松林遮蔽的左岸，和绿色树顶与蓝色峡谷的神秘的远景。修道院的尖塔耸立在似乎人迹未到过的荒野的松林那边。在前面更远的山上，在恩斯河的彼岸，可以看见敌人的骑哨。

在高地上的大炮之间，一个指挥后卫军的将军和一个随从军官，站在前面，用望远镜在观察地形。在后边一点，聂斯维次基坐在炮架尾上，他是总司令派到后卫队里来的。跟随聂斯维次基的哥萨克兵把背囊和酒瓶递给了他，聂斯维次基邀军官们吃包子和真正的甜茴香酒。军官们快乐地环绕着他，有的跪着，有的盘腿坐在湿草上。

“是的，这位奥国公爵倒不是傻瓜，在这里造了一座城堡。地方好极了。你们为什么不吃，诸位先生？”聂斯维次基说。

“多谢多谢，公爵，”军官里一个人回答，他满意地和这样一个重要的参谋人员谈话，“地方好极了。我们就是从公园旁边走过的，看见两只鹿和那么华丽的房子哦！”

“您看，公爵，”另一个军官说，他很想再拿一个包子，但是觉得难为情，因此他装作观察地形的样子，“看啦，我们的步兵已经到了那里了。在那里，在牧场上，在村庄那边，有三个人在拖什么东西。他们要抢光那个城堡。”他显然赞同地说。

“就是，就是，”聂斯维次基说，“不，但我所希望的，”他又说，在美丽的湿润的嘴里嚼着包子，“就是到那个地方去一下。”他指着在山上可以望见的有尖塔的修道院。他微笑了一下，他的眼睛眯着，并且发亮。“那是多么好哦，诸位先生！”

军官们笑起来了。

“至少要吓一下那些女修士们了。据说，有年轻的意大利姑娘们。真的，我愿意拿出五年的生命！”

“她们也觉得无聊啊，”一个更勇敢的军官笑着说。

这时，站在前面的随从军官向将军指点了什么，将军在望远镜里观望。

“嗬，对了，对了，”将军愤怒地说，从眼睛上拿下了望远镜，耸着肩膀，“对了，就要在他们渡河的时候攻击他们了。他们为什么在那里耽搁着？”

肉眼可以看到那边的敌人和敌人的炮队，炮队里冒出乳白色的烟。冒烟之后便传来了遥远的炮声，并且可以看到我们的军队向渡河处在急进。

聂斯维次基喘着气，站立起来，然后微笑着走到将军面前。

“大人要不要吃点什么？”他说。

“坏事了，”将军说，没有回答他，“我们的军队太迟缓了。”

“要不要我去呢，大人？”聂斯维次基说。

“是的，请您去一下，”将军说，又重复着已经详细发过一次的命令，“告诉骠骑兵，要他们最后渡河，并且要照我所命令的，烧桥，并且他们还要检查一下桥上的燃烧材料。”

“很好，”聂斯维次基回答。

他喊了看马的哥萨克兵，吩咐了他收拾背囊和酒瓶，于是把他的笨重身体轻易地跃上马鞍。

“真的，我要去找女修士们了。”他向微笑地望着他的军官们说，然后顺着曲折的小道骑马下山去了。

“那么，上尉。打一炮，看看它打多远！”将军向炮兵军官说，“您要解除愁闷呀。”

“炮手们就位！”军官下了命令。

俄顷之间，炮手们离开营火愉快地跑来，开始上炮弹。

“一！”命令发出了。

第一号炮手敏捷地跳开了。炮发出了铿锵的震耳的声音，榴弹嗞嗞地飞过山下我军的头上，打的离敌人还很远，烟尘指出了落下和爆炸的地方。

听到这个声音，兵士和军官的脸上都高兴起来了，大家站立起来，忙着观看下边我军的显然可见的了如指掌的运动，和前面的迫近的敌人的运动。这时，太阳从云里完全出现了。孤单射击的美丽声音，和明亮太阳的光线混合组成了一个单独的、兴奋的、愉快的印象。

7

桥顶上已经飞过了两颗敌人的炮弹，桥上发生了拥挤。聂斯维次基公爵下了马，在桥的正中，把他的肥胖的身躯紧贴着桥栏。他微笑着回头看他的哥萨克兵，他牵着两匹马的缰勒，站在他后边，相隔几步。聂斯维次基公爵刚刚想要向前移动，兵士们和行李车又挤他，又把他挤到桥栏边，而他除了微笑，什么办法也没有了。

“你是怎么了，我的老兄！”哥萨克兵向照管一辆运输车的辎重兵说，这个兵向着拥挤在车轮和马匹旁边的步兵里硬挤，“你是怎么了！不要挤，等一下，你看，将军要过去。”

但是辎重兵没有注意到提起将军，向阻挡他的进路的兵士们大叫：

“哎！老乡们！向左边靠一下，等一下！”

但是老乡们，肩挤着肩，刺刀交碰着刺刀，并且成了一个紧密的人群。没有间断地在桥上移动。聂斯维次基公爵从桥栏上向下望了一望，看见恩斯河中急流的潺潺的低低的波浪，在桥柱旁汇合着，回旋着，转折着，互相追逐。他向桥上望了一下，看见了单调的波浪般的兵士们，无数的肩带、有遮布的高顶帽、背囊、刺刀、长枪，帽子下边宽颚凹腮的脸和没精打采的疲倦的神情，以及在桥板的黏泥上边行走的腿。有时，在兵士们的单调的波浪之间，有一个穿大衣的军官带着和兵士们不相同的神情挤过去，好像是恩斯河波浪中的白沫的浪峰：有时，步行的骠骑兵，侍从兵或居民，好像在河中旋转的碎片一样，被桥上步兵的波浪卷过去：有时连里的或军官的堆得很高的盖着皮篷的行李车，四面都被人包围着，好像是浮在河中的木头一样从桥上流过去。

“你看，他们就像是破堤的水，”一个哥萨克兵失望地停下来说，“你们那边还有很多人吗？”

“多极了！”一个从旁边走过去的穿破大衣的开心的兵，映着眼说过，就不见了，在他后面走过去另一个老兵。

“他要是，（他——敌人）现在向桥上轰，”一个老兵向同伴愁闷地说，“你就要忘记抓痒了。”

这个兵走过去了。在他后边，另一个兵坐在行李车上过来了。

“见鬼，你把裹腿布放哪里去了？”一个侍从兵跟车子跑着，一边在车子后面摸索着，一边说。这个兵也和行李车走过去了。

在他们后面来了一些快活的显然是喝醉了酒的兵士们。

“怎么他，好人儿，用枪托打他的牙齿……”一个兵快乐地伸开着手臂说，他的大衣高高地掖起来。

“对了，这正是好滋味的火腿。”另一个哈哈地笑着回答。

他们也走过去了，所以聂斯维次基不知道谁的牙齿被打，而火腿是和什么有关。

“哎，他们急起来了。他打来了一个炮弹，他们以为，要把他们都打死了。”一个军曹愤怒地责难说。

“它从我这里飞了过去，叔叔，一颗炮弹哦，”一个年轻的大嘴的兵士说，几乎忍不住笑声，“我骇呆了。真的，我是那么害怕，真倒霉！”这个兵说，似乎夸耀他受了惊骇。

这个兵也走过去了。在他后边有一辆行李车，和一直到现在所走过去的车辆都不同。这是一辆双马的德国大货车，似乎是装载了全屋的家具，在德国人所赶的大货车的后边，系了一条好看的有大乳袋的花母牛。在羽毛床垫上坐了一个妇人和一个吃乳的婴儿，一个老妇，和一个年轻的面色红润的德国姑娘。显然是，由于特别的许可，这些搬家的居民才得通过的。所有兵士们的眼睛都注视在那妇人身上，当货车一步一步走过时，兵士们所有的注意力只落在两个妇女身上。在所有的面孔上几乎是同样的对于妇女的淫念的笑容。

“呃，香肠[1]，也逃走了！”

---

① 香肠指德国人。

“把女的卖给我吧。”另一个兵向着德国人说，把“女的”说得很高，德国人低下眼睛，愤怒地惊恐地大步地走着。

“哎，她穿得那样漂亮！该死的！”

“那么你住到她们家去吧，费道托夫！”

“我见识过的，老兄！”

“您哪里去？”吃苹果的步兵军官问，也半微笑着望着那美丽的女子。

德国人闭了眼表示他不懂。

“你想要，就自己拿吧。”军官一面说，一面向那姑娘递着苹果。

那姑娘微笑了一下，拿了苹果。聂斯维次基和桥上所有的人一样，在他们经过的时候，一直没有把眼睛离开妇女。在他们走过去了的时候，又来了同样的兵士们和同样的谈话，最后大家都停住了。这种事是常有的，拖行李车的马在桥口发野了，所有的人都不得不等待着。

“为什么站住了？没有秩序！”兵士们说。“向哪里挤？该死！不等一下。假使他烧桥，就更糟了。看，军官被挤住了。”停止的群众在各方面说，他们互相顾盼着，仍然向前面桥口挤去。

回头看了看桥下恩斯河水，聂斯维次基又忽然听到迅速地临近的新奇的声音……是什么大东西，窜进水里的东西。

“你看它落到哪里去了。”一个站在附近的兵向这个声音回顾着，严厉地说。

“它鼓励我们赶快走过去。”另一个兵不安地说。

人群又走动了。聂斯维次基明白了这是炮弹。

“哎，哥萨克兵，把马给我！”他说，“现在，你们让开！让开！让路！”

他费劲地走到马前。他一面不停地喊叫，一面向前走动。兵士们挤紧了让路给他，但他们又那么挤他，以致挤了他的腿。这是不能怪他身边的那些人的，因为别人更猛烈地挤他们。

“聂斯维次基！聂斯维次基！你这个家伙！”这时打后边传来了沙

哑的声音。

聂斯维次基回头看了一下，看见十五步外被运动的步兵的活动人群所隔开的发西卡·皆尼索夫的又红又黑的乱发的脸，他的尖帽覆在脑后，外衣英武地搭在肩头。

“你叫他们这些该死的东西让路。”皆尼索夫大叫，显然是在发火，他的黑得像炭的瞳仁在血红的眼白中间闪耀着、转动着，在他的和面部一样红的光着的小手里挥动着未出鞘的指挥刀。

“哎！发夏！”聂斯维次基高兴地回答，“你在干什么？”

“骑兵连不能通过，”发西卡·智尼索夫大叫，愤怒地露出他的白牙齿，刺动着他的美丽的黑马沙漠浪人，黑马把碰到刺刀的耳朵竖起来，喷着鼻子，从衔铁旁边向四周溅出唾沫，把蹄子响亮地踏在桥板上，好像，它准备好了，假使骑的人允许，它便跳过桥栏。

“这是什么？他们像羊！完全像羊！过去……让路！……站在那里！该死的，你和货车！我要用刀砍你！”他大叫，果然抽出了指挥刀，开始挥动着。

兵士们带着惊恐的脸色互相拥挤，于是皆尼索夫和聂斯维次基会合了。

“怎么你今天没有吃醉？”聂斯维次基等皆尼索夫走到面前时问他。

“他们不给我们吃酒的时间！”发西卡·皆尼索夫回答，“他们把这团人整天拖到这里，拖到那里。打仗——就打仗好了。但是鬼知道这是怎么一回事！”

“你今天多么漂亮！”聂斯维次基望着他的新外套和鞍垫说。

皆尼索夫微笑了一下，从军刀的佩囊里取出香气四溢的手帕，送到聂斯维次基的鼻子前面。

“哦，我要去打仗了！我剃了胡须，刷了牙，洒了香水。”

随带看哥萨克兵的聂斯维次基的威风的身躯，和挥动着军刀、拼命喊叫的皆尼索夫的坚决，是那样地生了效，他们冲到了桥的那边，止住了步兵。聂斯维次基在桥口找到了上校，他就是要把命令传达给上校的，他完成了自己的任务，便骑马回转。

皆尼索夫开了道路，站在桥的入口处。他大意地约制着要追逐同类的、踏着蹄子的公马，望着向他迎面走来的骑兵连。在桥板上发出了清晰的蹄声，好像是有几匹马在奔跑，于是骑兵连，军官在前，四人一排，在桥上展开了，开始走到那边的岸上去了。

停下来的步兵，拥挤在桥边的被踏烂的泥泞上，怀着特别恶意的冷淡和嘲讽的情绪，望着清洁的、漂亮的、从他们身边整齐地走过去的骠骑兵，这种情绪是不同的兵种彼此相遇时通常所有的。

“漂亮的哥儿们！只该放在波德诺文斯基街的！”

“他们有什么用！只是去陈设的！”另一个说。

“步兵不要踢起灰尘！”一个骠骑兵嘲讽着，他身下的马跳跃了一下，把泥块溅到了一个步兵身上。

“你要是带背囊走两站路，你的编绦都要磨破了，”那个步兵用袖子擦着脸上的泥说，“你不像人，却像鸟雀骑着马！”

“西金，要让你骑在马上，那一定是个好骑手。”一个骑兵伍长嘲笑一个消瘦的、被背囊的重量压弯了腰的兵。

“拿根棍子放在腿当中，你便有一匹马了。”骠骑兵回答着。

8

其余的步兵像通过漏斗一样地挤在桥口，急忙地过了桥。终于行李车都过去了，不再拥挤了，最后的一营上桥了。只有皆尼索夫的一连骠骑兵留在桥的那边对着敌人。从对面山上可以远远看见的敌人，从下面的桥上还不能看见，因为在河流所经过的山谷那里，地平线被对面半俚之内的高地阻断了。前面是荒地，在这里有我们的几队侦察的哥萨克兵在巡逻。忽然在对面道路高处出现了穿蓝外衣的军队和炮兵。他们是法军。有一小队侦察的哥萨克兵缓驰下山了。皆尼索夫骑兵连中所有的军官和兵士，虽然极力想要说别的事，看别的东西，却不断地只想到山上的东西，并且不停地望着在地平线上出现的黑点点，他们认出了这是敌军。午后的天气又晴朗了，太阳明亮地向多瑙河及环绕多瑙河的黑山头上倾落着。没有风声，从山上时时传来号声和敌人的叫声。在骑兵连和敌人之间，除了少数的骑兵斥候，一个人也没有了。空旷的平地，大约三百沙绳[①]宽，把他们彼此分开了。敌人停止了射击，因此那分隔对敌两军的、严厉的、恐怖的、不可接近、不可捉摸的界线，是更明显感觉到了。

“越过这条界线，好像越过生死的界线的一步，便是——不可知、痛苦和死亡。那里是什么？那里是谁？那里，在田地树木，和照着阳光的屋顶那边？没有人知道，没有人想要知道，越过这条线是可怕的，却又想要越过它，并且知道，迟早是要越过这条线的，并且会知道在线的那边是什么，正如同不可避免地会知道死的那边是什么。但自己是强壮、健康、愉快、兴奋的，并且四周环绕着同样健康的、兴奋激动的人们。”每个看见敌军的人，即使不是这么想，却是这么感觉的，这种感觉使人对于这时所发生的一切，获得特别光明、快乐、敏锐的印象。

在敌人的山坡上出现了发炮的烟，一颗炮弹嗞嗞地响着，从骠骑兵连的头上飞过去了。站在一起的军官们散到各处去了。骧骑兵们小心地开始排列马匹。骑兵连里沉默无言。大家都望着前面的敌人，望着连长，等候命令。飞过去了第二个，第三个炮弹。显然他们是在轰击骠骑兵，但炮弹有节奏地迅速地嗞嗞响着，飞过了骠骑兵的头上，落在后边的地方。骠骑兵们没有回顾，但是全连士兵，听到每个飞弹的声音，便好像是听到命令一样，带着一模一样而又各种各样的脸，当炮弹从头上飞过时，屏声息气，在脚镫上立起，然后再坐下。兵士们没有转头，互相侧视，好奇地看着同伴的反应。从皆尼索夫到号兵，在每个面孔上，

---

① 一沙绳约合2. 13米。

在嘴唇和下颌之间，显出了同样的斗争、激怒与兴奋的表情。军需官皱了皱眉，望着兵士们，好像表示要处罚他们。见习官米罗诺夫在每颗炮弹飞过时都要低一低头。罗斯托夫骑着马站在左翼，在腿子不健全的然而美丽的白嘴鸦身上，具有小学生被人叫来在大家面前受测验而他相信他要显本领时那种高兴的样子。他明朗地愉快地环顾所有的人，好像在请大家注意他在炮弹之下是多么镇静。但在他的脸上，那同样的表示某种新奇、严肃的东西的神色，却违反他的意志，流露在他的嘴边。

“谁在那里弯腰？米罗诺夫见习官！不行呀，您望着我！”皆尼索夫大声喊叫。他不能够站在一个地方，他骑在马上，在骑兵连前来回走动。

发西卡·皆尼索夫的塌鼻子的、黑黑的、汗毛很多的脸，和他的矮小的结实的身材，和他的青筋暴起的、汗毛很多的、短指头的手——他在手中拿着指挥刀的把子——都像平常一样，特别是像他在晚间饮过两瓶酒之后的时候。他只是比平常面色更红，他把乱发的头好像鸟雀饮水时那样地向上仰了一仰，用他的短小腿子把马刺凶狠地刺了刺善良的沙漠浪人的肚皮，他坐在鞍上好像是要向后倒的样子，奔腾到骑兵连的另一翼，然后粗声喊叫着，要他们注意他们的手枪。他骑马到了基尔斯清面前。上尉骑在宽大强壮的马上，慢慢地来迎接皆尼索夫。长胡须的上尉是同平常一样地严肃，只是他的眼睛比平常更明亮。

“怎样？”他向皆尼索夫说，“不得打仗了。你看，我们又要退了。”

“鬼知道他们在做什么！”皆尼索夫埋怨着，“啊！罗斯托夫！”他向见习官喊叫，看到了他的快乐面孔，“好！你等到了。”

他赞同地微笑了一下，显然是喜欢这个见习官。罗斯托夫觉得自己十分幸福。正在这时候，指挥官在桥上出现了。皆尼索夫向他面前驰去。

“大人！让我们攻击吧！我要打退他们。”

“这真是攻击哦，”指挥官用苦恼的声音说，好像是因为讨厌的苍蝇而皱着眉，“为什么您留在这里？您知道，两翼在退却了。把骑兵连带回去。”

骑兵连过了桥，出了射程，没有损失一个人。担任斥候的第二连也在他们后边过来了，最后的哥萨克兵都从河的对岸退过来了。

两个巴夫洛格拉德的骑兵连过了桥，先后地上山了。团长卡尔勒·保格大内支·舒伯特[①]骑马赶上了皆尼索夫的骑兵连，慢步地走得离罗斯托夫不远，一点也没有注意他，虽然，在关于切李亚宁的冲突之后，这是他们第一次见面。罗斯托夫觉得自己在前线上是在这个人的掌握中，并且此刻觉得自己是对不起他，没有把眼睛离开团长的强健的脊背，金发的后脑，和红颈项。罗斯托夫有时觉得保格大内支只是装作不注意，而保格大内支此刻整个的目的是要考验这个见习官的勇气，于是他挺起胸膛，愉快地环顾着，有时他觉得，保格大内支故意骑马走在附近，向他表示自己的勇敢。有时他想，他的敌人此刻故意派这个骑兵连去做拼命的攻击，为了处罚他——罗斯托夫。有时他想，在攻击之后，保格大内支要走到他面前，大度地向受了伤的他伸出和好的手。

巴夫洛格拉德骠骑兵们所认识的高肩膀的热尔考夫（他离开他们的团不久）骑马走到团长的身边。热尔考夫在总司令部被开革后，没有留在团里，他说他不是在前线上做苦工的笨瓜，而当他在总司令部时，他不做事，却有更多的薪水，于是他在巴格拉齐翁公爵那里谋得传令官的位置。他是带着后卫指挥官的命令来见他的旧长官。

“上校，”他忧郁地严肃地向罗斯托夫的敌人说，并且盼顾着他的同事们，“命令：停下来，烧桥。”

“命令谁的？”上校闷闷地问。

“上校，我也不知道命令谁的，”骑兵掌旗官严肃地回答，“公爵只向我说：‘你去向上校说，要骠骑兵赶快回去，把桥烧掉。”

在热尔考夫之后，一个随从军官带着同样的命令骑马来到骠骑兵上校的面前。在随从军官之后，胖大的聂斯维次基骑了哥萨克兵的马驰

---

① 毛注：在俄军中服务的德国人之一，托氏描写他说恶劣的俄语。

来，马几乎驮不动他了。

“嗬，上校，”他还在奔驰着便大声说，“我告诉您烧桥，但现在有人把话传错了，他们都在那里发疯了，什么事也弄不明白。”

上校从容地止住了他的团，向着聂斯维次基说：

“您向我说到引火材料，但是关于烧桥，您一个字也没有说到。”

“可是，阁下，”聂斯维次基停下来，脱下便帽，用肥胖的手抹着汗湿的头发说，“放置引火材料的时候，我怎么没有说烧桥呢？”

“我不是您的‘阁下’，参谋先生，您没有向我说烧桥！我知道我的职务，严格执行命令是我的习惯。您说烧桥，但是谁烧，我凭神灵说我不知道……”

“嗬，总是这样的，”聂斯维次基挥了挥手说，“你怎么到这里来的？”他向热尔考夫问。

“为了同样的事啊。但你湿透了，让我来替你扭干吧。”

“您说的，参谋先生……”上校继续用愤慨的语气说。

“上校，”随从官插言说，“您要赶快，不然敌人就要运来霰弹大炮了。”

上校沉默地看了看随从军官，肥胖的参谋，热尔考夫，并且皱了皱眉。

“我要烧桥的！”他用庄严的语气说，好像是要借此表示，虽然他遇到这一切的麻烦，他还是要做他所应做的事。

上校用健壮的长腿蹴了蹴马，好像罪过全在马，他走到前边，命令第二连，就是罗斯托夫在皆尼索夫下面服务的那一连，回到桥上去。

“哦，果然是这样的，”罗斯托夫想，“他想要考验我！”他的心收缩了，血涌上了他的脸。“让他看看，我是不是懦夫。”他想。

在骑兵连的全体兵士的快乐面孔上，又出现了他们在炮弹之下时所有的那种严肃神色。罗斯托夫眼不移开地望着他的敌人，团长，希望在他的脸上找出他自己的假设的证实，但上校一次也没有看罗斯托夫，却像平常在前线一样，显得严厉而庄重。命令发出来了。

“赶快！赶快！”他身边的几个声音叫着。

骠骑兵们让军刀碰着缰勒，响着靴刺，匆忙地下了马，他们自己也不知道他们要做什么。骠骑兵们画了十字。罗斯托夫已经不望着团长了，他没有工夫。他惧怕，心惊胆战地，怕落在骠骑兵的后边。当他把马交给牵马兵时，他的手颤抖着，他觉得他的血呼呼地向心里涌。皆尼索夫在马上转身向后，喊着什么，从他身边走过去了。罗斯托夫，除了在他四周奔跑的，碰着靴刺、响着军刀的骠骑兵，什么也没有看见。

“担架！”后边的声音在喊。

罗斯托夫没有想到，要担架是什么意思：他奔跑着，只极力要跑在一切人的前面，但正在桥上，他没有看他的脚下边，他踏上了粘湿的、踏烂了的泥土，滑了一下，手贴地跌倒了。别的人跑到他前面去了。

“走两边，上尉。”他听到了团长的声音，团长骑马走到前面，带着得意愉快的面色，停在桥的附近。

罗斯托夫在马裤上拭着泥污的手，回头看了看他的敌人，想要再向前跑，以为他向前线跑得愈远，便是愈好。但是保格大内支，虽然没有望、也没有认出罗斯托夫，却向他叫着：

“谁在桥当中跑？走右边！见习官，回来！”他愤怒地喊叫，又向着骑马到桥板上来夸耀勇敢的皆尼索夫说话。

“为什么冒险，上尉！您还是下马吧，”上校说，“哎？炮打该死的，”发西卡·皆索尼夫在鞍上转身回答。

这时聂斯维次基，热尔考夫和随从军官一同站在射程之外，有时望着拥集在桥边的一小群头戴黄色高顶帽、身穿深绿色镶扁绦外衣和蓝色马裤的人，有时望着对岸，望着远远而来的蓝色外衣和一群有马的人，这些马很容易被认作炮。

“他们烧不烧桥呢？是谁先到？是他们跑到那里烧桥，还是法国人来到霰弹射程之内打死他们？”这是那一大队战士当中每个心惊胆战的人不觉地自问的问题，他们俯视着桥梁，在明亮的夕阳中望着桥梁和骠骑兵们，望着对岸带着刺刀和炮前进的蓝制服。

“嗬！射得到骠骑兵了，”聂斯维次基说，“现在他们在霰弹射程以内了。”

“他不该带那么多人。”随从军官说。

“对的，”聂斯维次基说，“派两个勇敢的去，也是一样的。”

“嗬，大人。”热尔考夫插言说，他的眼睛一直盯着骠骑兵，但他仍然带着那种天真的态度说话，从这种态度上无法看出他是不是在认真地说话。“嗬，大人！您这是怎啦！派两个人去？那谁给我们夫拉济米尔勋章和勋绶呢？但是，即使他们受到密集的射击，还是可以提请嘉奖骑兵连，他自己得到勋绶。我们的保格大内支是懂得规矩的。”

“嗬，”随从军官说，“这是霰弹！”

他指着法军的炮，炮都从炮架上卸下来，赶快拖开了。

法军方面，在有炮的那些人群里冒出了一缕烟，然后第二缕烟，第三缕烟，几乎是同时冒出的，并且在第一声炮声传来的时候，又冒出了第四缕烟。两声连续地传来之后，又是第三声。

“嗬，嗬！”聂斯维次基好像因为剧痛，抓着随从军官的手臂哼着。“您看，倒下了一个，倒下了，倒下了！”

“好像是两个吧？”

“假使我是沙皇，我绝不打仗！”聂斯维次基掉转身说。

法军的炮又迅速地上了弹。穿蓝外衣的步兵向桥上跑着。又冒烟了，但是时间的间隔的不一样，霰弹在桥上碰击爆炸了。但这一次，聂斯维次基不能够看到桥上所发生的是什么事情。桥上冒起了浓烟。骠骑兵烧桥成功了，而法国的炮兵此刻射击他们，不是为了阻止他们，而是因为炮已经拖来，总得对人轰击一番。

在骠骑兵回到牵马兵那里之前，法军已经放射了三发霰弹。两发没有打准，霰弹打过去了，但最后一弹落在骠骑兵的当中，打倒了三个人。

罗斯托夫，挂念着他和保格大内支的关系，留在桥上，不知道如何是好。没有人可以被他刀斩（他总是设想战争是如此的），他也不能够帮助烧桥，因为他不像别的兵士们，他没有带一根草。他站着环顾着，忽然桥上好像有了撒胡桃的声音，离他最近的一个骠骑兵，嚷了一声，倒在桥栏上了。罗斯托夫和别人一同跑到他面前去了。又有人喊："担架兵！"四个人抓住这个骠骑兵，开始把他抬起来了。

"呵呵呵！……把我放下吧，看在基督的面上。"伤兵喊叫着，但他们仍然把他抬起来，放在担架上。

尼考拉·罗斯托夫转过身来，好像在找寻什么，他望着远处，望着多瑙河的水，望着天和太阳。天是多么美丽，多么蔚蓝、宁静、而遥远啊！夕阳是多么明亮而壮丽哦！在遥远的多瑙河里的水闪灼得多么亲切而灿烂啊！更美丽的是多瑙河那边遥远的蓝色的山峦，修道院，神秘的峡谷，顶上弥漫着烟雾的松林……那里又宁静又幸福……"只要我能在那里，我便什么，什么也不需要了，什么也不需要了，"罗斯托夫想，"只在我的心中和这个太阳光下有那么多幸福，而这里……呻吟、痛苦、恐怖和这种不可知，这种匆忙……他们又在这里喊叫了，又都向回跑了，我要和他们一阵跑，它，死亡，就在这里，就在这里，在我头上，在我周围……俄顷之间——我便永远看不见这个太阳，这个河水，这个峡谷了！……"

这时，太阳开始藏到云里去了，在罗斯托夫前面出现了许多别的担架。对于死亡和担架的恐怖，对于太阳和生命的爱惜——这一切混合成为一个痛苦而恐怖的感觉。

"主上帝！你在天上，救我，恕我，保佑我！"罗斯托夫向自己低语着。

骠骑兵们跑回到牵马兵那里，话声更高也更镇静了，担架看不见了。

"哦，老兄，闻到火药味了吗？……"发西卡·皆尼索夫的声音在他耳边喊叫。

"一切都完了？但我是懦夫，是的，我是懦夫，"罗斯托夫想，于是深深叹着气，从牵马兵的手里接过来瘸着一条马腿的白嘴鸦，开始上马了。

“那是什么——霰弹吗？”他问皆尼索夫。

“是的，就是！”皆尼索夫叫喊着，“你们是好汉！但事情却糟糕！攻击才是有趣的事，杀人像斩狗一样，但是在这里，糟透了，他们射击你们好像是打靶子一样。”

于是皆尼索夫走到离罗斯托夫不远的一群人那里，他们是团长，聂斯维次基，热尔考夫和随从军官。

“但是，好像谁也没有注意到。”罗斯托夫自己想着。确实，没有人注意到，因为这个未上过火线的见习官第一次所体验到的情绪是每个人所熟悉的。

“这是您的战斗报告的材料，”热尔考夫说，“你看，他们要升我做少尉了。”

“您报告公爵，说我烧了桥。”上校得意地愉快地说。

“但是假使他问到损失呢？”

“不值得一提的事！”上校低声地说，“两个骠骑兵受伤。一个当场阵亡。”他显然高兴地说，响亮地说出漂亮的字眼“当场”，不能够约制他的快乐的微笑。

9

库图索夫所指挥的三万五千俄军，既被保拿巴特所指挥的十万法军所追赶，又受到居民的仇视。俄军对同盟军失去信心，感到军需的缺乏，一面被迫在一切预料之外的战争条件下去作战，一面赶快地顺着多瑙河后退，在被敌人追上的地方停下来，只在为了撤退而不损失辎重这种必要的时候，才用后卫战作抵抗。在拉姆巴赫，阿姆世太顿，和美尔克发生了战事，但，虽然俄军在作战时具有被敌人所承认的勇敢和顽强，这些战事的结果却只是更快的退却。在乌尔姆免于被俘而在不劳诺和库图索夫会合的奥军，现在和俄军分离了，库图索夫只剩下了力量薄弱、极度疲乏的军队。要想保卫维也纳是不可能的了。库图索夫放弃了攻击性的、根据新的科学原则——战略——而周密计划的战争，这个计划是库图索夫驻防维也纳的时候奥国参谋部交给他的，库图索夫现在所有的唯一而几乎不可达到的目的，就是不要像马克在乌尔姆那样地损失军队，而与从俄国开来的军队会师。

十月二十八日，库图索夫率领军队渡到多瑙河左岸，第一次停留下来，让多瑙河横隔在自己与法军主力之间。三十日，他攻击多瑙河左岸莫尔提页的师，将它击溃。俄军在这个战斗中，第一次获得了胜利品：军旗，大炮和两名敌将。在两周的退却之后，俄军第一次停留下来，并且在战斗之后，不仅守住了阵地，而且打退了法军。虽然军队是衣履破碎，极度疲乏，因为落伍、受伤、死亡、疾病而减弱了三分之一的力量，虽然病号和伤兵，带着库图索夫的要敌人对他们有人道待遇的信，留在多瑙河彼岸：虽然克累姆斯的大医院和改为医院的大屋子不能容纳所有的病号和伤兵——虽然有这一切，但是守住了克累姆斯和对莫尔提页的胜利，大大提高了士气。在全军之中，在总司令部里，流传着最可喜的然而不确实的谣言：说到臆测的、从俄军开来的纵队的临近，说到奥军所得的胜利，和惊慌失措的保拿巴特的退却。

安德来公爵在会战时，是在阵亡的奥国将军施密特的身边。他的坐骑受了伤，他的手臂受到子弹的轻伤。为表示总司令的特别垂青，他被派遣去把这次胜利的消息送给奥国宫廷，奥国宫廷此刻已经在不儒恩，不在受法军威胁的维也纳了。在会战的夜间，安来德公爵，兴奋然而并不疲倦，（虽然他的体格看起来并不强健，安德来公爵却能忍受身体的疲倦，远为超过许多最强健的人，）带了情报从道黑图罗夫那里骑马到克累姆斯见了库图索夫，当夜就被派遣到不儒恩去做信使。派充信使的意义，在赏赐之外，还是晋升前的重要的步骤。

夜色黑暗，却有星光，道路在昨天会战的时候所降落的白雪之间是黑色的。安德来公爵在驿车里颠簸着，时而回想着此番战役的印象，时而高兴地设想着他将用胜利的消息所产生的印象，回忆着总司令和同僚的送别，他体验到那样的一种情绪，好像是一个人等待了很久，终于等到了所期望的幸福的开端。他一闭眼，他的耳朵里便听到枪炮的声音，这声音和车轮声以及胜利的情绪混合在一起。时而他开始想象着：俄军奔跑，他自己被杀，但他赶快地清醒过来，似乎是庆幸地重新认清了，并没有这回事，而相反的，是法国人逃跑了。他重新想起了胜利的全部详情，在会战时自己镇定的勇气，于是安了心，打盹了……在黑暗的有星的夜之后，明亮的、愉快的早晨来到了。雪在阳光中融化着，马迅速地奔跑，在大路两边同样地闪过了各种新的森林、田地、村庄。

在一个驿站上，他越过了一列俄国伤兵车。管理运送的俄国军官，躺在第一辆小车上，大声地叫着，用粗话骂一个兵。一列长长的德国运货车，每辆上面坐着六个以上面包苍白，身上扎裹、衣服脏污的伤兵，在石头道路上颠簸。他们当中有的在说话（他听到了俄语），有的在吃面包，伤最重的沉默着，怀着带病的孩子般的淡漠的心情，望着从他们身边疾驰而过的信使。

安德来公爵吩咐了停车，问了一个兵士，他们是在什么战役中受伤的。

“前天在多瑙河上。”兵士回答。

安德来公爵拿出钱袋，给了兵士们三个金币。

“给大家的。”他向着走来的军官说。

“祝你们恢复健康，弟兄们，”他又向兵士们说，“还有许多要做的事呢。”

“那么，副官先生，有什么消息呢？”军官问，显然是希望攀谈起来。

“好消息，向前赶！”他向车夫喊着，奔驰到前面去了。

当安德来公爵到达不儒恩时，天色已经很黑了，他看见了四周的高屋，商店里的、房屋窗牖里的和街灯的灯光，在街道上轰轰走过的华丽车辆，以及繁华的大城的气氛，它对于刚刚离开军营生活的军人总是那么有魅力的。安德来公爵，虽然是在疾驰和熬夜之后，但是到达宫廷时，他觉得自己比昨天更有精神。只是他的眼睛里闪耀着火热的光，思想极迅速而明确地变换着。他又历历在目地回想着会战的全部详情，但已不是紊乱的而是确定的扼要叙述的形式，这是他打算向法兰西斯皇帝报告的。他又清楚地想象着他们可能向他问到的偶然问题，以及他对他们所要作的回答。他料想，他们会立刻把他传见皇帝。但是在宫廷的大门口有一个官员跑出来迎接他，知道了他是信使，便领他走到另一道大门口。

“从走廊向右，在那里，Euer Hochgeboren,〔大人，〕您会找到值班的侍从武官，”官员向他说，“他会领您去见陆军大臣。”

值班的侍从武官，迎接了安德来公爵，要他稍待，自己去报告陆军大臣。五分钟后，侍从武官回来了，并且特别恭敬地俯下身，让安德来公爵走在他前面，领他经过走廊，到了陆军大臣在办公的房间。侍从武官似乎是想要用他的周到的礼貌来防止俄国副官对他表示亲密。

当安德来公爵走进陆军大臣办公室的门时，他的高兴情绪大大地低落了。他觉得自己受了侮慢，这侮慢的感觉在顷刻之间变成了他所不自觉的、毫无根据的遭受轻视的感觉。他的敏捷的头脑也在顷刻之间向他提出了一个观点，根据这个观点，他也有权利轻视侍从武官和陆军大臣。他想：“他们闻不到火药气味，一定以为获得胜利是很容易的！”他的眼睛轻蔑地半闭着，他特别缓慢地走进陆军大臣的房间。他看见陆军大臣坐在大桌子前面，并且在头两分钟没有注意走进房间的人，这时候这种感觉更加强烈了。陆军大臣把他的鬓角斑白的光头低俯在两支蜡烛之间，一面阅读公文，一面用铅笔画着。他在开门以及在听到脚步声时，都没有抬起头来，直到看完了公文。

“把这个拿去，发出去。”陆军大臣递着公文，向自己的副官说，还是没有注意信使。

安德来公爵觉得，或者是在陆军大臣所关心的一切事件之中，库图索夫军队的行动最不能引起他注意，或者是他要使俄国信使有这个感觉。“但这在我是完全无所谓的。”他想。陆军大臣集拢了其余的公文，把四边理齐，然后抬起头来。他有聪明的特异的头。但是在他转向安德来公爵的那一瞬间，陆军大臣脸上聪明的坚决的表情，显然是习惯地自觉地改变了：他脸上有了笨拙、虚伪而不隐藏自己虚伪的笑容，好像是一个人在他先后接见了许多请求者的时候所有的那种笑容。

“是库图索夫大元帅那里来的吗？”他问，“我希望，是好消息吗？和莫尔提页打过仗吗？胜利吗？正是时候！”

他接了那件写给他的紧急文书，开始带着悲戚的表情阅读着。

“啊，我的上帝！我的上帝！施密特！”他用德语说，“多么不幸，多么不幸！”

看完了紧急文书，他把它放在桌上，看了看安德来公爵，显然是在思索什么。

“啊，多么不幸哦！您说，那是决定性的战斗吗？但是莫尔提页没有被俘。”他思索了一下，“我很高兴，您带来了好消息，虽然施密特的死是胜利的重大代价。当然，陛下愿意见您，但是不在今天。谢谢您，休息去吧。明天在检阅后的朝会上。但我会通知您的。”

在谈话时消去的笨拙笑容，又在陆军大臣的脸上出现了。

“再见，我很感谢您。皇帝陛下大概很愿意见您。”他重述，然后点了点头。

当安德来公爵走出宫廷时，他觉得，胜利所带给他的一切兴趣和快乐，现在都被他留了下来，交在大臣和恭敬的副官的淡漠的手里了。他的全部的思想忽然改变了：他觉得会战变成陈久遥远的回忆了。

10

安德来公爵在不儒恩住在他的友人俄国外交官俾利平[①]那里。

“啊，亲爱的公爵，没有更受欢迎的朋友了！”俾利平出来迎接着安德来公爵说。“弗让次[②]，把公爵的东西送进我的卧室里去！”他向引导保尔康斯基的用人说，“怎样，您做了胜利的信使吗？好极了。我在家害病，像您看到的这样。”

安德来公爵洗了脸、穿了衣服之后，走进外交官的华丽书房，坐在为他预备好的菜饭前。俾利平安静地坐在炉边。

安德来公爵不但是在旅途之后，而且是在失去一切清洁华丽的生活享受的行军之后，感觉到在他自小所习惯的、华丽的生活环境中的休息的愉快。此外，他觉得愉快的，是在奥国人的接待之后，他虽不用俄语说话（他们说法语），却同俄国人说话，他以为，这个人也有俄国人此刻所特别强烈地感到的对于奥国人的共同的反感。

俾利平是一个大约三十五岁的独身男子，和安德来公爵属于同一个社交团体。他们在彼得堡原就相识，但在安德来公爵上次和库图索夫住在维也纳的时候，他们更加亲密。正如安德来公爵是年轻人，在军界里有远大的前途，俾利平在外交界更有前途。他还是年轻的人，但已经不是年轻的外交官，因为他从十六岁起，即开始服务，曾驻巴黎，哥本哈根，现在在维也纳担任相当重要的职务。外交大臣和俄国驻维也纳大使都认识他，器重他。他不属于那些大多数的外交官，他们只须具有消极的品质，不做某种事情，并且为了要做很好的外交官而说法语，他属于这样的一些外交官们，他们喜欢工作并且善于工作，他虽然懒惰，却有

① 毛注：俾利平大概是一部分绘写A. M·高尔恰考夫的，他自一八五六年后曾主持外交政策多年。据说他“爱上了墨水瓶”，他制作警语的能力大于主持外交事务的本领。

② 原文弗让次及奥皇法兰西斯皆为Франп。

时整夜坐在写字台前。无论工作性质是什么样的，他都做得同样地好。他所关心的不是这个问题：“为什么？”而是这个问题：“怎么样？”外交事务的内容是什么，他觉得无关重要，但是巧妙地、准确地、华丽地起草通告，备忘录，或报告——使他感到巨大的乐趣。俾利平的服务受人重视，不仅是因为他善于起稿，还因为他在上流社会中的举止和谈话的技巧。

俾利平只是在谈话能够漂亮而风趣的时候，才像他爱工作那样地爱谈话。在交际场中，他不断地等待机会说点惊人的话，并且他只在这种时候才加入谈话。俾利平的谈话总是充满了独特的、机智的、完善的、引起共同兴趣的词句。这些词句是在俾利平内心的实验室里准备的，好像是有意具备了便于携带的性质，好让不重要的社交人物容易记住，把它从这个客厅里带到那个客厅里。确实，据说，les mots de Bilibine se colportaient dans les salons de Vienne,〔俾利平的警句流行在维也纳的交际场中，〕常常对于所谓重大的事发生影响。

他的消瘦、憔悴、黄色的脸上全是深深的皱纹，这些皱纹好像总是仔细地洗得很清洁，好像沐浴后的指尖一样。这些皱纹的活动是他的脸上的主要表情。时而他的额上现出深的皱折，眉毛向上抬起，时而眉毛垂下来，他的腮上显出深的皱纹。深凹的小眼睛总是对直地愉快地望人。

“好，现在告诉我你们的功绩吧。”他说。

保尔康斯基用最谦逊的形式报告战况，没有一次提到他自己，他又说到陆军大臣的接待。

“lls m'ont reçu auec ma nounelle, comme un chien dans un jeu de quilles.〔他们接待我和我的消息，好像接待一只玩九柱戏时的狗一样。〕[①]”他结束了他的话。

俾利平微笑了一下，消去了面上的皱纹。

① 毛注：法国成语。中译者注：意思是听到消息，并不欢迎。

"Cependant, mon cher,〔但是，我亲爱的，〕"他说，远远地望着自己的指甲，抬起着左眼睑说，"malgré la haute estime que je professe pour le正教的俄军，j'a Voue que Votre Victoire n'est pas des plus Victorieuses.〔虽然我对于正教的俄军有崇高的敬意，我却认为你们的胜利不是最胜利的。〕"

他继续用法语说，只在他要用俄语轻蔑地加重语势时，他才说俄国话。

"怎么回事？你们用全军攻击只有一师兵力的不幸的莫尔提页，而这个莫尔提页却从你们手中逃脱了！胜利在哪里？"

"但，严格地说，"安德来公爵回答，"我们还是可以不夸口地说，这比在乌尔姆好一点儿……"

"你们为什么不替我们抓住一个，即使是一个将军呢？"

"因为一切的经过并不像所预料的那样，并不像在检阅时那么有规律。像我向您说过的，我们预料在上午七时绕到敌人后方，但在下午五时还没有到。"

"为什么你们没有在上午七时到？你们应该在上午七时到的，"俾利平微笑着说，"本来应该在上午七时到的。"

"为什么您没有用外交方法开导保拿巴特，使他觉得最好是离开热那亚呢？"安德来公爵用同样的语气说。

"我知道，"俾利平插言说，"您以为坐在炉边的沙发上，抓住元帅们是很容易的。这是真的，可是，为什么你们不抓住他呢？您不要惊异，不但陆军大臣，并且至尊的法兰西斯皇帝兼国王陛下也不会为了你们的胜利很高兴的，就是我，俄国大使馆的可怜的秘书，也不觉得有任何特别的高兴，不必给我的弗让次一个银币，给他一天假，让他带他的情人在卜拉特尔街上去耍，来表示我高兴……不过这里没有卜拉特尔街……"

他对直地望着安德来公爵，忽然把他的皱纹从额上消去了。

“现在轮到我问您‘为什么’了吧，我亲爱的？”保尔康斯基说，“我向您承认我不明白，也许这里有外交的奥妙，是我的贫乏的智力不能了解的，但我不明白：马克丧失全军，斐迪南大公和卡尔勒大公没有一点活人的模样，并且接连着犯错误，最后，只有库图索夫获得了真正的胜利，破坏了法军无敌的声望，而陆军大臣居然不想知道详情！”

“正因为这个缘故，我亲爱的。Voyez-Vous, mon cher,〔您知道吗，我亲爱的，〕乌拉！为沙皇，为俄国，为正教乌拉！Tout ça est bel et bon,〔这都是极好的，〕但我们，我是说，奥国宫廷，和你们的胜利有什么关系呢？您若带给我们关于卡尔勒大公或斐迪南大公胜利的好消息——您知道un archiduc vaut l'autre〔这个大公和那个大公是不相上下的〕——即使是对于拿破仑的一个救火队的胜利，这又是一回事了，我们要鸣炮的。但是这种事似乎是故意做来刺激我们的。卡尔勒大公什么事也没有做，斐迪南大公自己丢脸。你们放弃了维也纳，不再保卫它，comme si vous nous disiez:〔好像您对我们说：〕‘上帝保佑我们，上帝保佑你们，和你们的都城。’我们大家所欢喜的一个将军，施密特：你们让他中了子弹，却庆贺我们胜利！……您要承认，比您所带来的消息更惹人生气的东西，是想不出的了。C'est comme un fait exprès, comme un fait exprès.〔这好像是有意的，好像是有意的。〕此外，假使你们获得了真正光荣的胜利，即使是卡尔勒大公获得了胜利，这对于战争的大局会有什么改变呢？现在已经迟了，维也纳已经被法军占领了。”

“怎么占领了？维也纳被占领了？”

“不但被占领了，而且保拿巴特在射恩不儒恩了[①]，并且伯爵，我们亲爱的夫尔不那伯爵要到他那里去接受命令了。”

保尔康斯基，在旅途的劳顿和途中的见闻之后，在大臣的接见之后，特别是在饭后，觉得他不明白他所听到的话的全部意义。

---

① 毛注：这是奥国皇帝在维也纳的夏宫。

“今天早晨利克顿腓尔斯伯爵在这里，”俾利平继续说，“他给我看了一封信，信里详细地描写了法军在维也纳的检阅。Le prince Murat et tout le tremblement〔牟拉亲王和所有的震动）[①]……您知道你们的胜利不是很可喜的事，您不能像救主那样被接待的……”

“确实，我并不在意，一点也不在意！”安德来公爵说，开始明白了他的克累姆斯会战的消息，比之奥国首都被占领的这种事件，确是没有什么重要了。“维也纳是怎么被占领的？桥和著名的 tête du pont〔桥头堡〕，和奥扼斯伯公爵呢？我们听说奥扼斯伯公爵保护维也纳。”他说。

“奥扼斯伯公爵在这边，我们的河这边，保卫我们，我觉得，他保卫得很坏，但他仍然是保卫我们。但维也纳是在那边。不，桥还没有失陷，我希望不至于失陷，因为桥已经埋了地雷，并且有了炸桥的命令。不然的话，我们就早已在保希米亚山中，您和你们的军队要在夹攻之下过痛苦的日子了。”

“但这仍然不能算是战争已经结束了。”安德来公爵说。

“但我以为它是结束了。这里的要人们都这么想，但是不敢说这话。它会像我在战争的开始所说的，战事不是你们 échauffourée de Dürenstein〔在丢任施坦的射击〕[②]决定的，全然不是火药决定的，而是发明火药的人决定的，”俾利平说，重复着他的mots〔警语〕之一，放松了他额上的皱纹，并且稍停。“问题只在这里，就是亚力山大皇帝和普鲁士国王的柏林会议要决定什么。假使普鲁士加入联盟，on forcera la main à l'Autriche,〔他们便要强迫奥国，〕便会有战争。假使不然，则要点就只在这里，就是准备在何处订立新 Campo Formio〔卡姆波·福

① 毛注：在托氏家庭中，“震动”是一向讽刺地用来表示正式庆祝时的喧闹的。在此书完成后许多年，托氏信中尚有这样的句子：“总督的来到和所有的震动。”

② 毛注：对莫尔提页的胜利。

密俄条约〕[①]的条款。”

“但他是一个多么非凡的天才啊！”安德来公爵忽然把自己的一只小手握成拳头，在桌上捶了一下，大声说，“这个人多么幸运啊！”

“Buonaparte?〔布奥拿巴特吗？〕”[②]俾利平疑问地说，皱着额头，借此使人觉得马上便要有un mot〔警语〕了。“Buonaparte?〔布奥拿巴特吗？〕”他说，把u字说得特别重。“但是我想现在，他在射恩不儒恩替奥国制定法律了，il faut lui faire grâce de l'u.〔我们应该让他少掉这个u。〕我决定做一次革新，称他Bonaparte tout court.〔简称他保拿巴特。〕”

“不，不要说笑话了，”安德来公爵说，“你当真以为战争结束了吗？”

“我是这么想。奥国吃了亏，这是它不习惯的。它要报复的。它吃了亏，因为，第一个省被劫，on dit le正教的俄军 est terrible pour le pillage,〔据说正教的俄军抢得很凶，〕——军队溃散，首都失陷，这一切都是pour les beaux yeux du 萨地尼亚陛下，〔为了萨地尼亚陛下[③]的美丽眼睛，〕因此——entre nous, mon cher〔说句机密的话，我亲爱的〕——我凭我的本能知道我们受骗了，我凭我的本能知道他们和法兰西的来往，以及和平方案，单独订立的秘密和约。”[④]

”这是不可能的！”安德来公爵说，“这太卑鄙了。”

“Qui vivra verra.〔我们活着就会知道的。〕”俾利平说，又放松皱纹，表示谈话完结。

当安德来公爵走进为他预备的房间，穿着清洁的衬衣，躺在羽毛床垫和又香又暖的枕头上时，他觉得，他带来情报的那个会战是离他很远

① 毛注：一七九七年之法奥和约。

② 毛注：Buonaparte是意大利文拼缀，本书中人物如此称呼时，有反对拿破仑之意。

③ 毛注：在柏林会议中，普鲁士坚持要下最后通牒，要拿破仑赔偿萨地尼亚国王，遭拿破仑拒绝，复慑于奥国之败，未做抵抗。

④ 毛注：奥皇实际上是向拿破仑提议休战，拿破仑回文提出侮辱的条件，奥皇没有接受。

很远了。和普鲁士的联盟，奥地利的欺骗，保拿巴特的新胜利，法兰西斯皇帝明天的上朝、阅兵、和接见——这种种，引起了他的注意。

他闭了眼，但是立刻，他的耳朵里便听到了炮声、枪声、车轮声，展开的毛瑟枪兵的单人行列又从山上下来了，法军在射击，他觉得他的心在跳动，他和施密特并排着骑马前进，子弹愉快地在他四周嗞嗞地响着，于是他威觉到他自幼不会经验过的，增加到十倍的生活乐趣。

他醒了……

“是的，有过这一切！……”他向自己快乐地儿童般地微笑着说，于是他睡了一个酣沉的青年的觉。

11

第二天，他醒得很迟。回顾着过去的印象，他首先想起，今天他要去觐见法兰西斯皇帝，想起陆军大臣，恭敬的奥国侍从武官，俾利平，以及昨晚的谈话。为了入朝觐见，他穿了好久没有穿过的全副礼服，他气色旺盛、活泼、漂亮，吊着一只手臂，走进俾利平的房间。房间里有四个外交界的人。依包理特·库拉根是使馆的秘书，保尔康斯基原来和他相识，俾利平把他介绍给了别人。

在俾利平这里的人，是年轻、有钱、快乐的社交人物，他们在维也纳，也在这里，组成一个特殊的团体，俾利平是这个团体的首领，并且称他们为我们自己的人——les nôtres。这个几乎全是外交官组成的团体，显然，有它自己的上流社会的兴趣，这和战争和政治无关，但和某些妇女，和官场的事务有关。这些先生们，显然乐意地在他们的团体中接待安德来公爵，就像他们自己的人一样，（这是他们对于少数人的荣誉。）由于礼节，并作为开始谈话的题目，他们向他问了几个关于军队与会战的问题，然后谈话又转为不连贯的愉快的笑话和闲谈了。

“但特别好的，”有一个人说到同僚外交官的不幸事件，“特别好的是，大臣直接向他说，派他到伦敦去就是升官，他对这件事应该这么看法的。您可想得出他这时候的样子吗？……”

“但最坏的，诸位，我要向你们揭露库拉根的秘密，那个人不幸，这个当·璜，这个可怕的人却利用这一点！”

依包理特公爵躺在安乐椅上，把腿架在扶手上。他笑起来了。

“Parlez-moi de ça.〔告诉我这件事吧。〕”他说。

“嗬，你是当·璜！嗬，你是蛇！”许多声音说。

“您不知道，保尔康斯基，”俾利平向安德来公爵说，“法军（我差一点儿就说出了俄军）所有的暴行，和这个人在女人当中所做的事情比较起来，就算不上什么了。”

“La femme est la compagne de l’homme.〔女人是男人的侣伴。〕”依包理特公爵说，开始在有柄眼镜里望着自己的跷起的腿。

俾利平和我们自己的人望着依包理特的眼睛，哈哈大笑了。安德来公爵看出这个依包理特是这个团体里的小丑，他不得不承认，他几乎为了自己的妻子嫉妒他。

“不，我一定要用库拉根来招待您一下，”俾利平向保尔康斯基低声地说，“当他谈到政治的时候，他妙极了，您应当看看那副自尊的样子。”

他坐到依包理特旁边，在额头上起了些皱折，便和他谈到政治。安德来公爵和别人站在两人的周围。

“Le cabinet de Berlin ne peut pas exprimer un sentiment d’al-liance,〔柏林的内阁不能表示对于联盟的意见，〕”依包理特富有含意地望着大家，说起来了，“Sans exprimer……comme dans sa dernière note……vous comprenez……vous comprenez……et puis si sa Majesté l’Empereur ne déroge pas au principe de notre alliance……〔没有表示……如同在它的最近的照会里……你明白……你明白……此外，除非皇帝陛下放弃我们的联盟的原则……〕”

“Attendez, je n’ai pas fini〔等一下，我没有说完〕……”他抓着安

德来公爵的手臂向他说，“Je suppose que l'intervention sera plus forte que la non-intervention. Et〔我以为干涉比不干涉强。并且〕……”他沉默了一会。“On ne pourra pas imputer à la fin de non-recevoir notre dépêche du 28 novembre. Voilà comment tout cela finira.〔最后，我们不能怪我们的十一月二十八日的紧急文书被拒绝。这件事就是要这样结束的。〕”

他放开保尔康斯基的手臂，借此表示他现在完全结束了。

“Demosthènes, je te reconnais au caillou que tu as caché dans ta bouche d'or!〔代摩斯代涅，[①]我从你藏在金嘴里的石子认识了你！〕”俾利平说，他的厚蓬蓬的头发得意地摆动着。

大家都笑了。依包理特笑得声音比别人都高。他显然是觉得难受了，喘息了，但他忍不住他的粗野的笑声，这笑震动了他的一向没有表情的脸。

“那么，这么办，诸位，”俾利平说，“保尔康斯基是我家里的客人，现在是在不儒恩，我想要尽可能地用这里生活上的一切的乐事招待他。假若我们是在维也纳，这就容易办了，但是在这里，dans ce vilain trou morave,〔在这个讨厌的莫拉夫小地方，〕这要难一点了，我要请你们大家帮忙。Il faut lui faire les honneurs de Brün.〔我们应当对他尽不儒恩的地主之谊。〕你们担任看戏，我担任交际，你，依包理特，不用说——女人。”

“我们应该让他看看阿美丽，她好标致啊！”一个我们自己的人吻着手指尖说。

“总之，”俾利平说，“我们应该使这个血腥的军人注意到更人道的事情。”

“我恐怕不能叨扰你们的款待了，诸位，现在是我应该出门的时候了。”保尔康斯基看着表说。

---

① 代摩斯代涅，公元前的384—322，雅典名演说家。

“到哪里去？”

“去见皇帝！”

“呵！呵！呵！”

“好，再见，保尔康斯基，再见，公爵，早点来吃饭，”大家的声音说，“我们要照应您。”

“您和皇帝陛下说话的时候，要尽可能地多称赞供给军需和行军路线的有条理。”俾利平送保尔康斯基到外厅时向他说。

“我本想称赞，但是就我所知道的，我不能够这样办。”保尔康斯基微笑着回答。

“好，总之，尽可能地多说话。他极愿意接见人，但是他自己不爱说话，也不会说话，您就会知道的。”

12

在朝会上，法兰西斯皇帝只注神地看了看站在奥国军官之间指定地位上的安德来公爵的脸，向他点了点自己的长头。但在朝会之后，昨天的侍从武官恭敬地向保尔康斯基说皇帝要接见他。法兰西斯皇帝站在房间当中接见他。在开始谈话之前，使安德来公爵诧异的是，皇帝好像慌乱了，不知道说什么是好，并且脸红了一下。

“您说吧，会战是什么时候开始的？”他急促地问。

安德来公爵回答了。在这个问题之后，还提了别的同样简单的问题：“库图索夫好吗？他离开克累姆斯有多久？”，等等。皇帝带着那样的神情说话，好像他的唯一的目的，只是在问一定数量的问题。十分明显，对于这些问题的回答不能使他发生兴趣。

“会战是几点钟开始的？”皇帝问。

“我无法报告陛下，前线的会战是几点钟开始的，但在丢任施坦，我所在的地方，军队是下午五点钟以后开始攻击的，”保尔康斯基说着，活泼起来了，并且以为他能够乘机正确地叙述一番他在心中早已准备好了的、他所见所闻的一切情形.

但皇帝微笑了一下，打断了他的话。

“有多少俚？”

“从哪里到哪里，陛下？”

“从丢任施坦到克累姆斯？”

“三俚半，陛下。”

“法军退出了左岸吗？”

“据侦察员报告，最后的一批在夜里乘木筏渡过了河。”

“在克累姆斯的粮草够用吗？”

“粮草还未达到那个数额……”

皇帝打断了他的话：

“施密特将军是在几点钟被打死的？……”

“大约是七点钟。”

“七点钟。很惨！很惨！”

皇帝对他表示感谢，并且鞠了躬。安德来公爵走出来，立刻便被朝臣们从四周包围起来了。亲切的眼睛从各方面看他，并且听到了亲切的话声。昨晚的侍从武官怪他为什么不住在宫里，并且要把自己的屋子给他住。陆军大臣走来，带了皇帝颁赐给他的三等玛丽亚・泰利撒勋章来贺他。皇后的侍从官请他去见皇后陛下。女大公也希望见他。他不知道对谁答话，思索了好几秒钟。然后，俄国大使拉了他的肩膀，领他走到窗口，开始向他说话。

和俾利平所说的相反，他所带来的消息被愉快地接受了。决定了举行感恩祈祷。库图索夫被赐赠了玛丽亚・泰利撒大十字勋章，并且全军受到了赏赐。保尔康斯基接到了各方面的邀请，他必须在整个的上午去拜访奥国的显要。在下午四时许，安德来公爵拜访完毕后，回到俾利平家，腹拟着给父亲的信稿，向他报告会战和不儒恩之行。在俾利平的屋子的台阶前，停着一辆装了半车物品的小车，俾利平的仆人弗让次费力地拖着衣箱走出门。

在他回到俾利平家之前，安德来公爵到书店去为行军期间储购了书籍，在书店里逗留了好久。

“这是什么回事？”保尔康斯基问。

“Ach, Erlaucht!〔啊，大人！〕”弗让次费力地把衣箱向小车上拖着说，“Wirziehen noch weiter. Der Böseuicht ist schon uieder hinter uns her!〔我们要走得更远了。那个浑蛋又跟在我们的脚后了！〕”

“什么？什么？”安德来公爵问。

俾利平出来迎接保尔康斯基。在俾利平的一向镇静的脸上有了兴奋的气色。

“Non, non, avouez que c'est charmant,〔哦，哦，您要承认这真妙极了，〕”他说，“cette histoire du pont de Thabor.〔这个塔宝桥的事件。〕（桥在维也纳。）Ils l'ont passé sans coup férir〔他们不过抵抗就过来了。〕”

安德来公爵一点也不明白。

“您从哪里来的，您不知道全城的车夫都知道的事吗？”

“我从女大公那里来的。我在那里没有听到什么。”

“您没有看见到处都在收拾行李吗？”

“我没有看见。……但，这是什么回事？”安德来公爵不耐烦地问。

“是什么回事？是这回事，法国人过了奥扼斯伯所守的桥，桥没有炸毁，所以牟拉现在顺大道向不儒恩跑来了，他们今天明天就要到这里。”

“这里？既然埋了地雷，怎么没有炸桥呢？”

“我就要问您这个。这没有人知道，连保拿巴特自己也不知道。”

保尔康斯基耸了耸肩。

“假使他们过了桥，那便是，军队毁灭了：军队要被切断的。”他说。

“问题就在这里了，”俾利平回答，“您听着。法国人进了维也纳，我向您说过了。一切都很好。第二天，就是昨天，元帅先生们：牟拉，兰恩和白利尔骑了马向桥上来了。（注意，三个都是加斯科恩人。）有一个说：‘诸位，你们知道，塔宝桥埋了地雷，又加埋了地雷，在前面有可怕的tête du pont〔桥头堡〕，和一万五千军队，他们奉命炸桥，不让我们过去。但假使我们占领了这座桥，我们的皇帝拿破仑陛下要乐意的。我们三个人去占领这座桥吧。’另一个人说：‘我们去，’于是他们出发了，占领了桥，过了桥，现在领了全军在多瑙河这边直扑我们，你们，和你们的交通线了。”

“不要说笑话了。”安德来公爵忧郁地严肃地说。

这个消息对于安德来公爵是又可悲又可喜的。他一听到了俄军处在这种绝望的境地，就想到他正是注定了要把俄军救出这种境地的人，这个图隆[①]现在来了，它要把他从无名官员的阶层里提拔出来，为他开辟第一条到达光荣的路。他听着俾利平说话，已经想到，他到了军中之后，要在军事会议里提出唯一的能够拯救军队的意见，他要单独一个人奉命执行这个计划。

“不要说笑话了。”他说。

“我不是说笑话，”俾利平继续说，“没有别的比这更真实更悲惨了。这几位先生单独来到桥上，举起白手帕，向长官保证说，这是停战，而他们，元帅们，是来和奥扼斯伯公爵作谈判的。值班的军官让他们上了 tête du pont〔桥头堡〕。他们向他说了一千种加斯科恩人的胡说八道：他们说，战争已经结束了，法兰西斯皇帝已经决定了和保拿巴特相会，他们希望会见奥扼斯伯公爵，等等的话。军官派人去找奥扼斯伯，这几个先生抱住军官们说笑话，坐在炮上，这时，一营未被发现的法军来到桥上，把装着燃烧材料的袋子抛到水里，来到了tête du pont〔桥头堡〕。最后中将自己，我们可爱的奥扼斯伯·封·毛忒恩公爵，出

① 毛注：图隆于一七九三年受共和党人侵袭时，拿破仑在此大露头角。译者注：图隆或译都隆，土伦，是法国的军港。

现了。'亲爱的敌人！奥军的杰才，土耳其战争的英雄！仇恨完结了，我们可以互相握手了……拿破仑皇帝非常想要认识里奥扼斯伯公爵。'总之，这些先生们，难怪他们是加斯科恩人，他们向奥扼斯伯公爵说了那些漂亮话，他是那样地被他和法国元帅们如此迅速的亲密所吸引，那样地被牟拉的外衣的式样和驼鸟花翎所眩惑，qu'il n'y voit que du feu, et oublie celui qu'il devait faire, faire sur l'ennemi!〔他只看到他们的火，忘记了他自己的应该向敌人打出的火！〕"虽然说得有声有色，俾利平却没有忘记在这警语之后稍停，让它有时间被人欣赏。"这营法军跑上桥头堡，塞了炮口，把桥占领了。哦，但最好的地方，"他继续说，他的兴奋因为他的故事有趣而缓和着，"是在这里，看守这门炮的军曹——他们是要凭这门炮的信号放地雷炸桥的——这个军曹，看见法军跑到桥上，便想要放炮，但兰思推开了他的手。这个军曹，显然是比自己的将军聪明，他走到奥扼斯伯面前说，'公爵，他们在骗您，法国人来了！'牟拉看到，假使让军曹说话，事情便糟了。他带着做作的惊异（他是真正的加斯科恩人）向奥扼斯伯说：'我看不出这是世界上那么被称赞的奥军纪律，'他说，'您让下级的人向您这样说话！'C'est génial. Le prince d'Auersperg se pique d'honneur et fait mettre le sergent aux arrèts. Non, mais avouez que c'est charmant toute cette histoire du pont de Thabor. Ce n'est ni bêtise, ni lâcheté.〔这是天才！奥扼斯伯公爵觉得有失尊严，便下令拘押这个军曹。哦，您要承认这全部塔宝桥的事件是妙极了，这既不是愚蠢，又不是卑鄙。〕……"

"C'est trahison peut-être.〔这也许是叛变。〕"安德来公爵说，鲜明地想象着灰大衣，伤兵，火药烟，子弹声和等待着他的光荣。

"Non plus. Cela met la cour dans de trop mauvais draps,〔也不是。这使朝廷处于很困难的地位，〕"俾利平继续说，"Ce n'est ni trahison ni lâcheté, ni bêtise, cest comma à Ulm,〔这既不是叛变，又不是卑鄙，也不是愚蠢，这好像在乌尔姆，）……"他似乎思索了一下，在寻找适当的

词句："c'est……c'est du Mack. Nous sommes mackés.〔这是……这是马克式。我们马克化了。〕"他说，觉得自己说了un mot〔一个警语〕，一个新鲜的mot〔警语〕，这个mot〔警语〕要被重复地说的。额上颦蹙到现在的皱纹迅速地松开了，表示满意，于是他微笑着，开始看着自己的指甲。

"您到哪里去呢？"他忽然向站起来要到房间里去的安德来公爵说。

"我要走了。"

"到哪里去？"

"到军队里去。"

"你不是还要住两天的吗？"

"但现在我马上就要走了。"

于是安德来公爵吩咐了关于上路的事，便到他的房间里去了。

"您听我说，我亲爱的，"俾利平走进他的房，向他说，"我想到了您的事。您为什么要走呢？"

并且为了证明这个理由是不能反驳的，他脸上的皱纹完全消失了。

安德来公爵疑问地望着他的交谈者，没有回答。

"您为什么要走？我知道，您以为此刻，在军队有危险时，骑马跑回军队，是您的责任。我明白这个，mon cher, c'est l'héroisme.〔我亲爱的，这是英雄主义。〕"

"一点也不是的。"安德来公爵说。

"但您是un philosophe〔一个哲学家〕，您要做一个十足的哲学家，要从另一方面看事，并且您就会明白，您的责任，相反地，是当心您自己。把这事让其他不再适宜于做别的事的人……您没有奉命回去，这里并没有放您走，所以，您可以留在这里，和我们一同走，到我们的不幸的命运要带我们前去的地方去。据说，他们要到奥尔牟兹去。奥尔牟兹是一个很可爱的城。我们一同舒舒服服地坐我的马车去。"

"不要说笑话了，俾利平"。保尔康斯基说。

“我由衷地友好地向您说。您想想看。现在，当您可以留在这里的时候，您到哪里去？为什么要去？等待着您的，两者必有其一，”他皱了左鬓角上的皮，“或者是您没有回到军中，便已经媾和，或者是库图索夫全军的失败和耻辱。”

于是俾利平松了皱纹，觉得他的两端论法是不能反驳的。

“这个我不能论断，”安德来公爵冷淡地说，心里却想，“我要去救军队。”

“Mon cher, vous êtes un héro.〔我亲爱的，您是一个英雄。〕”俾利平说。

13

当天晚上，辞别了陆军大臣，保尔康斯基就回军队去了，他自己也不知道，在哪里找得到他的军队，并且怕在赴克累姆斯的途中，被法军俘获。

在不儒恩，所有的和朝廷有关系的人都收拾了行装，而且笨重的东西已经向奥尔牟兹在运送了。在爱塞斯道夫附近，安德来公爵上了俄军所走的道路，他们的速度极快，秩序极坏。道路是那样地被行李车所阻塞，以致马车不能通过。又饥饿又疲倦的安德来公爵，向哥萨克兵队长要了一匹马和一个哥萨克兵，骑马追越着行李车辆，去寻找总司令和他自己的行李车。关于军队情况的最不好的谣言在途中传到了他耳朵里，无秩序地奔跑的军队的情形证实了这些谣言。

“Cette armée russe que l’or de l’Angleterre a transportée des ext-rémités de l’univers, nous allons lui faire éprouver le meme sort (le sort de l’armée d’Ulm).〔用英国的金钱从地角上运来的俄军，我们要使它受到同样的命运（在乌尔姆的军队的命运）。〕”他想起了保拿巴特在交战前向自己军队所下的命令里的话，这些话同时引起了他对于天才英雄的惊叹，

自尊心受到损害的感觉，和对于光荣的希望。“假使除了死亡，一无所余呢？”他想，“假使是必要的那有什么关系！我一定要做得不比别人坏。”

安德来公爵轻蔑地望着这些走不尽的、混乱的军队，行李车，辎重车，大炮，接着又是运送车，各种各样的运送车，互相追赶着，并且三四辆并排，阻塞着泥泞的道路。从各方面，从前面和后面，从耳朵能听到的地方，传来车轮声，运输车的、小车的、炮车的轰轰声，马蹄声，鞭子的噼拍声，车夫的叫声，兵士的、侍从兵的、军官的詈骂声。在路边上，他不断地时而看到倒在地上的破了皮和未破皮的马：时而看到破碎的运送车，上面坐着孤独的兵士们在等待着什么：时而看到落伍的兵，他们成群地往附近的村庄里去，或者从村庄里拖出家禽、羊、草秸，或装满了东西的袋子。在上坡和下坡的地方，人群更是拥挤，并且有不断的呼叫声。兵士们在及膝的泥淖中走动着，手推着炮和车辆，鞭子响着，马蹄滑着，挽革破断了，胸脯都喊得挺起来了。领导行军的军官们，在行李车之间骑着马，时而上前，时而退后。他们的声音在全体的喊叫中是不易听到的，在他们的脸上可以看得出，他们对于制止这种混乱的可能是觉得失望了。

“Voilà le cher〔这就是可爱的〕正教的军队。”保尔康斯基想，回忆着俾利平的话。

他骑马走到一队运送车那里，希望向他们当中的人探问总司令在什么地方。和他正对面地，来了一辆异样的单马的车子，显然是士兵们用人家的东西凑成的，看来是介乎载车，单马篷车，与轻便篷车之间的样子。有一个兵在赶车，在皮篷之下有一个女子坐在车帷后边，她身上裹着披巾。安德来公爵骑马走到他们那里，正要向兵士发问时，坐在车中的女子拼命的叫声引起了他的注意。率领车辆的军官打了这辆车子上赶车的兵士，因为他想要越过别的车子，他的鞭子落在车帷上。女子尖声地喊叫。看见了安德来公爵，她从车帷底下把头探出来，并且挥动着从披巾下边伸出的瘦手，喊叫：

“副官！副官先生……看上帝的情面……保护我……这要变成怎么样子了？……我是第七轻骑兵团军医的妻子……他们不让过去，我们落后了，失了同阵的人……”

“我要把你打成肉饼，退回去！”愤怒的军官向士兵大叫，“和你的贱女人一同退回去。”

“副官先生，保护我。这是什么意思。”医生的妻子说。

“请您让这辆车子过去吧。您没有看见这是妇女吗？”安德来公爵骑马向军官面前走着说。

军官看了看他，没有回话，又转向兵士：“我来赶你……回去！……”

“让他们过去，我向您说的。”安德来公爵紧抿着嘴唇又说。

“你是什么人？”军官忽然带着醉汉的狂怒向他说，“你是什么人？你，（他特别刺耳地说你字）是长官，是吗？这里我是长官，不是你。你，回去，”他重复说，“我要把你打成肉饼。”

这个字眼显然是军官欢喜说的。

“他给了小副官一个大霉头。”后边的声音说。

安德来公爵知道这个军官是在发无故的酒疯，在这种情形中，人们是不知所云的。他知道，他替车中医生的妻子的说项，会使他招致世界上他所最怕的东西，即是所谓 ridicule（嘲笑），但他的本能向他说了别的话。那个军官还未及说完最后的字句，安德来公爵便带着因大怒而变色的面孔骑马走到他面前，举起鞭子。

“让——他——们——过——去！”

军官挥了挥手，连忙地跑开了。

“全是因为这些人，因为这些参谋人员，才有这一切的混乱，”他低语着，“随便您怎么办吧。”

安德来公爵没有抬起眼睛，匆忙地离开了称他为救命恩人的医生的妻子，并且厌恶地回想着这场受气情景的极细的详情，向前面的那个村庄奔驰而去，他听说，总司令在这个村庄里。

他进了村庄，下了马，向第一个人家走去，打算休息一会儿，吃点东西，把这一切痛心的，使他苦恼的思想清理一下。“这是一群恶棍，不是军队，”他想，向第一个屋子的窗前走着，这时一个熟悉的声音叫了他的名字。

他回头看了一下。从小窗子里探出了聂斯维次基的漂亮的面孔。聂斯维次基在潮湿的嘴里嚼着什么，挥着手，叫他进去。

“保尔康斯基，保尔康斯基！你听不见吗？赶快来。”他喊叫。

安德来公爵进了屋，看到聂斯维次基和另一个副官在吃东西。他们连忙地向保尔康斯基问了这个问题：“有没有什么消息？”在他们的为他所如此熟悉的面孔上，安德来公爵看出了惊惶与不安的表情。这表情在聂斯维次基一向带笑的脸上特别显著。

“总司令在哪里？”保尔康斯基问。“在这里，在那个屋子里。”副官回答。

“那么，和平同投降是真的吗？”聂斯维次基问。

“我要问您。我一点也不知道，我费了大劲才来到您这里。”

“我们的事，老兄，成个什么样子！可怕！老兄，我错了，我们笑马克，我们自己却要更加糟糕了，”聂斯维次基说，“可是你坐下来，吃点东西吧。”

“现在，公爵，您找不到行李车和任何东西了，你的彼得，上帝知道他在哪里。”另一个副官说。

“总司令部在哪里？”

“我们要在兹那依姆过夜。”

“我把我所需要的一切驮在两匹马上，”聂斯维次基说，“他们替我弄了极好的驮包。至少可以逃过保希米亚山。很糟糕。老兄，但，你怎么样？大概是不好过，你那样的打颤，”看到安德来公爵好像触到了蓄电池那样地打颤，聂斯维次基这么问他。

“没有什么。”安德来公爵回答。

他这时候是想起了刚才和医生的妻子和运输军官的相遇。

“总司令在这里做什么？”他问。

“我一点也不明白。”聂斯维次基说。

“我只明白一点，一切是可恶，可恶，可恶。”安德来公爵说过，便到总司令所住的屋子去了。

走过库图索夫的马车，走过侍从们的和大声互相谈话的哥萨克兵士们的疲倦的坐骑，安德来公爵进了门廊。如他们向安德来公爵所说的，库图索夫自己和巴格拉齐翁和威以罗特在这个农舍里。威以罗特是代替那打死的施密特的奥国将军。在门廊里，矮小的考斯洛夫斯基蹲在一个书记的前面。书记卷了制服的硬袖，在翻转的桶上迅速地写字。考斯洛夫斯基脸色憔悴——他显然是夜间也没有睡觉。他看了看安德来公爵，连头也没有向他点一点。

“第二行……写了吗？”他继续向书记口授着说，“基也夫的掷弹兵，波道尔斯克的……”

“不要急，大人。”书记望着考斯洛夫斯基，不恭地、愤怒地说。

这时，可以听到门那边库图索夫的兴奋的不满的声音，被别的不相识的声音打断着。由于这些话声，由于考斯洛夫斯基看他时不注意，由于疲劳的书记的不恭，由于书记和考斯洛夫斯基蹲在桶旁的地上，离总司令那么近，以及由于牵马的哥萨克兵们在屋外窗下大声地笑——由于这一切，安德来公爵觉得，一定发生了什么严重的不幸的事情。

安德来公爵迫切地向考斯洛夫斯基发出一些问题。

“等一下，公爵，”考斯洛夫斯基说，“给巴格拉齐翁的作战命令。”

“投降呢？”

“没有这回事，下了作战的命令了。”

安德来公爵向传出话声的门前走去。但是正在他想要开门的时候，房里的话声沉默了，门打开了，胖脸钩鼻子的库图索夫在门口出现了。

安德来公爵正站在库图索夫的对面，但是从总司令一只好眼的表情，可以看到，思索与焦虑那么有力地吸引了他的注意力，以致他的视线好像是被遮住了。他对直地望着他的副官的脸，却没有认出他。

“好，完了吗？”他向考斯洛夫斯基说。

“马上就完了，大人。”

巴格拉齐翁是一个矮小的、消瘦的中年人，有一副东方式的、坚决的、没有表情的面孔，他跟在总司令后边走出来。

“我有荣幸来谒见。”安德来公爵声音够高地重复说，递给他一封信。

“啊，从维也纳来的吗？好。等一下，等一下！”

库图索夫和巴格拉齐翁走到台阶上。

“好，公爵，再见，”他向巴格拉齐翁说，“基督保佑你！祝你立大功。”

库图索夫的脸忽然动情了，泪水在他的眼睛里出现了。他用左手将巴格拉齐翁拉到面前，用戴戒指的右手，用显然习惯的姿势，替他画十字，并且把胖腮伸给他，但巴格拉齐翁却吻了他的颈子。

“基督保佑你！”库图索夫重复说，然后走到车前，“你和我坐一起。”他向保尔康斯基说。

“大人阁下，我想在这里会有点用处。让我留在巴格拉齐翁公爵的支队里吧。”

“坐上来，”库图索夫说，注意到保尔康斯基迟迟不上车，又说，“我自己需要，自己需要好军官。”

他们坐上马车，沉默地走了几分钟。

“我们还有很多，很多的事情，”他带着老年人的富有远见的表情说，好像是明白了保尔康斯基心里的一切，“假使明天他的支队能够回来十分之一，我就要感谢上帝了。”库图索夫说，好像是在自言自语。

安德来公爵望了望库图索夫，他的眼睛不觉地看到半阿尔申[1]之外库图索夫的鬓前洗净的疤痕，在依斯马伊尔战役中一粒子弹从这里穿破了他的头，他看到他的空眼窝。“是的，他有权利那么镇静地说到这些人的毁灭！”保尔康斯基想。

“就是因此我请求派我到那个支队里去。”他说。

库图索夫没有回答。他似乎已经忘记了他所说的话，坐着沉思。过了五分钟，在马车的柔软弹簧上平稳地颠宕着，库图索夫向安德来公爵说话了。他的脸上没有了兴奋的痕迹。他带着轻淡的讽刺：向安德来公爵问到他和皇帝会面的详情，他在朝廷里听到的对于克累姆斯战役的批评，以及几个共同认识的妇女。

14

库图索夫在十一月一日接到侦察员的牒报说，他所指挥的军队几乎是陷于进退维谷的境地。侦察员报告，力量强大的法军，过了维也纳桥，正向着库图索夫和俄国开来的军队之间的交通线在推进。假使库图索夫决定留在克累姆斯，则拿破仑的十五万军队将切断他和各方面的交通线，包围他的四万疲乏的军队，而他将处于马克在乌尔姆的境地。假使库图索夫决定放弃那条连接俄国开来的军队的交通线，则他必须不走大道，退入保希米亚山中陌生的地区，防御着优势的敌军，而放弃与部克斯海夫顿会合的一切希望。假使库图索夫决定从克累姆斯顺大道到奥尔牟兹去和俄国开来的军队会合，他便要冒过了维也纳桥的法军抢先占领这条道路的危险，并且这么一来，便要带着全部辎重与运输队，在行军中被迫作战，要和力量超过他两倍的、并且是在两面包围他的敌人作战。

库图索夫选择了最后的办法。

---

① 半阿尔申合〇. 三五六米。

据侦察员报告，法军过了维也纳桥，以强行军向库图索夫退路上的、在他前面一百多俚的兹那依姆前进。在法军之前到达兹那依姆——就是大有拯救军队的希望：让法军在他之先到达兹那依姆——就准是使全军受到类似乌尔姆战事的耻辱，或全部覆灭。但带领全军在法军之先到达，是不可能的。法军自维也纳到兹那依姆的道路，比俄军自克累姆斯到兹那依姆的道路，又短又好。

在接到消息的夜间，库图索夫派了巴格拉齐翁的四千前卫军从克累姆斯—兹那依姆大道上，向右走山路开往维也纳—兹那依姆大道。巴格拉齐翁必须不休息地前进，停止时，要面对维也纳背向兹那依姆，并且假使能够在法军之先到达，则他必须尽可能地阻挡他们。库图索夫自己率领全部辎重向兹那依姆前进。

巴格拉齐翁，带领饥饿的，穿破鞋的兵士，在暴风雨的夜间，在没有道路的山间走了四十五俚，丢下了三分之一的兵在路上，正在从维也纳开往号拉不儒恩的法军之前数小时，到达了维也纳—兹那依姆道略上的号拉不儒恩。库图索夫率领着他的运输队，还要走整整的几昼夜，才能到达兹那依姆，因此，为了拯救军队，巴格拉齐翁必须以四千饥饿疲乏的兵士，把在号拉不儒恩相遇的全部敌军阻挡几个昼夜，这显然是不可能的。但奇怪的幸运使不可能的事成为可能。法军不战而夺得维也纳桥，这个欺骗的成功，引起了牟拉试图同样地欺骗库图索夫。牟拉在兹那依姆道路上遇到了巴格拉齐翁的薄弱的支队，以为这就是库图索夫的全军。为了确实地击溃这个军队，他等待后边维也纳道路上的部队，并且他抱着这个目的，提议停战三日，而停战的条件是双方军队既不变更他们的阵地，也不离开他们的地方。牟拉保证说，和平谈判已在进行，为了避免无谓的流血，他提议停战。在前哨线上的奥国将军诺西提兹伯爵相信了牟拉的军使的话，并且退却了，暴露了巴格拉齐翁的支队。另一个军使来到俄军前哨线，说明了同样的和平谈判的消息，并且向俄军提议停战三日。巴格拉齐翁回答说，他不能接受或拒绝停战，并且派副官带了提议停战的报告去见库图索夫。

对于库图索夫，停战是赢得时间，给巴格拉齐翁的疲乏的支队休息，让运输队和辎重（它们的行动是瞒着法军的）向兹那依姆哪怕是前进一站的唯一方法。停战的提议，使拯救军队有了唯一的意外的可能性。库图索夫接到了这个消息，立刻派身边的侍从武官长文村盖罗德到敌方军营里去。文村盖罗德不但要接受停战，并且要提出投降的条件，而同时库图索夫派了副官们回去催促全军的运输队在克累姆斯—兹那依姆道路上的行动尽量加快。巴格拉齐翁的疲乏饥饿的支队，单独地掩护运输队和全军的运动，必须不动地停在力量八倍于它的敌军面前。

库图索夫的预料都应验了：投降的提议并没有任何约束，却能让他的一部分运输队有时间走过去，而牟拉的错误一定会很快地被发觉。保拿巴特，在号拉不儒恩二十五俚以外的射恩不儒恩，一接到牟拉的报告以及停战与投降的计划，就识破了计策，写了下面的这封信给牟拉：

致牟拉亲王。射恩不儒恩，一八〇五年，雾月二十五日，上午八时。

我不能找出话来，向你表示我的不满。你只指挥我的前卫队，你没有权利不得到我的命令就停战。你使我损失了战争的成果。你要立刻撕毁停战协定，进攻敌人。你要向他们宣布，签署这个投降书的将军没有权柄做这件事，只有俄国皇帝有这个权利。

可是，假若俄国皇帝批准了上述条约，我就批准，但这只是一种策略。进攻！毁灭俄军……你能够夺取他们的辎重和大炮。

俄国皇帝的侍从武官是一个骗子……军官们没有权，便一钱不值，这个人也没有……奥国人在过维也纳桥的事上受骗，你却让你自己受了皇帝的侍从武官的骗。

拿破仑。

拿破仑的副官带了这封威吓的信，策动马匹尽全力地向牟拉驰奔而去。拿破仑不相信他的将军们，恐怕放走了落网的牺牲品，亲自率领了全部的卫队向战场前进。而巴格拉齐翁的四千支队，愉快地架起营火，烘干了衣服，烤火取暖，煮了三日来的第一顿粥，支队中没有一个人知道或者想到他们当前的事情。

15

安德来公爵向库图索夫坚持了自己的要求，在下午四点钟以前，来到格儒恩特，见了巴格拉齐翁。拿破仑的副官还没有来到牟拉的支队里，会战还没有开始。在巴格拉齐翁的支队里他们不知道战事的大势，他们谈到和平，却不相信和平的可能。他们谈到会战，也不相信会战的迫近。

巴格拉齐翁知道保尔康斯基是得宠的亲信的副官，特别优厚地客气地接待他，向他说，大概今天明天要有会战，并且给了他充分的自由，在会战的时候他可以在他身边，或者是在后卫队里监察退却的秩序，“这也是很重要的”。

“然而今天，大概不会有战事的。”巴格拉齐翁说，好像是在安慰安德来公爵。

“假使他是一个寻常的参谋官、为了十字勋章而派来的公子哥儿，那么，他在后卫队里也可以获得奖赏，但是假使他想和我在一起，就让他这样……假使他是勇敢的军官，那是有用的。”巴格拉齐翁想。安德来公爵没有回答，要求准许他巡视阵地，明白军队的部置，以便一旦接到任务时，他知道到哪里去。支队的值班军官是一个漂亮的男子，穿得很华丽，在食指上戴了一个钻石戒指，他喜欢讲法语，但讲得很糟，他自愿引导安德来公爵。

在各方面可以看到被雨打湿的、面带愁容的、好像在找寻什么的军官们，和从村庄里拖出门板、木凳、及栅栏的兵士们。

“公爵，我们不能够阻止这些人的，”参谋官指着那些人说，“官长们放纵他们。看看那边，”他指了指随军商人的帐篷，“他们聚集在这里，坐在这里。今天早晨我把他们都赶出去了，您看，又坐满了。公爵，我一定要去吓吓他们。一会儿工夫。”

“我们一同去吧，我想吃点干酪和面包。”安德来公爵说，他还不曾有工夫吃饭。

“您为什么不早说呢，公爵？要是说了，我就请您吃东西了。”

他们下了马，走进随军商人的帐篷。几个军官，带着发红的疲乏的脸，坐在桌上吃喝。

“哦，这是什么回事，诸位！”参谋官用那种谴责的语气说，好像已经把同样的话说过了几次，“你们要知道，这样地离开职守是不行的。公爵下过命令，不许再有人这样。哦，是您，上尉。”他向一个矮小、肮脏、消瘦的炮兵军官说，这个军官没有穿靴子，（他把靴子交给了随军商人去烘，）只穿着袜子，站在进来的人面前，很不自然地微笑着。

“嗬，屠升上尉，您怎么不害臊？”参谋官继续说，“我觉得，您身为炮兵军官，应当树立榜样，但是您没有穿靴子。他们要放警报了，可是您没有穿靴子，倒觉得很舒服。”参谋官微笑了一下。“请你们回到自己的地方去吧，诸位，你们全体，全体。”他命令地补充说。

安德来公爵看了屠升上尉一眼，不禁微笑了一下。屠升沉默地微笑着，轮流地移动着未穿靴子的脚，疑问地用聪明的、善良的大眼睛时而看看安德来公爵，时而看看参谋官。

“兵士们说，不穿靴子更舒服。”屠升上尉微笑着羞怯地说，显然是希望采用说笑话的语气使他摆脱他的难堪的境地。.

但他还没有把话说完，便觉得，他的笑话不受欢迎，而且并不可笑。他发慌了。

“请你们走开吧。”参谋官极力维持着尊严说。

安德来公爵又看了看炮兵军官的矮小身躯。他的身体上有点特别的，全然不是军人气派的，有些滑稽然而极其引人注意的地方。

参谋官和安德来公爵上了马，再向前走。

他们过了村庄，不断地追上并遇见步行的各部队的兵士们和军官们，看见了左边的红色的、用刚掘的、新鲜的泥土正在建筑的工事。几营兵士，不顾寒风，只穿了单衫，好像是一群白蚂蚁，在工事上走动，一锹一锹的红色泥土被看不见的人从土垒下不断地抛出。他们骑马走到工事那里，视察了工事，又向前走。在这道战壕的那边，他们遇到几十个不断地被接替的、跑开战壕的兵士。他们不得不捏住鼻子，刺马疾驰，以便离开这些厕坑的臭气。

“Voilà l’agrément des camps, monsieur le prince.〔这就是野营的乐趣，公爵先生。〕”值班的参谋官说。

他们上了对面的山。在这个山上已经可以看见法军。安德来公爵停下来，开始观察阵地。

“我们的炮兵连是在那里，”参谋官指示着最高点说，“就是那个不穿靴子的怪人指挥的，在那里可以看得见一切，我们去吧，公爵。”

“我十分感谢，现在我一个人去了。”安德来公爵说，希望离开这个参谋官，“请您不要再麻烦了。”

参谋官留下来了，安德来公爵独自乘马前去。

他向前走得愈远，愈接近敌军，军队是愈有秩序，愈快乐。最没有秩序和最不振作的地方是安德来公爵早晨所越过的，在兹那依姆附近的和法军相隔十俚的那个运输队。在格儒恩特也曾感觉到几分惊慌和恐怖。但是安德来公爵离法军的前哨愈近，我军的神情显得愈有自信。穿大衣的兵士们排成行列，曹长和连长在点人数，用手指推着每班最末一个兵士的胸前，叫他举手：散在全部地面上的兵士们，拖了木头和枯枝在搭盖棚子，快乐地微笑着交谈着：穿衣的和光身的兵士，坐在营火旁边，在烘衬衫和裹腿，或是聚集在粥锅和伙夫旁边，刷靴子和大衣。有一个连已经做好了饭，兵士们带着贫馋的面孔看着冒烟的锅，等待着军需中士用木碗送样品给那个坐在自己棚子前的一个木块上的军官去尝试。

在另一个较为幸运的连里，（因为不是每个连都有伏特加酒）兵士们拥挤着站在一个麻面宽肩的曹长旁边，曹长斜举着一只酒桶，把酒注进轮流伸来的水筒盖里。兵士们带着虔敬的面孔把盖子举到口边，喝下了酒，然后舐着嘴唇，用大衣袖子拭着嘴，带着快活的面孔离开了曹长。所有的面孔都是那么镇静，似乎这一切不是发生在敌人的前面，在那一定要在战场丢下至少半个支队的交战之前，却似乎是在本国的什么地方等待安静的宿营一样。安德来公爵经过了轻骑兵团，到了基也夫掷弹兵队里，英勇的兵士们在做着同样的和平的事情，距离那高大的、和其他棚子不同的、团长的棚子不远，他来到一排掷弹兵那里，在他们面前躺着一个光身的人。两个兵抓住他，两个兵用柔软的树枝抽他，一下一下地打在他的光背上。被处罚的人不自然地喊叫着。肥胖的少校，在这排兵的前面来回走着，没有停步，也没有注意叫声，说道：

“偷窃是兵士的耻辱，兵士们应当诚实、高尚、勇敢，假使要偷自己的弟兄，他便没有名誉，是下流。再打！再打！”

于是，又听到了啪啪的抽打，和拼命的做作的喊叫。

“再打，再打！”少校重复说。

一个青年军官，面上带着迷惑与痛苦的表情，离开被打的人，疑问地望着骑马而来的副官。

安德来公爵来到最前线，在前线上骑马走过。我军与敌军的哨兵线在左右翼相隔很远，但在中央，在早晨军使们来往之处，哨兵线相隔得那样近，彼此可以互相看见面孔、互相谈话。除了在这个地方担任前哨的兵士们以外，两边都有许多好奇的兵，他们取笑着，观看着奇怪的彼此觉得生疏的敌人。

从一清早起，虽然有命令禁止兵士到前哨去，官长们却不能赶回那些好奇的兵士。在前哨上的兵士们，好像是一些观看什么稀奇事物的人，现在不看法国人了，却注视着那些来到的人，并且，百无聊赖地等候换班。安德来公爵停下来观察法军。

“看啊，看啊。”一个兵士指着一个俄国毛瑟枪兵向他的同伴说。这枪兵是和一个军官来到前哨的，正和一个法国掷弹兵在迅速地热烈地谈话。“你看，他唧咕得多么好！法国人也赶不上他。你看，谢道罗夫！”

“等一下，听着。啊，好哇！”谢道罗夫回答，他被认为是说法语的能手。

他们笑着所指的兵是道洛号夫。安德来公爵认出了他，于是停下来听他说话。道洛号夫是和他的连长从他们的团所驻扎的左翼来到前哨的。

“好，再说，再说！”连长怂恿着，把身子向前弯着，力求不要漏掉任何一个他所听不懂的字。“请你再说。他说的什么？”

道洛号夫没有回答连长，他和法国掷弹兵发生了热烈的争论。他们当然是谈到战争了。法国人把奥国人和俄国人弄混了，他证明俄国人打败了，并且从乌尔姆逃走了：道洛号夫证明俄国人没有打败，并且打败了法国人。

“我们奉命要把你们赶出这里，我们就要赶的。”道洛号夫说。

“可是你们要当心，你们不要连你们的哥萨克兵都被俘虏了。”法国掷弹兵说。

旁观的和旁听的法国人都笑了。

“我们要教你们跳舞（on vous fera danser），好像你们在苏佛罗夫的时候跳的那样。”道洛号夫说。

“Qu’est-ce qu’il chante?〔他在唱什么？〕”一个法国人问。

“De l’histoire ancienne,〔古代史，〕”另一个说，他猜测那谈话是关于从前的战事，“L’Empereur va lui faire voir à votre Souvara, comme aux autres〔皇帝要指教你们的苏发拉，像他指教别的人一样〕……”

“保拿巴特……”道洛号夫正要开始说，但法国人打断了他。

“不是保拿巴特，是皇帝！Sacré nom〔神圣名字〕……”他愤怒地大叫。

“鬼要剥你的皇帝的皮！”

并且道洛号夫用俄语粗野地发出兵士的咒骂，便扛了枪走开了。

“我们走吧，依凡·卢基支。”他向连长说。

“就是那样说法国话，”前哨上的兵士们说，“你来一下，谢道罗夫。”

谢道罗夫眏了眏眼，向着法国人，开始越来越快地说些不可解的字。

“卡锐——马拉——塔法——萨非——牟代——卡斯卡。”他一面胡说，一面极力要对他的声音赋予一种有声有色的腔调。

“啊，呵呵！哈，哈，哈，哈！呼！呼！”兵士们当中发出了那么健康的快活的大笑声，它不觉地传染了哨线那边的法国人，好像是，在大笑之后，应该卸掉枪弹，炸掉军火，大家赶快散开，各自回家了。

但枪还是上了子弹，防舍内和战壕内的炮口还是威胁地对着前面，卸了炮车的大炮，还是如旧地互相面对着。

16

从右翼到左翼走过了军队的全部阵线之后，安德来公爵上山到了炮兵连那里，据参谋官说，从这里可以看见全部的战场。他在这里下了马，站在四尊卸了炮车的大炮当中顶边上一尊的旁边。一个炮兵步哨在炮的前边走动着，他正要向军官立正，但由于向他所做的暗示，又恢复了他的均匀的单调的步子。在炮的后边是炮车，再后一点，是绳索和炮兵们的营火。左边离顶边上的炮不远，是一个新搭的棚子，棚子里面传出来了军官的热闹的谈话声。

确实，在炮兵连的前面展开了几乎全部俄军的和大部分敌军的配置。正对着炮兵连，在对面山坡的地平线上可以看见射恩格拉本村庄，在左边和右边，在三个地方，可以分别出营火烟气中的法国军队，显然，大部分的法军是在村庄里和山那边。在村庄左边，在烟气中，有点东西好像是炮兵队，但是肉眼不能够看得清楚。我们的右翼扎在很陡的高地上，这高地控制着法军阵地。我们的步兵扎在附近，并且在顶边上，可以看到龙骑兵。在中央，在屠升的炮兵连所在的地方，在安德来公爵视察阵地的地方，是到达我们和射恩格拉本之间的那条河的最平缓最直接的起伏山坡。左边我们的军队靠近树林，那里有我们的伐木的步兵的营火在冒烟。法军的阵线比我们的宽，显然是，法军能够很容易地从两边包围我们。在我们阵地的后边是很深很陡的山谷，骑兵和炮兵是很难由这里退却的。安德来公爵把胳膊搭在炮身上，取出记事簿，为自己绘了一个军队配置图。他用铅笔写了两点意见，打算向巴格拉齐翁提出。第一，他想要把全部炮兵集中在中央。第二，把骑兵撤退到山谷的后边。安德来经常在总司令身边，注意大军的运动，和一般的调遣，并且经常研究战役的历史记载，对于当前的这个战事，他不觉地在大体上考虑着未来的战况的发展。他只想到下面这种巨大的可能性："假使敌人攻击右翼，"他对自己说，"基也夫掷弹兵和波道尔斯克轻骑兵一定要守住阵地，直到中央的预备队达到他们那里。在这个时候，龙骑兵可以从侧面袭击，打退他们。假如敌人攻击中央，我们就把中央的炮兵连扎在这个高地上，并且在它的掩护下，我们撤退左翼，成梯队退至山谷。"他独自判断着……

在他留在炮兵连的大炮旁边的整个时间里，他一直听着棚子里说话的军官们的声音，但是正好像那种常有的事情一样，他们所说的话他一句也没有听懂。可是，忽然棚子里的话声的那样诚恳的语调引起了他的注意，他不觉地倾听起来了。

"不，亲爱的！"一个愉快的并且似乎是安德来公爵所熟识的声音说，"我要说的是：假使我们能够知道，死后是什么样的，那么，我们当中就没有人怕死了。就是这样的，亲爱的。"

另一个更年轻的声音打断他：

“但是，怕不怕，都是一样——你逃不了。”

“你还是怕！哎，你们是聪明人，”第三个豪爽的声音说，打断了双方的话，“你们，炮兵，是很聪明的，因为你们能够带着一切，有喝的，有吃的。”

说话豪爽的人笑了，他显然是步兵军官。

“你还是怕，”第一个熟识的声音说，“人怕不可知的事，本来就是这样的。虽然是说灵魂要上天堂……但是我们知道，天堂是没有的，只有空气。”

豪爽的话声又打断了炮兵军官的话。

“好，请我吃点您的药草酒吧，屠升。”他说。

“啊，他就是在随军商店里没有穿靴子的那个上尉。”安德来公爵想，欣然地辨别出来了那个愉快的发哲学议论的声音。

“吃药草酒是可以的，”屠升说，“但还是要想到来生……”他没有说完。

这时候，空中响起一阵嗞嗞声，它越来越近，越快越清晰，越清晰越快，于是，一颗炮弹，好像没有说完它所要说的一切，便訇然落在棚子附近的土中，用超人的力量，炸翻了土地。土地好像是因为可怕的轰击而呻吟。

在同一顷刻，矮小的屠升歪衔着短烟斗，从棚子里最先冲出来，他的善良聪明的脸有些发白。在他的后边走出了那个说话豪爽的人，一个勇猛的步兵军官，他边跑边扣着衣服，向自己的连里跑去。

17

安德来公爵骑在马上，留在炮兵连那里，望着飞出炮弹的那门大炮的烟。他的眼睛扫过广大的地区。他只看见，先前不动的法国军队在移动，而左边果真是炮兵。在那里烟还未散。两个骑马的法国人，大概是副官，向山上奔驰。有两个清晰可见的敌军的小纵队向山下移动，大概是为了增援前线。第一炮的烟还未消散，又出现了烟，打出第二发了。会战开始了。安德来公爵掉转了坐骑，驰回格儒恩特去寻找巴格拉齐翁公爵。他听到背后的炮击是越来越密、越来越响了。显然，我军开始回击了。下边，在军使们走过的地方，发出了步枪的射击声。

勒马华带了保拿巴特的严厉的信刚刚来到牟拉这里，羞惭的牟拉，想要补救自己的过失，立刻调动他的军队攻击中央并包围俄军的两翼，希望在黄昏之前，在皇帝来到之前击破他前面的不足重视的支队。

“它开始了！它来了！”安德来公爵想，觉得血液向他心里涌的更快了。“但是我的图隆在什么地方？要怎样表现它呢？”他想。

他走过在一刻钟前吃粥喝酒的各连之间，看见处处是同样的排队拿枪的兵士们的迅速运动，并且在所有的面孔上，他看到他心中所有的那种兴奋情绪。“它开始了！它来了！又可怕又可喜！”每个兵士和军官的脸上似乎这么说。

还未到达在建筑中的工事，他在暗淡秋日的暮色中看见了许多骑马的人向他走来。最前面的，穿着斗篷，戴着羊皮尖帽，骑在白马上。这人是巴格拉齐翁公爵。安德来公爵停下来等候他。巴格拉齐翁公爵停住了自己的马，认出了安德来公爵，向他点了点头。安德来公爵向他报告着所见的情形时，他仍然向前面望着。

这个表情：“它开始了！它来了！”也甚至流露在巴格拉齐翁的坚强的、棕色的脸上，脸上有一双半闭着的、无光彩的、好像是有睡意的眼睛。安德来公爵不安地好奇地望着这个没有表情的脸，他想要知道：这时候这个人有思想有感觉吗？他在思考什么呢？他感觉到什么呢？“在这副没有表情的面孔后边，是不是有点什么呢？”安德来公爵一面望着他，一面问自己。巴格拉齐翁公爵点了点头，表示同意安德来公爵的话，并且带着那样的表情说了“很好”，好像所发生的一切以及向他报告的一切，正是他已经预料到的。安德来公爵因为驰奔太快而喘气，把话说得很快。巴格拉齐翁公爵用他的东方发音特别缓慢说话，好像是在暗示，用不着发急。但是他刺动了他的坐骑，向屠升的炮兵连缓驰而去。安德来公爵和随从们一同跟他驰去。走在巴格拉齐翁后边的是：一个随从军官，公爵的私人副官热尔老夫，一个传令兵，骑着美丽的短尾马的值班参谋官，和一个文官——审计官，他是由于好奇心而请求来观战的。审计官是一个圆脸的胖子，他带着单纯的快乐的笑容环顾着四周，在马上摇荡着。他穿着绒大衣，骑在辎重队的马鞍上，在骠骑兵、哥萨克兵和副官之间显出了很奇怪的样子。

"他想看看会战，"热尔考夫指着审计官向保尔康斯基说，"但是他的心窝里已经痛起来了。"

"好，您不用说了。"审计官带着鲜明的、单纯的，同时又是狡猾的笑容说，好像他觉得他成为热尔考夫嘲笑的对象，是很荣幸，好像他有意要极力显得比实际上更愚蠢。

"Très drôle, mon monsieur prince！〔很新奇，我的公爵先生！〕"值班参谋官说。（他记得在法文里"公爵"这称号有个特别说法，但是他不能够说得正确。）

这时候，他们正要到达屠升炮兵连那里，一个炮弹打在他们的前面。

"落下的是什么？"审计官天真地微笑着说。

"法国薄饼。"热尔考夫说。

"他们就是用这个射击你们吗？"审计官问，"多么可怕哦！"

他似乎是高兴得心花怒放了。他刚刚说完他的话，便又传来了一个意外的可怕的嗞嗞声，这声音忽然停止，钻进了什么柔软的东西上，于是扑通响了一声——在审计官左边后方不远的一个哥萨克兵和他的马一同倒在地上了。热尔考夫和值班参谋官把身体伏在马鞍上，把马掉转了头。审计官停在哥萨克兵的对面，注意地好奇地望着他。哥萨克兵死了，他的马还在挣扎。

巴格拉齐翁公爵眯着眼，回头看了一下，看到了混乱的原因，漠不关心地掉转了头，好像是说：哪有工夫管闲事！他停了马，带着良好骑手的姿态，微微弯了弯腰，解开绊在斗篷上的指挥刀。指挥刀是旧式的，不像现在所佩用的那样。安德来公爵想起这个故事，就是苏佛罗夫在意大利把自己的指挥刀赠给了巴格拉齐翁，这时候他觉得这个回忆是特别愉快的。他们骑马到了保尔康斯基观察战场时所去过的炮兵连那里。

“谁的炮兵连？”巴格拉齐翁问站在弹药箱边的炮手。

他问：谁的炮兵连，但实际上他是问：你们在这里不害怕吗？炮手懂得这个。

“屠升上尉的，大人！”红发的、脸上有雀斑的炮手挺直着身子，用愉快的声音大叫着。

“好的，好的，”巴格拉齐翁说，思索着什么，骑马经过炮车，走到尽头的那尊炮前。

当他到达的时候，这尊炮打出了炮弹，震动着他和随从们的耳朵，并且在立刻笼罩着大炮的烟气里，可以看见炮兵们扶着炮，匆忙地用着劲，把炮推到原先的地方。一个宽肩的魁梧的第一号炮手，拿着炮刷，跳到轮旁，撑开了双腿。第二号用发抖的手把炮弹放进炮口。一个矮小的驼背的人，军官屠升，没有注意到将军，用他的小手遮在眼睛上边监视着，向前跑去，在炮架尾上绊了一下。

“再高两格，就合式了。”他用尖细的声音喊叫着，他极力想在声音里加上和他身躯不相称的威武。“第二号！”他尖声地喊，“射击，灭德维皆夫。”

巴格拉齐翁喊叫了军官，于是屠升跑到将军面前，畏怯又笨拙地放了三只手指在帽檐上，完全不像军人行礼，却像是神甫祝福。虽然屠升的炮是被指定了射击山谷的，他却把燃烧弹打在前面看得见的射恩格拉本村上，在村庄前面有大量的法军在移动。

没有人命令屠升向何处射击，用什么射击，他和他所很尊敬的曹长萨哈尔晴考商量之后，决定了最好是烧掉那个村庄。巴格拉齐翁对军官的报告说了一声“好！”于是开始察看展开在他面前的全部战场，好像在思索什么。在右边，前进的法军相隔最近。在基也夫团驻扎的高地的下边，在小河流过的山峡里，发出了惊心动魄的、砰砰的步枪声，更右边一点，在龙骑兵的那边，随从官向公爵指示着一个在包围我军侧翼的法军纵队。左边的地平线被附近的森林遮断了。巴格拉齐翁公爵下令从中央调两个营去增援右翼。随从官大胆地提醒公爵说，调走了这两个营，大炮便没有掩护了。巴格拉齐翁转向随从官，用呆板无光的眼睛沉默地望了望他。安德来觉得随从官的意见是正确的，并且确实没有什么话可说。但是这时候，在山峡里的团长派他的副官骑马驰来，送来了消息，说大量的法军下山了，说他那团兵没有了秩序，要退到基也夫掷弹兵那里去了。巴格拉齐翁点了点头表示同意和赞许。他骑马慢步地向右边走去，派了副官到龙骑兵那里去传达攻击法军的命令。但派去的副官，半小时后，带了消息回来，说龙骑兵团长已退到山谷那边去了，因为有强大的炮火向他攻击，他白白地损失了部队，所以把射击兵们赶快开到森林里去了。

“好！”巴格拉齐翁说。

当他离开炮兵连时，在左边森林里也发出了射击声，并且因为左翼太远，不能亲自及时赶到，巴格拉齐翁公爵便派热尔考夫到那里去告诉老将军，就是那个在不劳诺把他的团给库图索夫检阅的人，要他尽可能地赶快退到山谷的那边，因为左翼也许不能够长久地阻住敌人。关于屠升和掩护他的那个营都被忘却了。安德来公爵细心地听巴格拉齐翁公爵同官长们说的话以及他所发的命令，并且诧异地发觉他并未发出任何命令，而巴格拉齐翁公爵只是极力想要显出，由于必然、偶然以及个别官长们的意志所发生的一切，即使不是由于他的命令，却是合乎他的意思的。由于巴拉格齐翁公爵所表现的机敏，安德来公爵注意到，虽然事件的发生是出于偶然，而与指挥官的意志无关，但他的在场却发生了极大作用。指挥官们带着不安的脸色骑马来到了巴格拉齐翁公爵面前，就镇静了，兵士和军官们愉快地向他敬礼，在他面前变得更活跃，并且显然，在他面前夸耀着他们自己的勇敢。

18

巴格拉齐翁公爵骑马到了我军右翼最高点之后，开始下山了，山下有砰砰的射击声，而且由于火药的烟，什么都看不见。他们愈向山峡下边走去，他们看见的东西愈少，却愈觉得接近真正的战场。他们开始遇见伤员了。有一个头上流血的、没有帽子的兵，由两个兵扶着胳膊拖着走。他的喉咙呼呼响着，他吐着血。显然是子弹打进了他嘴里或喉咙里。他们所遇见的另一个兵，没有枪，独自勇武地走着，大声地呻吟着，因为新伤而挥着手，血从他的手上，好像从瓶子里一样，流在他的大衣上。他的脸色显得是恐惧多于疼痛。他是刚才受伤的。过了路，他们开始顺陡坡往下走，在山坡上他们看见几个人躺在地上，他们遇见一群兵士，其中有些是不曾受伤的。兵士们深深地喘着气上山去了，并且不顾将军在场，大声地谈着，把手臂挥动着。在前面的烟里，已经看见了成行的灰色大衣，有一个军官看见了巴格拉齐翁，便喊叫着，跟在成群地后退的兵士们的后边跑着，要他们回转。巴格拉齐翁骑马到了行伍前，在行伍中时而那里时而这里发出迅速的枪声，掩盖了谈话与命令声。全部的空气里弥漫着火药的烟。士兵们的脸都染了火药烟，并且兴奋。有的在捅枪杆，有的在药池里加火药，从袋子里取出火药，还有的在射击。但他们是向谁在射击，由于没有被风吹去的火药烟而无法看清。愉快的吱吱声和嗞嗞声响得很密。“这是什么？”安德来公爵想，骑马到了这群兵士面前，“这不会是前线的，因为他们挤在一起！这不会是攻击的，因为他们不在动。这不会是一个方阵，因为他们不是那样排列着的。”

团长是一个样子瘦弱的老人，带着愉快的笑容，他的眼睑遮了他的老眼一大半，却增加了他的温和的气色，他骑马走到巴格拉齐翁公爵面前，并且好像主人欢迎贵宾般地接待他。他报告巴格拉齐翁公爵说，他的一个团受到法国骑兵的攻击，虽然这个攻击被打退了，但他的团却损失了过半的人。团长说这个攻击被打退，以为这个军事名词是指他的部队里所发生的事件而言的，但是他自己确实不知道，在这半小时内，在他所指挥的部队里发生了什么，并且不能够确实地说出是攻击被打退了，还是他的一团兵被攻击打溃散了。他只知道，在战斗开始时，炮弹与霰弹开始飞入他的全团之内，并且打死了人，后来有人喊叫“骑兵”，于是我军开始射击。直到此时他们还在射击，但已不是对于看不见了的骑兵，而是对于出现在山下的并且在射击我军的法国步兵。巴格拉齐翁公爵点了点头，表示这一切完全是他所希望和预料的。他转向副官，命令他去把他们刚才从旁经过的第六轻骑兵团的两个营从山上领下来。此刻巴格拉齐翁公爵脸上所发生的变化使安德来公爵吃惊了。他的脸上表现着一个在热天跑了最后的步子而准备跳水的人所有的那种专注的幸福的决心。没有了那睡意沉沉的呆板无光的眼睛，也没有了那做作的深思的神色：圆圆的刚毅的鹰眼，欣喜地并且有点儿轻蔑地看着前面，显然是并没有看在什么东西上，虽然，在他的动作里还有先前的迟缓和节制。

团长劝巴格拉齐翁公爵，要他回去，因为这里太危险了。“赏光，大人，看上帝情面吧！”他为了求得赞助而看着随从官说，随从官却走开了。“哦，请看吧！”他要他注意他们四周不停地嗞嗞的、呼啸的、吱吱的弹雨。他用那种请求而又谴责的语气说，好像一个木匠向拿起斧头的绅士说：“这是我们弄惯了的事情，您却会弄得手上生泡的。”他那样地说，好像子弹不会打死他自己，他的半闭的眼睛在他的言语上加了更多的令人信服的表情。参谋官附和了团长的劝说，但是巴格拉齐翁公爵没有回答他们，只下了命令停止射击、重新排队，以便让出地方给开来的两个营。在他说话的时候，遮蔽了山峡的烟云，好像是被一只不可见的手推动着一样，被刮起的风从右边吹到左边，于是对面的山和在山上移动的法军都在他们前面显露出来了。所有的眼睛都不觉地注视着这个向他们走来的、在斜坡上蜿蜒行动的法军纵队。已经可以看见兵士的毛茸茸的帽子：已经可以分辨军官和兵士：可以看见他们的军旗在杆上招展了。

“走得多好哦。”巴格拉齐翁随从中有人说。

纵队的前锋已经下到山凹里了。战斗就要发生在这边的山坡上……

我方已经参战的这个团的其余的兵士，匆忙地排着队，开到右方去了。从他们后边开来了整齐的第六轻骑兵团的两个营，冲散着一些落后的兵。他们还没有走到巴格拉齐翁身边，但是已经听到全体兵士的沉重的合着拍子的脚步声。走在左翼的最靠近巴格拉齐翁的连长，是一个圆脸的身材匀称的男子，带着呆笨的快乐的面色，他就是在屠升之后从棚子里跑出来的那个人。除了他要英勇地走过指挥官的面前，他显然此刻并不在想什么。

他带着检阅时的那种自满，轻快地踏着他的强壮的腿，好像是在滑行一样，他不费丝毫的气力，挺直着身躯，用这种轻快对照着兵士们的那沉重的、合着他的步伐的脚步。他在腿旁挂着一柄无鞘的窄细的刀（一柄不像武器的小弯刀），有时侧顾指挥官，有时回顾后方，伶俐地转动着他的整个强壮的身躯，没有走乱他的脚步。似乎他全部的精神只注意在用最好的姿势走过指挥官的面前，并且自以为这件事他做得很不错，他得意了。“左……左……左”似乎每隔一步便内心这么说，而一排排为背囊和枪所压累的兵士，带着各种严肃的面孔，合着这个拍子行走着，好像这几百兵士里每一个人每隔一步便内心这么说：“左……左……左……”一个胖少校喘息着，乱了脚步，绕过了路上的一丛灌木：一个落队的兵，喘息着，因为自己的落队而带着惊恐的面孔，跑着追赶他的那个连：一颗炮弹，震动着空气，飞过巴格拉齐翁公爵和随从们的头上，并且合着拍子：“左……左……左……！”落在纵队中。

“靠拢！”连长喊出威武的声音。兵士们成半圆形在落弹的地方从什么东西的旁边绕过去，一个年老的骑兵，侧翼的军曹，在死者的旁边停了一下，便又去追赶着自己的行列，独脚跳了一下，换了脚，合上了步子，并且愤怒地回顾了一下。“左……左……左……”似乎是从可怕的沉默与同时落地的单调的脚步声里发出来的。

“好极了，弟兄们！”巴格拉齐翁公爵说。

“为了……哟——呵——呵——呵……”在行列中发出来。一个走在左边的愁闷的兵，回顾了一下巴格拉齐翁，带着那样的神情喊叫着，好像是说：“我们自己知道。”另一个兵没有回顾，好像恐怕分心，张开嘴，喊叫着走过去了。

下了命令停步并卸下背囊。

巴格拉齐翁绕过从他身旁走过去的行列，下了马。他把马缰交给了哥萨克兵，脱了斗篷交给他，伸了伸腿，戴正了头上的帽子。法军纵队的先锋，由军官率领着，在山下出现了。

“上帝保佑！”巴格拉齐翁用坚决的响亮的声音说，他转身向前线看了片刻，轻轻摇动着双臂，用骑兵的笨拙的脚步，好像是很费力地，在不平的地面上向前走。安德来公爵觉得有什么不可克服的力量领他前进，并且感觉到巨大的幸福。

法军已经逼近了，和巴格拉齐翁并行的安德来公爵已经清楚地辨出了法兵的子弹带，红肩章，甚至他们的面孔。（他清楚地看见一个年老的法国军官，他的向外弯曲的腿穿着软皮靴，他抓着灌木，困难地向山上走。）巴格拉齐翁公爵未下新的命令，却仍旧沉默地走在行伍的前面。忽然在法军当中发出了第一枪，第二枪，第三枪……在全部散乱的敌军行列里冒出了烟，射出了子弹。我们的人有几个倒下了，其中有那个圆脸的，那么快活地小心地行走的军官。但在发出第一声枪声的这一俄顷之间，巴格拉齐翁回顾了一下，喊出：“乌拉！”

“乌拉——啊——啊！”我军战线上发出了冗长的叫声，于是我军超越着巴格拉齐翁公爵并互相超越着，成了散乱的然而快乐兴奋的人群，向山下混乱的法军冲去。[①]

19

第六轻骑兵团的攻击掩护了右翼的撤退。在中央，被遗忘的屠升炮兵连烧掉了射恩格拉本村，这个攻击行动阻止了法军的运动。法军扑灭了被风扇起的火，给了俄军退却的时间。中央的穿过山谷的退却是匆忙而嘈杂的，但军队撤退时，并未混乱队形。但是由阿索夫及波道尔斯克的步兵以及巴夫洛格拉德的骠骑兵所组成的左翼，因为同时受到兰恩指挥下的优势法军的攻击与包围，队形混乱了。巴格拉齐翁派了热尔考夫带了命令去见左翼的将军，要他立刻退却。

热尔考夫还没有从帽子边上把手拿开，便敏捷地刺了马奔驰了。但他刚刚离开巴格拉齐翁，他的勇气就没有了。他产生了不可克服的恐怖，他不能够到危险的地方去。

到了左翼的军队那里，他没有到前面在战斗的地方去，却到将军与军官们不会在的地方去找他们，因此没有传达命令。

左翼的指挥权按资格属于那个在不劳诺受库图索夫检阅的步兵团团长，道洛号夫即在这个团里当兵。极左翼的指挥权属于巴夫洛格拉德骠骑兵团团长，罗斯托夫在这个团里服务，因此发生了误会。两个指挥官互相大发脾气，并且正当右翼早已作战而法军已开始进攻时，这两个指挥官还忙于谈判，谈判的目的只是互相侮辱。骑兵团和步兵团对于目前

---

① 原书注：这里所发生的攻击，即是如提埃尔所说的："Les russes se conduisirent vaillament, et chose rare á la guerre, on vit deux masses d'infanterie marcher resolument l'une contre l'autre sans qu'aucune des deux céda anant d'être abordée.〔俄国人行动英勇，而且这是战争中少有的事，两群步兵坚决地互相迎战，在交锋前各不相让。〕"拿破仑在圣·爱仑拿岛上说："quelques bataillons russes montrèrent de l'intré pidité〔这几营俄兵显出无畏精神。〕'

的战事都毫无准备。各团里的人，自兵士到将军，都没有期待会战，却安闲地忙于平时的事务：骑兵里的人忙于喂马，步兵里的人忙于搜集木料。

“但是他的官衔比我高，”骠骑兵上校，是个德国人，红着脸向一个骑马走来的副官说，“让他想要怎么办就怎么办。我不能够牺牲我的骠骑兵。号手！吹退却号！”

但形势紧急了。炮弹和枪弹混合地在右边和中央响着，法军兰恩的穿外套的射击手们已越过了磨坊的水堤，在这边两个步枪射程的地方排队了。步兵将军用颤抖的步子走到马前，上了马，把身子挺得很直很高，到了巴夫洛格拉德骠骑兵团长那里。团长们带着恭敬的鞠躬和藏在心中的怒火彼此会面了。

“还是这么说，上校，”将军说，“我不能把一半的人留在森林里，我求您，我求您，”他重复说，“占据阵地，准备攻击吧。”

“我请您不要干涉别人的事，”上校发火地回答，“假使您是骠骑兵……”

“我不是骑兵，但我是俄国的将军，假使您不知道这个……”

“全知道，大人，”上校忽然叫起来了，刺动着坐骑，并且脸色赤红，“假使您愿意到前线去，您就会看到这个阵地没有一点用处了。我不愿意损失我的团来使您乐意。”

“您这太过分了，上校。我并不注意我自己的乐意。我不许人说这话。”

将军把上校的提议当作挑战，挺起了胸膛，皱了皱眉，和他一同骑马到前线去了，似乎他们的全部冲突，必须在那里，在前线上的炮火下，才得解决。他们到了前线，几个子弹从他们头上飞过，他们沉默地停住了。前线上没有可看的东西，因为从他们先前站立的地方，可以明白地看出，在灌木和山谷间，骑兵不能作战，并且法军在包围俄军的右翼。将军和上校严厉地富有意义地互相望着，好像两只要斗的公鸡，徒然期待着对方的懦怯的迹象。两人都经过了考验。因为没有话可说，并且双方皆不愿让对方有借口说他先走出火线，假使不是在这时候，在森林里，几乎是在他们后面，发出了步枪声和混杂的叫声，他们或许在这里停留很久，互相考验勇气的。法军在攻击森林里面拾取木料的兵士们，骠骑兵已经不能和步兵一同撤退了。他们被法军在左边切断了退路。现在，虽然地势不利，他们却不得不攻击，为他们自己打出一条道路。

罗斯托夫在服役的那连骠骑兵，刚刚上了马，便遇到了敌军。又像在恩斯桥上一样，在骑兵连和敌人之间没有任何人，在他们之间又横着那条可怕的未知与恐怖的界线，它好像一条隔开生与死的界线，把他们隔开。所有的人都感觉到这条界线，而是否要跨过并且怎样跨过这条界线的问题使他们都坐立不安了。

上校到了前线，愤怒地回答了军官们的问题。他是一个不顾一切地坚持自己的意见的人，他发了一个命令。没有人说出什么确定的话，但是在骑兵连里却传播了关于攻击的流言。排队的命令发出了，然后出鞘的刀声霍然地响了。然而还是没有人动。左翼的军队，步兵和骠骑兵，觉得长官自己不知道怎么办，而长官的犹豫也传染给兵士们了。

“赶快，赶快吧。”罗斯托夫想，觉得体验攻击的乐趣的时间终于来到了，关于这个他从骠骑兵伙伴们那里听了很多。

“上帝保佑你们，兄弟们，”皆尼索夫发出叫声，“慢跑，前进。”

前排里的马臀开始移动了。白嘴鸦扯动了缰绳，自己跑动了。

罗斯托夫从右边看见了自己骠骑兵的最前几排，在前面更远的地方，他看见了一个黑的线条，他看不清楚那是什么，但他以为那是敌人。可以听到射击声，但是很遥远。

“加快！”传来了命令声，于是罗斯托夫感觉到他的白嘴鸦蹲下臀部，纵身奔腾。

他预测着它的动作，于是他越来越高兴了。他注意到前面有一棵树。这棵树起初是在前面，在那条似乎那么可怕的界线当中。但此刻，他越过了这条线，不仅没有任何可怕的东西，而且一切都越来越愉快、越来越活泼了。“啊，我要怎么斩他？”罗斯托夫抓着剑柄想着。

“乌拉——啊——啊！——”许多声音同时吼叫起来了。

“哦，现在无论来的是谁，”罗斯托夫想，策动着白嘴鸦，追越着别人，让它疾奔。前面已经可以看到敌人了。忽然有什么东西好像大鞭子一样鞭打了这一连。罗斯托夫举起军刀，准备向下砍去，但这时候，在前面奔驰的兵士尼基清考离开了他，于是罗斯托夫觉得，好像在梦里一样，他继续以非常快的速度前进，而同时却又留在原处。一个相识的骠骑兵邦大尔丘克从后边向他奔来，愤怒地看了看他。邦大尔丘克的马猛然闪开，他从旁边绕过去了。

“这是怎么一回事？我不在动？我跌下来了，我被打死了……”在刹那之间罗斯托夫问了又回答。他已经单独在原野上了。失去了运动的马匹与骠骑兵的脊背，他只看到四周不动的土地与残株。他的下边有温暖的血。“不，我受伤了，我的马被打死了。”白嘴鸦想用前蹄站立起来，但又跌下来，压住骑者的腿。马头上流血了。马挣扎着，却不能站立起来。罗斯托夫想站起来，却也倒下了：他的佩囊绊在鞍子上。哪里是我军，哪里是法军——他不知道。他四周没有任何人。

他抽出腿，站立起来。“那条分明隔开两军的界线此刻在哪里，在哪一边呢？”他问自己，却不能回答，“我是不是发生了什么不幸的事情呢？这种事情是常有的吗？在发生这种事情的时候应该怎么办呢？”他一面起立着，一面问自己：这时候他觉得有什么多余的东西挂在他的麻木的左臂上。他的手腕好像不是他自己的。他看着手，徒然地寻找着手上的血迹。“呀，有人来了，”他快乐地想，看见了几个人向他跑来，“他们会帮助我的！”在这些人前面跑着的，是一个戴着奇怪的高顶帽，穿蓝色大衣，面色晒黑，有钩鼻子的人。后边有两个人跑着，再后边是很多的人。当中有一个人说了些异国的、非俄语的话。在后边的戴着同样的高顶帽的、同样的人当中，有一个俄国骠骑兵。他们抓住他的手臂，他们在他后边，牵了他的马。

“一定是我们的人被俘虏了……是的。难道他们也要捉我吗？这些人是谁？”罗斯托夫还在想，不相信他自己的眼睛。“莫非他们是法国人吗？”他望着逼近的法国人，虽然在片刻之前，他骑马奔驰只是为了要追上这些法国人，杀死他们，但现在他觉得他们的逼近是那么可怕，他不相信自己的眼睛了。“他们是谁？他们为什么跑？难道是向我这里跑吗？难道他们是向我这里跑的吗？为什么？杀我吗？我，每个人所那么爱的我吗？”他想起了母亲、家人、朋友对他的爱，他似乎觉得敌人杀他的意念是不可能的。“但也许会杀死我的！”他站了十多秒钟，没有移动地方，也不明白自己的处境。最前面那个钩鼻子的法国人跑得那么近，已经可以看见他脸上的表情了。这个人横执着刀，屏着气息，轻快地向他跑来，他的兴奋陌生的面孔使罗斯托夫惊恐了。他拿起手枪，没有射击，却把它抛给了法国人，尽力向着灌木跑。他奔跑着，没有了他上恩斯桥时那种怀疑与冲突的情绪，却有着兔子逃避猎狗时的情绪。为他的青春幸福生活而有的一种单纯的恐怖情绪，完全支配了他。他迅速地跨跃着田沟，就像他在捉迷藏游戏中奔跑的时候那么猛急地，在田地上飞奔，偶尔回转他的苍白、善良、年轻的脸。恐怖的冷颤穿过了他的脊背。“不，最好不要望。”他想，但是跑到灌木前，他又回头望了一下。法国人落在后边，正当他回顾的时候，最前面的人刚把跑步变为步行，并且转身向后边的同伴大叫着什么。罗斯托夫停住了。“不是那回事，”他想，“他们不会想要杀死我的。”但这时，他的左手是那么沉重，好像有两普特的重量挂在它上边。他不能再向前跑了。法国人也停住了，并且在瞄准。罗斯托夫眯了眯眼，弯了弯腰。一粒子弹，又一粒子弹，嗖嗖地从他身边飞过去了。他鼓起最后的力量，用右手托着左手，跑到灌木那里。在灌木中有俄国射击手。

20

在森林中突然被攻击的步兵团从森林里跑出来了，各连互相混杂，成了许多无秩序的人群，退却了。一个兵在惊恐中说出了在战争中是可怕的，无意义的话：“被切断了！”这话和恐怖情绪一同传给了全体的人。

“被包围！被切断！失败了！”奔跑的人们喊叫着。

团长，在他听到后边的枪声和喊叫时，立刻明白了他的团发生了什么可怕的事，并且想到他是一个服役多年毫无过失的模范军官，或许被长官认为他应负疏忽职守或调度无方的责任，他是那样地吃惊，以致他在俄顷之间，忘记了那个不服从的骑兵上校，和他自己的将军的尊严，尤其是，完全忘记了危险，和自卫本能，他抓住鞍桥，刺动坐骑，在纷纷的，但幸而没有打中他的弹雨中，向自己的团飞奔而去了。他只希望一件事，明白问题的要点在哪里，假使错误是在他这方面，不管是什么错误，他都要加以纠正或补救，让他这个服役二十二年，从未受过责备的模范军官不至于负这个错误的责任。

他侥幸地在法军之间飞奔过去，奔驰到森林后边的田地那里，我军正跑着穿过这个森林，不听命令，下山去了。决定会战成败的士气动摇的时候来到了：要么是这些没有秩序的兵士群众，听从他们指挥官的声音：要么是他们回头向他看一看，跑得更远。虽然有兵士们一向觉得那么可怕的团长的拼命的呼喊，虽然有团长的狂怒的、发紫的、变了样子的脸，虽然有指挥刀的挥舞，兵士们还是奔跑着、交谈着，向空放枪，不听命令。决定会战成败的士气动摇，显然是达到恐怖万状的地步了。

将军由于喊叫和火药烟而咳嗽起来了，绝望地停住了。似乎一切都完了。但是这时候，攻击我军的法军，没有显见的原因，忽然向回奔跑，从森林的边际不见了，在森林中出现了俄军射击手。这是齐摩亨的一连，只有这一连在森林中保持了纪律，埋伏在森林里的沟壕中，突然地攻击法军。齐摩亨那样拼命地喊叫着向法军冲去，并且是那么疯狂地、如醉地、坚决地，只拿着一把刀，向敌人扑去，以至法军来不及定神，就抛下武器逃跑了。和齐摩亨并排奔跑的道洛号夫迎面地打死一个法国兵，最先抓住一个投降的军官的领子。逃跑的俄国兵又回转了，各营集合起来了，几乎要把俄军右翼截为两段的法军在俄顷之间被打回去了。后备军有了时间会合，逃跑的被止住了。团长和爱考诺摩夫少校站在桥边，让撤退的各连从他身边走过，这时候有一个兵跑到他面前，抓住他的脚镫，几乎要靠到它上面去了。这个兵穿着蓝布大衣，没有背囊和高顶帽，他的头包扎着，肩上背了一个法国弹囊。他的手里拿着一把军官的刀。这个兵脸色发白，他的蓝眼睛傲慢地望着团长的脸，他的嘴却微笑着。虽然团长正在向爱考诺摩夫少校发命令，却不能不注意这个兵。

“大人，这是两件战利品，”道洛号夫指着法国指挥刀和弹囊说，“我俘虏了一个军官。我止住了那一连兵。”道洛号夫因为疲倦而费力地喘气：他说话时时停顿。“全连可以做见证，请您记住，大人！”

“好，好！”团长说过，又转向爱考诺摩夫少校。

但道洛号夫没有走开，他解开手巾，拿在手里，指了指凝在头发里的血。

“刺刀的伤，我是留在前线的。请您记住，大人。”

屠升的炮兵连被遗忘了，直到战事完结时，巴格拉齐翁公爵，还听到中央的炮声，才派了值班的参谋官，又派了安德来公爵到那里去命令炮兵连赶快退却。在屠升的大炮附近的掩护部队，在作战当中，奉了谁的命令退却了，但是炮兵连还继续射击，没有被法军俘掳，只是因为法国人不能料想到，四门无人掩护的炮会有射击的勇气。相反，由于这个炮兵连的猛烈轰击，敌人以为在这里，在中央，集中了俄军主力，敌人两次试图攻击这一点，但两次都被单独地留在这个高地上的四门大炮的霰炮轰击回去了。

在巴格拉齐翁公爵刚刚离开之后，屠升就把射恩格拉本村烧着了。

“看，他们乱了！烧了！看烟！好妙啊！好极了！烟！烟！”炮手们兴奋地说。

所有的大炮不待命令都向着失火的地方射击。好像是在互相督促，兵士们每次打出一炮，都喊叫着："好妙啊！这才像样儿！瞧，你……好极了！"被风扇动的火迅速地蔓延着。法军纵队，出了村庄，又回去了，但是，好像为了报复这个失败，敌人在村庄右边架了十门大炮，开始向屠升射击了。

由于火所引起的孩子般的欢喜，以及因为向法军射击成功而有的兴奋，我们的炮兵直到两颗炮弹以及接连着的四颗炮弹落在大炮之间，并且一颗炮弹打倒两匹马，另一颗炮弹打掉弹药车车夫的一只腿的时候，才注意到这个炮兵队。但是一度提起的精神并没有松弛，只是改变了性质。马匹由后备炮车上别的马匹替换了，受伤的被抬走了，四门大炮转身对着敌方十门大炮的炮兵队。有一个军官，屠升的同事，在战争的开始被打死了，在一小时内，四十个炮手当中损失了十七，但是炮兵们还是愉快而活泼。他们两次看到法军出现在下边，距离他们不远，他们立即用霰弹射击敌人。

那个动作无力而笨拙的短小的人，不断地要他的侍从兵，像他所说的，为这事再来一斗烟，他从烟斗里散出火星，跑上前，用小手遮着眼，望着法军。

"打掉他们，弟兄们！"他说，自己抓住炮轮子，转动螺钉。

屠升在烟气中被不断的、每次都使他颤动的炮声震聋了耳朵，总不放下他的短烟斗，从这门炮跑到那门炮那里，时而瞄准，时而计算炮弹，时而命令调换并解开死伤的马匹，用他的无力的、尖锐的、迟疑的声音喊叫着。他的脸色越来越兴奋。只在打死或打伤了人的时候，他才皱着眉，并且转身背着打死的人，向那些像素常一样迟缓地抬起伤兵或尸体的人愤怒地喊叫着。兵士们，大都是漂亮的青年，（在炮兵连里总是如是，他们比他们的军官高两个头，宽一倍），好像是在困难处境中的孩子们一样望着他们的长官，他脸上的表情不变地反映在他们的脸上。

由于这种可怕的吼声、喧嚣，以及必须注意与活动，屠升没有感觉到丝毫不快的恐怖情绪，而他会被打死或受重伤的这种思想，他也一点都没有想到。反之，他却越来越愉快了。他仿佛觉得，他看见敌人以及放第一炮的那个时候，即使不是昨天，也是很久的时候了，而他所站立的这块地方，是他早已熟识的，家乡的地方。虽然他想到一切、考虑一切，做了最好的军官处在他的地位上所能做到的一切，他却怀着那种类似热病昏迷或醉汉酩酊的心情。

他四周的大炮的震耳的声音，敌人炮弹的嗖嗖声与碰击声，淌汗的、脸红的，在炮旁忙碌的炮手们的样子，人血马血的景象，敌人那方面的烟楼的情景（在烟楼之后，每次都飞来炮弹，打在地上，打中了人，打中了炮，或者打中了马），——这一切的景色，在他心中构成了他的幻象世界，这世界造成他此时的喜悦。敌人的炮在他幻想中不是大炮，而是烟斗，一个不可见的吸烟的人从烟斗里吐出间断的烟缕。

“看，又冒烟了，”屠升低声地向自己说，这时候，从山上冒出一缕烟，被风向左吹成一长条，“现在当心炮弹——我们要打回去。”

“您吩咐什么，大人？”站在他旁边、听到他咕噜了什么的一个炮兵下士问。

“没有什么，一个榴弹……”他回答。

“来吧，我们的马特维夫娜。”他向自己说。马特维夫娜在他的幻想中是旁边的一尊旧式的大炮。他觉得法兵在他们自己的炮旁边好像蚂蚁一样。第二门大炮的第一号炮手，一个漂亮的酒徒，在他的幻想世界中是“叔叔”，屠升望他的次数最多，并且满意他的每个动作。山下时而沉寂时而猛烈的步枪射击声，在他看来，好像是谁的呼吸声。他倾听着这些声音忽而沉寂忽而猛烈。

“看，她又喘气了，喘气了。”他低语说。

他想象着自己是一个身体魁梧的力士，用双手向法兵在抛掷炮弹。

“好，马特维夫娜，老太婆，不要背叛我。”他说，离开大炮，这时候在他的头上有生疏的不相识的声音在叫：

“屠升上尉！上尉！”

屠升惊恐地回顾了一下。这人就是那个在格儒恩特把他赶出商店的参谋官，他用喘气的声音向他喊：

“您怎么哪，疯了吗？两次命令您退却，您……”

“他们找我做什么？……”屠升自己想着，恐怖地望着长官。

“我……没有什么……”他把两个手指贴着帽边说。“我……”

但是参谋官没有说完他所要说的一切。飞得很近的一颗炮弹使他忽然把头一低，在马上躬着腰。他沉默着，他刚刚还要说什么，就有一颗炮弹使他停住了。他掉转马头跑开了。

“撤退！全部撤退！”他远远地喊叫。

兵士们笑起来了。一分钟后一个副官带着同样命令来到了。

这人是安德来公爵。到了屠升的大炮所在的地方，他最先看见的，是一匹解除了马具的断腿的马，它在一匹套着马具的马旁嘶叫着。血从它的腿上好像从泉口里一样向外流。在炮车之间躺着几个死尸。当他快要到达时，炮弹连续地向他飞来，他觉得一阵神经的震颤穿过他的脊背。但是一想到他害怕，便又鼓起了他的精神。“我不会害怕的，”他想，在大炮间慢慢地下了马。他传达了命令，没有离开炮兵连。他下了决心，要亲自从阵地上把大炮移开带走。他和屠升在可怕的法军炮火之下，在尸体间行动着，忙着移动大炮。

“刚才来了一个长官，他逃走得很快，”一个炮兵下士向安德来公爵说，“和大人不一样。”

安德来公爵没有同屠升谈话。他们两人是那样地忙，好像彼此没有看见。当他们把四门中两门完好的炮套上炮车下山的时候（丢了一门破炮和一门独角炮[①]），安德来公爵走到屠升面前。

“好，再会。”安德来公爵向屠升伸着手说。

“再会，亲爱的，”屠升说，“可爱的人！再会，亲爱的。”屠升

① 毛注：独角炮是一种滑膛的前膛炮，唯炮口渐渐窄小。

含着眼泪说，泪水不知何故突然涌进了他的眼睛里。

21

风息了，黑云低垂在战场上，在地平线上和火药烟混合着。天色黑暗了，火光却在两处显得更加明亮。炮声变弱了，但步枪的噼啪声在后边和右边越来越密、越来越近了。屠升带了他的大炮，一路绕越着、遇见着伤员，刚刚出了火线，向山谷撤退时，便遇见了长官和副官们，其中有参谋官和两次被派、却没有一次到达屠升的炮兵连那里的热尔考夫。他们互相打断着，发出并传达着命令，要他如何前进、向何处前进，并且责备他、批评他。屠升没有下任何命令，并且沉默着，怕说话，因为听到每个字，他自己不知道为什么，他就准备流泪，他骑着他的炮队马匹走在后边。虽然是有了命令丢弃伤员，却还有许多伤员跟在军队后边，要求坐到炮上去。那个英武的步兵军官，就是在交战前从屠升的棚子里跑出来的那个人，在肚子上中了弹，躺在马特维夫娜的炮架上。山下一个面色苍白的骠骑兵见习官，用一只手托着另一只手，走到屠升面前，要求坐到炮上去。

“上尉，看上帝面子，我的手臂扭伤了，”他羞怯地说，“看上帝的情面吧，我不能走了。看上帝的情面吧！”

看得出来，这个见习官要求坐车已经不止一次了，并且是处处遭了拒绝。他用迟疑的可怜的声音请求着。

“叫他们给我坐吧，看上帝的情面。”

“让他坐上，让他坐上，”屠升说，“你放一件大衣在下边，叔叔，”他向他所心爱的一个兵说，“受伤的军官到哪里去了？”

“搬走了，他完结啦。”有谁回答。

“扶他坐上去。坐下吧，亲爱的，坐下吧。垫一件大衣，安托诺夫。”

这个见习军官是罗斯托夫。他用一只手托着另一只手，面色苍白，下颌因为剧烈的痉挛而打颤。他们让他坐在马特维夫娜上面，这正是搬走了军官死尸的那门大炮。在垫着的大衣上有血，这血沾污了罗斯托夫的马裤和手臂。

“怎么，您受伤了吗，亲爱的？”屠升走到罗斯托夫所坐的炮那里说。

“不是受伤，是扭伤了。”

“为什么炮架上有血？”屠升问。

“大人，那个军官染的。”炮兵一面回答，一面用他的大衣袖子擦着血迹，好像是为了大炮的不清洁而抱歉。

他们借步兵的协助，费力地把大炮拖上山，到了根特斯道夫村，停下来了。天色已经是那么黑，在十步之外便不能辨别士兵的军装，射击声开始沉寂了。忽然在右边附近的地方又有了喊叫声和子弹声。子弹已经在黑暗中发光了。这是法军最后的攻击，居住在各村舍的兵士们有了回击。大家又都冲出了村庄，但屠升的大炮不能移动，于是炮兵们、屠升和见习官都默默相觑，等待着他们的命运。射击声开始沉寂了，从横街里涌出了兴奋地谈话的兵士们。

“没有伤吗，彼得罗夫？”有一个人问。

“我们给了他们一场打击，老兄。现在他们不来捣乱了。”另一个说。

“什么也看不见，他们射击自己的人！看不见，黑了，弟兄们。没有喝的吗？”

法军最后一次被打退了。在完全的黑暗中，屠升的炮，被嘈杂的步兵好像框子般地围绕着，又向前移动了。

在黑暗中他们好像是一条不可见的忧郁的河，朝着一个方向在流动，嗡嗡地发出低语声、谈话声、马蹄和轮辗声。在一般的喧嚣声中，伤兵在黑夜里的呻吟和话声，比一切其他的声音更加清晰。他们的呻吟好像充满了那包围军队的全部黑暗。他们的呻吟和夜的黑暗融为一体了。过了片刻，在运动的人群中发生了骚动。有人骑了白马和随从经过那里，经过时说了什么话。

“他说了什么？现在我们到哪里去呢？停下来，是吗？他感谢我们，是吗？”各方面发出急切的问题，全部运动的人群开始挤紧（显然是前面的人停住了），并且有了传闻，说是下令停止。都停在所走的泥泞道路的中心。

火燃起了，话声更加清晰了。屠升上尉向炮兵连下了命令，派了一个兵替见习官去寻找裹伤所或医生，他自己坐在兵士们在路上所升的营火旁。罗斯托夫也挨到火边来了。由于疼痛、寒冷、潮湿而有的烧热痉挛，使他全身发抖。瞌睡不可压制地来了，但他因为无处安放的手臂的剧痛不能入睡。他时而闭着眼，时而望着似乎炎炎炫目的红火，时而望着盘腿坐在他附近的屠升的弯曲虚弱的身躯。屠升的良善而聪明的大眼睛同情地怜悯地注视着他。他知道，屠升是一心一意地想要帮助他而又无能为力。

各方面传来了步行经过的、赶车经过的、以及坐在他们四周的步兵们的步声和话声。话声、步声、马蹄踏在泥泞中的声音，远近各处木柴的燃炸声——合成一种震动的嘈杂声。

他们此刻已经不是一条不可见的、像先前那样在黑暗中流动的河，却好像是一个在暴风雨后的黑暗的海在波动着，并且渐渐地平静了。罗斯托夫感觉滞钝地望着听着他面前和四周所发生的事。一个步兵走到营火前，蹲下来，把手伸在火上，掉转了脸。

“没有关系吧，老爷？”他问询地向着屠升说，“我失掉了我的连，老爷，我不知道在哪里。倒霉！”

一个包扎了腮的步兵军官和这个兵士一同来到营火前，向屠升说话，请他下令把炮移动一点，让运输车过去。在连长之后有两个兵跑到营火前。他们拼命地咒骂并互相殴打，互相争夺着一只靴子。

“哪里话，你拾的！哟，你能干！”一个兵哑声地叫。

之后，一个消瘦的、苍白的、用染血的绑腿布裹着颈子的兵走来，用愤怒的声音向炮兵要水。

“为什么，一个人要死得像狗一样？”他说。

屠升吩咐了把水给他。之后，跑来了一个愉快的兵，为步兵索取引火的柴。

“给步兵一点着火的柴吧！祝你们幸运，老乡们，谢谢你们的火种，我们要加利奉还。”他说，在黑暗中带走了红红地燃烧着的柴。

在这个兵之后，四个兵在大衣里抬着什么沉重的东西，从火旁走过。其中之一绊了一下脚。

“啊，该死的，把柴放在路上。”他抱怨着。

“他完结了，为什么要抬他？”其中之一说。

“滚您蛋！”

于是他们带着所抬的东西在黑暗中不见了。

“怎么样？痛吗？”屠升低声问罗斯托夫。

“痛。”

“大人，去见将军。他在这里的一家农舍里。”一个炮兵下士走到屠升面前说。

“我就来了，亲爱的。”

屠升站起来，扣着大衣，理着衣服，离开了营火……

离炮兵的营火不远，巴格拉齐翁公爵坐在为他预备的农舍里吃饭，和聚在他那里的几个部队指挥官谈着话。这里有眼睛半闭的贪馋地啃着羊骨头的老人：二十二年来无可指责的，因为一杯伏特加酒和饭食而脸红的将军：戴印记指环的参谋官：不安地望着大家的热尔考夫和面色苍白的、抿着嘴唇的、眼睛火热地发光的安德来公爵。

农舍的角落里靠着一面夺得的法国军旗，审计官带着单纯的面孔在摸弄旗布，并且迷惑地摇头，也许是因为军旗的样式确实使他发生兴趣，也许是因为没有替他备饭，他饿着肚皮看人吃饭觉得难受。在邻近的农舍里，有一个被龙骑兵俘掳的法国上校。我们的军官围绕着他、看他。巴格拉齐翁公爵感谢了各部队指挥官，问战争的详情和损失。在不劳诺受检阅的团长向公爵报告说，战事一开始，他就从森林中退出，集合了伐木的兵，让法军从他面前走过之后，他带了两个营作白刃战，打垮了法军。

“大人，当我看到第一营已经混乱的时候，我站在路上想：‘我要让他们过来，用全营的火力迎战。’我就是这么做了。”

团长是那么想要做这件事，他那么惋惜没有做成这件事，以致他觉得，这正是实际上所发生的一切。但，也许，确实是如此吗？在这种混乱的时候，谁能够区别是什么发生了，什么没有发生呢？

“大人，我要顺便说一句，”他继续说，想起道洛号夫和库图索夫的谈话以及他和被贬为兵的人最后的相会，“被贬为兵的道洛号夫当我的面俘掳了一个法国军官，他特别有功。”

“大人，我在那里看到巴夫洛格拉德骠骑兵的进攻，”热尔考夫插言，不安地环顾着。他这天根本没有看见骠骑兵，只听见步兵军官说到他们，“他们冲破了两个方阵，大人。”

对于热尔考夫的话有几个人微笑了一下，他们和素常一样，等着他闹笑话，但是，注意到他所说的也有助于我军今天的光荣，便做出严肃的神情，然而许多人都很清楚地知道热尔考夫所说的是谎话，毫无根据。巴格拉齐翁公爵转向老上校。

“诸位，我感谢你们所有的人，步兵、骑兵、炮兵，全都作战英勇。怎么会在中央丢下了两门大炮呢？”他问，用眼睛找着谁。（巴格拉齐翁没有问到左翼的大炮，他已经知道，在战事刚开始的时候，那里所有的大炮都放弃了。）“好像我派您去的。”他向值班参谋官说。

“一门打坏了，”值班参谋官说，“但另一门，我不知道，我始终在那里发命令，最后才离开……那里打得很剧烈，这是真的。”他恭敬地补充说。

有谁说，屠升上尉也住在这个村庄里，并且已经派了人去找他。

“但是您到过那里的。”巴格拉齐翁公爵向着安德来公爵说。

“是的，我们差不多在一起去的。”值班参谋官说，向保尔康斯基亲切地微笑着。

“我没有荣幸看见您。”安德来公爵冷冷地不连贯地说。

大家都沉默着。

屠升在门口出现了，畏怯地从将军们的背后挤进来。在拥挤的农舍里绕过将军们，屠升和素常一样，在长官面前显得不安，他没有看见旗竿，绊在上面了。有几个声音笑起来了。

“怎么放弃了一门炮？”巴格拉齐翁问，皱了皱眉，这与其说是对上尉的毋宁说是对发笑的人的，其中以热尔考夫的声音最大。

屠升直到此刻，才在严厉的长官面前，极恐怖地想到自己丢了两门炮，却还活着的罪状和耻辱。他是那么不安，以致直到这时，他才想到这件事。军官们的笑声更使他迷惑了。他下颌打颤地站在巴格拉齐翁的面前，只说出：

“我不知道……大人……没有兵了……大人。”

“您可以从掩护部队里调！”

没有掩护部队，虽然这是的确的事实，屠升却没有说，他怕因此牵涉了别的军官，于是沉默着，眼睛不动地、对直地望着巴格拉齐翁的脸，好像一个发慌的小学生望着考试人的眼睛一样。

沉默的时间很久。巴格拉齐翁公爵显然是不愿严厉，却找不出话来说，别人又不敢插言。安德来公爵皱着眉望着屠升，他的手指痉挛地动着。

“大人，”安德来公爵用尖锐的声音打破了沉默，“承您派我去到屠升上尉的炮兵连。我到了那里，看到三分之二的人马打死了，两门大炮打坏了，根本没有什么掩护的部队。”

巴拉格齐翁和屠升现在同样聚精会神地望着忍住气却又激动地说话的保尔康斯基。

“假使大人准许我表示我的意见，”他继续说，“那么我们今天的胜利，主要的是由于这个炮兵连的活动，和屠升上尉同他的全连的英勇坚毅的精神。”安德来公爵说后，不待回答，就站起来，离开了桌子。

巴拉格齐翁公爵望了望屠升，显然不愿意表示自己不相信保尔康斯基的尖锐的意见，同时又觉得自己不能完全相信他的话，便向屠升点了点头，说他可以走了。安德来公爵跟在他后边出去了。

“谢谢，亲爱的，你救了我。”屠升向他说。

安德来公爵看了看屠升，没有说什么，就离开了他。安德来公爵觉得悲哀而痛苦。这一切是那么奇怪，那么不像他所希望的那样。

“他们是谁？他们为什么在这里？他们需要什么？这一切何时完结？”罗斯托夫想着，望着他面前变化的影子。手臂上的疼痛变得越来越难受了。瞌睡不可抵抗地来了，红圈子在他的眼睛里跳动，那些声音和面孔的印象和孤独之感和痛苦的感觉，混合在一起了。是他们，这些兵，伤的和未伤的兵——是他们在拥挤他、在压他、在扭他的筋、在烧他的扭伤的手臂和肩膀上的肉。为了逃避他们，他闭了眼睛。

他打盹了一会儿，但在这短促的瞌睡时间里，他梦见无数的东西：他梦见了他的母亲和她的大白手，梦见索尼亚的细瘦的肩膀，娜塔莎的眼睛和笑声，皆尼索夫和他的声音及胡须，切李亚宁，以及切李亚宁和保格大内支的全部事件。这全部事件正和这个有尖锐声音的兵士是同样的东西，这全部事件和这个兵士那么痛苦地、执拗地拖他、挤他，并且一同向一边曳他的手臂。他试图脱离他们，但是他们没有把他的肩膀放松一秒钟，放松一发丝。假使他们不拖它，它便不痛，它便完好了，但是没有办法逃避他们。

他睁开眼睛向上看。黑色的夜幕悬在火光上一阿尔申[①]的地方。在这火光里飞着飘落的雪花。屠升没有回来，医生没有到。他是单独一个人。只有一个兵此刻裸体坐在火那边烘着他的又瘦又黄的身躯。

① 一阿尔申约合〇.七一公尺，二市尺许。

“没有一个人需要我！”罗斯托夫想，“没有一个人帮助我、可怜我，然而我从前在家里的时候，我强壮、愉快、被爱。”他叹了口气，并且不觉地随着叹气声呻吟起来了。

“什么地方痛吗？”那个兵问，他在火上抖着自己的衬衣，没有等待回答，便嗯了一声，又说：“今天损失了多少人啊——多极了！”

罗斯托夫没有听兵士说。他望着飘在火上的雪花，想起了俄国的冬季和温暖的、明亮的家，茸茸的皮衣，疾驰的雪车，健康的身体，以及全部的家庭亲爱和关心。“而我却为什么到这里来了？”他想。

第二天，法军没有重新攻击，巴格拉齐翁的支队的残余和库图索夫的军队会师了。

第三部

1

发西利公爵不再三考虑他的计划。他尤其不想到为了自己的利益而对别人做有害的事。他只是一个社交界的人物，在社交界获得了成功，并且在成功里养成了习惯。随着环境，随着他和人们的接触，他心中经常地形成各种计划和打算，他自己从来没有好好地弄明白过这些计划和打算，但它们组成了他的整个的生活兴趣。在他心中经常出现的不是一个两个而是几十个这样的计划和打算，其中有的是仅仅开始出现一下，有的达到目的，有的自行消灭了。例如，他并不向自己说："这个人现在有势力，我一定要获得他的信任和友谊，通过他去替我谋得特别津贴。"也不向自己说，"现在彼挨尔有钱，我一定要引诱他娶我的女儿，向他借来我所需要的四万卢布。"但是他遇见了有势力的人，并且他的本能立刻向他说，这个人或许有用，于是发西利公爵和他接近，并且在第一个机会当中，没有预备，就本能地阿谀他，和他亲近，说出他自己所需要的东西。

彼挨尔在莫斯科受到他的笼络，发西利公爵替他谋得了少年侍从的官职，在那时这官职相当于政府顾问[①]。他坚持要这个年轻人和他一同到彼得堡去并且住在他家里。好像是漫不经心的，而同时又无疑地相信是应该这样的，发西利公爵为了要彼挨尔娶他的女儿，做了一切必要的

① 毛注：政府顾问为文武十一品中之五品官。

事情。假若发西利公爵预先考虑了他的计划，他的态度便不能够那么自然，在他和所有比他地位较高或较低的人们的关系上，便不能够那么坦率和亲密了。有什么东西经常地吸引他接近比他更有权更有钱的人，并且他具备了这种罕见的本领，在必须并且能够利用别人的时候，他能抓住最恰当的时机。

彼挨尔意外地成了大财主和别素号夫伯爵，在新近的孤独和安闲之后，他觉得自己是那样地被人包围、那样地忙碌，只有在床上的时候才能够独自安居。他必须签署文件，和官厅来往，这些事情的意义他并不明白地了解，他必须向总管事问点什么，去看莫斯科乡下的田庄，接见许多人，这些人从前不把他当作人，而现在假使他不愿意接见他们，他们便觉得丢脸而难过了。所有的这些各种各样的人——商人、亲戚、朋友——对于年轻的继承人都抱着同样的友好奉承的态度，他们所有的人都显然无疑地相信彼挨尔的高尚的美德。他不断地听到这种话：“您是非常厚道”，或者“凭您的极好的心肠”，或者“您自己是那么纯洁，伯爵……”或者“假若他是像您这样的聪明”，等等，所以他开始当真相信自己是非常厚道、非常聪明，尤其是在他的心坎里，他总是觉得，他确实很厚道很聪明。甚至从前对他怀着恶意和显然怀着敌意的人们也变得亲切和善了。那么有脾气的、长腰身、头发像木偶那样光滑的、最大的公爵小姐，在葬仪之后来到彼挨尔的房里。她低着眼睛，脸不停地泛红，向他说，她很惋惜他们当中过去的误会，而且现在她并不认为她有权利要求什么，除了要求准许她在她所遭受的打击之后，在这个屋里多住几个星期，这里是她那么所心爱的，并且她在这里作了那么多牺牲。她不能够约制她自己，在讲这些话的时候淌眼泪了。彼挨尔，因为石像般的公爵小姐能够这样改变而受了感动，抓着她的手，请她原谅，他自己却不知道是为了什么。从这天起，公爵小姐开始替彼埃尔织条子围巾，对他完全改变了态度。

“为她做一做这件事吧，mon cher;〔亲爱的；〕她毕竟是替过世的人受了许多苦。”发西利公爵向他说，为了公爵小姐的利益，给他一个文件，要他签字。

发西利公爵认为这块骨头，三万卢布的支票，毕竟是应该抛给可怜的公爵小姐的，这样她便不想说出发西利公爵参与镶花公文夹的事情了。彼挨尔签了这张支票，从那时起，公爵小姐变得更善良了。年幼的妹妹们对于他也变得亲切了，特别是最小的、美丽的、有痣的公爵小姐，她看见他时，常常用她的笑容和窘态使彼挨尔感到不安。

彼挨尔似乎觉得，所有的人都爱他，这是那么自然，并且似乎觉得，假使有谁不爱他，这是那么不自然，以致他不能不相信他四周人们的诚实。此外，他没有时间问他自己，这些人们是诚实或不诚实。他总是没有闲时，他总是觉得自己是在温柔而适意的陶醉中。他觉得自己是某种重要的、总体的行动的中心：觉得他们总是对他有所期望：觉得假使他不做什么，他便要使许多人悲伤，令许多人失望，假使他做了这桩和那桩，则一切都好——于是他做了别人要他做的事情，但人们期望中的好事似乎还是没有做。

在起初的时候，发西利公爵，最能操纵彼挨尔的事和彼挨尔本身。自从别素号夫伯爵逝世后，他便不曾把彼挨尔放出他的手心，发西利公爵的样子好像是一个被事情忙坏了的、疲倦的、苦恼的人，但他由于同情心，不能丢开这个无能为力的青年，après tout,〔总之，〕不能丢开他朋友的儿子，那么大财产的继承人，让命运和浑蛋们去任意摆布。在别素号夫伯爵死后，他住在莫斯科的那几天，他或者请彼挨尔去见他，或者自己去见彼挨尔，用那种疲倦而有把握的语气，向他指示应该要做的事情，似乎他每次都要附带地说：

“Vous savez, que je suis accablé d'affaires et que ce n'est que par pure charité, que je m'occupe de vous, et puis vous savez bien, que ce que je vous propose est la seul chose faisable.〔您知道，我被事情忙坏了，只是为了纯粹的同情，我才关心您，并且您很知道，我向您所说的，是唯一可以做

的事情。〕”

“我亲爱的，我们明天终于要走了。”有一天，他闭着眼睛，用手指摸弄着彼埃尔的胳膊，用那样的语气向他说，似乎他所说的，是他们早已决定了的，并且不能再有变更了。

“我们明天走，我让你坐在我的马车里。我很高兴。我们在这里一切重要的事情都办完了。我早就应该回去了。你瞧，这是大臣寄给我的。我替你向他请求过，你被派到外交界，并且被任命为少年侍从。现在外交界的门径向你打开了。”

虽然说这话时的疲倦而有把握的语气很有力量，可是为自己的职业考虑了这么久的彼埃尔还想说点什么。但发西利公爵用那种深沉的低声打断他，这声音使人不能插言，这是他在必须绝对说服的时候所用的。

“Mais, mon cher,〔但是，我的亲爱的，〕我做了这件事，是为了我自己，为了我的良心，用不着感谢我的。从来没有人抱怨过别人太爱他，并且，你是自由的，你明天就可以离开这里的。到了彼得堡就会明白一切的。你早该摆脱这些可怕的回忆了。”发西利公爵叹了口气。

“就这么办了，我心爱的。让我的跟班坐你的车子走。啊，是的，我几乎忘了，”发西利公爵补充说，“你知道，亲爱的，我和你的父亲有些往来账，所以我得到了锐阿桑田庄上的东西，我要保留的。这是你不需要的。我们以后再算吧。”

发西利公爵所说的“锐阿桑田庄上的东西”是彼埃尔的农奴的几千卢布的免役税，这是发西利公爵留给他自己的。

在彼得堡，也和在莫斯科一样，人们温柔亲爱的气氛包围着彼埃尔。他不能拒绝发西利公爵为他求得的官职，或者，毋宁说是头衔（因为他什么都不做），而朋友，邀请，以及社交事务是那么多，以致彼埃尔比在莫斯科更感到迷惑、忙碌，以及一种总是将要来到但从未实现的幸福。

他从前的独身的友辈之中，有许多人不在彼得堡。禁卫军出征去了。道洛号夫被贬为兵，阿那托尔在军中，在外省，安德来公爵在国外，因此彼埃尔既不能像他从前所喜欢的那样消磨他的夜晚，又不能偶尔向一个被他尊重的年老的友人在亲密的谈话中吐露心事。他所有的时间都消磨在宴会和跳舞会上，主要地是在发西利公爵家，——和他的妻子、肥胖的公爵夫人，和他的女儿、美人爱仑在一起。

安娜·芭芙洛芙娜·涉来尔也和别人一样，对彼埃尔改变了态度，社交界对他的看法早就改变了。

从前，彼埃尔在安娜·芭芙洛芙娜面前总是觉得他说的话是不适宜的、不聪明的、多余的：觉得他的言语，当他在自己心中作准备时，似乎是聪明的，可是他一说出口，便变得愚蠢了，反之，依包理特的最没有意义的话却显得是聪明而亲昵的。现在，只要是他所说的话，总是charmant〔漂亮〕。即使安娜·芭芙洛芙娜没有这么说，他却看得出，她想要这么说，并且只是由于考虑到他的谦虚而克制不说。

在一八〇五与一八〇六年间的初冬，彼埃尔接到安娜·芭芙洛芙娜通常的粉红色的请柬，另外附了一句："Vous trouverez chez moi la belle Héléne, qu'on ne se lasse jamais voir.〔你将在我这里看见美丽的，人们永远看不厌的爱仑。〕"

看到这里，彼埃尔第一次觉得，在他与爱仑之间形成了某种为别人所承认的关系，这个思想立刻使他吃惊了，仿佛是在他身上加上了他不能完成的义务，同时又使他高兴，好像这是一个有趣的假定。

安娜·芭芙洛芙娜的晚会还是和第一次一样，只是这一次她款待来宾的新奇之物不是莫特马尔，而是新近从柏林来的外交家，他带来了一些最近的详细消息：关于亚力山大皇帝驻跸波兹达姆，以及两位至尊的朋友为了维护正义事业、反对人类的仇敌而在那里宣誓缔结不解除的同盟。安娜·芭芙洛芙娜带着忧悒的神色接待彼埃尔，显然，这是由于这位青年新遭的丧痛，由于别素号夫伯爵的死（大家总是觉得应该使彼埃尔相信，他由于他几乎不认识的父亲的逝世是极哀伤的）——这忧悒恰似在提到最尊贵的玛丽亚·费道罗芙娜皇后时她所表现的那种最高尚的忧悒。彼挨尔因此觉得荣幸。安娜·芭芙洛芙娜用她的惯常的本领安置了客厅里的各个团体。外交官参加了大的团体，发西利公爵和几个将军们也在这个团体里。另一个团体是在小茶桌旁。彼挨尔想加入第一个团体，但安娜·芭芙洛芙娜——带着司令官在战场上有了成千上万的好主意而无暇执行它们的时候所有的那种激动的心情——看到彼挨尔，便用手指碰碰他的袖子。

"Attendez, j'ai des vues sur vous pour ce soir.〔等一下，今天晚上我替你作了安排。〕"

她回头看了看爱仑，向她微笑了一下。

"Ma bonne Hélène, il faut, que vous soyez charitable pour ma pauvre tante, qui a une adoration pour vous. Allez lui tenir compagnie pour 10 minutes。〔我亲爱的爱仑，您应该同情我的可怜的姑母，她是爱慕您的。您去陪她十分钟吧。〕为了不让您觉得很无趣，可爱的伯爵在这里，他不至于拒绝跟您作伴。"

美人到姑母那里去了，但安娜·芭芙洛芙娜还把彼挨尔留在身边，她显出那样的神情，似乎她必须做最后必要的指示。

"她是绝妙的人，是不是？"她向彼挨尔说，指着轻盈地走去的庄严的美人。"Et quelle tenue!〔多么好的举止啊！〕这样年轻的姑娘，便有那样的聪明才智，那样十分美妙的态度！这是从心里发出来的！谁有了她，谁就幸福！有了她，最不爱交际的丈夫也会不知不觉在社交界占有最光荣的地位。对不对？我只想知道您的意见。"于是安娜·芭芙洛芙娜放走了彼挨尔。

彼挨尔诚恳地、肯定地回答了安娜·芭芙洛芙娜关于爱仑的风度美妙的问题。假如他有时想到爱仑，便正是想到她的美丽，和她在社交场中非常缄默、庄重、镇静的本领。

姑母在自己的角落里接待这两个年轻人，但是她似乎想要隐藏她对于爱仑的爱慕，并且宁愿表现她对于安娜·芭芙洛芙娜的恐惧。她注视着她的侄女，仿佛是问，她对于这两个人应该怎么办。安娜·芭芙洛芙娜离开他们的时候，又用手指触了触彼挨尔的袖子说：

“J’espére, que vous ne direz plus qu’on s’ennuie chez moi.〔我希望你不要再说在我这里觉得无聊了。〕”她并且看了看爱仑。

爱仑带着那样的神情微笑了一下，好像是说，她不承认，有谁看见了她还能不被她迷惑的。姑母咳嗽了几声，咽下了唾沫，然后用法语说她很欢喜看见爱仑，然后她带着同样的面包向彼挨尔说了同样的欢迎的话。在无趣的常断的谈话中途，爱仑转头看了看彼挨尔，并且用她向一切人们微笑时所有的那种鲜明的、优美的笑容，向他微笑了一下。彼挨尔是那么习惯了那种笑容，它对他所表现的意义是那么少，以致他毫不注意这个笑容。这时姑母说到彼挨尔的亡父别素号夫伯爵所收集的鼻烟壶，并且出示了她自己的鼻烟壶。爱仑公爵小姐要求看一看画在鼻烟壶上的姑母丈夫的肖像。

“这大概是维奈斯做的。”彼挨尔说，提到著名的细小画像家。他一面在桌子上弯着腰接鼻烟壶，一面听着别的桌上的谈话。

他欠起了身，想走过去，但是姑母直接地从爱仑的背后把鼻烟壶递给他。爱仑向前弯腰让地方，并且微笑着回头看了一下。她像往常去赴晚会时那样，穿着时髦的前后领口都开得极低的衣服。她的上半身，在彼挨尔看来，总好像是大理石的一样，离他的眼睛是那么近，他的近视的眼睛不自觉地辨别出了她的肩膀和颈子的生动的美，并且离他的嘴唇是那么近，他只要微微把头低一下，便可以触到她。他感觉到她身体的温暖、香水的芬芳，听到她动作时的胸衣声。他没有看见她的和衣服合成一个整体的大理石般的美丽，他只看见并且感觉到她的只被衣服所遮蔽的身体的全部魔力。并且一旦看见了这个，他便不能有别的看法，正如同我们不能够恢复一度被说明的错觉一样。

“您真的到现在还没有注意到我是这么美吗？”似乎爱仑这么说，

“您没有注意到我是女子吗？是的，我是女子，我可以属于任何人，也可以属于您。”她的目光这么说。就在这个时候彼挨尔觉得，爱仑不但能够，而且应该做他的妻子，觉得这是非如此不可的。

他此刻是那么确切地知道这个，就仿佛他戴了花环站在她旁边时所知道的一样。这件事如何实现？何时实现？他不知道，他甚至不知道这是不是一件好事（他甚至觉得因为某种缘故这是不好的），但他知道，这件事是要实现的。

彼挨尔垂下了眼睛，又抬起眼睛，想要重新把她看作一个对他是疏远而陌生的美人，就像从前每天他所看见的那样，但是他已经不能够这么办了。他不能够，正如一个人，先前在雾中看野草，把它当作树，现在发现了是草，不能够再把它看作树。她靠他非常近。她已经支配了他。在他与她之间，除了他自己的意志的障碍，已经没有任何障碍了。

“Bon, je vous laisse dans votre petit coin. Je vois, que vous y êtes très bien.〔好吧，我让你留在你的小角落里。我知道你在那里很好。〕”安娜·芭芙洛芙娜的声音说。

于是彼挨尔恐惧地回想着，他是否做了什么应受责备的事，红着脸，回顾了一下。他似乎觉得，别人都和他一样地知道他心里的事情。

过了一会儿，当他走到大团体那里时，安娜·芭芙洛芙娜向他说：

“On dit que vous embellissez votre maison de pétersbourg.〔听说你在修理你的彼得堡的住宅了。〕”

（这是真的：建筑师向他说这是必要的，而彼挨尔，自己不知道为什么，便修理他的彼得堡的大房子了。）

“C’est bien, mais ne déménagez pas de chez le prince Basile. Il est bon d’avoir un ami comme le prince,〔这很好，但是不要从发西利公爵家里搬出去。有公爵这样的朋友是很好的，〕”她说，向发西利公爵微笑着，“J’en sais quelque chose. N’est-ce pas?〔关于这个，我是知道一点儿的。是不是？〕您还这么年轻。您需要别人的劝告。您不要怪我利用老年人的权利。”她沉默着，正如同妇女们一向在她们说了自己年纪的时候那样地沉默着期待什么。“假若您结婚的话，那是另一回事了。”然后她一眼瞥了瞥他们两个人。彼挨尔没有望爱仑，爱仑也没有望他。但是她靠他还是非常近。

他低语着什么，并且脸红了。

回到家里，彼挨尔好久睡不着觉，回想着他所发生的事。他发生了什么呢？没有什么。他只晓得，这个女子是他从小所认识的，当别人向他说到爱仑是个美人时，他无心地说道：“是的，她漂亮。”——他晓得，这个女子可以属于他。

“但是她愚蠢，我自己常说的，她愚蠢，”他想，“在她所引起的我的心情之中，有点丑恶的地方，有点不对的地方。我听说，她的哥哥阿那托尔爱过她，她也爱过他，并且有了一件丑闻，因此他们把阿那托尔送走了。她的哥哥是依包理特……她的父亲是发西利公爵……这是不好的。”他想，正当他这么考虑的时候（这些考虑还是不完全的），他发觉自己在微笑，并且觉得，另一串的想法从第一串中浮起来了，他同时又想到她是毫不足取，又幻想着她会成为他的妻子，她会爱他，她会变得完全不同，而他所想的所听到的关于她的一切，或许是不确实的。于是他又看见她并不是什么发西利公爵的女儿，却是看见了她的只被灰色衣服遮盖着的全身。“但是，为什么从前我的脑子里没有过这种思想？”于是他又向自己说，这是不可能的：他似乎觉得，在这个婚姻中有点丑恶的，不自然的，不光荣的地方。他想起她从前的言语和目光，以及那些看见他们俩在一起的人们的言语和目光。他想起安娜·芭芙洛芙娜向他说到房子时的言语和目光，想起发西利公爵和别人的上千的这种暗示，于是他恐怖了，他怕他已经使他自己不得不去做那显然是不好的、并且是他不应该做的事情。但同时，当他向自己表现这个决心时，在他心中另一方面浮出了她的形象和她的全部的女性美。

2

一八〇五年十一月发西利公爵必须出差去视察四省。他替自己谋得了这个差使，以便同时视察他自己的情况混乱的田庄，并且把他的儿子阿那托尔，从他的团所驻扎的地方找来，和他一同顺道去见尼考拉·安德来维支·保尔康斯基公爵，以便使他的儿子娶这个老富翁的女儿。但在出差和办理这些新的事务以前，发西利公爵必须和彼挨尔把事情解决，彼埃尔近来确实整天在家，即是在他所寄居的发西利公爵的家里，在爱仑面前显得可笑、兴奋、愚笨（像恋爱的男子应有的那样），但是还没有求婚。

"Tout ça est bel et bon, mais il faut que ça finisse.〔这一切都是很好的，但这件事应该解决。〕"发西利公爵有一天早晨带着忧愁的叹息声向自己说，觉得彼挨尔是那么欠他的情，（哦，基督保佑他！）在这件事上却做得很不好。"年幼……轻浮……好，上帝保佑他，"发西利公爵想，满意地感觉到自己的善良，"mais il faut que ça finisse.〔但是这件事应该解决。〕后天是辽利娜[1]的命名日，我要请几位客人，假如他不明白他所应该做的事，那么这还是我的事了。是的，我的事。我是她的父亲！"

在安娜·芭芙洛芙娜的晚会之后的那个睡不着觉的兴奋的夜里，彼挨尔断定了和爱仑结婚是不幸福的，他应该逃避她，并且走开，可是在那个决定的一个半月之后，彼挨尔还没有离开发西利公爵的家里，并且恐怖地感觉到，在别人的心目中他和她的关系是一天比一天深，他不能恢复他从前对她的看法，他不能离开她，并且觉得这是可怕的，但是他却必须和她缔结自己的终身大事。也许他可以控制他自己，但是发西利公爵家没有一天没有晚会（他很少招待客人），假使彼挨尔不愿破坏

---

① 爱仑的爱称。

大家的兴致，不愿辜负大家的期望，他便不得不到场。发西利公爵在那些少有的居家的时候，常常走过彼挨尔身边，向下拉他的手，漫不经心地把他刮光的有皱纹的腮伸给他吻，或说，“明天再见”，或说，“来吃饭，不然我就看不见你了”，或说，“我是为你留下来的”，等等。但是虽然在发西利公爵为他留下来的时间里（他这么说的），他并没有向他说过两句话，彼挨尔却觉得自己不能够辜负他的期望。他每天向自己说同样的话：“总之，应该了解她，并且弄明白：她是什么样的人？是我从前错了，还是现在错了呢？不，她不愚蠢，不，她是顶好的姑娘！”他有时向自己说，“她从来没有做过错事，她从来没有说过愚蠢的话。她说话很少，但她所说的，总是简单而明了的，所以她不愚蠢。她从来不害羞，现在也不害羞。所以她不是坏女子！”他常常在她面前开始说出自己的考虑或思想，每次她回答他时，或者是用简短的随口说出的意见，表示她不感兴趣，或者是用沉默的笑容与目光，极具体地向彼挨尔显示出她的优越。她认为一切的谈论和这种笑容比较起来都是胡说八道，她是对的。

她总是带着高兴的、信任的、单单对他而有的笑容和他说话，在那笑容中有比那一向装饰她面孔的、对一般人的笑容更加重要的东西。彼挨尔知道，大家只等待他最后说一句话，跨过某一条界钱，并且他知道，他迟早要跨过这条界线，但是一想到这个可怕的步骤，便有某种不可了解的恐怖袭击他。在这一个半月之间，他觉得自己被拖得越来越接近这个令他惧怕的深渊，在这个期间，彼挨尔向自己说上了千次：“但这是怎么回事？需要决心！难道我没有决心吗？”

他想要下决心，但又恐怖地觉得，在这件事情上，他没有决心，这决心他知道是他所具有的，并且确实是有的。彼挨尔属于这一类的人，他们只在他们觉得自己十分纯洁的时候才有力量。自从那天他在安娜·芭芙洛芙娜家弯腰看鼻烟壶时所感觉到的那种欲望支配了他以来，对于那个冲动的一种不自觉的罪恶之感，毁坏了他的决心。

在爱仑的命名日，发西利公爵家里，像公爵夫人所说的，有最亲密的亲戚朋友的小团体吃夜饭。所有的这些亲戚和朋友都体会到，过命名日者的命运就要在这天决定。客人坐下来吃夜饭了。库拉基娜公爵夫人，这位肥胖的、从前是美丽的、庄严的妇人，坐在女主人的位子上。在她的两边坐了最尊贵的客人——一位老将军和他的妻子，和安娜·芭芙洛芙娜·涉来尔：在桌端坐着较为年轻的，次要的客人，还有自家的人，彼挨尔和爱仑，也并排着坐在那里。发西利公爵没有吃：他带着愉快的心情，绕着桌子走动，时而在这个客人旁边，时而在那个客人旁边坐下。他向每个人说点很随便的、愉快的话，只除了彼挨尔和爱仑，似乎他没有注意到他们在场。发西利公爵提起了大家的精神。蜡烛明亮地点着，银器和玻璃器，妇女们的首饰，和肩章上的金银，都闪耀着光辉：穿红袍的侍仆们在桌子四周走动着，有了餐刀、玻璃杯、碟子的声音，和桌旁几处谈话的兴奋的声音。可以听到一个年老的侍从官在桌端向年老的男爵夫人肯定地说出他对她的火热的爱情，和她的笑声：在另一端他们谈到某一玛丽亚·维克托罗芙娜的不幸。在桌子当中，发西利公爵吸引了每个人的注意。他在嘴唇上带着诙谐的笑容，向妇女们说到最近——星期三——的枢密会议，在会议中塞尔盖·库倚米支·维亚倚米齐诺夫，新任彼得堡军务总督——接到了并宣读着亚力山大·巴夫诺维支皇帝从军中寄来的当时有名的诏书，在诏书里，皇帝向塞尔盖·库倚米支说，他接到了各方面的人民表示效忠的声明，而彼得堡的声明尤其使他满意，并且说他引以自豪的是他有荣幸做这个国家的元首，他要极力使自己无愧于这种光荣。这道诏书开头的话是：“塞尔盖·库倚米支！从各方面向我传来消息”。云云。

“那么，除了‘塞尔盖·库倚米支’就没有别的了吗？”一个太太问。

“是的，是的，再没有一发丝儿了，”发西利公爵笑着回答。“‘塞尔盖·库倚米支……从各方面，从各方面。塞尔盖·库倚米支……’可怜的维亚倚米齐诺夫不能再向下念了。他几次从头念起，但刚刚念出‘塞尔盖’……”就啜泣了……‘库……倚米……支’——有眼泪了……于是‘从各方面’被哭声遮盖了，他不能再向下念了。又是手帕，又是‘塞尔盖·库倚米支’，‘从各方面’，又是眼泪……所以后来请了别人宣读。”

“库倚米支……从各方面……眼泪……”有人笑着重复说。

“不要恶毒，”安娜·芭芙洛芙娜在桌子的另一端用手指向他威胁了一下说，“C’est un si brave et excellent homme notre bon Viasmitinoff.〔我们的善良的维亚倚米齐诺夫，他是那么高贵卓越的人。〕”

大家笑得很厉害。在桌子上端的上座那里，似乎大家都愉快，并且怀着各种兴奋的心情，只有彼挨尔和爱仑沉默着，几乎是并排地坐在桌子的下端，在两人的脸上约制着鲜明的笑容，这与塞尔盖·库倚米支无关——而是害羞的笑容，是为了他们自己的心情而有的。尽管别人说话、发笑、诙谐，尽管别人很有胃口地吃来因酒、煎菜和冰食，尽管别人避免看见这一对男女，尽管别人显得对他们俩不关心、不注意，但是由于某种原因，由于偶尔投给他们的目光，令人觉得，关于塞尔盖·库倚米支的趣事、笑声、菜肴——这一切都是虚伪的，而这整个团体的全部注意力只集中在这一对男女的身上——在彼挨尔和爱仑身上。发西利公爵表演了塞尔盖·库倚米支的啜泣，同时又瞥了瞥女儿，而当他发笑的时候，他脸上的表情说：“是了，是了，情形很好，今天一切都要决定了。”安娜·芭芙洛芙娜为了notre bon Viasmitinoff〔我们的善良的维亚倚米齐诺夫〕用手指威胁他，但在她此刻向彼挨尔瞥了一下的眼睛里，发西利公爵看出了，她在祝贺他的将来的女婿，祝贺他的女儿的幸福。老公爵夫人带着愁闷的叹息向邻座的妇人敬酒，并且愤怒地看了看女儿，似乎这一声叹息是说：“是的，现在我同您什么都没有了，只有吃甜酒了，我亲爱的，现在是年轻人幸福得那么大胆而旁若无人的时候了。”“我所说的一切是多么愚蠢啊，好像我对它发生兴趣似的，”外交官望着爱人们的幸福的脸，想着，“这才是幸福！”

在那些维系这个团体的、无关重要的、琐屑的、人为的兴趣之中，加进了美丽、健康、年轻男女互相倾慕的单纯的感情。这种合乎人情的感情，压倒了一切，并且驾凌在他们的一切做作的低语之上。笑话是不愉快的，新闻是无趣的，而热闹显然是做作的。不但他们，而且在桌旁侍候的仆役们，都似乎感觉到同样的心情，并且望着美人爱仑和她的容光焕发的脸，望着彼挨尔的红色的、肥胖的、幸福的、不安的脸，竟忘记了他们的任务。似乎烛光只集中在这两个幸福的脸上。

彼挨尔觉得他是全体的中心，这个地位使他又高兴又难受。他好像是一个专心注意在某种事情上的人。他没有清楚明白地看见、了解或听见任何东西。只有不连贯的思想和现实生活的印象偶尔在他心中突然地闪过。

“所以一切都完了！”他想，“这一切是怎么发生的？这么快！现在我知道了，不是为她一个人，不是为我一个人，而是为了所有的人，这是不可避免地要实现的。他们都那么期待这个，那么相信这是会实现的，以致我不能够，不能够令他们失望。但是这件事将要如何实现呢？我不知道，但是，这是要实现的，一定要实现的。”彼挨尔想着，望着正在他眼前闪耀的肩膀。

有时，他忽然因为什么缘故觉得害羞。为了他一个人吸引了大家的注意，为了他在别人目光中是幸福的人，为了他这个巴黎式的丑脸儿的人占有爱仑，他觉得不安。“但是，确实，那是永远如此的，那是一定要如此的，”他安慰着自己，“可是我为这件事做了什么呢？这是什么时候开始的？我和发西利公爵一同从莫斯科来的。那时候还是什么事也没有。那么，我为什么不住在他家里呢？后来，我和她玩牌，拾起她的提袋，和她坐车出去。这是什么时候开始的，这一切是什么时候发生的？”此刻他靠近她坐着，好像是她的未婚夫，他听见、看见、感觉到她的接近，她的呼吸，她的动作，她的美丽。有时，他忽然觉得，不是她，而是他自己非常漂亮，觉得他们正是因此而那么望着他，并且他，因为大家的惊奇而觉得幸福，他挺起胸膛、抬起头，为自己幸而高兴。忽然他听到谁的声音，一个熟人的声音，第二次向他说了什么。但彼挨尔是那么聚精会神，以致弄不明白别人对他所说的话。

“我问你，你什么时候接到保尔康斯基公爵的信的？”发西利公爵第三次问，“你是多么心不在焉，我亲爱的。”

发西利公爵微笑着，彼挨尔看到，所有的人，所有的人都向他和爱仑微笑着。

“即使你们都知道，那又有什么关系，”彼挨尔向自己说，“哦，那有什么关系呢？这是事实。”于是他自己发出温顺的儿童般的微笑，爱仑也微笑了。

“你什么时候接到的？从奥尔牟兹寄来的吗？”发西利公爵重复说，他似乎是为了解决争端，需要知道这个。

“怎么能够谈到、想到这样的琐事呢？”彼挨尔想。

“是的，从奥尔牟兹寄来的。”他叹了口气回答。

饭后彼挨尔领着他的女伴跟着别人进了客厅。客人们开始散去，有几个人没有向爱仑道别便走了。好像是不愿使她离开她的重要的工作，有几个人到她面前来了一会儿，便赶快离开，不许她送。外交官忧闷地沉默着，走出客厅。他觉得他的外交事业，和彼挨尔的幸福比较起来，只是虚荣了。老将军，当他的妻子向他问到他的腿部情况时，向她愤怒地抱怨了。“你这样的老傻瓜，”他想，“你瞧，爱仑·发西莉叶芙娜到了五十岁还是美人。”

“似乎觉得，我可以贺您了，”安娜·芭芙洛芙娜向公爵夫人低语并且用劲地吻她，“假使不是头痛，我便留在这里了。”

公爵夫人没有回答，她对女儿幸福的妒忌使她苦恼。

彼埃尔在客人辞别时，独自和爱仑在他们坐着的小客厅里留了好久。在以前一个半月之间，他常常独自和爱仑在一起，但从未向她说到过爱情。现在他觉得这是不可避免的，但他又不能下决心走这最后的一步。他觉得害羞，他似乎觉得，在这里，在爱仑的身边，他是占据着别人的地位。“这种幸福不是为你的，”一种内心的声音向他说，“这种幸福是为那些人的，他们没有你所有的东西。”

但是他必须说点什么，于是他开始说话了。他问她是否满意今天的晚会。她和素常一样，单纯地回答说，这天的命名日是她的最快乐的日子。

最亲近的亲戚当中，还有人未走。他们坐在大客厅里。发西利公爵踏着懒洋洋的脚步走到彼挨尔面前。彼埃尔站起来，说时间已经很迟了。发西利公爵严厉地疑问地望着他，似乎他所说的是奇怪得使人不能够听懂的。但，接着，严厉的表情改变了，于是发西利公爵向下拉彼挨尔的手，使他坐下，并且亲切地微笑了一下。

“怎样，辽利娜？”他立刻用那种不经心的、惯有的、亲切的语气向女儿说，这语气是从小即爱儿女的父母们所素有的，但在发西利公爵，这种语气只是由于模仿别家父母们而揣摩出来的。

于是他又转向彼挨尔。

“‘塞尔盖·库倚米支，从各方面’。”他一面说，一面解着背心的顶上边的扣子。

彼埃尔微笑了一下，但是从他的笑容上可以看得出，他明白，不是塞尔盖·库倚米支的趣事现在使发西利公爵发生兴趣，而发西利公爵也晓得，彼挨尔知道这一点。发西利公爵忽然咕噜了什么，就走出去了。彼挨尔似乎觉得，连发西利公爵也发窘了。这个年老的、社交界的人的窘态感动了彼埃尔，他向爱仑回顾了一下——而她，似乎也发窘了，并且她的目光似乎是说：“哦，这是您自己的错。”

“我一定不可避免地要走这一步了，但是我不能够，我不能够，”彼挨尔想，于是又说到不相干的事，说到塞尔盖·库倚米支，问到这个趣事的是什么内容，因为他没有听清楚。爱仑微笑着回答说，她也没有听清楚。

当发西利公爵进客厅时，公爵夫人低声地同一个老太太谈着彼挨尔。

“当然，C’est un parti très brillant, mais le bonheur, ma chère,〔这是很美满的一对儿，我亲爱的，但幸福，〕……”

“Les mariages se font dans les cieux.〔婚姻是天定的。〕”老太太回答。

发西利公爵，好像没有听太太们说话，走到远远的角落里，坐在沙发上。他闭了眼睛，好像在打盹。他的头正要向下垂，可是他又清醒了。

“阿丽娜，”他向妻子说，“Allez voir ce qu’ils font.〔去看看他们在做什么。〕”

公爵夫人走到门前，带着富有意义而又似乎漠不关心的神情从门口走过，向客厅里瞥了一下。彼挨尔和爱仑仍然坐着在谈话。

“还是那样。”她回答了丈夫。

发西利公爵皱了皱眉，把嘴歪了一下，他的腮带着他所特有的、不愉快的、粗鲁的表情，颤动了一下，他抖了抖身子，站立起来，把头向后一仰，用坚定的脚步，经过太太们面前，走进小客厅里去了。他快步地、高兴地走到彼挨尔面前。公爵的脸是非常地得意扬扬，以致彼挨尔看见了他的脸便惊恐地站起来了。

“谢谢上帝！”他说，“我的内人向我说了一切！”他一手抱着彼挨尔，一手抱着女儿。“我亲爱的孩子……辽利娜！我很，我很高兴。”他的声音打颤了，“我爱你的父亲……她要成为你的好妻子……愿上帝保佑你们！……”

他搂抱女儿，然后，又搂抱彼挨尔，并且用有年老气味的嘴唇吻了他。泪水果真湿了他的腮。

“公爵夫人，到这里来呀。”他喊叫。

公爵夫人来了，也淌眼泪了。老太太也用手帕拭眼泪。他们吻了彼挨尔，彼挨尔也把美丽的爱仑的手吻了好几次。过了一会儿大家又让他们俩留在一块儿了。

“这一切都是应该如此的，不能有别的样儿的，”彼挨尔想，“所以用不着问，这是好是坏。好，因为它是确定的了，没有了从前的恼人的怀疑。”彼挨尔沉默地抓着他的未婚妻的手，望着她的美丽的一起一伏的胸脯。

“爱仑。”他出声地说，又停止了。

“在这种时候我们总得说些特别的话。”他想，但他想不起来，他们在这种时候所要说的究竟是什么。他看了看她的脸。她靠他更近了。她的脸发红了。

“啊，去掉这个……这个……”她指着他的眼镜说。

彼挨尔摘去了眼镜，他的眼睛，在人们摘去眼镜时所有的一般的眼光异常之外，还显出了惊恐和怀疑。他想要低头吻她的手，但她带着头部的迅速而粗鲁的动作，截获了他的嘴唇，把她自己的嘴唇贴上他的嘴唇。她脸上的变了样的、不好看的、慌张的表情使彼挨尔吃惊了。

“现在已经太迟了，一切都完了，但是我爱她。”彼挨尔想。

“Je vous aime！〔我爱你！〕”想起在这种时候所应该说的话，他这么说了，但这句话的声音显得那么软弱无力，以致他替自己觉得害羞了。

一个半月之后，他结婚了，并且如人们所说的，成了美丽妻子与数百万家业的幸福的拥有者，住在彼得堡的新装修的别素号夫伯爵家的大房子里。

3

尼考拉·安德来维支·保尔康斯基老公爵在一八〇五年十二月接到发西利公爵的信说，他要同儿子一道来拜访。（“我要出差视察，当然，为了拜访您，我的敬爱的恩人，我觉得一百俚路说不上是绕道，”他在信上这么说，“我的阿那托尔要伴我上路，他是到军营中去的，我希望您准许他亲自向您表示像对他父亲那样对您所抱的深厚敬意。”）

“那么用不着把玛丽带出去了：求婚的人们要亲自上门了。”矮小的公爵夫人听到这话，不当心地说。

尼考拉·安德来维支公爵皱了皱眉，没有说什么。

在接信之后两星期，有一天晚上，发西利公爵的仆人们先到了，他自己和儿子是第二天到的。

老保尔康斯基一向瞧不起发西利公爵的为人，近来，因为发西利公爵在新皇朝巴弗尔和亚力山大的时候有了高官厚禄，更加瞧不起他了。现在由于这封信和矮小的公爵夫人的暗示，他明白了是怎么回事，而对于发西利公爵的瞧不起，在尼考拉·安德来维支公爵的心中，变成恶意的轻视了。他说到他的时候总是哼鼻子。在发西利公爵要到的那天，尼考拉·安德来维支公爵是特别不高兴，并且有脾气。或者是因为发西利公爵要到，他才有脾气，或者是因为他有了脾气，才特别不高兴发西利公爵来到，但总之，他是有脾气，齐杭早晨就劝了建筑师不要带报告去见公爵。

“您听，他怎么在走，”齐杭说，要建筑师注意公爵的脚步声，“他用脚跟在走……那么我们知道……”

但是，和寻常一样，在早晨九点钟前，公爵身穿貂皮领的天鹅绒皮大衣，头戴貂皮帽，出门散步。头天晚上落了雪。尼考拉·安德来维支公爵经常散步走过的、到花房的路径已经扫过了，在被扫的雪上可以看到扫帚的痕迹，有一把锹插在路旁脆弱的雪堆上。公爵皱着眉，沉默着，走过花房，下房和厢房。

“雪橇可以通过吗？”他问陪他回家的、可敬的、在面貌和态度上与主人相似的管家。

“雪深，大人。我已经叫人扫除大道了。”

公爵点了点头，走到台阶前。“谢谢你，主啊，”管家想，“脾气过去了！”

“车子不容易通过，大人，”管家补充说，“听说，大人，有一个大臣要来见大人。”

公爵向管家转过身来，用皱蹙的眼睛注视着他。

“什么？大臣？什么大臣？谁吩咐的？”他用尖锐的、粗暴的声音说，“你们不替我的女儿公爵小姐扫路，却替大臣扫路！我没有大臣们！”

“大人，我以为……”

“你以为！”公爵咆哮着，他越说越快越不连贯了，“你以为……强盗们！坏蛋们……我要教训你以为，”于是他举起手杖，向阿尔巴退支挥去，假若不是管家不自觉地躲开这一击，便打到他了。“你以为！……坏蛋们！……”他急促地叫着。

但是，虽然阿尔巴退支，因为自己大胆——躲开打击——而恐惧着，走到公爵面前，恭顺地垂着秃头，或者，也许，正因此，公爵继续叫着：“坏蛋们！……把雪扔回路上去！……”却没有再举起手杖，疾步地回房间里去了。

在饭前，公爵小姐和部锐昂小姐知道了公爵有脾气，站着等候他：部锐昂小姐的光辉的脸似乎是说：“我一点也不知道，我是像平常一样。”而玛丽亚公爵小姐则面色苍白、显得恐惧、垂着眼睛。使玛丽亚公爵小姐最感痛苦的，是她知道，在这种时候，她应该做得和部锐昂小姐一样，但是她不能这么做。她觉得：“我要做得好像是没有注意到，他便要以为，我对于他没有同情：我要显得我也苦恼，有脾气，他便要说（这是常有的），我丧气了。”等等。

公爵看了看女儿的恐惧的脸，哼了哼鼻子。

“蠢人……或者傻瓜！”他低语着。

“那一个不在这里！他们对她说了坏话。”他想到不在饭厅里的矮小的公爵夫人。

“公爵夫人在哪里？”他问，“藏起来了吗？……”

“她身体不好，”部锐昂小姐愉快地微笑着说，“她不得出房了。在她的情况中，这是当然的。”

“哼！哼！嘿！嘿！”公爵低语着，在桌前坐下来了。

他觉得碟子不干净：他指了指污点，便把碟子一甩。齐杭接住碟子，递给了司膳。矮小的公爵夫人不是不舒服，但她是那么不可克制地惧怕公爵，以致听到了他有脾气，她便决定了不出房。

“我为了胎儿害怕，”她向部锐昂小姐说，“天晓得，恐惧会产生什么结果。”

总之，矮小的公爵夫人住在童山，经常对老公爵怀着恐惧和她所不自觉的厌恶，因为恐惧是那么占优势，以致她不能感觉到厌恶。在公爵方面也有厌恶。但它被轻视所掩盖了。公爵夫人在童山住惯了以后，特别欢喜部锐昂小姐，和她整天在一起，请她在自己的房中过夜，常常同她说到公公，并且批评他。

“Il nous arrive du monde, mon prince,〔有客人要到我们这里来了，公爵，〕”部锐昂小姐说，用红润的手打开白餐巾。“Son excellence le prince Kouraguine avec son fils, à ce que j'ai entendu dire?〔库拉根公爵大人和他的儿子，我听说的？〕”她探问地说。

“哼，这个大人是一个后生小子……是我派他差事的，”公爵愤怒地说，“他儿子为什么要来，我不明白。莉萨维塔·卡尔洛芙娜公爵夫人和玛丽亚公爵小姐也许知道，我不知道，他为什么要把他的儿子带到这里来。我不需要他来。”他望了望面色发红的女儿。

“不好过，是吗？是怕阿尔巴退支这个蠢材今天所说的那个大臣吗？”

“不，mon père.〔爸爸。〕”

部锐昂小姐的话题虽然没有获得成功，但她没有停止。她说到花房，说到新开的花的美丽，于是公爵在用汤以后变得和气了。

饭后他去看媳妇。矮小的公爵夫人坐在小桌子旁和女仆玛莎在闲谈。她看见了公公，便脸色发白。

矮小的公爵夫人改变了很多。她现在与其说是美，毋宁说是丑了。她的腮凹下去了，嘴唇向上撅起，眼睛陷下去了。

“是的，有一点累赘。”她回答了公公的问题，公公问她觉得如何。

“你不需要什么吗？”

“不，merci, mon père.〔谢谢，爸爸。〕”

“哦，好的，好的。”

他出去了，走到仆人房前。阿尔巴退支垂头站在仆人房里。

“路堵起来了吗？”

“堵起来了，大人，看在上帝情面上，饶恕我吧，只是因为我的愚蠢。”

公爵打断了他的话，并且发出了不自然的笑声。

“哦，好的，好的。”他伸出了手给阿尔巴退支吻，然后回书房去了。

晚上发西利公爵到了。车夫们和仆人们在说成了“达道”[①]的大道上去迎接他，在故意铺了雪的路径上叫喊着，把他的马车和雪橇拖到厢房。

发西利公爵和阿那托尔被招待在各别的房间里。

阿那托尔脱了大衣，手叉着腰，坐在桌前，微笑着，用他的美丽的大眼睛漫不经心地凝视着桌子角。他把他的全部生活看作连续不断的娱乐，这种娱乐是别人为了某种缘故为他负责安排的。现在，对于访问怪癖老人和富而丑的女继承人，他也是这么看法。这一切，照他的预料，或许是结果很好的，很有趣的。“假使她很有钱，为什么不娶她呢？这是绝不碍事的。”阿那托尔想。

他按照他的习惯，细心地、讲究漂亮地刮了脸，洒了香水，并且带着天生的、善意的、得意的表情，高抬着美丽的头，走进了父亲的房。发西利公爵身边有两个侍仆忙着在替他穿衣服，他自己兴奋地回顾了一下，愉快地向进来的儿子点了点头，似乎他说：“对了，我正需要你这样！”

“不，不是说笑话，爸爸，她很丑吗？啊？”他用法语问，好像是继续着在途中谈过不止一次的问题。

“不要说了，废话！最重要的，是你在老公爵面前，要极力显得恭敬、懂事。”

“假使他要胡说八道，我就走开，”阿那托尔说，“我不能容忍这

① 这是描写他们把大道的音说差了。

种老头儿们。啊？”

“记住，你的一切全靠这件事来决定了。”

这时候女仆们的房间里不但知道了大臣和他儿子的到来，而且详细地谈到了两人的外表。玛丽亚公爵小姐独自坐在房间里，徒然地想要压制内心的激动。

“为什么他们写了信，为什么莉萨向我说到这事？但这是绝不可能的！”她照着镜子，向自己说，“我要怎么进客厅呢？即使他令我满意，我自己现在也不能和他在一起。”

一想到她父亲的目光，她便觉得恐怖了。

矮小的公爵夫人和部锐昂小姐已经从女仆玛莎那里听到了必要的情报：大臣的儿子是一个多么漂亮的红腮黑眉的男子，他的父亲是多么费力地提腿上楼梯，而他却像一只鹰，一步三级地跟在他后边跑着。得到了这些消息，矮小的公爵夫人和部锐昂小姐便来到公爵小姐的房里，她们的生动谈话的声音还在走廊那里便听得见了。

“Ils sont arrivés, Marie,〔他们已经到了，玛丽，〕您知道吗？”矮小的公爵夫人说，摇摆着她的肚子，沉重地落坐在安乐椅子里。

她没有穿她早晨所常穿的外衣，却穿了一件最好的衣服。她的头发用心地修饰了，她的脸上带着兴奋的表情，这却没有遮盖她的憔悴的、惨白的面容。她做了她在彼得堡交际场中所常做的装饰，这更显出她变得很丑了。在部锐昂小姐身上也有了不显目的绝妙的装饰，这在她美丽的、鲜嫩的脸上，增加了更多的吸力。

“Eh bien, et vous restez comme vous êtes, chère princesse?〔哦，你就是你这个样子了吗，亲爱的公爵小姐？〕”她说。“On va venir annoncer, que ces messieurs sont au salon, il faudra descendre, et vous ne faites pas un petit brin dé toilette!〔他们就要来报告，这些先生们已在客厅里了，我们就要下楼，你却一点也没有装扮！〕”

矮小的公爵夫人从椅子上站起来，按铃唤女仆，并且急忙地愉快地着手设计玛丽亚公爵小姐的服装、并执行这个计划。玛丽亚公爵小姐觉得自己的尊严被损伤了，因为求婚者的来临使她兴奋，而更使她觉得难受的，是她的两个女友都不认为是可以不这样的。要向她们说，她替自己和她们觉得难为情，这便是泄露了自己的兴奋，若是拒绝她们所提议的服装，便要引起不断的嘲笑和坚持。她的脸发红了，美丽的眼睛没有了光彩，她脸上布了红霞，并且带着她脸上常常有的、那种丑陋的、忍受牺牲的表情，她顺从了部锐昂小姐和莉萨的主张。两个女子十分诚意地尽力使她美丽。她是那么丑，以致她们都不会想到和她竞争，因此她们十分有诚意地着手替她打扮，她们带着女性所有的那种单纯的固执的信念，以为服装可以使得面孔美丽。

“不，我亲爱的，真的，这件衣裳不好看，”莉萨远远地斜视着公爵小姐说：“叫人去把你的栗色天鹅绒的衣服拿来。确实啊！你知道，也许一生的命运就要决定了。但这一件太淡了，不好看，不好看！”

不是衣服不好看，而是公爵小姐的脸和全身不好看，但部锐昂小姐和矮小的公爵夫人没有感觉到这一点，她们还以为，若是在向上梳的头发上放一条蓝色缎带，把蓝色颈巾从棕色衣服上垂下来，等等，便一切都好了。她们忘记了，惊惶的面孔和形象是不能改变的，因此，她们纵然改变了这个面孔的外形和装饰，这个面孔本身仍然是可怜而丑陋的。玛丽亚公爵小姐顺从地接受了两三次的修改，然后，当她的头发向上梳好（这种梳妆完全改变了并且损坏了她的面貌），戴上了蓝颈巾、穿上华丽的天鹅绒衣服时，矮小的公爵夫人在她身旁绕了两次，用小手时而理好衣褶，时而拉起颈巾，并且歪着头，时而从这边望望，时而从那边望望她。

“不行，这样不行，”她拍了拍手，坚决地说。“Non, Marie, décidément ça ne vous va pas. Je vous aime mieux dans votre petite robe grise de tous les jours. Non, de grâce, faites cela pour moi.〔不行，玛丽，这对你绝对不适合。我最爱你穿平常所穿的灰色的衣服。不，请你替我这么办

吧。〕卡恰，”她向女仆说，“把银灰色的衣裳拿来给公爵小姐，部锐昂小姐，你看看，我来怎样办。”她预感着艺术家的喜悦，微笑着说。

但是当卡恰取来了所需要的衣服时，玛丽亚公爵小姐仍然不动地坐在镜子前面，望着自己的脸，在镜子中她看见了，她的眼睛里有泪，她的嘴打颤，她快要哭泣了。

“Voyons, chère princesse,〔哦，亲爱的公爵小姐，〕”部锐昂小姐说，“encore un petit effort.〔再稍微努点力。〕”

矮小的公爵夫人，拿了女仆手中的衣服，走到玛丽亚公爵小姐面前。

“哦，现在我们要做得简单、合适。”她说。

她，部锐昂小姐，卡恰，三个人的声音，合成了一个愉快的喋喋声，好像鸟雀的啾啾声一样，卡恰还为着什么发出笑声。

“Non, laissez-moi,〔不，不要管我了吧，〕”公爵小姐说。

她的声音说得那么严肃而痛苦，以致鸟雀的啾啾声立即停止了。她们看了看那双美丽的大眼睛明亮地恳求地望着她们，眼睛里充满着泪水和思想，于是她们明白了，坚持是无用的，甚至是残忍的。

“Au moins changez de coiffure,〔至少要改一改头发的样子，〕”矮小的公爵夫人说，“Je vous disais,〔我向你说过的，〕”她谴责地向着部锐昂小姐说，“Marie a une de ces figures, auxquelles ce genre de coiffure ne va pas du tout. Mais du tout, du tout. Changez de grâce.〔玛丽的面孔是一点也不适合这种发妆的，一点也不，一点也不。请你改一改吧。〕”

“Laissez-moi, laissez-moi, tout ça m'est parfaitement égal,〔不要管我了吧，不要管我了吧，我觉得反正都是一样，〕”几乎不能约制眼泪的声音回答着。

部锐昂小姐和矮小的公爵夫人不得不承认，玛丽亚公爵小姐这样打扮是很丑的，还不如平常那样：但是已经太迟了。她带着她们所知道的那种表情，那种又有思想又有悲伤的表情望着她们。这种表情没有引起她们对于玛丽亚公爵小姐的恐惧（她没有引起过任何人的恐惧）。但是她们知道，当她脸上显出这种表情时，她便沉默着，并且她的决心是不可动摇的。

“Vous changerez, n'est-ce pas? 〔你是不是要改一下呢？〕”莉萨说，当玛丽亚公爵小姐没有回答时，莉萨走出了房。

只剩下玛丽亚公爵小姐一个人了。她没有执行莉萨的愿望，并且不但没有改变发妆，而且也没有在镜子里看一看她自己。她无能为力地垂下她的眼和手，沉默地坐着思索。她想象着一个丈夫，一个男子，一个强壮的、有权力的、不可思议的、有吸力的人物，他忽然把她带进一个全然不同的、他自己的、幸福的世界。她想象着在她自己怀里的、她自己的小孩，好像她昨天在奶妈的女儿那里看见的小孩那样。丈夫站在旁边，亲切地望着她和小孩。“但不，这是不可能的！我太丑了。”她想。

“请去喝茶。公爵马上就要出来了。”女仆的声音在门外说。

她清醒过来了，并且对她所想的事感到惧怕了。她站起来，在下楼之前，走进了祈祷室，于是注视着被灯光照亮的救主大圣像的黑面容，叠着手在圣像前站了几分钟。玛丽亚公爵小姐的心中有一种苦恼的怀疑。她能够有爱情的欢乐，对于男子的尘世爱情的欢乐吗？在结婚的幻想中，玛丽亚公爵小姐幻想到家庭幸福和小孩，但她的主要的、最有力的、最秘密的幻想乃是人世的爱情。她愈要极力隐瞒别人，甚至她自己，这情绪愈强烈。“我的上帝，”她说，“我要怎样在我的心中压下这些魔鬼的念头呢？我要怎样永久地拒绝邪恶的幻想，才好安心地执行你的意志呢？”她刚刚说出这个问题，上帝已经在她自己的心中回答她道：“不要为自己希求任何东西，不要寻觅、不要焦急、不要欣羡。人类的将来和你的命运是你不应该知道的：但你得这样地生活，就是要对一切有所准备。假使上帝要在婚姻的责任上考验你，你便准备执行他的意志。”怀着这种安慰的思想（但她还是希望实现她的被禁止的尘世的幻想），玛丽亚公爵小姐叹了口气，画了十字，走下楼，既不想到她的衣服，又不想到她的发妆，也不想到她要怎样走进客厅，要说什么。这一切和上帝所注定的，比较起来，能算得上什么呢？没有上帝的意志，人的头上不会落掉一根发丝。

4

当玛丽亚公爵小姐进房时，发西利公爵已经和他的儿子在客厅里，和矮小的公爵夫人和部锐昂小姐在交谈了。当她踏着脚跟，用沉重的步子走进房时，男子们和部锐昂小姐站立起来，矮小的公爵夫人向男子们指着她说："Voilà Marie！〔玛丽来了！〕"玛丽亚公爵小姐看见了大家，并且详详细细地看见了。她看见了发西利公爵的脸，这脸在见到公爵小姐时严肃了片刻，但马上又微笑着，看见了矮小的公爵夫人的脸，她好奇地注视着客人们脸上看玛丽给予了他们什么样的印象。她还看见了部锐昂小姐和她的缎带，美丽的脸，以及从未有过的、向他注视着的、兴奋的目光，但是她不能够看见他。当她进房时，她只看见了一个巨大的、鲜明的、美丽的东西向她移动。发西利公爵首先走到她面前，她吻了他的向她手上低垂着的秃头，并且回答了他的话，说，相反地，她记得他很清楚。然后阿那托尔走到她面前。她还没有看见他。她只感觉到一只温柔的手紧握着她的手，她几乎接触到他的白额，在额上是洒过香水的美丽的黄头发。当她望了望他的时候，他的美丽使她吃惊了。阿那托尔把右手的大拇指插在制服的扣着的扣子下边，向前挺起着胸膛，把脊背向里缩着，他轻摆着一只伸在后边的腿，头微微下垂，沉默地，愉快地望着公爵小姐，显然他心里完全没有想到她。阿那托尔不敏捷、不伶俐、不善于说话，但是在另一方面，他有一种为社交界所看重的本领——就是他的镇静和绝不改变的信心。一个没有自信的人，在初次和人相识的时候沉默着，并且表示，他觉得这种沉默的不合宜，希望找点话说，那结果是不好的，但是阿那托尔沉默着，摆着腿，愉快地注意着公爵小姐的发妆。显然是他能够那么镇静地沉默很久。"假使有谁觉得这种沉默不舒服，那么您就说话，但我却不想说。”似乎他的面色这么说。此外阿那托尔和妇女相处的时候还有一种态度，最能引起妇女的好奇、畏惧甚至爱念——那就是他傲慢地感觉到自己的优越。似乎他的态度向她们说：“我认识你们，我认识你们，但为什么要和你们惹麻烦呢？你们真高兴哦！”也许他遇见了妇女们，并不这么想（他大概是不想的，因为他通常很少思索），但他的神情和态度显得是那样的。公爵小姐感觉到这个，并且仿佛是她想要向他表明，她不敢想要引起他注意，她便转身向着老公爵。谈话的内容是共同的、生动的，这是由于矮小的公爵夫人的声音和她的白齿上边翘起的、有毫毛的嘴唇。她用多言的、愉快的人们所常用的那种玩笑的态度接待发西利公爵，这是假定：在他们自己和受这样接待的人之间，有一些久已存在的笑话和一些愉快的、不全部为人知道的、有趣的回忆，而其实并没有这种回忆，在矮小的公爵夫人和发西利公爵之间正是没有这种回忆。发西利公爵甘愿地采用了这种语气，矮小的公爵夫人引起了她所几乎不认识的阿那托尔也回忆这种从未有过的可笑的事件。部锐昂小姐也参加了这种共同的回忆，甚至玛丽亚公爵小姐也满意地觉得自己被牵入了这种愉快的回忆中。

“那么，至少，我们现在要充分地向您领教了，亲爱的公爵，”矮小的公爵夫人向发西利公爵说，当然是用法语，“在这里不像我们在安涅特家的晚会里那样了，您在那里总是跑走。您记得ceette chère Annette?〔那亲爱的安涅特吗？〕”

“啊，但您可不要像安涅特那样地向我说到政治！”

“还有我们的小茶桌呢？”

“啊，是的！”

“您为什么总不到安涅特家去？”矮小的公爵夫人问阿那托尔。“啊！我知道，我知道，”她眏了眏眼说，“您的哥哥依包理特，向我说到过您的事。啊！”她用手指向他吓唬着，“我还知道您在巴黎的胡闹！”

“但是，他，依包理特，没有告诉你吗？”发西利公爵说，转向他的儿子，并且抓着矮小的公爵夫人的手臂，好像她要跑走，而他刚好抓住了她，“他没有告诉你，他，依包理特自己，是怎样为可爱的公爵夫人而憔悴，她怎样le mettait à la porte？〔轰他出门的吗？〕”

“Oh！ C'est la perle des femmes, princesse！〔哦！她是妇女中的珍宝，公爵小姐！〕”他向公爵小姐说。

部锐昂小姐那方面，听人谈到巴黎，便不放过机会，也加入了这个共同回忆的谈话。

她冒昧地问阿那托尔离开巴黎是否很久，他是否欢喜这个城。阿那托尔极乐意地回答了法国女子，并且微笑着，望着她，同她谈到她的祖国。看见了美丽的部锐昂小姐，阿那托尔便认定，在这里，在童山，不会觉得无聊的。“很不错！”他想，望着她，“这个demoiselle dé compagnie〔陪伴的小姐〕很不错。我希望，她嫁我的时候，带了她一道，”他想，“la petite est gentille.〔这个小东西很漂亮。〕”

老公爵在书房里从容不迫地穿衣服。他皱着眉，思索着他应该怎么办。这些客人的来到使他发火了。“发西利公爵和他的儿子在我看来是什么人？发西利公爵是一个空虚的吹牛皮的人：他的儿子应当还好。”他向自己低语着。使他生气的，是这些客人的来临，在他心中引起了那个未决的、经常地被压制的问题——关于这个问题，老公爵总是欺骗他自己。这个问题就是，他是否决定有一天要和玛丽亚公爵小姐分离，把她交给一个丈夫。公爵从来不敢直接向自己提出这个问题，他预先知道，假若提出了，他便要公正地回答这个问题，而“公正”所要损伤的，不仅是情感，而且是他的生活的可能。虽然他似乎不看重她，但没有玛丽亚公爵小姐的生活，在尼考拉·安德来维支公爵，是不堪设想的。“她为什么要结婚呢？”他想，“当然，是要做不幸福的人。莉萨嫁了安德来（更好的丈夫现在似乎是难以找到的了），她难道满意她的命运吗？并且谁会为了爱情娶她呢？她又丑，又不伶俐。人会为了关系，为了财产而娶她。老处女们不能过活吗？却是更幸福哦！”尼考拉·安德来维支公爵穿衣服的时候这么想，而同时，这个一向被延搁的问题需要立即解决。发西利公爵把他的儿子带来，显然是企图提议婚事，也许今天或明天，他将要求直接的回答。门第，社会地位，是相当的。“那么，我不反对，”公爵向自己说，“但要他配得上她。这就是我们所要注意的。”

“这就是我们所要注意的，”他出声地说，“这就是我们所要注意的。”

于是，他像平常一样，用健爽的步子走进客厅，用眼睛迅速地看了看大家，注意到矮小的公爵夫人的衣服的更换，部锐昂的缎带，玛丽亚公爵小姐的难看的发妆，部锐昂小姐和阿那托尔的笑容，以及女儿在大家谈话中的孤单。“她打扮得好像个傻瓜！”愤怒地看了看女儿，他想，“不晓得羞，他连睬也不愿睬她！”

他走到发西利公爵的面前。

“啊，好吗，好吗？我很高兴看见您。”

“为了亲爱的朋友，七俚路算不上是绕道！”发西利公爵像平常一样地，迅速、自信、亲密地说。“这是我的第二个孩子，请你垂爱关照。”

尼考拉·安德来维支公爵看了看阿那托尔。

“好孩子，好孩子！”他说，“好，来吻我吧，”他把腮伸给他。

阿那托尔吻了老人，好奇地十分镇静地望着他，等待着，看他是否就要做出他父亲所料的怪事。

尼考拉·安德来维支公爵坐到沙发角落里他坐惯的地方，向自己面前替发西利公爵拖了一张椅子，指了椅子要他坐，开始问到政事和新闻。他似乎是在注意地听发西利公爵的话，却不断地瞥着玛丽亚公爵小姐。

“那么，他们已经从波兹达姆写信来了吗？”他重复了发西利公爵最后的话。忽然，他站起来，走到女儿面前。

“你是为了客人们这样打扮的吗，啊？”他说，“好，很好。你在客人面前梳新式的头，我在客人面前向你说，以后不许你再敢没有我的准许就换衣裳。”

“这要怪我，爸爸。”矮小的公爵夫人红着脸插言。

“您可以随便怎样，”尼考拉·安德来维支公爵在媳妇面前两足并齐，鞠躬着说，“但是她用不着把自己弄丑，她已经是那样丑了。”

他又坐到自己的地方，不再注意那被他奚落得流泪的女儿。

“相反，这种发妆很适合公爵小姐。”发西利公爵说。

“好，世兄，小公爵，您叫什么？”尼考拉·安德来维支公爵向阿那托尔说，“到这里来谈谈，我们认识认识。”

“瞧吧，现在笑话开始了。”阿那托尔想，微笑着在老公爵旁边坐下来。

“哦，对了，我亲爱的，我听说，您是在国外受教育的。不像我和你父亲是由教会执事启蒙的。告诉我，我亲爱的，您现在是在骑兵禁卫军里服务吗？”老人问，靠近地注意地看着阿那托尔。

“不，我调入军队了。”阿那托尔说，几乎忍不住笑声。

“啊！好事呀。那么，我亲爱的，您想报效皇帝和祖国吗？这是战争的时候。这样的好汉子应当服役，应当服役。那么，是上前线吗？”

“不是的，公爵。我们的团开走了。我另外派了差。我派了什么差，爸爸？”阿那托尔带着笑声向着父亲说。

“他服役得好极了，好极了。我派了什么差！哈哈哈！”尼考拉·安德来维支公爵笑起来了。

阿那托尔笑的声音更高了。忽然，尼考拉·安德来维支公爵皱了皱眉。

“好，去吧。”他向阿那托尔说。

阿那托尔微笑着又走到妇女们面前。

“你把他送在国外受教育的吗，发西利公爵？啊？”老公爵向发西利公爵说。

“我为他尽了我最大的努力，我要向您说，那里的教育远比我们的好。”

“是的，现在一切都不同了，一切都要时新。这孩子了不起！了不起！哦，到我房里去吧。”

他拉了发西利公爵的手臂，领他进了书房。

发西利公爵和老公爵单独在一起时，立刻向他说明了他的愿望和希望。

“为什么你以为，”老公爵愤怒地说，“是我要留着她，我不能离开她？你想一想吧！”他愤怒地说。“就是明天我也行的！我只要告诉你，我想好好地认识我未来的女婿。你知道我的原则：一切公开！我要明天当你面问她：她若愿意，就让他住下来。让他住下来，我要看一看的。”公爵哼了哼鼻子，“让她出阁，在我是无所谓的。”他用他和儿子分别时的那种尖锐的声音咆哮起来。

“我老实向您说，”发西利公爵用狡猾的人相信在明察的交谈者面前无需狡猾的那种语气说，“您是看得透人的。阿那托尔不是天才，却是一个正派的善良的孩子，极好的儿子和亲戚。”

“啊，啊，那很好，我们就会知道的。”

对于好久不和男子们来往的，孤单的妇女们，总是有这样的感觉，尼考拉·安德来维支公爵家的三个妇女，在阿那托尔出现时，同样地觉得，她们的生活直到现在为止说不上是生活。她们思想、感觉、观察的能力，俄顷之间，都增加到十倍，似乎她们的生活，直到此时为止，是在黑暗中过的，而忽然被新的、富有意义的光辉照亮了。

玛丽亚公爵小姐完全没有想到，并且忘记她的面孔和发妆了。那个或许做她丈夫的人的美丽开诚的脸，吸引了她的全部注意。她觉得他良善、勇敢、坚决、有男子气并且有胸襟。她相信这个。关于未来家庭生活的许许多多的幻想，不断地出现在她的想象中。她赶走着并且极力掩藏它们。

“但是我对他不太冷淡吗？”玛丽亚公爵小姐想，“我极力约制我自己，因为在我的心坎里，我觉得我已经和他太接近了，但是他并不知道我对他所想的一切，并且或许以为我不中意他。”

于是玛丽亚公爵小姐极力想要却又不会对新客人显得殷勤。

“La pauvre fille！ Elle est diablement laide！〔可怜的姑娘！她丑得

多么厉害！〕”阿那托尔想到她。

部锐昂小姐也被阿那托尔的来临引起了极度的兴奋，她另有一种想法。当然，这个没有确定社会地位、没有亲戚朋友甚至没有祖国的美丽年轻的女子，并不想毕生侍候尼考拉·安德来维支公爵，读书给他听，以及做玛丽亚公爵小姐的友伴。部锐昂小姐久已期待着一个俄国公爵，他能够立刻赏识她的比丑陋的、服装不称的、不灵巧的俄国公爵小姐优越的地方，并且爱上她，把她带走，而这种俄国公爵终于来到了。部锐昂小姐有一个故事，这是她从姑母那里听来并由她自己编完的，她爱在自己的想象中重复这个故事。这个故事是说一个女子受人引诱，她的可怜的母亲，sa pauvre mère, 出现在她面前，责备她不结婚便献身于男子。部锐昂小姐常常在她的想象中向“他”，引诱者，说这个故事时，她自己感动得落泪。现在这个“他”，真正的俄国公爵出现了。他要把她带走，然后 ma pauvre mère〔我可怜的妈〕出现了，于是他娶了她。当部锐昂小姐和他谈到巴黎的时候，她的头脑里便如是地拟定了她的未来的身世。不是各种打算在指导部锐昂小姐（她甚至没有一分钟考虑她所要做的事），而是这一切早已在她心中准备好了，现在只是结合在出现的阿那托尔身上而已，她希望并且极力想要尽可能地讨他欢喜。

矮小的公爵夫人，好像一匹老战马，听到了号声，便忘掉了自己的情况，不自觉地准备去做习惯的卖弄风情的奔腾，她并没有任何秘密的动机或冲突，只感到单纯的轻浮的愉快。

虽然阿那托尔在妇女们面前，通常采取一种对妇女们的纠缠感到厌烦的态度，但他看到自己对于这三个妇女的影响，便感到虚荣的满足。此外，他对于美丽的、挑逗性的部锐昂小姐，开始感到那种热烈的、兽性的情绪，这情绪常常极其迅速地支配了他，推动他去做最粗野的最大胆的行为。

茶后，大家进了起居室，他们请公爵小姐奏大钢琴。阿那托尔笑着、高兴着，站在部锐昂小姐旁边，对着玛丽亚公爵小姐，撑着胳膊。

他的眼睛望着玛丽亚公爵小姐。她又苦恼又高兴地激动着，感觉到他的目光在看她。她所心爱的鸣奏曲把她带入了最亲密的诗意的境界，而她所感觉到的向她注视的那目光，对于这个世界，增加了更多的诗意。阿那托尔的目光，虽然注视着她，却不是注意她的，而是注意部锐昂小姐的脚部的动作，这时候他正用自己的脚在琴下边触她的脚。部锐昂小姐也望着公爵小姐，在她的美丽的眼睛里面也有那为玛丽亚公爵小姐觉得新奇的，惊恐、高兴与希望的表情。

“她多么爱我！”玛丽亚公爵小姐想，“现在我是多么幸福，并且将来和这样的朋友和这样的丈夫在一起，我会是多么幸福哦！他会做我的丈夫吗？”她想，不敢看他的脸，却仍然感觉到注视在她身上的那个目光。

晚上，在饭后大家开始分散时，阿那托尔吻了公爵小姐的手。她自己不知道，她怎样获得了这个胆量，但她对直地看了看那个向她的近视眼凑近着的美丽的面孔。离开公爵小姐之后，他又去吻了部锐昂小姐的手，（这是非礼的，但他那么有把握地，很自然地做了这一切，）部锐昂小姐脸红了一下，惊惶地看了看公爵小姐。

“Quelle délicatesse！〔多么周到！〕”公爵小姐想，“难道阿美丽（部锐昂小姐的名字）以为，我会嫉妒她，我会不看重她对我的真情与忠实吗？”她走到部锐昂小姐面前，用力地吻她。阿那托尔要去吻矮小的公爵夫人的手。

“Non, non, non！ Quand votre père m’écrira, que vous vous con-duisez bien, je vous donnerai ma main à baiser. Pas avant.〔不，不，不！等你父亲写信给我，说你的行为好了的时候，我就让你吻我的手。要到那时候才行。〕”

于是，她向他举起一只手指，微笑着，走出了房。

5

大家分散了，除了阿那托尔一躺上床就立刻睡着了以外，这天晚上别人都很久没有睡着。

“他果真会做我的丈夫吗？就是他这个陌生的、美丽的、善良的男子，主要的是——善良的。”玛丽亚公爵小姐想，于是她心中发生了几乎从未有过的恐惧。她不敢回顾，她似乎觉得有人站在屏风后边，在黑暗的角落里。这个人便是他——魔鬼，而他就是那个有白额头、黑眉毛、红嘴唇的男子。

她按铃唤来了女仆，要女仆睡在她的房里。

部锐昂小姐这天晚上在花房里徘徊了很久，空等着什么人，有时向谁微笑着，有时因为pauvre mère（可怜的母亲），责备她堕落的那些想象的话而感动得下泪。

矮小的公爵夫人向女仆抱怨说床不舒适。她既不能侧着睡，又不能俯着睡。所有的姿势都是难受的、不舒服的。她的肚子妨碍着她。它偏偏在这天晚上比平常更加妨碍她，因为阿那托尔的出现使她清楚地想起了没有怀孕的时候，那时一切都是轻松而愉快的。她穿着睡衣，戴着睡帽，坐在靠椅上。瞌睡沉沉的，头发凌乱的卡恰，咕噜着什么，第三次拍打着、翻转着沉重的羽毛床垫。

“我向你说的，这全是凸凸凹凹的，”矮小的公爵夫人一再地说，“我自己是高兴睡觉的，所以这不是我的错。”她的声音打颤了，好像一个要哭的孩子一样。

老公爵也没有睡。齐杭在瞌睡中听到，他在愤怒地走动并且哼鼻子。老公爵似乎觉得他为女儿受了侮辱。这侮辱是最痛苦的，因为这不是和他自己有关，而是和另一个人，和他比爱自己还要钟爱的女儿有关的。他向自己说，他要考虑这整个的问题，并且要弄明白，什么是对的和应当作的，但是他未能如此，他只是更加激怒了他自己。

“随便来了个什么人——她便忘记了父亲和一切，跑上楼，梳了头，摇尾乞怜，举动失常了！她高兴抛弃父亲了！她知道我会注意到的。哼……哼……哼……我不是看到，那个傻瓜只望着部锐昂的吗？（一定要把她赶走！）她怎么这样地没有自尊，连这一点也不知道！即使不是为她自己，至少为了我，她也要有自尊！一定要使她明白，这个傻瓜没有想到她，只是望着部锐昂。她没有自尊，但我要使她明白这个……”

老公爵知道，要向女儿说她犯了错误，说阿那托尔存心和部锐昂小姐调情，他便要损伤玛丽亚公爵小姐的自尊心，而他的目的（不与女儿分离的愿望）便会达到，因此他对这件事放心了。他叫了齐杭，开始脱衣服。

“鬼把他们带来了！”在齐杭把短睡衣披上他的干瘦衰老的身躯和长了白毛的胸脯时，他这么想，“我没有叫他们来。他们来扰乱我的生活。我的生活所余无几了。”

“滚他们的蛋！”在他的头还被短睡衣蒙着的时候，他低语着。

齐杭知道公爵有时出声表达自己思想的习惯，因此带着神色不变的脸，迎接着从短睡衣下边出现的疑问的发怒的面色。

“他们睡了吗？”公爵问。

齐杭和一切好仆人们一样，本能地知道主人的思想的方向。他猜中了这是问发西利公爵和他的儿子。

“都睡了，熄了灯了，大人。”

“没有用的，没有用的……”公爵迅速地低语着，然后把脚伸进靸鞋，把手伸进了宽袍，向他睡觉的长沙发走去。

虽然在阿那托尔和部锐昂小姐之间没有说什么，但是关于pauvre mère〔可怜的母亲〕出现之前的那个艳事的第一部，他们是完全彼此了解了，他们明白，他们需要秘密地互相说出许多心事，因此他们从早上起就寻找单独见面的机会。在公爵小姐按照惯常的钟点去见父亲的时候，部锐昂小姐在花房里和阿那托尔相会。

玛丽亚公爵小姐这天特别惊慌地走到书房门前。她似乎觉得，不但大家知道她的命运要在今天决定，而且知道她对于这件事的想法。她在齐杭的脸上和发西利公爵跟班的脸上看到这种表情，这个跟班拿着热水在走廊上遇见了她，向她深深地鞠躬。

老公爵这天早晨对于女儿的态度是极其亲切而小心的。这种小心的表情，玛丽亚公爵小姐很知道。这种表情是他的脸上在那样的时候所有的，就是在他因为玛丽亚公爵小姐不懂得数学习题而恼怒地把他的干枯的手握成拳头，并且站立起来，离开她，低声地把同样的话重复几次的时候所有的。

他立刻提到正事，称着“您”，开始说话。

“他们向我提出了您的婚事，”他不自然地微笑着说，“我想，您已经料想到了，”他继续说，“发西利公爵来到此地，并且带来了他的学生，”（由于某种缘故，尼考拉·安德来维支公爵称阿那托尔为学生）“并不是为了我的美丽的眼睛。他们昨天向我提到您的婚事。因为您知道我的原则，我让您自己过问这件事。”

“我要怎样了解您的话呢，爸爸？”公爵小姐说，脸色发白又发赤。

“怎样了解！”父亲愤怒地咆哮，“发西利公爵看中你做他的媳妇，替他的学生向你提议婚事。就是这样地了解。怎么了解？……我倒要问你。”

“我不知道您觉得怎样，爸爸。”公爵小姐低声说。

“我？我？与我何干？让我站在旁边吧。不是我要出嫁。您怎样？这就是我想要知道的。”

公爵小姐看出父亲不赞同这件事，但同时又想到，她一生的命运就要现在决定或者永不决定。她垂下眼睛，避免父亲的目光，在这种目光的影响之下，她觉得，她不能思想，只能习惯地服从，于是她说：

“我只希望一件事——执行您的意志，”她说，“但是假使必须说出我的愿望……”

她来不及把话说完。公爵打断了她的话。

“好极了！”他喊叫起来，“他要娶你和你的妆奁，顺便还要娶部锐昂小姐。她做他的妻子，你却……”

公爵止住了。他注意到这些话对于女儿所发生的影响。她垂了头，准备要哭了。

“哦，哦，我说笑话，说笑话，”他说，“记住这一点，公爵小姐：我坚持我的原则，女子有充分的选择权。我给你自由。记住这一点：你的决定关系你一生的幸福。用不着说到我。”

“但是我不知道，……爸爸。”

“不用说了！他是奉命的，他不仅仅是可以娶你，他还可以娶任何人的，但你有选择的自由……回到你的房里去吧，想一想，过一个钟头再到我这里来，并且当他面说：愿不愿。我知道你要祷告。好，请祷告吧。但最好是想一想。去吧。”当公爵小姐神志迷迷糊糊地，已经蹒跚着走出书房时，他还叫着，“愿不愿，愿不愿，愿不愿！”

她的命运决定了，并且是幸福地决定了。但是父亲说到部锐昂小姐的话——这个暗示是可怕的。假定说，这是不确的，但这仍然是可怕的，她不能不想到这个。她穿过花房对直地向前走，没有看见也没有听见什么，忽然部锐昂小姐的熟识的低语声唤起了她的注意。她抬起眼睛，在两步之外的地方看见了阿那托尔，他搂抱着法国女子并且在向她低语。阿那托尔的漂亮的面孔上流露着可怕的表情，他回头看了看玛丽亚公爵小姐，在第一秒钟的时候没有来得及放开部锐昂小姐的腰，她还没有看见公爵小姐。

“谁在那里？什么事？等一下！”似乎阿那托尔的脸上这么说。玛丽亚公爵小姐无言地望着他们。她不能明白这个。最后，部锐昂小姐叫了一声，跑走了。阿那托尔带着愉快的笑容向玛丽亚公爵小姐鞠躬，似乎在请她笑这个奇怪的偶然事件，然后，耸了耸肩，走进了通往他的住房的门。

过了一小时，齐杭来唤玛丽亚公爵小姐。他找她去见老公爵，还说，发西利·塞尔盖维支公爵也在那里。在齐杭来的时候，公爵小姐坐在自己房间里的沙发上，把流泪的部锐昂小姐抱在她的怀里。玛丽亚公爵小姐轻轻抚摸着她的头。公爵小姐的美丽的眼睛，流露着素常的镇静的光芒，亲切地同情地望着部锐昂小姐的美丽的小脸儿。

“Non, princesse, je suis perdue pour toujours dans votre coeur.〔哦，公爵小姐，我在你的心里是永远地完了。〕”部锐昂小姐说。

“Pourquoi? Je vous aime plus que jamais,〔为什么？我比从前更爱你，〕”玛丽亚公爵小姐说，“et je tâcherai de faire tout ce qui est en mon pouvoir pour votre bonheur.〔我要为你的幸福去做我所能做的一切。〕”

“Mais vous me méprisez, vous si pure, vous ne comprendrez jamais cet égarement de la passion. Ah, ce n’est que ma pauvre mère……〔但你轻视我，你是这么纯洁，你绝不会明白情感的冲动。哦，只是我的可怜的母亲……〕”

“Je comprends tout,〔我全明白，〕”玛丽亚公爵小姐忧悒地微笑着回答，“您放心，我亲爱的。我要到父亲那里去了。”她说过就走出去了。

当玛丽亚公爵小姐进房时，发西利公爵一条腿高高地架着另一条腿坐着，手拿着鼻烟壶，面带着深受感动的笑容，好像感动到了极点，好像自己在惋惜并且嘲笑自己的敏感。他连忙地捏了一撮鼻烟凑近鼻子。

“Ah, ma bonne, ma bonne,〔哦，我亲爱的，我亲爱的，〕”他站起来握住她的双手说。他叹了口气，补充说：“Le sort de mon fils est en vos mains. Decidez, ma bonne, ma chère, ma douce Marie, que j’ai toujours aimée, comme ma fille.〔我儿子的命运操在你的手里。决定吧，我的亲爱的、善良的、文雅的玛丽，我一向爱你就像爱我的女儿一样。〕”

他退开了。真正的泪在他眼睛里出现了。

“哼……哼……”尼考拉·安德来维支公爵哼鼻子。“公爵替他的学生……他的儿子向你提议婚事。你愿意不愿意做阿那托尔·库拉根公爵的妻子？你说：愿不愿！”他大声说，“然后我替我自己保留表示意见的权利。是的，我的意见，只是我的意见，”尼考拉·安德来维支公爵对着发西利公爵说，回答着他的恳求的表情。“愿不愿？”

“我的愿望，爸爸，是永远不离开您，永远不让我的生活离开您的生活。我不愿出阁。”她用美丽的眼睛瞥了瞥发西利公爵和父亲，坚决地说。

“废话，胡说！废话，废话，废话。”尼考拉·安德来维支公爵皱着眉大声地说，抓了女儿的手，把她拉到自己面前，但没有吻她，只把自己的额头向她的额头低垂着，刚好碰上她的额头，并且那样地捏着他所握的手，以致她皱了皱眉、叫了一声。

发西利公爵站起来。

“Ma chère, je vous dirai, que c’est un moment que je n’oublierai jamais, jamais, mais, ma bonne, est-ce que vous ne nous donnerez pas un peu d’espérance de toucher ce coeur si bon, si généreux. Dites, que peut-être…… L’avenir est si grand. Dites: peut-être。〔我亲爱的，我要告诉您，这个时候是我永远不会，永远不会忘记的，但是，我亲爱的，您不让我们有一点儿打动这么仁慈宽宏的心肠的希望吗？说吧，也许……来日方长。说吧：也许会。〕”

“公爵，我所说的，就是我心里的一切。我感谢您给我的这个荣幸，但我绝不做您的儿子的家室。”

“好，完结了，我亲爱的。我很高兴看见你，很高兴看见你。回自己房里去吧，公爵小姐，去吧，”老公爵说，“我很高兴，我很高兴看见你。”他搂抱着发西利公爵说。

“我的天职是另外一种，”玛丽亚公爵小姐想到她自己，“我的天职——是要为另一种幸福，为爱与自我牺牲的幸福而觉得幸福。无论我付出多么大的代价，我要为可怜的阿美丽谋幸福。她那么热情地爱他。她那么热情地忏悔。我要做到一切，使她和他结婚。假使她没有钱，我便给她钱，我要请求父亲，我要请求安德来。她做了他的妻子的时候，我将是那么幸福。她是那么不幸，人地生疏，孤单单的，没有依靠！我的上帝呀，假使她能够那么忘掉她自己，她一定会热烈地爱他啊！也许，我会做同样的事情！……”玛丽亚公爵小姐想。

6

罗斯托夫家好久没有接到尼考卢施卡[①]的消息了，在仲冬的时候伯爵才接到一封信，他从姓名地址上认出了儿子的笔迹。接到了这封信，伯爵惊惶地匆忙地踮脚跑进自己的房里，极力不使人注意，把门关闭了，开始看信。安娜·米哈洛芙娜知道他接到信（她总是知道家中所发生的一切），轻轻地走进伯爵的房里，发现他拿了一封信在手里，又哭又笑。

安娜·米哈洛芙娜虽然境况转好，却还住在罗斯托夫家。

“Mon bom ami?〔是我那亲爱的吗？〕”安娜·米哈洛芙娜疑问地忧伤地说，准备用任何方式表示同情。

伯爵哭得更凶了。

“尼考卢施卡……信……伤了……受……受……我亲爱的……伤了……我心爱的……伯爵夫人儿……升为军官了……谢谢上帝……怎样告诉小伯爵夫人儿呢？……”

安娜·米哈洛芙娜坐到他旁边，用她的手帕拭去他眼睛上和落在信上的泪和她自己的泪，读了信，安慰了伯爵，并且决定了，她在吃饭喝茶之前使伯爵夫人有所准备，茶后，假使上帝帮助她，她便说明一切。

---

① 即尼考拉的爱称。

在整个吃饭的时间，安娜·米哈洛芙娜说到战事的消息，说到尼考卢施卡，她问了两次，是什么时候接到了他最后的信的，虽然她是早已知道，她并且提示，也许今天很容易地会接到信。每次听到了这些提示的时候，伯爵夫人便不放心，并且不安地时而望望伯爵，时而望望安娜·米哈洛芙娜，安娜·米哈洛芙娜用最不明显的方法，把谈话转到不重要的话题上。娜塔莎在全家之中，最善于察觉音调、目光和面情里的含意，从吃饭的开始便倾耳注听，并且知道了，在父亲与安娜·米哈洛芙娜之间有了什么事情，关于哥哥的什么事情，而安娜·米哈洛芙娜是在做准备。虽然是大胆（娜塔莎知道她的母亲对于一切有关尼考卢施卡的消息是多么敏感），她却不敢在吃饭的时间发问，并且因为心绪不安，她在吃饭的时候没有吃什么，却在椅子上转动着，不听女教师的指示。饭后，她直冲地追赶安娜·米哈洛芙娜，在起居室里跑着冲到她面前，抱着她的颈子。

“姑妈，亲爱的，告诉我，是什么事？”

“没有什么，我亲爱的。”

“不，心爱的、亲爱的、亲爱的桃子，我不走，我知道，您晓得这件事。”

安娜·米哈洛芙娜摇摇头。

“Vous êtes une fine mouche, mon enfant.〔你是一个伶俐鬼，我的孩子。〕”她说。

“尼考林卡来了信吗？一定是的！”娜塔莎大叫着，在安娜·米哈洛芙娜的脸上看出了肯定的回答。

“但是为了上帝，你要格外小心。你知道，这会怎样地惊动你的妈妈。”

“我会，我会格外小心的。但是您说。不说吗？好，我马上去说。”

安娜·米哈洛芙娜用简短的话向娜塔莎说了信的内容，而条件是她不向任何人说。

“我起誓，”娜塔莎画着十字说，“我不向人说。”然后她立刻跑到索尼亚那里去了。

“尼考林卡……伤了……有信……”她得意地欣喜地说。

“尼考拉！”索尼亚只能说出这个，立刻脸色发白了。

娜塔莎看见了哥哥受伤的消息对于索尼亚所发生的影响，第一次感觉到这个消息的痛苦的一面。

她冲到索尼亚怀里，搂抱她，哭起来了。

“伤得很轻，但是升做军官了，他现在好了，他自己写的信。”她含着泪说。

“显然的，你们女子，都是好哭宝，”彼恰说，踏着坚定的大步子在房中踱着，“我很高兴，确实很高兴，哥哥那么有功。你们都是好哭宝——什么都不懂。”

娜塔莎含泪微笑了一下。

“你没有看信吗？”索尼亚问。

“没有看，但是她说，这都过去了，他已经是军官……”

“感谢上帝，”索尼亚画着十字说，“但是也许，是她骗你。我们到妈妈那里去吧。”

彼恰沉默地在房中徘徊着。

“假使我处在尼考卢施卡的地位上，我要杀死更多这样的法国人，”他说，“他们是这样的野兽！我要杀死他们那么多人，把他们堆成一个小堆子。”彼恰继续说。

“不要说了，彼恰，你真是个傻瓜！……”

“我不是傻瓜，那些为不相干的事情哭的人，才是傻瓜。”彼恰说。

“你记得他吗？”在片刻的沉默之后，娜塔莎忽然地问。

索尼亚微笑了一下。

“我记得尼考拉吗？”

“不，索尼亚，你是那样地记得他吗，记得清楚，记得一切吗？”

娜塔莎带着用力的姿势说，显然，希望对于自己的话给予最严肃的意义。“我记得尼考林卡，我记得，”她说。“但我记不得保理斯。一点也记不得……”

“怎么？你记不得保理斯了吗？”索尼亚惊讶地问。

“不是说，我记不得他——我知道，他是怎样的，但不是像我记得尼考林卡那样地记得他。他，我闭了眼睛便能记得，但是记不得保理斯（她闭了眼睛），不，什么也没有！”

“啊，娜塔莎，”索尼亚说，得意地严肃地望着她的女友，好像她认为，她不配听她所要说的话，又好像她是向另外一个不能和她说笑话的人在说。“我一旦爱上了你的哥哥，无论是我、无论是他发生了什么事，我终生不会停止爱他的。”

娜塔莎那好奇的眼睛惊讶地望着索尼亚，沉默着。她觉得，索尼亚所说的话是对的，索尼亚所说的那种爱情是有的，但娜塔莎还不曾体验过类似的事情。她相信，这是可能的，但是她不了解。

“你要写信给他吗？”她问。

索尼亚思索了一下。怎样写信给尼考拉，以及是否需要写信——这个问题曾经苦恼了她。现在，当他已经做了军官，又是受伤英雄的时候，提醒他，让他想起她，并且好像是使他想起他自己对她所负的义务，这是不是妥当？

“我不知道，我想，假使他写信给我，我便写。”她红着脸说。

“你写信给他不觉得害羞吗？”

索尼亚微笑了一下。

“不。”

“我写信给保理斯要害羞的，我不要写。”

“但是你为什么害羞呢？”

“我不知道。我觉得不自在、难为情。”

“我晓得，她为什么觉得难为情，”彼恰说，娜塔莎刚才的话触怒了他，“因为她爱上了那个戴眼镜的胖子，”（彼恰这样地称呼他的同名者[①]，新别素号夫伯爵，）“现在又爱上这个唱歌的，”（彼恰说的是那个意大利人，娜塔莎的唱歌教师，）“她就是因此觉得难为情。”

“彼恰，你这蠢货。”娜塔莎说。

“不比你更蠢，姑娘。”九岁的彼恰说，他俨然好像是一个老旅长。

伯爵夫人在吃饭时，由于安娜·米哈洛芙娜的暗示已有了准备。她回到了自己房里，坐在圈臂椅中，没有把眼睛离开那个画在鼻烟壶上的儿子的小像，并且泪水汪在眼睛里。安娜·米哈洛芙娜拿了信，踮脚走到伯爵夫人的房门前，站住了。

“不要进去，”她向跟在她背后的老伯爵说，“迟一下。”于是她关了背后的门。

伯爵把耳朵贴在钥匙眼里，开始谛听。

起初他听到淡漠的谈话声，然后只听到安娜·米哈洛芙娜的声音，她说了很长的话，然后是喊叫声，然后是沉默，然后又是两个声音用喜悦的音调一同说话，然后是脚步声，于是安娜·米哈洛芙娜替他把门打开。在安娜·米哈洛芙娜的脸上流露着那种自豪的表情，好像一个外科医生施行了困难的手术，让观众进去欣赏他的本领。

“C'est fait!〔办好了！〕”她向伯爵说，用胜利的姿势指着伯爵夫人，伯爵夫人一手拿着有画像的鼻烟壶，一手拿着信，把她的嘴唇时而贴着信，时而贴着鼻烟壶。

她看见了伯爵，向他伸开手臂，搂抱着他的秃头，又从秃头上边望着信和画像，并且为了再把信和画像贴上嘴唇，她把秃头稍微推开了一点。韦媸、娜塔莎、索尼亚和彼恰走进房来，读信开始了。信中简短地描写了尼考卢施卡所参与的行军和两次会战，说他升为军官，并且说，他吻妈妈和爸爸的手，求他们祝福，他吻韦媸、娜塔莎、彼恰。此外他

---

① 彼恰为彼得的爱称，即小彼得之意，而彼挨尔是法文的（Pierre）的音译，即是俄文的彼得，故作者称彼挨尔是彼恰的同名者。彼得按原文发音应译为漂特尔。

致候射林先生，邵斯夫人，他的老保姆，此外，他请求他们替他吻亲爱的索尼亚，他仍旧爱她，仍旧挂念她。听到了这话，索尼亚是那样脸红，以致泪水涌进了她的眼眶。她不能忍受那些向她注视的目光，跑进大厅，她一面跑着，一面旋转着，把自己的衣服飘展起来像一只气球，脸红着，微笑着，坐到地板上。伯爵夫人流泪了。

“您为什么哭呢，妈妈？”韦娥说，“照他所写的看来，我们应当欢喜，不要哭的。”

这是十分对的，但伯爵，伯爵夫人，娜塔莎——都谴责地望了望她。“她像个什么样的人了！”伯爵夫人想。

尼考卢施卡的这封信念了数百遍，那些自认值得去听一听这封信的人，都必须到伯爵夫人那里去：她不让这封信离开她的手。教师们、保姆们、米清卡、几个知交都来了，伯爵夫人每次都带着新的喜悦读这封信，每次都在信里发现她的尼考卢施卡的新的美德。她觉得那是很奇怪的，非常的，可喜的事，她的儿子——这个儿子，二十年前用他的娇小的四肢在她肚里几乎感觉不到地动着，这个儿子，她曾为了他和姑息小孩的伯爵争吵，这个儿子，他先学说груша（梨），后学说баба（农妇），这个儿子，现在在外国，在陌生的环境中，成了英勇的战士，没有帮助和领导，他独自在那里做他的堂堂男子的事业。全世界的历代经验，指出孩子们不知不觉地从摇篮里长大成人——这对于伯爵夫人是不存在的。他的儿子在长大成人的每一阶段中的生长，在她看来是那么非凡，似乎无数无数的人从来都不是同样地长大起来的。正如同在二十年前，她不相信，这个活在她心脏下边什么地方的小生物有一天会哭、会吃奶、会说话，现在她也不相信，这个同样的生物会变成那么强壮、勇敢的男子，变成模范的儿子和军官，从这封信上看来，他现在是这样的。

“多么好的笔调啊，他描写得多么动人啊！”她读着信中描写的部分说，“多么好的心灵啊！关于自己，只字不提……只字不提！说到一个皆尼索夫，但他自己，一定，比他们所有的人都勇敢。一点儿没有提到自己的痛苦。多么好的心肠！这才像是他啊！他多么怀念大家啊！一个人也不忘记。我总是，总是说，在他还是那么大的时候，我总是说……”

他们准备了一个多星期，写了底稿，抄謄了全家写给尼考卢施卡的信，在伯爵夫人的督促和伯爵的张罗之下，他们集齐了新任的军官在衣服和装备上所必需的钱和各项东西。安娜·米哈洛芙娜，是一个很会办事的妇人，她能够为她自己和儿子通信的事在军队中找到了特别的关照。她有了机会把自己的信寄给统率禁卫军的康斯丹淸·巴夫洛维支大公。罗斯托夫家以为，“俄国驻外禁卫军”是十分确定的地址，认为，假使信到了统率禁卫军的大公那里，便没有理由不达到巴夫洛格拉德团，这个团一定是在附近的地方，因此他们决定把信和钱由大公的信使送给保理斯，保理斯一定会把信和钱送给尼考卢施卡。有老伯爵、伯爵夫人、彼恰、韦娅、娜塔莎和索尼亚寄给他的信，最后，还有六千卢布的治装费和伯爵寄给儿子的各种东西。

7

十一月十二日，库图索夫的野战军，在奥尔牟兹的附近扎营，准备第二天由俄、奥两国的皇帝检阅。刚从俄国开来的禁卫军，在奥尔牟兹十五俚外的地方宿夜，要在第二天上午十时前，一直开到奥尔牟兹的野外去供检阅。

这天尼考拉·罗斯托夫接到保理斯的信，通知他说，依斯马伊洛夫团[①]在奥尔牟兹十五俚外的地方宿夜，说保理斯等他去把信和钱交给他。罗斯托夫这时特别需要钱用，这时，军队在作战之后回来了，驻扎在奥尔牟兹附近，货物齐备的随军商人和奥国犹太人，充满了军营，供

① 毛注：第一卷中写保理斯在塞妙诺夫团服务，此处似是本书中托氏的很少的疏忽之一。

给各种引诱物。巴夫洛格拉德团的骠骑兵举行了许多次的酒会，以及庆贺因为战功受到奖赏的祝宴，并且常常到奥尔牟兹去，到新来的匈牙利女人卡罗林那里去，她在那里开设了一个有女招待的馆子。罗斯托夫不久之前庆祝了自己升任骑兵掌旗官，买了皆尼索夫的坐骑沙漠浪人，欠了同事们和随军商人们一身的债务。接到保理斯的信之后，罗斯托夫和一个同事骑马来到奥尔牟兹，在那里吃了饭，喝了一瓶酒，独自骑马到禁卫军的兵营去寻找他幼年的友伴。罗斯托夫还没有来得及购置服装。他穿着一件脏污的挂了一个兵士十字勋章的见习官的上装，和同样脏污的破皮里子的马裤，挂了一柄有结子的军官指挥刀；他所骑的马是顿省种的，是在作战中从哥萨克兵手里买的；皱了的骠骑兵的帽子雄赳赳地歪戴在头后边。到了依斯马伊洛夫团的兵营，他想到，他要怎样用他的经过火线的、作过战的骠骑兵的样子使保理斯和他的所有的在禁卫军里的同事们吃惊。

禁卫军在全部行军中好像是在旅行一样，炫示着他们的整洁和纪律。他们的每日行军是短程的，他们的背囊是用车辆运送的，奥国当局替军官们在各站预备了精美的饭菜。队伍带着音乐队进城出城，并且奉大公的命令，在全部行军中（禁卫军引以自豪的）兵士要步伐整齐，军官们也要各人在自己的地位上步行。保理斯在全部行军的时间里步行，并且和别尔格同行同住，别尔格此刻已经是连长了。别尔格在行军期间做了连长，凭他的勤勉和精细获得了长官的信任，他把他的经济事务也处理得很如意，保理斯在行军期间认识了许多可以对他有用的人，并且由于他带来了彼挨尔的介绍信，结识了安德来·保尔康斯基公爵，他希望借他的帮忙在总司令部里谋得一个位置。别尔格和保理斯，在昨天的行军之后有了休息，穿得清洁整齐，坐在他们所住的清洁房子里，围着圆桌子下象棋。别尔格在双膝之间夹着冒烟的烟斗。保理斯，一面以他所特有的准确动作，用细而白的手指把棋子垛成一个尖塔，一面等候别尔格走棋，并且望着他的对手的脸，显然是在思索棋局，因为他总是只想到他正在做着的事情。

“那么，您怎么解救这个局面呢？”他说。

“我们来想想办法。”别尔格回答，他摸到卒子，又放了手。

这时候门开了。

“到底在这里，找到他了，”罗斯托夫叫着，“别尔格也在这里！哦，你，白地桑房，阿来库涉道黑米。[①]”他叫着，模拟着保姆的话，他和保理斯从前常常嘲笑过这句话。

“哎哟！你改变得多么大哟！”保理斯站立起来迎接罗斯托夫，但站起时，并未忘记把倒下的棋子扶住放在原处，他想搂抱他的朋友，但尼考拉闪开了他。带着年轻人特有的心情——即是怕走旧路，不模仿别人，希望用新方法，用自己的方法表现自己的情绪，但是不要像老人们常常虚伪地所表现的那样——尼考拉希望在他和朋友见面时做一点特别的事情，他想捏一捏、推一推保理斯，但只是不吻他，不像大家所做的那样。保理斯，相反，镇静地、友爱地搂抱罗斯托夫吻了三次。

他们将近半年没有见面了，在年轻人刚刚走上了人生道路的那个年纪，两人都发现了对方的巨大的改变，就是他们初入仕途时的那种社会的全新的反映。在他们上一次的见面之后，两人都改变了很多，两人都想要赶快互相说出他们所发生的改变。

“啊你们，这些该死的擦地板的人！干净、漂亮，好像是从欢宴中回来的，不像我们这些当兵的罪人。”罗斯托夫用保理斯觉得新奇的上低音，带着作战军人的态度，指着他的沾了泥的马裤说。

主妇德国女人听到罗斯托夫的大声音，从门里伸头张望。

“啊，她漂亮吗？”他眏了眏眼说。

“你为什么那样叫！你要吓坏她们了，”保理斯说，“我没有料到你今天来，”他补充说。“我昨天才托一个朋友，做库图索夫副官的，

---

① 这是法文“孩子们，上床睡觉吧！”的俄文音译。

保尔康斯基把信交给你。我没有想到他那么快就带给了你……哦，你怎么样？已经上过火线了吗？”保理斯问。

罗斯托夫没有回答，抖了抖挂在军服绶带上的圣·乔治十字勋章，指着自己的被包扎的手臂，微笑着看了看别尔格。

“像你看到的这样。”他说。

“当真的，是的，是的！”保理斯微笑着说，“我们也有了很好的行军。你当然知道太子总是骑马跟着我们的团，所以我们有种种的方便和种种的好处。在波兰有多么好的招待哦！多么好的宴会和跳舞会啊！我无法向你形容。太子对于我们所有的军官都很优厚。”

于是两个朋友互相叙谈，一个说到骠骑兵的欢宴和作战生活，另一个说到在皇家人员指挥下供职的痛快和利益，等等。

“啊，禁卫军！”罗斯托夫说，“哦，听我说，叫人弄点酒来吧。”

保理斯皱了皱眉。

“假使你一定想要的话。”他说。

于是他走到床边上，从干净的枕头底下取出钱袋，派了人去办酒。

“对了，我要把钱和信给你。”他补充说。

罗斯托夫拿了信，把钱抛在沙发上，把两只胳膊搭在桌上，开始看信。他看了几行，愤怒地看了看别尔格。罗斯托夫碰上了他的目光，便用信遮了脸。

“啊，他们带给您很多的钱，”别尔格望着沉重的压进沙发里的钱袋说，“可是我们是靠饷过日子的，伯爵。我来向您说说我自己……”

“听我说，我亲爱的别尔格，”罗斯托夫说，“当您接到家信，并且遇到一个自己的人，您想和他谈谈一切，碰巧我在那里的时候，我便立刻走开，不妨碍您，您听着，走开，请吧，随便哪里，随便哪里……滚开！”他大叫着，立刻又抓住他的臂膀，亲善地望着他的脸，显然极力想要减轻他言语的粗暴，补充说，“您不要生气，亲爱的，您知道，我是像对老朋友那样地说心里的话。”

“啊，没有关系，伯爵，我很明白。”别尔格说，站起来，用喉音咕噜着什么。

“您到房主人家去吧：他们叫您去。”保理斯补充说。

别尔格穿上最干净的，没有脏迹和污点的军服，站在镜前，把两鬓向上捋起，好像亚力山大·巴夫诺维支的样子，并且凭罗斯托夫的神色，确信他的服装已被注意，便带着愉快的笑容走出了房。

“啊，我是怎样的一头畜生啊！”罗斯托夫读着信、低语着。

“为什么？”

“哦，我是怎样的一只猪啊，我从来没有写过信，那样地使他们害怕。啊，我是怎样的一只猪啊！”他重复说，忽然脸红了。“那么，您派加夫锐洛弄酒去了吗？好的，我们来喝一点！”他说。

家信中附来了一封给巴格拉齐翁公爵的介绍信，这是老伯爵夫人听了安娜·米哈洛芙娜的话，托朋友弄到的，她寄给儿子，要他按照地址送去，并且利用这封信。

“多么无聊！我不需要！”罗斯托夫说，把信抛到桌下去了。

“你为什么把它抛掉？”保理斯问。

“一封什么介绍信，我要这信有什么用！”

“为什么没有用？”保理斯说，拾起了信，看着姓名地址，“这封信对你是很有用处的。”

“我什么也不需要，我不要做任何人的副官。”

“为什么不？”保理斯问。

“那是听差的职务！”

“你还是那样的一个幻想家，我明白了。”保理斯摇着头说。

“你还是那样的一个外交家。嘿，但这是不相干的话。……哦，你怎样？”罗斯托夫问。

“就是你看到的这样。直到现在一切都好，但是我要承认，我很希望去做副官，不留在前线上。”

“为什么？”

“因为既然入军界服务，就要尽可能地努力达到光荣的前程。”

“哦，对了！”罗斯托夫说，显然是在想着别的事。

他注神地、疑问地望着朋友的眼睛，显然是白白地在寻找某项问题的解答。

老人加夫锐洛送酒来了。

“现在要不要找阿尔房斯·卡尔累支来呢？”保理斯说，“他能陪你喝，我不行的。”

“去叫，去叫！哦，这个德国人怎样？”罗斯托夫带着轻蔑的微笑说。

“他是很好，很好的，诚实可爱的人。”保理斯说。

罗斯托夫又注神地看了看保理斯的眼睛，叹了口气。别尔格回来了，三个军官之间的谈话在酒瓶旁活跃起来了。禁卫军军官们向罗斯托夫说到他们的行军，说到他们在俄国、在波兰、在国外怎样受人重视。说到他们的指挥官大公的言行，他的仁慈与暴躁的逸事。别尔格，像寻常一样，在事情和他个人无关时，沉默着，但是谈到大公的暴躁的逸事时，他欢欣地说到，当大公在加利西阿视察各团，因为行动不整齐而发火时，他怎样地和大公说了话。他在脸上带着愉快的笑容说到，大公很是发火，骑马走到他面前，大叫“阿尔瑙特[①]！”（阿尔瑙特——是太子发怒时的口头禅）并且要传见连长。

“您相信吗，伯爵，我一点也不害怕，因为我知道我是对的。您知道，伯爵，我不是说大话，我可以说，我记得住全部的军队命令，我还记得法规，好像我记得‘我们在天上的父’[②]一样。因此，伯爵，在我的连里绝没有疏忽的地方。所以我的良心是很安的。我走出来了。”（别尔格站起来，当面表演：他是怎样把手举到帽边，走了出来的。确实，要在脸上表现更多的恭敬与自满，是很难的了。）“他已经骂了

① 毛注：阿尔瑙特是土耳其人对阿尔巴尼亚人的称呼。

② 这是祷告文的起首。在《新约·马太福音》第六章第九节。

我，就这么说吧，骂了，骂了，这不是骂得很轻，却是骂得厉害极了，就这么说吧，骂‘阿尔瑙特’，骂‘鬼’，骂‘流放西比利亚’，”别尔格敏锐地微笑着说。“我知道我是对的，因此我不作声：对不对，伯爵？他叫着，‘怎么，你哑了，啊？’我还是不作声。您怎么想法呢，伯爵？在第二天的命令里没有提起这事：这就是心里不慌的好处。这个办法是对的，伯爵。”别尔格说，吸着了烟斗，吐着一个个的烟圈。

“是呀，这好极了。”罗斯托夫微笑着说。

但是保理斯看到罗斯托夫预备取笑别尔格，巧妙地转移了话题。他请罗斯托夫告诉他们，他是怎样地并且是在什么地方受伤的。这是罗斯托夫所乐意的，于是他开始说着，越说越起劲。他向他们说了他在射恩格拉本的战斗，和参战的人们平常说到会战时的说法完全一样，即是，如同他们所希望的那样，如同他们听别人所说的那样，要说得尽量动听，但实际上完全不是那样的。罗斯托夫是诚实的青年，绝不存心说谎。他开头想要说出一切，正如实际上所发生的那样，但不知不觉地、不由自主地、不可避免地流为说谎了。假使他向这两个听话的人说了事实，则他们——他们和他自己一样，已经听过许多次关于进攻的故事，并且对于什么是进攻已经有了确定的概念，并且期待同样的故事——或者是不相信他，或者是，更坏，以为罗斯托夫没有遇到报告骑兵攻击的人们通常所遇到的事情，这是罗斯托夫自己的错。他不能那么简单地向他们说，大家都骑马疾驰，他从马上跌下来，手臂脱臼，并且拿出全身力气，跑进森林里，躲避一个法国兵。此外，要照实际的情形说出一切，则必须约制他自己，只说到发生过的事。说实话是很困难的，年轻人很少能够这样的。他们希望他说的是，他怎样地极其兴奋，忘乎所以，好像一阵暴风似的飞进了方阵：怎样冲杀进去，左砍右斩：他的军刀怎样地尝了肉味，以及他怎样地困乏无力，坠下马来和这一类的话。于是他向他们说了这一切。

在故事的当中，当他说到“你想象不到，在进攻的时候你会感觉到多么奇怪的狂怒”的时候，保理斯所等待的安德来·保尔康斯基公爵走进了房。安德来公爵，欢喜照拂年轻人，因为别人求他提拔而感到得意，他对保理斯态度很好，保理斯昨天曾经使他觉得满意，他希望满足这个年轻人的希望。他被库图索夫派来送公文给太子，顺便来看这个年轻人，希望和他单独会面。进房时看见了作战的骠骑兵在叙述战功（安德来公爵讨厌这种人），他亲善地向保理斯微笑了一下，皱了皱眉，向罗斯托夫眯着眼，微微地鞠了躬，疲倦地懒懒地坐到沙发上。他觉得碰见这种讨厌的人是不愉快的。罗斯托夫察觉了这个，脸红了。但是他没有介意：这是个不相干的人。但是看了看保理斯，他看到，他也似乎为了作战的骠骑兵觉得难为情。虽然安德来公爵的语调是不愉快的、嘲讽的，虽然罗斯托夫从作战军人的观点上轻视司令部的所有的副官，显然进房的人也是这一类的人，虽然如此，罗斯托夫却觉得自己狼狈了，他脸红了一下，沉默着。保理斯问，司令部里有什么新闻，关于我们的计划有什么可告的不致泄露机密的事？

“大概要进军的。”保尔康斯基回答，显然不愿在生人面前说得更多。

别尔格乘这个机会特别恭敬地探问，是不是像他所听说的，现在作战的连长的粮草津贴要发双倍？对这个问题安德来公爵微笑着回答说，他不能够谈论这样重要的政府命令，于是别尔格高兴地笑起来了。

“关于您的事，”安德来公爵又向保理斯说，“我们迟一迟再说，”他又看了看罗斯托夫，“检阅过后您来看我，我们要尽可能地去办。”

安德来公爵向房间里环顾了一下，转向罗斯托夫，没有注意他的小孩般的、不可遏制的、变成了愤怒的窘态，说：

“似乎您是在说射恩格拉本战事吧？您在那里吗？”

“我在那里的。”罗斯托夫愤怒地说，好像希望借此侮辱这个副官。

保尔康斯基注意到骠骑兵的态度，觉得有趣。他有点儿轻蔑地微笑了一下。

“是呀！关于这个战事现在有了许多故事！”

“是的，许多故事！”罗斯托夫大声地说，把他的忽然怒气冲冲的眼睛时而望望保理斯，时而望望保尔康斯基，“是的，许多故事，但是我们的故事是那些在敌人炮火下面的人的故事，我们的故事有意义，不是司令部公子哥儿们的故事，他们是不干事得奖赏的。”

“您以为我是那一种人吗？”安德来公爵镇静地、特别和蔼地微笑着说。

一种奇怪的愤怒情绪和他对于这个人的沉着而有的敬意，这时候在罗斯托夫的心中合而为一了。

“我不是说到您，”他说，“我不认识您，并且我承认，我不希望认识。我是说一般的司令部里的人员。”

“这是我要向您说的话，”安德来公爵的声音沉着有力地打断他的话，“您想要侮辱我，并且我也承认：假使您没有自尊的话，这是很容易办到的，但是您要知道，这件事的时间和地点都选择得极其不好。一两天之内，我们都要参与大规模的、更严重的决斗，此外，德路别兹考说他是您的老友，我的面貌不幸使你看了不高兴，这丝毫也不能怪他。可是，”他站起来说，“您知道我的姓，知道在哪里找我：但是您不要忘记，”他补充说，“我丝毫也不认为我自己，也不认为您受了侮辱，我比您年纪大，我的意思是这件事听它去了。那么，在星期五，在检阅之后，我等您，德路别兹考，再见。”安德来公爵说完，向两人鞠了躬，走出去了。

罗斯托夫，直到安德来已经走出去时，才想起了应该回答的话。因为他没有把这话说出来，他更加发怒了。罗斯托夫立刻叫人带马，向保理斯冷淡地告别之后，便骑马回去了。他明天是要到总司令部去向那个装腔作势的副官挑斗呢，还是真让这件事罢休呢？——这个问题一路上苦恼着他。他忽然愤怒地想到，在他看见了这个矮小、虚弱、骄傲的人在他的手枪射程之内显得惊恐万状的时候，他要觉得多么高兴，他又忽然惊讶地觉得，他是多么殷切地希望和他所仇恨的这个副官成为朋友，这种殷切的心情是他对于他所认识的任何人从未有过的。

8

在保理斯和罗斯托夫会面的第二天，新从俄国开来的和随同库图索夫出征回来的俄军以及奥军举行检阅。两个皇帝——俄国皇帝和皇太子，奥国皇帝和大公[①]——检阅了八万联军。

漂亮的整齐清洁的军队从清晨就开始移动，在要塞前的原野上排着队形。有时，成千的腿子、刺刀和招展的军旗运动着，遵照军官们的命令，停止、转弯，按一定的间隔排成队形，绕过穿别种制服的、别的同样的步兵集团：有时，穿蓝色、红色、绿色花边军服的，漂亮的骑兵骑着黑色、棕色、灰色的马，发出有节奏的蹄声与刀枪声，在他们面前，有穿绣花制服的军乐队：有时，炮兵带着在炮车上颤动的、擦净的、明亮的大炮的铜器声和火绳杆的气味，展开着，在步兵与骑兵之间蠕动着，分散在指定的地位上。不但将军们穿了全副的礼服，挂了饰带和全部勋章，他们的肥胖的和消瘦的腰干束得不能再紧，颈子被硬领撑得发红：不但搽发油、穿漂亮衣服的军官们，而且每个兵，带着洗净的、剃光的、气色旺盛的脸，和擦得不能再亮的武器，每匹马料理得如同缎子一样地毛色发光，润湿的鬣上的每根鬃毛有条不紊——他们都觉得，就要发生一件不是儿戏的、重大的、严肃的事情。每个将军和兵士都觉得自己的渺小，觉得自己是这个人海中的沙粒，同时又感觉到自己的力量，感到自己也是这个巨大的整体的一部分。

一清早就开始了紧张的忙碌和活动，在十点钟的时候，一切都准备就绪了。队伍在广大的原野上排列好了。全军排成三个横队。前面是骑兵，当中是炮兵，后边是步兵。

① 奥国皇太子称大公。

在各部队之间，好像有一条街道宽的空隙。这个大军的三部分：库图索夫的野战军（在它的右翼的最前面是巴夫洛格拉德骠骑兵），从俄国开来的作战部队和禁卫军，奥军，彼此分得很明显。但他们都在统一的指挥之下，按照同一的次序，排成同样的横队。

好像风吹树叶一样地发出了一片兴奋的低语声：“来了！来了！”又发出了一阵惊惶的声音，于是在所有的部队里掠过了波浪般的最后准备的骚动。

在前面，从奥尔牟兹那边出现了一群渐渐逼近的人。这时候，虽然是无风的天气，却有一阵微风掠过军队，轻轻地吹动了矛缨，吹动了下垂的军旗扑着旗杆。似乎是军队自己用这种轻微的运动在表现他们对于皇帝们驾临的欢喜。发出了一个声音：“立正！”然后，好像黎明时的鸡，在各个角落里重复着这个声音。于是，全体安静了。

在死般的静寂中只听到马蹄声。这是皇帝们的侍从。皇帝们骑马到了侧翼，于是发出了第一骑兵团的吹着进行曲的号声。似乎不是号手们在吹，而是军队本身，由于皇帝们的驾临，高兴地发出这种乐音。在这些声音之中，只有亚力山大皇帝的年轻的、和善的声音，可以清晰地听到。他说了慰问的话，于是第一团大呼：“乌拉！”那样震耳地、连续地、高兴地呼叫着，以致他们自己也畏惧他们这个大团体的人数与力量。

罗斯托夫站在库图索夫军队的前面的行列里，皇帝最先来到这里。罗斯托夫感到这个军队中每个人所感觉到的同样情绪——忘我精神，骄傲地感觉到力量强大，对于造成这番盛典的人物的热烈的倾心。

他觉得，这个人的一句话便可以使这个巨大团体（他是这巨大团体中一粒渺小的沙子）去赴汤蹈火，去犯罪，去死，或者去做最伟大的英雄事业，所以他对于这句就要说出的话，不能不抖颤而心跳了。

“乌拉！乌拉！乌拉！”各方面喊叫着，并且一个团接着一个团用进行曲欢迎皇帝，然后又是“乌拉！……”进行曲，又是“乌拉！乌拉！！”这些声音越叫越有力，越增多，并且会合成为震耳的呼吼。

当皇帝还未来到时，每个团沉默不动，好像是没有生命的躯体：但是皇帝一来到那里，那个团就有了生气，并且呼喊着，喊声和皇帝已经检阅过的全线的呼吼合成一体。在这些声音的可怕的、震耳的吼叫中，在不动的、好像在方形队中变成了石头的部队中，漫不经心地、但对称地，尤其是，自由地，走过了几百个骑马的侍从，在他们前面是两个皇帝。这整个的广大人群的约制而热烈的注意力完全集中在他们身上。

美丽的年轻的亚力山大皇帝，穿了禁卫骑兵制服，戴了三角形帽，帽的边檐向前，他的可爱的脸和嘹亮的不高的声音吸引了全体的注意力。

罗斯托夫站在号手的附近，用敏锐的眼睛遥远地认出了皇帝，并且看着他走近。当皇帝到了距离二十步的地方，而尼考拉清晰地、极详细地看见了皇帝的美丽、年轻、快乐的面孔时，他感觉到从来不曾感觉过的那种亲切与狂喜的情绪。他似乎觉得皇帝的一切——每一特征，每一动作——都是有魔力的。

皇帝停在巴夫洛格拉德团前，用法语向奥国皇帝说了什么，并且微笑了一下。

看见了这个笑容，罗斯托夫自己也不禁开始微笑着，感觉到他对于皇帝的更强烈的爱的激动。他想要用什么方法表现他对于皇帝的爱。他知道这是不可能的，于是他想哭了。皇帝叫了团长，向他说了几句话。

“我的上帝！假使皇帝向我说话，我会怎么样呢！”罗斯托夫想：“我要高兴死了！”

皇帝向军官们说：

“你们大家，诸位先生们，”（罗斯托夫觉得每个字都好像是天上的声音）“我诚心诚意感谢你们。”

假使他那时能够为他的皇帝去死，罗斯托夫是多么幸福啊！

“你们获得了圣·乔治军旗，要无愧于这些军旗。”

“哦，死吧，为他死吧！”罗斯托夫想。

皇帝又说了几句话，罗斯托夫没有听到，然后兵士们尽力地大叫：

“乌拉！”

罗斯托夫也向鞍子弯着腰，用尽了力气大叫，希望用这个叫声损伤他自己，只要能够充分表现出他对皇帝的狂喜。

皇帝在骠骑兵前面站了几秒钟，似乎有所犹豫。

“皇帝怎么能够犹豫呢？”罗斯托夫想，但后来罗斯托夫甚至觉得这种犹豫也是庄严的，有魔力的，正如同皇帝所做的一切一样。

皇帝的犹豫只有一刹那的时间皇帝的脚，穿着时髦的尖头窄鞋，脚触到了他所骑的截尾的栗色马的鼠蹊，皇帝的戴白手套的手挽起缰勒，于是他走动了，由副官们跟随着，他们好像一个无规律地波动着的人海。他越走越远了，在别的团的前面时停留，最后，罗斯托夫只能从环绕皇帝的侍从们后边看见他的白羽翎了。

罗斯托夫看见了保尔康斯基在侍从先生们之中，懒懒地、疏忽地骑在马上。罗斯托夫想起了昨天和他的争吵，于是出现了这个问题——应该不应该要他决斗。“当然，不应该，”罗斯托夫此刻想着……“在现在这样的时候，值得想到、说到这种事吗？在这样的热爱、狂喜、自我牺牲的时候，我们一切的争吵与侮辱有什么意思呢？现在我爱一切的人，宽恕一切的人。”

当皇帝几乎走过了所有的团时，军队开始用分列进行式走过他的身边，罗斯托夫骑在从皆尼索夫手里新买的马沙漠浪人的背上，走在自己骑兵连的后边，即是，单独地完全在皇帝的面前走过。

罗斯托夫，杰出的骑手，还未走到皇帝面前，便用马刺把沙漠浪人刺了两下，顺利地使它做着那种发狂的疾驰，这种疾驰是沙漠浪人在兴奋时所常有的。沙漠浪人似乎也感觉到皇帝对它注视的目光，把发沫的长鼻子向胸脯弯曲着，竖起尾巴，好像在空气中飞腾而不触到地面，优美地高高地跳着，更换着腿子，姿势绝妙地跑过去了。

罗斯托夫自己，把腿向后缩着，把肚子向里凹着，觉得自己和马成为一体，带着皱蹙的然而幸福的面孔，如同皆尼索夫所说的，像魔鬼一样，从皇帝面前驰过去了。

“巴夫洛格拉德兵，好汉们！”皇帝说。

“我的上帝啊！假使他此刻叫我向火里跳，我是多么幸福啊！”罗斯托夫想。

检阅完毕时，新来的以及库图索夫部下的军官们，开始各自成群地聚在一起，开始谈到奖赏，谈到奥军和他们的服装，谈到他们的前线，谈到保拿巴特，谈到他现在要遭遇的厄运，特别是在爱森的军团要开到，而普鲁士加入我们这边的时候。

但是在各个人群中，他们主要地是谈到亚力山大皇帝，他们叙述了他的每句话，形容了他的每个动作，并且为他而狂喜。

大家只希望一件事：在皇帝的领导之下，赶快去迎击敌人。在皇帝自己的指挥之下，他们绝不会不打败任何敌人的！罗斯托夫和大部分军官，在检阅之后都这么想。

在检阅之后，大家对胜利的信心，比在两次胜利的会战之后可能有的信心还要大。

9

在检阅的第二天，保理斯穿了最好的军装，听了同事别尔格预祝他成功，然后骑马到奥尔牟兹去看保尔康斯基，希望利用他的厚意，为自己谋得最好的位置，尤其是要人身边的副官位置，他觉得这是军中特别有吸引力的位置。“罗斯托夫是很舒服的，他的父亲一次寄给他一万卢布，他能够说他不向任何人低头，不做任何人的听差：可是我呢，除了我的头脑，我什么也没有，我必须建立自己的事业，不放过机会，却利用他们。”

这天他在奥尔牟兹没有找到安德来公爵。但是，总司令部，外交团体，两个皇帝和随从们、朝臣们、近侍们，都在奥尔牟兹，这里的外观，只是更加使他希望属于这个上层社会。

他不认识任何人，虽然他有漂亮的禁卫军制服，但所有的这些高级文武官员，坐着华丽的马车，戴着花翎，佩着绶带与勋章，在街中来往着，好像都是高不可测地在他这个禁卫军小军官之上，他们不但不希望而且不能够承认有他这个人。他在库图索夫总司令的司合部里探问保尔康斯基，这里所有的副官们甚至侍役兵们都那样地望着他，好像是他们要使他明白，很多像他这样的军官们，常常来到这里走动，已经使人很厌烦了。虽然如此，也许正因此，在第二天，十一月十五日，他在饭后又到奥尔牟兹来了，进了库图索夫所住的屋子，访问保尔康斯基。安德来公爵在家，保理斯被领进大厅，这里从前大概是常跳舞的，现在却摆了五张床，各项家具：一张桌子，几把椅子和一架大钢琴。一个副官，靠近门，穿了波斯式外套，坐在桌前写字。另一个，红润肥胖的聂斯维次基，躺在床上，把手臂放在头下，和一个坐在他旁边的军官在笑。第三个在大钢琴上奏维也纳华尔兹舞曲，第四个靠在大钢琴上伴唱着。保尔康斯基不在这里。看见了保理斯，这些先生们当中没有一个人变更他的地位。那个写字的人，保理斯向他问话的，厌烦地转过身来向他说，保尔康斯基在值班，假使他需要看见他，便由左边的门进接待室。保理斯道了谢，走进接待室。接待室里有上十个军官和将军们。

在保理斯走进来时，安德来公爵轻蔑地眯着眼（带着那种特别的顾全礼貌的疲倦的神情，这明显地表示，假如这不是我的责任，我连一分钟的话也不同您说），听一个年老的有许多勋章的俄国将军在说话，这个将军几乎是踮着脚，站得挺直，紫脸上带着军人的、谄媚的表情，向安德来公爵在报告什么。

“很好，请等一下。”他用俄语向这个将军说，却带着法语的发音，这是在他想要轻蔑地说话时所有的情形，并且，看见了保理斯，安德来公爵便不再注意将军（将军央求地跟在他背后跑着，要求他再听一点），带着愉快的笑容转向保理斯，对他点头。

保理斯这时候已经明白地了解了他从前所推测的事情，即是，在军队中，除了军纪中所规定的、团里大家共知的、他也知道的那种服从与纪律，还有别的更基本的服从，它使这个紧束腰带的紫脸将军恭敬地等候着，而这时候，上尉安德来公爵却为了自己的高兴，宁愿和德路别兹考准尉去谈话。保理斯比任何时候都更坚定地下了决心，以后不再按照那种成文的军纪去服务，却要按照这个未成文的服从律去服务。他现在觉得，只是因为他被介绍给了安德来公爵，他便已经比这个将军立刻高了一等，而这个将军在别种情形下，在前线上，有权力消灭他这个骑兵准尉。安德来公爵走到他面前，拉了他的手。

“我很抱歉，昨天您没有找到我。我整天的在应付德国人。我们陪威以罗特去审核战斗部署。德国人一旦讲究精确——便没有完结的时候！”

保理斯微笑了一下，好像他明白了安德来公爵所提到的事情，就像是他明白了人人共知的事情一样。但他是第一次听到威以罗特这个姓，甚至“战斗部署”这个名词。

“怎么样，我亲爱的，您还想当副官吗？我一直在想着您的事。”

“是的，”保理斯说，不觉地为了什么缘故而脸红，“我想请求总司令，库拉根公爵替我写了一封信给他，我想请求，只是因为，”他似乎道歉地补充说，“我恐怕禁卫军不作战。”

“好的，好的，一切我们再谈，”安德来公爵说，“让我去报告了这位先生的事，我就听您调遣了。”

当安德来公爵去报告紫脸将军的事情时，这个将军，显然没有采取保理斯关于不成文的服从律的各种利益的见解，用眼睛盯着这个妨碍他和副官说话的放肆的准尉，以致保理斯觉得很不舒服。他转过身来，不耐烦地等待着安德来公爵从总司令的房间里回来。

“听我说，我亲爱的，我想过了您的事，”当他们走进有大钢琴的大厅时，安德来公爵说。“您用不着去见总司令，”安德来公爵说，“他要向您说一大套客气话，要您到他那里去吃饭，”（保理斯想，为了按照“未成文的服从律”去服务，这是不坏的，）“但从此便不会再有下文了，我们副官和传令官快有一营了。但是我们要这么办：我有一个好朋友，道高儒考夫公爵，是一个侍从武官长，一个极好的人，虽然您也许不知道这个，但事实是这样，现在库图索夫和他的参谋人员和我们大家都同样的不重要：现在一切都集中在皇帝手里，所以我们要到道高儒考夫那里去一下，我需要去看他，我已经向他说到您，所以我们要看看，他能不能把您安插在他的身边，或者任何靠近太阳的地方。”

安德来公爵，当他须得引导青年，帮助他取得社会成就时，总是特别起劲。在这种帮助别人的借口之下——他由于自尊心，自己从来不接受别人的帮助——他接近了这个给人成就的也吸引着他的环境。他极其情愿替保理斯帮忙，同他去见道高儒考夫公爵。

当他们走进皇帝们以及随员们所住的奥尔牟兹宫殿时，已经是晚上很迟的时候。

就在这天举行了一个军事会议，全部御前军事参议院人员和两位皇帝都出席了。在这个会议里，违反老将军们库图索夫和施发曾堡公爵的意见，决定了立即进攻，并且和保拿巴特作大会战。当安德来公爵带了保理斯到皇宫来寻找道高儒考夫公爵时，军事会议刚刚结束。总司令部里全体的人都还醉心于今天少壮派的意见取得胜利的军事会议。主张还等待什么而不进攻的缓战派的意见，那么一致地被压下去了，他们的理由被进攻确有利益的那些无疑的证明驳倒了，以致会议中所谈的未来的会战，以及无疑的胜利，好像已经不是将来的事，而是过去的事了。一切利益都在我们这方面。我方大军集中在一处，无疑地超过拿破仑兵力：军队受到两个皇帝驾临的鼓舞，极想作战：要发生战事的战略地点是指挥军队的奥国将军威以罗特熟悉无遗的：（好像是侥幸的机会造成的，奥军去年演习的地点正是现在就要和法军打仗的这个原野）当前的地形是他们熟悉得无微不至的，并且绘在地图上了，而显然力量已被削弱的保拿巴特是毫无准备。

道高儒考夫，是最热心的主攻派之一，刚刚从会议上回来，疲倦，困乏，而又兴奋，并且夸耀所得的胜利。安德来公爵介绍了他所照顾的军官，但是道高儒考夫公爵恭敬地热烈地握了手，却没有向保理斯说话，显然他忍不住不说出那时候使他极感兴趣的那些思想，他用法语向安德来公爵说话。

“哦，我亲爱的，我们打了多么大的一个胜仗啊！但愿它的结果也是那样的胜利。但，我亲爱的，”他不连贯地兴奋地说，“我要承认我对不起这些奥国人，特别是对不起威以罗特。多么精确，多么详细，多么好的地形知识，多么细心地预料到一切可能性，一切条件，一切最小的细节啊！哦，我的亲爱的，比我们所处的境况更为有利的境况，是想象不出的了。有了奥军的精确和俄军的勇敢合在一起——您还能想要什么别的呢？”

“那么，攻击是最后决定了吗？”保尔康斯基问。

“您知道，我亲爱的，我觉得，保拿巴特简直没有主意了。您知道，今天接到一封他写给皇帝的信。”道高儒考夫意义深长地微笑了一下。

“原来如此！他信里写了些什么？”保尔康斯基问。

“他能写出什么呢？特拉地锐地拉[①]，云云，目的只是要争取时间。我敢向您说，他是在我们的手心里了，这是千真万确的！但最有趣味的，”他说，忽然善意地笑起来，“是这件事，没有人想得出怎样称呼他。假若不称执政，他当然不是皇帝，那么，在我看来，就称保拿巴特将军。”

“但是不承认他是皇帝，称他保拿巴特将军，在两者之间是有差别的。”保尔康斯基说。

“问题就在这里了，”道高儒考夫笑着，迅速地插上说，“您知道俾利平，他是很聪明的人，他建议称呼他：‘人类的暴君和仇敌。’”

① 这是代表法文的一些字音。

道高儒考夫愉快地大笑起来了。

“没有别的称呼了吗？”保尔康斯基问。

“但是俾利平仍然想到了适当的称呼，他是个又敏捷又聪明的人。……”

“是怎样的称呼呢？”

“致法国政府的首长，Au chef du gouvernement français,”道高儒考夫公爵庄重地满意地说，“不是很好吗？”

“好，但是他要很不高兴了。”保尔康斯基说。

“当然，很不高兴！我的哥哥认识他，他在巴黎和他——现在的皇帝——吃过许多次饭，他向我说过，他没有看见过更老练更狡猾的外交家了。您知道，他兼有了法国人的伶俐和意大利人的表演技能！您知道保拿巴特和马尔考夫伯爵的逸事吗？只有马尔考夫伯爵一个人会应付他。您知道手帕的故事吗？有趣极了！”

于是多话的道高儒考夫，时而向着保理斯，时而向着安德来公爵，说到保拿巴特是怎样地想要试验马尔考夫，我国的大使，故意地在他前面掉下手帕，停下来，望着他，也许是希望马尔考夫替他效劳，又说到马尔考夫也立刻把自己的手帕掉在旁边，他拾起自己的手帕，却没有拾保拿巴特的手帕。

“Charmant,〔妙极了，〕”保尔康斯基说，“但是，公爵，您听我说，我到您这里来，是为这个青年作请求的。您明白吗？……”但安德来公爵还未说完，便有一个副官走进房来，召道高儒考夫去见皇帝。

“啊！多么麻烦呵！”道高儒考夫说，连忙站起来，和安德来公爵，和保理斯握手。“您知道，为了您，为了这位可爱的青年，我很高兴去尽我一切的力量。”他带着好意、诚恳、活泼、轻率的表情，又和保理斯握了一次手。“但您知道……下一次！”

保理斯想到自己接近了上层权力，便兴奋起来了，他觉得他此刻已经接近了上层权力。他觉得自己在这里接触了那些发条，它们领导大团体的一切的巨大运动，而他在自己的团里，觉得自己是这大团体中一个微小的俯首帖耳的无足重轻的分子。他们跟道高儒考夫公爵走上了走廊，遇见了一个穿文官制服的矮子，从道高儒考夫走进去的、皇帝房间的那道门里走出来，他有一张聪明的脸，一个显然凸出的下颌，这没有损害他的美丽，却使他的表情凸显出特别的灵活与机警。这个矮子，好像是对知己的友人一般，对道高儒考夫点了点头，把注意的冷淡的目光凝视着安德来公爵，向他对直地走来，显然是期望安德来公爵向他鞠躬或让路。安德来公爵一样也没有做，他脸上表示了怒气，于是这个年轻的矮子转过身，顺走廊的旁边走过去了。

“这人是谁？”保理斯问。

“这是一个最卓越的但我最不欢喜的人。他是外交大臣，阿丹·恰尔托锐示斯基公爵。”

“就是这些人，”当他们走出皇宫时，保尔康斯基带着不能压制的叹息说，“就是这些人在决定各国人民的命运。”

第二天，军队出发了，直到奥斯特理兹战役的时候，保理斯没有再看见保尔康斯基和道高儒考夫，在依斯马伊洛夫团里还留了些时候。

10

在十一月十六日的黎明，皆尼索夫的骑兵连——它属于巴格拉齐翁的支队，尼考拉·罗斯托夫在这个连里服务，——照他们说，从宿营的地方开拔去打仗，在别的纵队的后边大约走了一俚，便在大路上被阻止了。罗斯托夫看见，哥萨克兵，第一和第二骠骑兵连，步兵各营，和炮兵，从他身边走到前面去了，巴格拉齐翁将军和道高儒老夫将军和副官们骑马走过去了。他，和从前一样，在交战之前所感觉到的一切恐惧，他用来压制这种恐惧的一切内心冲突，关于他要凭骠骑兵的精神在这个战役中显身扬名的一切幻想，——都落了空。他们的骑兵连留在后备队，尼考拉·罗斯托夫无聊地乏味地过了这一天。在上午九点钟以前，他听到前面的射击声、乌拉声，看见抬回后方的伤兵（人数不多），最后，看见在一百个哥萨克兵[①]当中押送着整队的法国骑兵。显然，战事已经结束了，并且虽然规模不大，却是顺利的。回转的兵士们和军官们谈到光荣的胜利，谈到维绍城的占领，和整个法国骑兵连的被俘。在夜间的严寒之后，日间是明朗的、有阳光的，并且秋日愉快的光辉配合了胜利的消息，这消息不仅由参战的人们的谈话，而且还由罗斯托夫身边来往走过的兵士、军官、将军、副官们脸上的高兴表情，表达了出来。罗斯托夫更加痛心了，他白白地经受了会战前的一切恐惧，把这个愉快的日子消磨在闲散无事中了。

“罗斯托夫，到这里来，我们来喝酒解闷吧！”皆尼索夫喊叫，他带着一个酒瓶和一些食品坐在路边。

军官们环绕在皆尼索夫的酒瓶旁边，喝着讲着。

“又带一个来了。”军官中有一个人说，指着一个由两名哥萨克兵押着步行的被俘的法国龙骑兵。

有一个哥萨克兵牵着俘虏的高大的美丽的法国马。

“马卖掉吧！”皆尼索夫向哥萨克兵呼叫。

“好，大人……”

军官们站起来，围绕了哥萨克兵和被俘的法国人。这个法国龙骑兵是一个年轻的阿尔萨斯人，带着德语的发音说法语。他兴奋得不能透气，脸色发红，听到了法语，便立即和军官们说话，时而向这个人说，时而向那个人说。他说，他本来可以不被俘的：他说，他被俘，不是他自己的错，而是伍长的错，伍长派了他去抢马衣：说，他向伍长说过，那里有俄国人。他在每句话上加一句话说：“Mais qu’on ne fasse pas de mal à mon petit cheval.〔但是不要损害我的小马。〕”并且抚摩他

① 毛注：哥萨克兵连是一百个骑兵。

的马。显然是，他不很明白，他在什么地方。他有时饶恕自己被擒，有时设想着他的长官在他面前，并且表现他的军人的纪律和对于职务的关心。他把法军的那种和我们格格不入的、愉快活泼的气氛带到我们的后备队里来了。

哥萨克兵把马卖了两个金币[①]，罗斯托夫，接到了钱，现在是军官中最富的人了，他买了这匹马。

“Mais qu'on ne fasse pas de mal à mon petit cheval.〔但是不要损害我的小马。〕”当这匹马交给骠骑兵时，那个阿尔萨斯人好心地向罗斯托夫说。

罗斯托夫微笑着，让那个龙骑兵放了心，并且付了钱给他。

“走！走！”哥萨克兵说，触着俘虏的手臂，要他向前走。

“皇帝！皇帝！”这声音忽然在骠骑兵之间发出来了。

大家奔跑、忙碌起来了，罗斯托夫看见后边路上来了几个在帽子上插着白羽翎的骑马的人。俄顷之间，大家都回到了各人的地位上等待着。

罗斯托夫不记得，也不晓得，他怎样跑回到自己的地方，上了马。由于不曾参与战斗而有的懊悔，他在看厌了的人群当中的无聊的心情，都在顷刻之间没有了，任何关于他自己的思想，都在顷刻之间消失了：他的心里充满着因为皇帝的临近而有的快乐。他自己觉得，单是这次的临近便补偿了这一天的损失。他好像一个情人在他等到了他所期待的会面的时候那样的快乐。他不敢回头看，也没有回头看，便狂喜地感觉到他的临近。他感觉到这个，不只是凭了临近的一队人马的蹄声，他感觉到这个，是因为，由于皇帝的临近，他四周的一切变得更光明，更高兴，更有意义，更有节日之感。罗斯托夫心目中的太阳越来越近了，在他四周散射出慈和庄严的光辉，他此刻已经觉得自己被这种光辉所包围，他听到了他的声音——那个亲善的、镇静的、尊严的，然而又是那

---

① 原文 ЧерВоНеп 是五或十卢布的金币。

么简单的声音。好像是为了符合罗斯托夫的心情，有了死一般的寂静，在寂静中发出了皇帝的声音。

“Les huzards de Pavlograd?〔这是巴夫洛格拉德骠骑兵吗？〕”他疑问地说。

“La réserve, sire!〔是后备队，陛下！〕”另一个声音回答，这个声音在那个说了“这是巴夫洛格拉德的骠骑兵吗？”的不是凡人的声音之后，显得是很凡俗了。

皇帝和罗斯托夫平齐着，停住了。亚力山大的脸比较三日前举行检阅时更美丽了。它显出了那样的愉快和年轻，那样天真的年轻，好像是十四岁的孩子的活泼，而同时这仍然是尊严的皇帝的脸。皇帝回头看骠骑兵连时，他的眼睛偶然和罗斯托夫的眼睛交遇了，在他的眼睛上停留了不过两秒钟。不管皇帝是否明白了罗斯托夫心中的事情，（罗斯托夫觉得，皇帝明白了一切）无论如何，他是用自己的蓝眼睛在罗斯托夫的脸上看了两秒钟（它们射出慈柔的温和的光）。然后他忽然抬起眉毛，急剧地用左脚刺马，向前疾驰而去了。

年轻的皇帝不能压制他的亲自参战的欲望，不顾朝臣们的一切谏劝，在十二点钟离开他所跟随的第三纵队，向先锋队驰奔而去。有几个副官，还没有到骠骑兵那里，便遇见了他，向他报告了战事胜利的消息。

战事只是俘获一个法国骑兵连，却被当作对于全部法军的光荣胜利，因此皇帝和全军，特别是在战场上的火药烟还未散去时，就相信法军已被打败，并且被迫退却了。在皇帝骑马过去了几分钟后，巴夫洛格拉德骠骑兵师奉令前进。在维绍，一个小小的德国[①]城市，罗斯托夫又看见了皇帝。城内的广场上，在皇帝来到之前有过激烈的战斗，躺着几个未及抬走的死尸和伤员。皇帝有文武侍从环绕着，骑着栗红色的截尾的马，不是检阅时的那一匹马。他向一边弯着腰，用优美的姿势把金的

---

① 这个小城在莫拉维亚。本书中有些地方的“德国”并不是一八七一年后的德国，而是德国以外的地方，大都是“奥国”的地方。

长柄眼镜凑上眼睛，望见一个面孔向下躺在地上的、没有帽子的、头上有血迹的兵。这个伤兵是那么肮脏、粗野、可嫌，以致罗斯托夫为了他接近皇帝而感到愤慨了。罗斯托夫看见，皇帝的拱起的肩膀好像是打冷战一样地颤抖了一下，他的左腿抽搐着用马刺踢马肚皮，这匹有训练的马漠然地回头望着，没有移动。一个跳下马来的副官托着那伤兵的胳膊，把他扶起来，开始把他放在抬来的担架上。伤兵呻吟起来了。

“轻一点，轻一点，不能轻一点吗？”皇帝说过，就骑马走了，显然他比那个濒死的兵更加痛苦。

罗斯托夫看见了泪水充满皇帝的眼睛，听到他离开时用法语向恰尔托锐示斯基说：

“战争是多么可怕的事情，多么可怕的事情！Quelle terrible chose que la guerre！”

前锋的军队驻扎在维绍的前面，是在敌人的前哨的视线之内，敌人在一整天里带着最稀少的射击向后退却。皇帝的感谢传达到了前锋，允许了奖赏，并且分散了双份的伏特加酒给兵士们。露营的燎火的燃炸，兵士的歌声，都比昨天夜里更加愉快了。皆尼索夫这天夜晚庆祝自己升为少校，罗斯托夫已经喝得很多，在酒宴结束时，他提议干杯祝皇帝的健康，但“不是我们的君主皇帝，像大家在正式宴会上所说的那样，”他说，“而是祝君主，仁慈的、有魔力的、伟大的人物的健康，我们来干杯祝他健康和对法军的确实胜利！”

“假使我们早就作战，”他说，“不让法军过来，像在射恩格拉本那样的，现在，他在前线的时候，情况会怎么样呢？我们都要死，我们都要高兴地为他死。是吗，诸位？也许，我说得不对，我喝得太多了，但我是这么感觉，你们也是这么感觉的。祝亚力山大一世健康！乌拉！”

“乌拉！”军官们热烈的声音喊叫着。

年老的骑兵上尉基尔斯清叫得热烈而且诚恳，不亚于二十岁的罗斯托夫。

当军官们干了杯把酒杯砸碎时，基尔斯清又斟了别的杯子，并且只穿着衬衣和马裤，拿着酒杯，走到兵士的燎火那里，向上挥了挥手，带着尊严的姿势，站在燎火的光中，他有长长的白胡须，敞开的衬衣露出了他的白胸脯。

“弟兄们，祝我们的君主皇帝健康，祝对敌人胜利，乌拉！”他用英勇的、老年的、骠骑兵的上低音喊叫着。

骠骑兵们挤在一起，用洪亮的喊叫声一致地响应着。

在夜间很迟大家都已分散的时候，皆尼索夫用他的短小的手，拍了拍他的爱友罗斯托夫的肩膀。

“因为在行军中您没有可以爱上的人，所以您爱上了皇帝。”他说。

“皆尼索夫，你不要开玩笑，”罗斯托夫大叫着说，“这是那么高尚的、那么优美的情绪，那么……”

“我相信，我相信，亲爱的，我同意，我赞成……”

“不，你不会明白的！”

于是罗斯托夫站起来，走到燎火之间徘徊着，幻想着死是多么幸福，——不是在救皇帝性命（他简直不敢幻想到这个）的时候死去，而只是在皇帝的眼前死去。他确实是爱上了沙皇，爱上了俄国军事的光荣和对未来胜利的希望。不仅他一个人在奥斯特理兹会战前的那些可纪念的日子里感觉到这种情绪：俄军中十分之九的人在这时候都爱上了他们的沙皇和俄国军事的光荣，不过没有他那么热烈而已。

11

第二天皇帝留在维绍。随从御医维利埃被召了几次去看他。在总司令部和附近的军队里流传了这个消息，说皇帝御体违和。据侍从的人说，他没有进食物，这天夜里也睡得不好。违和的原因是死伤的景状对于皇帝的敏感的心灵发生了强烈的刺激作用。

在十七日黎明，有一个法国军官被人从前哨带到维绍来了，他是打着休战旗来的，要求谒见俄皇。这个军官是萨发利。皇帝刚刚睡着，所以萨发利必须等候。中午的时候，他谒见了皇帝，一小时后，他偕同道高儒考夫公爵到法军的前哨去了。

据说，派遣萨发利的目的是建议亚力山大皇帝和拿破仑皇帝会面。使全军高兴而骄傲的是，拒绝了亲自的会面，维绍战事中的胜利者道高儒考夫公爵，代表皇帝，被派遣同萨发利一道和拿破仑作谈判去了，假使这个谈判的目的，——竟出乎意料——是真正希望获得和平。

傍晚道高儒考夫回来了，直接去见皇帝，单独在皇帝那里留了很久。

十一月十八日和十九日，军队又向前作了两日的行军，敌军的前哨在短时的射击之后便向后退却了。在军队的最上层，从十九日中午开始了强烈的、匆忙的、兴奋的活动，一直继续到次日，十一月二十日的早晨，在这天发生了可纪念的奥斯特理兹会战。

在十九日中午以前，运动、兴奋的谈话，来往跑动，以及副官的派遣，只限于皇帝的行辕：在同日的中午以后，这个运动达到了库图索夫的总司令部和各纵队指挥官的司令部。晚间，这个运动由副官们带到全军的所有的角落和部分，在十九日到二十日的夜间，八万联军的团体从宿营的地方起来，发出嘈杂的话声，好像一个九俚路长的行列，向前摇荡着、移动着。

早晨从皇帝行辕里开始的并推动其他一切部分的那个集中的运动，好像是巨大塔钟里的中心轮盘的最初的运动。一个轮子迟缓地转动着，第二个、第三个轮子转动着，于是别的轮子、滑轮、小齿轮越来越快地转动着，钟的奏鸣开始，人物跳出，并且指针不快不慢地移动，表示运动的结果。

正如同钟表的内部结构一样，在军事机构里，一旦发作的运动也不可约制地要产生最后的结果，并且同样地，那些没有被推动的部分，在运动达到之前，是冷淡地静止着的。轮子在轴上响着，轮齿衔套着，转动的滑轮因为迅速而发出声音，附近的轮子却仍然安静不动，好像它准备这样不动地停一百年，但时间到了——杠杆套住了，于是轮子服从着运动，发出响声，转动着，加入了一致的活动，而活动的结果与目的却是它所不知道的。

好像在时钟里一样，无数的各种轮盘和滑车的复杂运动的结果，只是那表示时间的指针的迟缓而均匀的运动：十六万俄军和法军的全部复杂的人类运动，——这些人的一切情感，愿望感，懊悔、屈辱、痛苦以及骄傲、恐惧、狂喜的情绪冲动——其结果只是奥斯特理兹会战，即所谓三帝会战的失败，即是人类历史钟面上世界历史指针的迟缓移动。

安德来公爵这天值日，不离身地随着总司令。

晚间六点钟以前，库图索夫来到皇帝的行辕，在皇帝那里停留不久，便去见宫内大臣托尔斯泰伯爵。

保尔康斯基利用这个时间，去找道高儒考夫探问军事的详情。安德来公爵觉得库图索夫因为什么而烦恼不满，觉得总司令部的人员们不满意他，并且觉得，皇帝行辕里所有的人对他说话的语气都显出他们知道了别人不知道的事情，因此他想要和道高儒考夫谈谈。

“啊，您好，我亲爱的，”道高儒考夫说，他同俾利平坐着在吃茶，“明天要有贺宴了。您的老头子怎样？心绪不好吗？”

“我不要说他心绪不好，但我似乎觉得，他想要别人听听他的意见。”

“但别人在军事会议里听过他的意见了，在他要说有意义的话的时候，别人还要听的，但是现在，当保拿巴特最怕大战的时候，要延迟、要等待什么，——是不行的。”

“是的，您看见了他吗？”安德来公爵说，“那么，保拿巴特怎样呢？他给了您什么印象？”

“是的，我看见了他，并且我相信，他对大战是最怕不过了，”道高儒考夫重复说，显然，他重视这个一般的结论，这是他根据他和拿破仑的会面所下的，“假使他不怕会战，他为什么要要求这个会面，要进行谈判，并且，尤其是，要后退呢？后退是那么违反他全部的作战方法的。相信我：他害怕，害怕大战，他的时限到了，我敢这么说。”

“但是告诉我，他是什么样儿的人呢？哦？”安德来公爵又问。

“他是一个穿灰大衣的人，很希望我称他‘陛下’，但令他失望的是，他没有得到我的任何称呼。他就是这样的人，没有别的了。”道高儒考夫回答，微笑着回顾俾利平。

“虽然我十分尊敬老库图索夫，”他继续说，“假若现在，当他确实在我们手心里的时候，我们等待着什么，因此给他机会逃走或者欺骗我们，我们便是太好了！不，我们一定不要忘记了苏佛罗夫和他的原则：不要使自己处于被攻击的地位，要使自己去攻击。您要相信，在战争中，年轻人的精力，常常比老年的迟疑不决者[①]的经验，能够指出更可靠的途径。”

“但是我们要在什么样的阵地上攻击他呢？今天我到前哨上去过，不能判定他把他的主力放在什么地方。”安德来公爵说。

他想要向道高儒考夫公爵说出他自己所拟的攻击计划。

“啊，这都是完全无关紧要的，”道高儒考夫迅速地说，站起来，在桌上打开地图，“一切万一的事都预料到了，假使他在不儒恩……”

于是道高儒考夫公爵迅速地含糊地说出威以罗特侧翼运动的计划。

安德来公爵开始反驳，并且证明自己的计划：它可以和威以罗特的计划同样的好，但它的缺点是，威以罗特的计划已经采用了。安德来公爵刚刚开始说明那个计划的缺点和自己计划的优点，道高儒考夫便没有再听他说，并且没有望着地图，却心不在焉地望着安德来公爵的脸。

“可是库图索夫那里今天还有一个军事会议，您可以在那里把这一切都说出来。”道高儒考夫说。

① 毛注：这是因为Quintus Fabius Maximus Verrucosus的谨慎的战术而给予他的绰号。

“我就这么办。”安德来公爵说，离开地图。

“你们为着什么在操心呢，诸位？”俾利平说，他直到此时都是带着愉快的笑容听着他们谈话，而现在，显然，准备说笑话了。“无论明天是胜是败，俄国军事的光荣是靠得住的。除了你们的库图索夫，没有一个俄国人是纵队指挥官，指挥官们是：Herr general Wimpfen, le comte de Langeron, le prince de Lichtenstein, le p ince de Hohenloe et enfin Prsch……prsch……et ainsi de suite, comme tous les noms polonais,〔维姆卜芬将军先生，兰惹隆伯爵，利克顿施泰恩公爵，好亨洛公爵，最后卜尔施……卜尔施[①]等等波兰的名字。〕”

“Taisez vous, mauvaise langue,〔您不要说了，恶舌头，〕”道高儒考夫说，“不对，现在已经有两个俄国人了，米洛拉道维支和道黑图罗夫，还要有第三个，阿拉克捷夫公爵，但他是个神经衰弱的人。”

“但我想，米哈伊·依拉锐诺维支已经出来了，”安德来公爵说，“祝诸位先生幸福、成功，”他补充说，和道高儒考夫及俾利平握了手，便走出去了。

回去以后，安德来公爵忍不住问沉默地坐在他身边的库图索夫，问他对于明天的会战是什么想法。

库图索夫严厉地望了望他的副官，沉默了片刻，回答说：

“我想，会战要失败的，我向托尔斯泰伯爵说了这话，请他去传达这话给皇帝。你想，他回答了我什么话？‘Eh, mon cher général, jé me mêle de riz et des cotelettes, mêlez vous des affaires de la guerre.〔哎，我亲爱的将军，我管的是米和肉，你管你的军事吧。〕’是的……这就是他给我的回答！”

---

① 毛注：这个波兰指挥官是卜尔惹倍涉夫斯基将军。

12

夜晚九时许，威以罗特带了他的计划来到库图索夫的住处，军事会议就要在这里举行。各纵队指挥官都被召集到总司令部来了，除了不来赴会的巴格拉齐翁公爵，都在指定的时间到会了。

威以罗特是预定会战的全权指挥人，他的活跃与急忙，和不满的、打盹的库图索夫形成鲜明的对照，库图索夫是勉强地扮演着军事会议主席和领导的角色。显然，威以罗特觉得自己是这个已经不可约制的运动的首脑。他好像一匹拖车的马，拖着车子向山下奔跑。是他拖车，还是车推他，他不知道，但他用最大的速度拖着车向前跑，没有时间考虑这个运动会有什么结果。威以罗特这天晚上两度到敌军前线亲自视察，两度觐见俄皇和奥皇作报告和说明，并在他的办公室里口授德文的作战命令。他现在疲倦地来到库图索夫这里。

显然，他忙得甚至忘记了对总司令要有礼貌：他打断他的话，说话又快又不清楚，不望着交谈者的脸，不回答向他提出的问题。他身上溅了污泥，他带着可怜、困乏、惶惑、同时又自恃、骄傲的神情。

库图索夫住在阿斯忒拉里兹附近的一个贵族小城堡里。他们聚集在做总司令的办公室的大厅里：有库图索夫自己，威以罗特和军事会议的人员。他们在吃茶。他们只等巴格拉齐翁公爵来开会。八点钟之前，巴格拉齐翁的传令官带来消息，说公爵不能出席。安德来公爵进来向总司令报告这事，并承蒙库图索夫事先许可他列席会议，留在房间里。

“既然巴格拉齐翁公爵不来，我们就可以开会了，”威以罗特说，匆忙地从他的位子上站起来，走到桌前，桌上放着一幅不儒恩区域的大地图。

库图索夫穿着未扣的制服，他的胖颈子好像获得解脱似的，凸出在衣领上，他坐在安乐椅上，把一双肥胖老迈的手对称地放在扶手上，几乎睡着了。听到威以罗特的声音，他费力地睁开他的独眼。

"是，是，请吧，不然就迟了。"他说，点了点头，又垂了头，闭上眼睛。

假使在起初的时候，出席会议的人以为库图索夫是装睡，那么，在以后宣读时，他鼻子里发出的声音便证明，这时候总司令的事情，比他要表示他轻视战斗部署或任何事情的愿望，远为重要：他的事情是满足人类的不可压制的要求——睡眠。他真的睡着了。威以罗特，带着忙得不能损失片刻辰光的那种姿态，看了看库图索夫，并且确信他睡着了，他拿起了文件，开始大声地单调地宣读未来会战的战斗部署，它的标题他也读出来了：

"攻击考拜尔尼兹及索考尔尼兹后方敌军阵地的战斗部署，一八〇五年十一月三十日。"[①]

这个战斗部署很复杂、很难解，它的原文是这么开始的：

"Da der Feind mit seinem linken Fluegel an die mit Wald be-deckten Berge lehnt und sich mit seinem rechten Fluegel laengs Kobelnitz und Sokolnitz hinter die dort befindlichen Teiche zieht, wir im Gegentheil mit unserem linken Fluegel seinen rechten sehr debordiren, so ist es vortheilhaft letzteren Fluegel des Feindes zu attakiren, besonders wenn wir die Doerfer Sokolnitz und Kobelnitz im Besitze haben, wodurch wir dem Feind zugleich in die Flanke fallen und ihn auf der Flaeche zwischen Schlapanitz und dem Thuerassa-Walde verfolgen koennen, indem wir dem Defileen von Schlapanitz und Bellowitz ausweichen, welche die feindliche Front decken. Zu diesem Endzwecke ist es noethig……Die erste Kolonne marschirt……die zweite Kolonne marschirt……die dritte Kolonne marschirt……〔因为敌军左翼驻扎在有树木的山上，敌军右翼在池塘后方沿考拜尔尼兹及索考尔尼兹向前伸展，反之，我军左翼包抄了敌军右翼，所以攻击敌人右翼于我有

① 毛注：按照俄国旧历，则为十一月十八日。

利，特别是，假如我军能占领索考尔尼兹及考拜尔尼兹两村庄，就可以攻击敌人的侧翼，在施拉巴尼兹及丢拉萨森林之间的平原上追赶敌军，同时避免通过掩护敌军前线的施拉巴尼兹及培洛维兹之间的狭道。为了这个目的，必须……第一纵队前进……第二纵队前进……第三纵队前进……〕云云。”威以罗特宣读着。

似乎将军们都勉强地听着这个难解的战斗部署。金发的高大的部克斯海夫顿将军背靠墙站着，把眼睛停在点着的蜡烛上，似乎没有听甚至不希望别人以为他在听。正对威以罗特坐着的，是那个胡须翘起和肩膀耸起的、面色红润的米洛拉道维支，他按照军人姿势，把双手放在膝盖上，肘部朝外，他的明亮的睁开的眼睛注视着他。他坚持地沉默着，望着威以罗特的脸，直到这位奥国参谋总长沉默时，才把眼睛离开他。这时米洛拉道维支富有含义地环顾着别的将军们。但是凭着这个富有含义的目光，不能够说他同意还是不同意，满意还是不满意这个战斗部署。坐得靠威以罗特最近的，是兰惹隆伯爵，他的法国南方人面孔的狡猾的微笑在全部宣读时间里一直没有离开他，他望着自己的细手指在迅速地转动着一个有画像的金鼻烟壶的角。在一个最长的句子当中，他停止了鼻烟壶的转动，抬起头，在薄嘴唇的角上带着不愉快的礼貌，打断了威以罗特，想要说什么，但是奥国将军没有停止宣读，愤怒地皱了皱眉，动了动胳膊，好像是说：“等一下，等一下您再向我说您的意思，现在请您看着地图，听着。”兰惹隆带着迷惑的表情抬起眼睛，回头看了看米洛拉道维支，好像是在寻找说明，但是遇见了米洛拉道维支的富有含义的却并不表示什么意义的目光，他丧气地垂了眼，又着手转动鼻烟壶了。

“Une leçon de géographie.〔一堂地理课。〕”他说，似乎是自言自语，但又高得可以让人听见。

卜尔惹倍涉夫斯基，表现着恭敬而庄严的礼貌，用手贴着耳朵向着威以罗特，显出专心注意的样子。身体矮小的道黑图罗夫，显出专心的谦逊的样子，坐在威以罗特正对面，俯首看着打开的地图，谨慎地研究着战斗部署和他所不知道的地区。他几次要求威以罗特重述他未听清楚的话和难懂的村庄名称。威以罗特应了他的请求，道黑图罗夫写了下来。

在一小时以上的宣读完结时，兰惹隆又停止了转动鼻烟壶，没有望威以罗特，也没有看任何人，开始说到执行这个战斗部署是如何困难，在这里面，敌人的阵地是假定知道了，但这个阵地也许是我们不知道的，因为敌人是运动着的。兰惹隆的反驳是有根据的，但显然，这个反驳的目的，主要地是希望使威以罗特将军——他那么自信地好像是向小学生们一样地读他的战斗部署——觉得，他不是和傻瓜们在处事，而是和可以教他军事知识的人们在处事。

当威以罗特的单调的声音停止时，库图索夫睁开了他的独眼，好像是一个磨工，在磨盘的催眠声停止时醒过来了，他听了兰惹隆所说的话，他好像是说："你们还在做这些蠢事情！"又赶快地闭了眼，把头垂得更低。

兰惹隆力求尽可能恶意地损伤威以罗特的军事计划主稿人的虚荣心，证明保拿巴特很容易进行攻击，而不遭受攻击，因此将使这全部的战斗部署完全无用。威以罗特对于一切的反驳都用坚决、轻视的笑容作回答，显然这是对于一切反驳所预先准备的，不管他们向他说的是什么。

"假使他能攻击我们，他今天就做过了。"他说。

"所以，您以为他没有力量吗？"兰惹隆说。

"他最多有四万人。"威以罗特带着医生看到巫婆想要告诉他诊治方法时所有的那种笑容回答。

"照这样看来，他等候我们的攻击，是自取灭亡，"兰惹隆带着狡猾的讽刺的微笑说，又回顾着附近的米洛拉道维支，希望得到他的赞助。

但是米洛拉道维支，显然，此时并没有想到将军们所争论的事情。

"Ma foi,〔真的，〕"他说，"明天我们要在战场上看到一切了。"

威以罗特又流露着那样的笑容，好像是说：他觉得可笑而奇怪的是，他遭到了俄国将军们的反对，他还要证明一下那个不但是他自己所深信的、而且也是他使皇帝相信的东西。

“敌人熄了灯火，并且敌营里发出了不断的喧嚣，”他说，“这是什么意思？或者是他们在退却，这是我们应当害怕的唯一的事，或者是他们在变换阵地。”（他冷笑了一下）“但是即使他们占据了丢拉萨阵地，他们只是使我们避免很多的麻烦，我们的军事部署，连最细微的地方，仍然是有效的。”

“为什么会这样呢……”安德来公爵说，他早已等待着机会表示他的疑惑。

库图索夫醒了，费劲地咳嗽着，并且回头看了看将军们。

“诸位，明天的，不如说是今天的战斗部署（因为快有一点钟了）是不能改变了，”他说，“你们已经听到了，我们都要尽我们的责任。在交战之前没有什么更加重要……”（他停了一下）“比睡一个好觉更加重要了。”

他做出了要站起的样子。将军们鞠了躬，散去了。已经过了半夜。安德来公爵走出来了。

这个军事会议在安德来公爵心中留下了不明了的、不愉快的印象，他未能如愿地在会议上表示自己的意见。谁是对的：是道高儒考夫和威以罗特，还是库图索夫、兰惹隆和不赞同这个攻击计划的别人，——他不知道。“但是难道库图索夫不能够当面向皇帝说出自己的意见吗？难道这不能够有别的办法吗？难道因为朝庭和个人的原因而必须拿几十万人的生命和我的，我的生命去冒险吗？”他想。

“是的，很可能的，我明天要被打死的。”他想。但是，在想到死的时候，忽然在他的想象中出现了整串的最久远的和最亲密的回忆：他想起了他和父亲和妻子的最后分别：他想起他对她的爱情的初期：想起她的妊娠，他开始为她和他自己觉得难受了，于是在神经质的柔情的激动的心情中走出了他和聂斯维次基所同住的农舍，开始在屋前徘徊着。

那一夜有雾，月光从雾里神秘地透出来。“是的，明天，明天！”

他想，“明天，也许，我一切都要完结了，这一切的回忆都不会再有了，这一切的回忆对我不再有任何意义了。明天，也许，甚至确实是明天，我预感到，我终于要第一次表现我所能做的一切。”他想象到会战，它的损失，集中在一点的战事和所有的指挥官们的迟疑。于是那个幸福的时间——他所期待很久的图隆——终于向他显现了。他坚决地、明了地向库图索夫、威以罗特和皇帝们说出了他的意见。大家都诧异他的考虑的正确，但是没有人想要执行他的意见，于是他带了一团，一师，提出了条件，不让任何人干涉他的指挥，于是他领了这个师到了决定性的地点，独自获得胜利。“而死亡和痛苦呢？”另一个声音说。但是安德来公爵没有回答这个声音，继续幻想着他的胜利。下一次会战的战斗部署是他一个人做的。名义上他只是库图索夫军中的值日官，但他单独地做了一切。下一次会战是他一个人打胜的。库图索夫撤职了，任命了他……“那么，以后怎样呢？”另一个声音又说，“以后怎样呢，假使在它之前你有十次没有受伤、被打死或受骗：那么，以后怎样呢？”[①]——“那么，以后怎样……”安德来公爵回答自己，“我不知道以后怎样，不想要知道，也不能知道：但是假使我想要这个、想要光荣、想要被人们知道、想要被他们爱，那么，我想要这个，我只想要这个，我只为这个而生活，这不是我的过错。是的，只是为了这个！我绝不向任何人说到这个，但是，我的上帝！假使我什么都不爱，只爱荣誉，只爱人们的爱，我要怎么办呢？死、伤、丧失家庭，——没有一样是我觉得可怕的。虽然我有许多宝贵的、亲爱的人——父亲、妹妹、妻子，我最宝贵的人，但是，为了片刻的光荣，对人们的胜利，为了我不认识也不会认识的人们对我的爱，为了这里这些人的爱，我会立刻放弃所有的最宝贵的人，虽然这似乎是可怕而不合情理的，”他一面这么

① 毛注：关心托尔斯泰生活的读者们，应注意，关于人的最大努力与最大希望为死亡所阻碍的思想，即安德来公爵此时所想到而又逃避的思想，就是写了这一章的十六年后，使他自己的人生观发生革命的那个思想。见《忏悔录》第三章。

想，一面听着库图索夫院子里的话声。在库图索夫的院子里可以听到收拾行李的侍从兵们的声音：有一个声音，也许是车夫的声音，在取笑库图索夫的老厨子，安德来公爵认识他，他叫齐特。那个声音说："齐特，齐特吗？"

"哦！"老人回答。

"齐特，你去摩洛齐特[①]。"说笑话的人说。

"呸，你这该死的！"被侍从兵和仆役们的笑声所盖住的声音说。

"我所爱和所重视的仍然只是对于他们所有的人的胜利，我重视那个神秘的力量和光荣，它在雾里面正悬在我的头上！"

13

罗斯托夫这天夜里带了一排兵在巴格拉齐翁支队前面的侧翼哨兵线上。他的骠骑兵成双地散布在哨兵线上：他自己骑马在哨兵线上巡逻，极力克制着那不可抵抗地向他侵袭的瞌睡。在他后边，可以看到在雾中朦胧地燃烧着的我军燎火的广大区域：在他前面是雾气沉沉的黑暗。罗斯托夫虽然注视着这个雾气沉沉的远方，他却看不见东西：有什么东西忽而变灰，又似乎忽而发黑：忽而在应是敌人所在的地方，好像有火光闪烁：忽而他觉得，只是什么东西在他的眼睛里发亮。他闭了眼睛，在他的想象中，忽而出现了皇帝，忽而出现了皆尼索夫，忽而出现了莫斯科的回忆：他又连忙睁开眼睛，在他前面很近的地方他看见了他的坐骑的头和耳朵，有时在相隔六步的地方他看见骠骑兵们的黑影子，但远处仍然是雾气沉沉的黑暗。"为什么？很可能的，"罗斯托夫想，"皇帝遇到我，好像他对任何军官一样地对我下命令，他说：'你去看看，那里是什么。'许多人说，他就是这样完全偶然地认识了一个军官，把他

① 摩洛齐特是"打谷"的音译。

放在自己身边。嗬，万一他要把我放在他的身边，怎么办呢？嗬，我要怎样地保护他，我要怎样地向他说一切的事实，我要怎样地揭去他的骗子们的假面具哦！”于是罗斯托夫，为了生动地想象他对皇帝的热爱与忠诚，替自己设想了一个敌人或者一个骗子德国人，他不仅要痛快地杀死他，而且要当着皇帝的面打他的嘴巴。忽然远远的一个叫声惊醒了罗斯托夫。他震动了一下，睁开了眼睛。

“我在哪里？是的，在哨兵线上：口令和答号——车杠，奥尔牟兹。多么讨厌哦，我们的骑兵连明天要做预备队……”他想。“我要请求去作战。这也许是我看见皇帝的唯一的机会。是的，现在快要换班了。我再巡逻一次，回去时，我要去看将军，向他请求。”他在鞍上坐正了，催动了坐骑，要再巡逻一次他的骠骑兵们。他似乎觉得天色明亮些了。在左边可以看见斜陡的被照亮的山坡和对面的像墙壁那么陡峭的黑色山冈。在这个山冈上有一个白色点子，罗斯托夫不晓得这是什么：是森林中被月光照亮的空地呢，是积雪呢还是一些白屋呢？他甚至觉得，在这个白点子上有什么东西在动。“一定是雪——这个点子，一个点子——une tache〔法文音译：云塔施〕，”罗斯托夫想，“但这不是塔施〔意译：点子〕……”

“娜塔莎，妹妹，黑眼睛。娜……塔施卡。（当我向她说我看见了皇帝，她要惊讶的！）娜塔施卡……挂上塔施卡[①]……”——“靠右边，大人，这里有矮树，”一个骠骑兵的声音说，罗斯托夫是瞌睡沉沉地从他身边走过的。罗斯托夫抬起了几乎垂到马鬃上的头，在骠骑兵旁边站住了。年幼的儿童的瞌睡不可抵抗地困住了他。“但是，我想了什么呢？——不要忘记了。我要向皇帝怎么说呢？不，不是那个——那是明天。是呀，是呀！娜塔施卡，进攻……攻我们，——什么人？骠骑兵们。嗬，有胡髭的骠骑兵……这个有胡髭的骠骑兵在特维埃尔斯卡雅

① “塔斯卡”意思是“皮囊”。“娜塔斯卡”意思是挂上皮囊。“娜塔施卡”和“娜塔莎”发音相近。这句和前面的“塔施”都是描写睡意沉沉时的意识。

街上走过，我还想到他，正在顾尔埃夫家对面……老顾尔埃夫……哎，出色可爱的皆尼索夫！是的，这都是无关紧要的。现在重要的事是皇帝在这里。他怎样地望我，想向我说什么，但是他不敢。……不，是我不敢。但这是无关紧要的，重要的是——不要忘记了我所想到的重要的事情。对了，那——塔施卡①，那斯——图比其②。是的，是的，是的。那很好。”他又把头垂到马颈子上去了。他忽然觉得，有人向他射击。“什么？什么？什么！……斩死！……什么？”罗斯托夫说，醒过来了。在他睁眼的那一片刻，罗斯托夫听到，前面敌人的地方有成千的声音的长吼。他的马和他身边骠骑兵的马听到这些叫声都竖起耳朵。在发出叫声的地方，有一个火光燃着又熄灭了，然后又是一个火光，于是在山上法军的全线里都点起了火光，叫声也越叫越响亮了。罗斯托夫听到了法国话的声音，但他不能辨别。声音太多太大了。只听到啊啊啊！和呃呃呃呃！

“这是什么？你看是什么？”罗斯托夫向站在他旁边的骠骑兵问，“这是敌人那边的，是吗？”

骠骑兵没有回答。

“怎么，你没有听见吗？”罗斯托夫等候回答等了很久，又问。

“谁知道呀，大人。”骠骑兵勉强地回答。

“按照地方，那一定是敌人吧？”罗斯托夫又说。

“也许是敌人，也许没有什么，”骠骑兵低声说，“黑夜里啊。嘿！站好！”他向身下站立不安的马喊叫。

罗斯托夫的马也动起来了，它听着声音、看着火光，在冰地上踏蹄子。叫声越叫越大，合成了一个共同的呼吼，这呼吼只有几千人的军队才可以产生。火光大概是顺着法军营地的阵线，越展越长了。罗斯托夫已经不想睡了。敌军愉快得意的呼叫对他发生了刺激的作用。罗斯托夫现在

---

① 可作娜塔莎或挂上皮囊解。

② 可作攻击或打击我们解。

已经清晰地听到：Vive l'empereur！l'empereur！〔皇帝万岁！皇帝！〕

“不会远的，大概就在河那边。”他向他身边的骠骑兵说。

骤骑兵只叹了口气，没有回答，并且愤怒地咳嗽。在骠骑兵的哨兵线上传来了迫近的驰步的马蹄声，在黑夜的雾中忽然出现了一个骠骑兵军曹的影子，好像一只大象一样。

“大人，将军们来了！”军曹骑马到罗斯托夫面前说。

罗斯托夫，仍然回头望着火光与叫声，和军曹一同骑马去迎接几个骑马顺着前线行走的人。有一个人骑着白马。巴格拉齐翁公爵和道高儒考夫公爵和副官们出来观看敌营中的火光和叫声这个奇怪的现象。罗斯托夫到了巴格拉齐翁面前，作了报告并且和副官们在一起，听着将军们所说的话。

“您相信我，”道高儒考夫公爵向巴格拉齐翁公爵说，“这不过是诡计而已：敌人退却了，下令在后卫里燃火、呼叫、欺骗我们。”

“未必，”巴格拉齐翁公爵说，“我傍晚还看见他们在那个山冈上，假使他们退却，他们要退出这个地方的。军官先生，”巴格拉齐翁公爵向罗斯托夫说，“敌人侧翼哨兵还在那里吗？”

“傍晚是在那里的，但现在我不知道，大人。要不要我带骠骑兵们去看一下呢？”罗斯托夫说。

巴格拉齐翁停住了，没有回答，极力想在雾中看出罗斯托夫的脸。

“好的，去看看。”沉默了一会，他说。

“是，大人。”

罗斯托夫刺了马，叫来了军曹费德清考和两个骠骑兵，命令他们跟随着他，骑马下山向着有继续呼喊声的方向驰步而去了。罗斯托夫独自和三个骠骑兵向这个神秘的、危险的、在他之前无人去过的、雾气沉沉的远方走去，他觉得又惧怕又愉快。巴格拉齐翁在山上大声向他喊叫，叫他不要过河，但是罗斯托夫装作没有听见他的话的样子，没有停下来，向前越走越远，不断地出现错误，把矮树当作大树，把水沟当作人群，并且不断地发觉自己的错误。骑马驰行着下了山，他已经看不见我军和敌军的火光，但是听到法军的叫声更高更清楚了。在山谷中，他看到前面的东西像是河流，但当他走近时，他认出了这是一条道路。上了路，他犹豫不决地勒住了马：顺着道路走呢，还是穿过去，由黑的田野上到山上去呢。顺着雾中明亮的道路走是较为安全，因为辨别路上的人是较为容易。“跟我走！”他说，穿过了道路，开始向山上急奔，向晚间法军哨兵所站的地方奔去。

“大人，这里有敌人！”后边的一个骠骑兵说。

罗斯托夫还没有来得及看清那忽然在雾中出现的黑东西是什么，便有了一道火光，一发射击声，子弹好像抱怨着什么，高高地射入雾中，便听不见了。另一枪没有射出，但药池里冒出了火光。罗斯托夫掉转了马，向回急奔。在不同的时间间隔里，又响了四次枪声，子弹在雾中发出不同的音调。罗斯托夫勒住了马缓步地走着，马和他一样地因为枪声觉得高兴。“好，再放！好，再放！”一个愉快的声音在他心里说。但是枪声没有了。

快要走到巴格拉齐翁的面前时，罗斯托夫又放马奔腾，把手举在帽边，到了他面前。

道高儒考夫仍然坚持自己的意见，以为法军退却了，并且只是为了欺骗我们才散布火光的。

“这是证明什么呢？”在罗斯托夫走到他们面前时，他说，“他们可能是退却了，留下了哨兵。”

“显然他们还没有全走，公爵，”巴格拉齐翁说，“等到明天早晨吧，我们明天就会知道一切了。”

“山上还有步哨，大人，还是在晚间那个地方，”罗斯托夫报告着，向前躬着身子，把手举在帽边敬礼，不肯约制他的由于骑马侦察、尤其是枪声所引起的愉快的微笑。

“很好，很好，”巴格拉齐翁说，“谢谢你，军官先生。”

“大人，”罗斯托夫说，“我可以请求您吗？”

“什么事？”

“我们的骑兵连指定了明天做后备队，请您准许把我调到骑兵第一连里去。”

“姓什么？”

“罗斯托夫伯爵。”

“啊，很好！留在我这里做传令官吧。”

“是伊利亚·安德来伊支的儿子吗？”道高儒考夫问。

但是罗斯托夫没有回答他。

“那么我就指望这样了。大人。”

“我要下命令的。”

“明天，很可能，要派我送信给皇帝，”他想，“谢谢上帝！”

敌军的叫声和火光是因为这个缘故：就是当他们向军队宣读拿破仑的文告的时候，皇帝自己骑着马在巡视露营。兵士们看见了皇帝，点着秸束，喊叫：“Vive l'empereur！〔皇帝万岁！〕”“跟在他后边奔跑。拿破仑的文告如下：

“兵士们！俄军来进攻我们，替奥国乌尔姆的军队复仇。他们就是被你们在号拉不儒恩[①]击溃的军队，就是被你们从那时候一直追到此地的军队，我们所守的阵地是坚强的，当他们从右翼包抄我时，他们的侧翼就暴露给我了！兵士们！我要亲自指挥你们各营。假使你们凭你们惯有的勇敢，把混乱和失败带给敌人的行伍，我就离开火线，但假使胜利有片刻的怀疑，你们就要看到你们的皇帝去受敌人最初的攻击，因为胜利是一定没有怀疑的，特别是在事关法国步兵荣誉问题的今天，而步兵的荣誉是国家荣誉所不可少的。

① 毛注：号拉不儒恩会战即是托尔斯泰所说的射恩格拉本。这两个地方是在一起。

不要在抬伤兵的借口之下混乱了行列！要人人充分地抱着这个思想，就是我们一定要打败这些英国的雇工，他们是被那对我国的仇恨所鼓动的。这个胜利将要结束我们的战役，我们可以回到冬季的住处了，在那里我们要会合此刻正在法国组织的新军，那时我要订的和约是对得起我的人民、对得起你们和我自己的。

拿破仑

14

在早晨五点钟的时候天色还完全是黑暗的。中央的部队，后备队和巴格拉齐翁的右翼的军队还没有开动：但左翼上，步、骑、炮兵各纵队已经有了动作，并且开始起身了，他们应该首先从高地上下去攻击法军的右翼，并且按照战斗部署，把敌军赶入保希米亚山中。他们把一切的残余的东西都抛在火里，燎火的烟刺痛了他们的眼。天气又寒冷又黑暗。军官们匆忙地吃茶吃早饭，兵士们吃着干粮，踏着脚步使身上发暖，拥挤在火的四周，把木棚的残余、椅子、桌子、车轮、盆桶、一切多余而不能带走的东西，都抛进了火里。奥国纵队向导们在俄军中走动着，担任了进攻的前驱。奥国军官刚刚走到团长住处的附近，这个团就开始行动了：兵士们跑着离开燎火，把烟斗藏在靴筒里，把行李放在车上，拿了枪，排了队。军官们扣上衣服，挂上军刀和弹囊，一边喊叫着，一边在行列的旁边行走：运输兵和侍从兵们套了马、搬了东西，并且捆绑了车辆。副官们、营长们、团长们上了马，画了十字，向留在后面的运输兵发出最后的命令、指示和差遣，于是成千脚步的单调的声音响动了。各纵队走动了，却不知道是到哪里去，又因为四周的人群、烟气、变浓着的雾，不能看见他们所离开的地方和他们所要去的地方。

兵士在运动中被他的团好像水手被他的船那样地环绕着、限制着、领导着。无论他走多么远，无论他走到多么奇怪的、生疏的、危险的地方，在他四周，时时处处都是同样的伙伴、同样的行列、同样的曹长依凡·米特锐支、同样的连里的狗如其卡、同样的官长，好像在水手四周，时时处处都是他的船上的甲板、樯桅、索缆。兵士很少希望知道他的船所在的地点，但在交战之日，在军队的精神世界里大家听到了一种严厉的声音，上帝知道，这是怎么会有的，是从哪里来的，这声音表示某种有决定性的、严肃的东西就要来到，并且唤起他们的罕有的好奇心。在交战之日，兵士们兴奋地力求知道团的兴趣以外的东西，谛听着、注视着，并且急切地探问他们四周正在发生的是什么。

雾变得那样浓，以致虽然天色发白，却看不见十步以外的东西。矮树好像是巨大的乔木，平地好像是削壁和斜坡。在任何地方，在各方面，都可以碰到十步以外看不见的敌人。但是各纵队在同样的雾里走了很久，下山又上山，经过花园和围垣，走过新的、不知道的地方，没有在任何地方遇到敌人。相反，兵士们知道在前面、在后面、在各方面，我们俄军的各纵队是朝着同一方向在走。每个兵士的心中觉得高兴，因为他知道他所去的地方，就是还有许多许多我们的人所去的不知道的地方。

“你看，库尔斯克的兵走过去了。”行伍中有人说。

“啊哟，好极了，我的弟兄们，我们有那么多的人聚在一起！昨天晚上我看见，一排火光，看不见边。总而言之——就像莫斯科！”

虽然没有纵队指挥官来到行伍间和兵士们说话，（纵队指挥官们，如同我们在军事会议上所看见的那样，都有脾气并且不满意所做的事情，因此，他们只是执行命令，没有关心到鼓励士气）虽然如此，兵士们却像平常去作战、特别是去进攻的时候一样，愉快地走着。

但是，在浓雾中走了约莫一小时，大部分的军队应该停止了，在行列之间传播了一种由于混乱和错误而引起的不快之感。怎样传播了这个感觉，这是极难制定的，但无疑的是，它异常确实地传播了，并且迅速地、不易察觉地、不可制约地流传了，好像山谷里的水一样。假使俄军是单独的，没有同盟军，则也许要很多的时候，这个混乱的感觉，才能变为普遍的感觉，但现在，他们特别满意地、很自然地把混乱的原因归于愚蠢的德国人[①]，大家都相信，是爱吃香肠的人造成了这个有害的混乱。

“我们为什么停止？阻塞了道路吗？或者我们已经碰见法军了吗？”

“没有，没有听到。不然，就已经开火了。”

“那样地催我们前进，前进了——又毫无意义地站在田野上，都是该死的德国人造成了混乱。这些愚蠢的鬼！”

“我要让他们到前面去。可是，他们要挤在后面。现在我们站在这里挨饿了。”

“哦，我们快要能通过了吗？据说骑兵阻了路。”一个军官说。

“唉，那些该死的德国人，不认识自家的地方，”另一个军官说。

“你们是哪一师的？一个副官骑马来了大声地问。

“十八师的。”

“那么你们为什么在这里？你们早该在前面了，现在你们要到晚才走得到了。”

“多么愚蠢的命令啊！他们自己也不知道他们在做什么。”军官说过就走开了。

然后一个将军骑马走过，用非俄语愤怒地、大声地说了什么。

“塔发——拉发，他咕噜什么，你辨别不出的，”一个兵说，模拟着骑马走去的将军，“我要枪毙他们，这些坏蛋们！”

“命令我们在九点钟以前到达地所，但是我们还没有走到一半。就是这样好的命令！”各方面重复着。

军队开动时的精力旺盛的心情，开始变为对于愚蠢的指挥以及对于德国人的懊恼与愤怒了。

---

① 毛注：俄国兵认为奥国人和非俄语的人都是德国人。俄语“德国人”有哑吧的意思，哑吧不能说话，所以我们不能了解他。

混乱的原因就是：在奥国骑兵开往我方的左翼时，高级指挥官发现我军中央离右翼太远，命令所有的骑兵向右边调动。几千骑兵在步兵前面调动，步兵不得不等候着。

前面一个奥国纵队向导和一个俄国将军发生了冲突。俄国将军大叫，要求骑兵停止，奥国人说明，这不能怪他，要怪高级指挥官。这时军队站住了，觉得无聊，情绪低落。在一小时的耽搁之后，军队终于又向前移动，开始下山了。雾在山上消散着，在山下边，在军队所要去的地方，还是很浓。前面，在雾里，发出了一个枪声，又发出了一个枪声，起初在不同的时间间隔里不连续地：特拉他……他特，后来便是越来越连续而频繁，于是开始了号德巴赫小河的战斗。

俄军没有估计到在小河下边遇见敌人，却在雾中意外地遇到了敌人，没有听到高级指挥官们鼓励的话，带着散布在军中的时间太迟的感觉，特别是，在浓雾里看不见前面和四周的东西，因此俄军懒懒地、迟缓地向敌人还击，向前进了，又停止下来，没有适时地接到长官们和副官们的命令，而他们在雾中在不熟悉的地方乱走，找不到他们自己的部队。下了山的第一、第二、第三纵队便是这样开始了战斗。第四纵队扎在卜拉村高地，库图索夫自己在这个纵队里。

在下边战事开始的地方还有浓雾：上边明朗了，但是还看不出前面所发生的事情。全部敌军，是如我们所料的，在我们十俚之外，还是就在那一带的雾里——在八点钟之前没有人知道，

是上午九时。浓雾好像海一样地散布在低地，但是在施拉巴尼兹村，在高地上，在拿破仑被元帅们环绕着所站立的地方，已经完全开朗了。他头上是明亮的蓝天，巨大的日球，好像一个巨大空心的红色浮球一样，在乳白色雾海上摇荡着。不但全部法军，而且拿破仑自己和参谋人员，并不在小河那边，不在索考尔尼兹村和施拉巴尼兹村的低地那边，不在我们企望占据阵地并开始战斗的地区那边，他们却在这边，那样地接近我军，拿破仑可以用肉眼辨别出我军的骑兵和步兵。拿破仑站

在元帅们稍前的地方，骑着灰色小阿拉伯马，穿了蓝色军大衣，就是他在意大利战役中所穿过的那件军大衣。他沉默地望着各山冈，它们好像是雾海中浮起来的，俄军正远远地在那些山冈上边移动，他倾听着山谷中的射击声。他的那时还是瘦瘦的脸上，没有一片肌肉颤动，明亮的眼睛不动地注视在一个地方。他的预料证实了。俄军一部分已经下到了山谷里，向池沼和湖那里走去，一部分退出了卜拉村高地，而这里正是他想要攻击并且认为是要害之地的。他在雾里面看见，在卜拉村村庄旁边两山之间的深谷里，俄军各纵队闪亮着刺刀，顺着一个方向，向山谷移动，各纵队先后隐没在雾海中。据他在头天晚间所得到的情报，根据夜间在前哨上所听到的车轮声和脚步声，根据俄军各纵队运动的混乱，根据种种的理由，他明白地看出了联军以为他在前面很远的地方，看出了在卜拉村附近移动的各纵队是俄军的中央，而中央已经充分地被削弱了，不能够顺利地攻击他。但他还是没有开始战斗。

这天是他的纪念日——他的加冕礼的周年纪念日。天亮之前他睡了几小时，他骑了马走到田野上，他健康、愉快、精神充沛并且带着那种快乐的心情，好像一切都是可能的，一切都会成功。他停着不动，望着在雾上边可以看见的高地，他的冷脸上有了那种特殊的、感到自信应得的幸福的神色，就像在恋爱中的幸福少年的脸上所常有的那样。元帅们站在他背后，不敢分散他的注意力。他时而望着卜拉村高地，时而望着从雾中浮出来的太阳。

当太阳完全从雾里升起，把闪耀的光芒洒照在田野和雾上的时候（好像他只是等待着这个来开始战斗），他把手套从美丽的白手上脱下来，用手向元帅们作了暗示，并且下令开始战斗。元帅们偕同副官们向各方面疾驰而去，几分钟后，法军主力迅速地向卜拉村高地开去：俄军正逐渐地撤出了这里，向山谷的左边开去。

15

八点钟库图索夫骑马到卜拉村去，他走在米洛拉道维支第四纵队的前面，这个纵队应该到已经下山的卜尔惹倍涉夫斯基和兰惹隆两纵队的地方去接防。他问候了最前面的一团的将士们，下了前进的命令，借此表示，他想要亲自率领这个纵队。到了卜拉村村庄，他停住了。安德来公爵，在总司令的一大群随从之中，站在他后边。安德来公爵觉得自己兴奋、愤怒同时又有约制又镇静，好像一个人在长久期待的时刻就要来到时那样的。他坚决地相信今天是他的图隆之日或阿尔考拉桥[①]之日。这件事将如何实现，他不知道，但他坚决地相信这一定会实现的。关于我军的地点和情况，凡是我军中任何人可能知道的，他都知道。他自己的战略计划，显然现在无需想到去执行，已经被他忘记了。现在，已经采用了威以罗特的计划，安德来公爵考虑到各种可能发生的偶然事件，并且作着新的考虑，在这里面可以用到他的考虑敏捷和他的坚决精神。

在左边下方的雾里，可以听到看不见的军队之间的放枪声。安德来公爵觉得会战就要集中在那里，他们就要在那里遇到阻碍，“我将要被派到那里去，”他想，“带一个旅或一个师，在那里，我要手拿着军旗向前走，击碎我前面的一切。”

安德来公爵不能淡漠地望着走过的各营的军旗。望着军旗，他老是想着：也许这就是那个军旗，我要拿着它走在军队的前面。

早晨在高地上，夜雾消失了，浓霜在变露水，在山谷里仍然弥漫着好像乳白的海一样的雾。在这山谷里的左边看不见东西，我军下到那里去了，并且从那里飞来了枪声。在高地之上是深色的明朗的天空，右边是巨大的日球。在前面远方，在雾海彼岸，可以看见高耸的有树木的山冈，敌军大概就在那里，因为在那里可以看见什么东西。右边，禁卫军

① 毛注：地在凡罗那省，拿破仑于一七九六年败奥军于此。

正进入雾区，响着蹄声和车轮声，有时闪着刺刀的光：左边，在村庄的那边，同样的骑兵团体走过去，隐没在雾海里了。步兵在前面和后面移动着。总司令站在村口，让军队从他身边走过。库图索夫这天早晨显得又困乏又愤怒。从他身边经过的步兵没有命令便停止了，显然是因为前面有什么东西阻止了他们。

“告诉他们，总之，成营纵队绕过村庄，”库图索夫愤怒地向一个骑马而来的将军说，“怎么您不明白，阁下，亲爱的大人，在我们去攻击敌人的时候，不能够在村庄的窄狭街道里通过的。”

“我提议过，在村庄外边排队的，大人。”将军回答。

库图索夫苦笑了。

“您这很好哇，把前线暴露在敌人的眼前！很好！”

“敌人还很远，大人。按照战斗部署……”

“战斗部署！”库图索夫愤怒地大声地说，“这是谁向您说的？……请您照命令您的去做吧。”

“是了，大人。”

“亲爱的，”聂斯维次基向安德来公爵低声说，“le vieux est d’une humeur de chien.〔老家伙是大不高兴。〕”

一个穿白军服的，帽上有绿色羽翎的奥国军官骑马跑到库图索夫面前，代表皇帝来问：“第四纵队加入作战了没有？”

库图索夫，没有回答他，转过了身，他的目光偶然地落在他旁边安德来·保尔康斯基公爵的身上。看见了保尔康斯基，库图索夫缓和了目光里愤怒的苛刻的表情，好像是觉得，现在所发生的事情不是他的副官的错。他还是没有回答奥国副官，却向保尔康斯基说：

“Allez voir, mon cher, si la troisième division a dépassé le village. Dites-lui de s’arrêter et d’attendre mes ordres.〔你去看看，我亲爱的，第三师过了村庄没有。叫他们停下来，等我的命令。〕”

安德来公爵刚刚出发，他又止住了他。

“Et demandez-lui, si les tirailleurs sont postés,〔问问看，射击兵是不是配置好了，〕”他补充说，“Ce qu'ils font, ce qu'ils font!〔他们在干什么，他们在干什么！〕”他向自己低语着，仍旧没有回答奥国军官。

安德来公爵骑马疾驰去执行他的任务。

他赶上了所有的走在前面的各营，止住了第三师，并且确信了在我军各纵队之前确实没有射击兵。前面那个团的团长，因为总司令命令他派出射击兵，很是惊异。团长站住了，充分地相信在他前面还有别的军队，敌人绝不会在十俚之内的。确实，在他前面，除了向前斜倾的、罩着浓雾的空地，什么也看不见。用总司令的名义命令他补救疏忽之后，安德来公爵驰马回去了。库图索夫仍然站在原来的地方，他在鞍子上老态龙钟地支着胖身躯，闭了眼，费力地打呵欠。军队不再移动，放下了枪站立着。

“好，好，”他向安德来公爵说，然后转向一个将军，这将军拿了表在手里说，应该是移动的时候了，因为左翼各纵队已经下山了。

“我们还来得及，大人，”库图索夫一面打呵欠一面说，“我们来得及！”他又说。

这时，在库图索夫后面，可以听见远处各团的敬礼声，这声音顺着前进的俄军各纵队的全部展开的阵线而迅速地逼近了。显然是，接受敬礼的那个人骑马走得很快。当库图索夫背后那一团兵士们喊叫时，他向旁边移动了一点，皱了眉回顾了一下。顺卜拉村来的道路上好像有一连穿着各种颜色制服的骑手在驰奔。其中有两个人并排地在其余的人前面疾驰。一个身穿黑军服，头戴白羽翎，骑栗色截尾马，另一个穿白军服，骑黑马。他们是两位皇帝和侍从们。库图索夫，带着在前线的老军人的架势，向站立的军队发令“立正”，于是敬着礼，向皇帝们面前走去。他整个的身姿和态度都忽然改变了。他做出不假思索的唯命是听的下属的样子。他带着做作的恭敬的样子走上前去敬礼，这显然是令亚力山大皇帝不愉快的。

这不快的印象，好像晴空中的残雾一样，只在皇帝的年轻的快乐的脸上闪了一下就没有了。在违和之后，他这天比在奥尔牟兹原野上稍微瘦了一点，保尔康斯基在国外是在奥尔牟兹第一次看见他的，但是在他的美丽的灰眼里仍然有魅力地混合着尊严与温和，在他的薄唇上仍然可以表现各种表情，主要的是善良、天真、年轻的表情。

在奥尔牟兹的检阅中，他似乎较为庄重，而在这里他似乎较为愉快、较有精力。他疾驰了三俚，微微地脸红，他勒住了马，安适地叹了口气，回头看了看侍从们的和他一样的年轻而兴奋的脸。恰尔托锐示斯基，诺佛西操夫，福尔康斯基公爵，斯特罗加诺夫和别人，都是衣服华丽、愉快、年轻的人，骑着美丽的、饲养良好的、生气勃勃的、只微微发汗的马，站在皇帝后边，交谈着、微笑着。法兰西斯皇帝，一个面色红润的、长脸的青年，挺直地坐在俊美的黑马上，面色忧虑地、从容不迫地环顾四周。他召来一个白衣服的副官，问了他什么。“大概是问他们几点钟出发的，”安德来公爵想着，注视着他的旧相识，带着忍不住的笑容，想起他的觐见。在皇帝们的侍从中有从俄、奥禁卫军和作战部队中遴选出来的年轻的传令官。在他们当中，有马师们牵着沙皇的披着绣花马衣的、俊美的后备马匹。

好像一阵野外新鲜空气忽然从敞开的窗子里吹进了窒息的房间，这群骑马跑来的漂亮的青年也把青春、活力与胜利的信念吹进了库图索夫的不愉快的参谋人员中。

“您为什么不开始呢，米哈伊·伊拉锐诺维支[①]？”亚力山大皇帝急忙地向库图索夫说，同时恭敬地看了看法兰西斯皇帝。

“我在等待，陛下，”库图索夫回答，恭敬地向前鞠躬着。

皇帝向前侧着耳朵，微微地皱眉，表示他没有听清。

“我在等待，陛下，”库图索夫重复说，（安德来公爵注意到，库

① 毛注：这是库图索夫的教名和父名，这样的称呼在俄国，比称姓更为普遍。

图索夫的上唇，在说“我在等待”时，不自然地打颤。）“各纵队还没有全部集合，陛下。”

皇帝听清了，但这个回答显然没有使他满意，他耸了耸弯曲的肩膀，看了看站在附近的诺佛西操夫，好像是用这种目光抱怨库图索夫。

“要晓得，我们不是在皇后检阅场上，米哈伊·伊拉锐诺维支，在那里，部队不到齐了，是不开始检阅的，”皇帝说，又看了看法兰西斯皇帝的眼睛，好像是请他，即使不参加，至少要听听他所说的话，但法兰西斯皇帝继续环顾着，没有听。[①]

“就是因此我没有开始，陛下，”库图索夫用响亮的声音说，好像预料到他的话可能不被听到，他的脸上有什么东西又颤抖了一下，“我没有开始，陛下，就是因为我们不是在检阅，不在皇后检阅场上，”他清晰地、明白地说。

在皇帝的侍从中，在所有的忽然互相看了看的脸上，流露了埋怨和谴责。“他虽然年老，他却不应该，毫不应该这样地说话，”这些面孔这么表示。

皇帝凝视地注意地看了看库图索夫的眼睛，等着看他是否还要说什么。但是库图索夫那方面，恭敬地低着头，也似乎是在等待着。经过了大约一分钟的沉默。

“可是，陛下，假使陛下有命令，”库图索夫抬起头说，又把语气变为先前笨拙的、不假思索的、唯命是听的将军的语气。

他触动了他的马，召来了纵队指挥官米洛拉道维支，向他下了命令前进。

军队又走动了，诺夫高罗德团的两个营和阿卜涉让团的一个营经过皇帝身边向前面移动了。

---

① 毛注：库图索夫和亚力山大的谈话是一字不易地从米哈伊洛夫斯基·大尼列夫斯基的著作中摘录的，下节中描写战争的段落也是这样的。托尔斯泰在这里第一次表示米洛拉道维支想要模仿牟拉，这在本书后边还一再提及。

当阿卜涉让营走过时，脸色红润的米洛拉道维支，没有穿大衣，穿了军服，佩了勋章，有大花翎的帽子斜戴在头上，帽边向着前后，[①]他猛力向前驰奔，并且在皇帝面前突然勒住了马，英武地敬礼。

“上帝保佑你，将军。”皇帝向他说。

“Ma foi: sire, nous ferons ce que qui sera dans notre possibilité, sire.〔我保证，陛下，我们要去做我们所能做的一切，陛下。〕”他愉快地回答，然而他的恶劣的法语发音却引起了皇帝侍从们不少的嘲讽的微笑。

米洛拉道维支迅捷地掉转他的马，停在皇帝后面不远的地方。阿卜涉让的兵士们，因为皇帝的在场而兴奋，踏着英勇的轻快的步伐，走过皇帝们和他们的侍从们面前。

“弟兄们！”米洛拉道维支用高大、自信、愉快的声音呼叫着，显然，射击声，会战的期待，从皇帝身边轻快地走过的苏佛罗夫时代的同事们、英勇的阿卜涉让兵士的样子，使他那么兴奋，以致他忘记了皇帝的在场。“弟兄们，这并不是你们一定会占领的第一个村庄！”他喊叫着。

“我们愿意尽力。”士兵们呼喊。

皇帝的马因为意外的叫声惊骇了一下。这匹马，曾经在俄国的多次检阅中驮过皇帝，现在，在奥斯特理兹田野上也驮着他的主人，忍受着他左腿的无意打击，因为射击声而耸起耳朵，正如同它在彼得堡阅兵场上所做的一样，不明白它所听到的这些枪声的意义，不明白法兰西斯皇帝黑马在旁的意义，也不明白骑在它背上的人这天所说、所想、所感觉的一切东西的意义。

皇帝微笑着，向侍从中的一个人指示着勇敢的阿卜涉让兵士们，向他说了什么。

---

① 这种帽子是两面的，戴在头上时，两面的帽边可以向着前后，也可以向着左右。参看第四卷第四部附注。

16

库图索夫由副官们陪着，在步枪骑兵的后边，骑马缓行着。

在纵队的末尾走了半俚，他停在一个孤独荒凉的屋子旁边，这屋子大概是一个旅店，在两路口的附近。两条路都通山下边，军队在两条路上走着。

雾开始消散了，大约在两俚之外，已经可以模糊地看见对面高地上的敌军。下边左方的射击声更清晰了。库图索夫停住了，和一个奥国将军在谈话。安德来公爵，站在后边一点的地方，望着他们，并且转向一个副官，希望借用他的望远镜。

“看啊，看啊，”这个副官说，他并不是望着远处的军队，却是望着他前面山下的军队，“这是法军！”

两个将军和副官们开始急抓一个望远镜，互相争夺着。所有的面孔都忽然变色了，都显出了恐怖。他们以为法国人在两俚之外，但法军却忽然意外地在我们面前出现了。

“这是敌人吗？……不！……但是，您看吧，敌人……一定的。……这是怎么一回事？”各人的声音说。

安德来公爵用肉眼看见下边右方密集的法军纵队向山上阿卜涉让兵迎面而来，离库图索夫站立的地方不过五百步。

“时机到了，决定的关头来到了！我们的任务来到了。”安德来公爵想，然后打了马，走到库图索夫的面前。

“一定要叫阿卜涉让兵停下来，”他大叫着，“大人！”

但是正在这个时候，一切都被烟气遮蔽了，附近发出了射击声，在安德来公爵两步之外一个幼稚的惊惶的声音喊出：“哦，弟兄们，完蛋了！”这声音好像是命令。大家听到了这个声音，都拔步逃跑了。

混乱的、数目逐渐加多的人群，跑回到五分钟之前军队从皇帝身边走过的地方来了。不但要使这个人群停止是困难的，而且要自己不跟着这个人群向回跑也是不可能的。保尔康斯基只是力求不离开他们，他环顾着、迷惑着，不明白他面前所发生的是怎么一回事。聂斯维次基脸红得不同寻常，带着愤怒的神色向库图索夫大声地说，假使他不马上走开，便一定要被俘了。库图索夫站在原来的地方，没有回答，取出了一条手帕。他的腮上流血了。安德来公爵挤到他面前去了。

“您伤了吗？”他问，不能约制下颌的颤抖。

“伤不在这里，却在那里！”库图索夫把手帕捺在受伤的腮上，指着奔跑的士兵说。

“止住他们！”他大叫着，同时又大概相信不能够止住他们，便刺马向右边走去。

又有一群拥上前来的逃跑的兵包围了他，带他向回走。

军队那么密集地向回跑，以致一旦卷在这样的人群之中，便难以脱身。有人大叫：“走呀！为什么阻挡我们？”有人在那里转过身向空中放枪：有人打库图索夫所骑的马。库图索夫费了大劲才从人群潮流中向左边走出来，他和少了一半以上的侍从们向附近的炮声那里走去。安德来公爵从逃跑的人群中挤出，力求不要离开库图索夫，看见了山坡烟气中有一个俄国炮兵连还在射击，看见法军向他们冲去。俄国步兵站在稍高的地方，既不前进去协助炮兵，又不随同逃跑的兵向后退。一个将军骑着马离开步兵，来到库图索夫面前。库图索夫的侍从只剩下四个人了。大家都面色发白，无言地面面相觑。

“叫这些坏蛋停住！”库图索夫喘息着，指着逃跑的兵向团长说，但是就在这一瞬间，似乎是对他这句话的谴责，一阵子弹，好像一群鸟雀一样地，嗞嗞地从步兵团和库图索夫的侍从的上边飞过去了。

法军在攻击炮兵连，看见了库图索夫，便向他射击了。随着这排枪声，团长抱他自己的腿了，有几个兵倒下来了，拿军旗站立着的上士放掉了军旗，旗子晃荡了一下，倒下来了，挂在附近几个兵士的枪上。兵士们没有等命令即开始射击。

“呵呵呵嘿！”库图索夫失望地哼着，环顾了一下，“保尔康斯基！”他用他的因为觉得自己年老无力而发抖的声音低低地说。“保尔康斯基，”他指着溃散的一营兵和敌人，低声地说，“这是怎么回事？”

但在他说完这句话之前，安德来公爵已经感觉到自己的喉咙里涌起了羞耻与愤怒之泪，从马上跳下来，向军旗那里跑去。

“弟兄们，前进！”他用儿童般的尖锐声大叫。

“它来了！”安德来公爵想，抓住了旗杆，欢欣地听着显然正是向他射击的子弹嗞嗞声。有几个兵倒下来了。

“乌拉！”安德来公爵大叫了一声，双手费劲地拿着那沉重的军旗，他向前奔跑，无疑地相信全营都要跟着他跑。

果然，他只单独地跑了几步。一个兵动了，另一个兵动了，全营的兵大呼“乌拉！”向前奔跑，并且越过了他。营中的军曹，跑来抓住安德来公爵手中的因为沉重而摇晃的军旗，但他立即被打死了。安德来公爵又抓住军旗，拖着旗杆，和全营的兵一同向前跑。他看见了前面我军的炮兵，其中有的在战斗，有的丢了炮向他迎面跑来：他看见法国步兵在夺炮兵马匹，在掉转大炮。安德来公爵和全营离大炮只隔二十步了。他听到头上不断的子弹嗞嗞声，在他的左右两边，兵士们不停地哼着倒下。但他没有看他们，他只注视着他前面所发生的事，看着炮兵连。他清楚地看见了一个红发的炮兵，戴着打歪了的帽子，拖着炮帚的一端，一个法国兵拖着炮帚的另一端。安德来公爵还清楚地看见了这两个人的慌张而又愤怒的表情，他们显然不明白他们所做的事情。

“他们在做什么？”安德来公爵想，看着他们，“红发的炮兵在没有武器的时候为什么不跑呢？为什么法兵不刺他呢？法国人想起了刺刀并且要刺他的时候，他便来不及跑了。”

果然，另一个法兵，横拿着枪，跑到在争斗的士兵们面前，红发的炮兵还不明白他要遭遇的事情，胜利地夺回了炮帚，他的命运就要决定了。但安德来公爵没有看到这是怎么结束的。他似乎觉得，附近的兵士中有人举起硬棒猛力地打他的头。这并不很痛，但最糟的就是，这个疼痛分散了他的注意力，使他看不清他所看着的事情。

"这是什么回事？我倒下了吗？我的腿子站不稳了，"他想着，并且仰着跌倒了。他睁开了眼睛，希望看见法兵和炮兵的斗争是怎么结束的，想要知道红发的炮兵是否被杀死了，大炮是被夺去还是被保全了。但他没有看见任何东西。在他头上，除了天，崇高的天，虽不明朗，然而是高不可测的、有灰云静静地移动着的天，没有别的了。"多么静穆、安宁、严肃呵，完全不像我那样地跑，"安德来公爵想，"不像我们那样地奔跑、喊叫、斗争：完全不像法兵和炮兵那样地带着愤怒惊惶的面孔，互相争夺炮帚，——云在这个崇高无极的天空移动着，完全不像我们那样的哦。为什么我从前没有看过这个崇高的天？我终于发现了它，我是多么幸福啊。是的！除了这个无极的天，一切都是空虚，一切都是欺骗。除了天，什么、什么都没有了。但甚至天也是没有的，除了静穆与安宁，什么也没有。谢谢上帝！……"

17

在巴格拉齐翁的右翼上，战斗在九点钟还未开始。巴格拉齐翁公爵，不愿同意道高儒考夫的开仗的要求，只希望卸却自己的责任，向道高儒考夫提议派人去向总司令请示。巴格拉齐翁知道，由于两翼之间几乎十俚的距离，假使派去的人不被打死（打死是很可能的），并且即使他找到了总司令（而这是极难的），他在天晚之前是来不及回转的。

巴格拉齐翁用他的毫无表情的、带着睡意的大眼睛看了看随从们，罗斯托夫的小孩子般的脸，由于兴奋与希望而不禁神色失常，最先映入他的眼帘。他派了他去。

"假使我在遇见总司令之前遇见陛下，怎么办呢，大人？"罗斯托夫说，把手举在帽边。

“您可以报告陛下。”道高儒考夫说，连忙地打断了巴格拉齐翁。

从前哨下班之后，罗斯托夫在天亮之前睡了几小时，他觉得自己愉快、勇敢、果决、动作灵活，相信自己的幸运，并且有这样的心情：觉得一切都似乎是轻易的、愉快的、可能的。

他的全部希望都在这天早晨实现了：有了大会战，他参与了这个会战：此外，他做了最勇敢的将军的传令官：此外，他奉了使命去见库图索夫，也许会见到皇帝本人。早晨天气明朗，他所骑的马是善良的。他的心是高兴而快乐的。接到了命令以后，他放纵了马，顺着阵线急奔。起初他顺着巴格拉齐翁军队的阵线前进，他们还未作战，不动地站立着，然后他走进乌发罗夫骑兵所守的阵地，在这里他已看到了移动，和准备作战的迹象，过了乌发罗夫的骑兵，他便清楚地听到前线枪炮射击的声音。射击声越来越猛烈。

在早晨的新鲜的空气中，已经不像先前那样在不均匀的间隔中发出两三枪声，然后是一二炮声，而是在卜拉村前面的山坡上可以听到排枪射击声，夹杂着那么密的炮弹声，有时几个大炮声彼此分别不清，混合成为一个共同的吼声。

可以看到，斜坡上的枪烟好像互相追赶着在奔跑，炮烟团团地冒起、散开然后又互相混合。由于烟中刺刀的闪光，可以看见运动的步兵团体，和带着绿色弹箱的炮兵的狭窄阵线。

罗斯托夫在小山上把马停了一会，想看看发生了什么事，但是无论他怎样地集中注意，他却什么也不能够了解，他不能够明白所发生的事：烟里面有人在动，有军队的行列在前面和后面移动，但是，为什么？是谁呢？到何处去呢？却不能明白。这种情形和这些声音不仅引不起他任何沮丧或畏怯情绪，且反之，增加了他的毅力和决心。

“哦，再来，再来！”他在心中向这些声音说，又纵马顺着阵线奔驰，向已经作战的军队区域愈进愈深了。

“那里情形将要如何，我不知道，但一切都会很好的！”罗斯托夫想。

经过了奥军的部队，罗斯托夫注意到，这个阵线后边的一部分（这是禁卫军）已经作战了。

“这样更好！我要就近地看看。”他想。

他几乎是顺着前线在走。几个骑马的人向他奔来。他们是我方进攻之后回转的、一群没有秩序的宫廷禁卫矛枪骑兵。罗斯托夫避开了他们，不禁注意到其中之一在流血，然后他又向前奔驰。

“这事与我无关！”他想。

他骑马向前走了不到几百步，便从左边来了一大群骑黑马、穿白色华丽制服的骑兵，他们横越全部的田野，向他对直地驰步而来，要穿过他的路线。罗斯托夫纵马飞腾，以便让开这些骑兵的路线，假使他们还照着原来的步伐前进，他便避开他们了，但他们增加了速度，有几匹马已经在奔跑了。罗斯托夫听到他们的马蹄声和兵器声越来越清晰，看见他们的马、他们的身躯甚至面孔越来越清楚了。这是我们的禁卫骑兵，去进攻向他们迎战的法国骑兵。

禁卫骑兵奔驰着，但仍然约制着他们的马。罗斯托夫已经看见了他们的脸，听见了一个放纵他的纯种的马全力飞腾的军官喊着命令：“进攻，进攻！”罗斯托夫恐怕被撞倒，或者被卷带去攻击法军，尽他的马所能有的力量，顺着前线疾驰，但还是来不及避让他们。

顶边上的禁卫骑兵，一个麻面大汉，看到罗斯托夫在他前面，一定不可避免地要和他相撞，愤怒地皱了皱眉。假使不是罗斯托夫想到把鞭子在禁卫骑兵的马的眼睛前面抽了一下，他一定会把罗斯托夫和他的沙漠浪人撞倒，（罗斯托夫觉得他自己和这些大汉和马匹比较起来是那样渺小而软弱。）黑色、沉重、高大的马惊了一下，翕贴了耳朵，但麻面的禁卫骑兵用大马刺猛刺马腹，马摆了摆尾巴，伸直了颈子，跑得更快了。禁卫骑兵们刚刚穿过罗斯托夫面前，他已经听到他们的呼喊：“乌拉！”他回顾了一下，看见他们的最前列已经和挂红肩章的、外国的，大概是法国的骑兵混在一起了。他不能够再看到什么别的了，因为在这以后，大炮立刻在什么地方开始了射击，一切都被烟气罩住了。

在禁卫骑兵越过了他并消失在烟气中的时候，罗斯托夫迟疑了一下：他要跟他们疾驰呢，还是到他应该去的地方去呢。这就是使法军吃惊的禁卫骑兵的光荣的攻击。罗斯托夫后来听到这件事觉得可怕，——在这群魁梧、漂亮的人当中，在所有的这些灿烂的、骑千金之马的、富有的、年轻的、从他身边疾驰而过的军官和见习官当中，在攻击之后，只剩下了十八个人。

“我何必羡慕他们，我的机会还未失去，我也许马上就可以看到皇帝！”罗斯托夫想，又向前疾驰。

和禁卫步兵平齐时，他注意到炮弹飞过他们头上，落在他们旁边，他注意到这个，与其说是因为他听到炮弹声，毋宁说是因为他看见了兵士们脸上的不安，军官们脸上不自然的、军人的严肃。

在禁卫步兵团的一个行列的后边走过时，他听到了一个声音在呼喊他的名字。

“罗斯托夫！”

“什么？”他回答，没有认出保理斯。

“哦，我们到前线来了！我们的团进攻了！”保理斯带着第一次上火线的年轻人们所有的那种快乐的笑容说。

罗斯托夫停住了。

“果真吗？”他说，“哦，怎样了？”

“把他们打退了。”保理斯兴奋地说，他变得多话了，“你可以想象得出吗？”

于是保理斯开始说到禁卫军如何进了阵地，看见了前面的军队，以为他们是奥国人，忽然由于这些军队所放出来的炮弹，发觉了他们自己是在前线上，于是不得不意外地加入了战斗。罗斯托夫没有听完保理斯的话，就刺了他的马。

“你到哪里去？”保理斯问。

“送信去给陛下。”

“他来了！”保理斯说，在他听来，罗斯托夫是要见“殿下”，而不是见“陛下”。

于是他向他指示了大公，大公在他们百步之外，戴着盔帽，穿禁卫骑兵的上装，耸起肩膀，皱着眉毛，向穿白衣服的、脸色发白的奥国将军大声叫着什么。

“但这是大公，我要去见总司令或者皇帝！”罗斯托夫说，正要刺他的马。

“伯爵，伯爵！”别尔格叫着，他和保理斯一样兴奋，从另一方面跑来，“伯爵，我右手伤了，”他指着流血的、用手帕包裹的手，“我留在前线。伯爵，我左手拿剑，伯爵，我们封·别尔格全家都是武士。”

别尔格还在说什么，但是罗斯托夫没有听完，就走开了。

经过了禁卫军和一段空地，罗斯托夫为了不再像他在禁卫骑兵攻击时那样地走上前线，便顺着后备队的阵线前进，远远地绕过了枪炮声最激烈的地方。忽然，在前面，在我军的后方，在他绝没有料到会有敌人的地方，他听到了很近的枪声。

“这是怎么回事？”罗斯托夫想。“敌人在我军的后方吗？不可能的！”罗斯托夫想，但忽然感到一种为他自己、为全部战事结果而有的恐怖惊惶。“但是，无论怎样，”他想，“现在已经绕不过去了。我一定要在这里找到总司令，假使一切都毁灭了，我也应该和大家一同毁灭。”

罗斯托夫向卜拉村村庄后边被各兵种所占据的地方走得愈远，他所忽然感觉到的凶兆愈被证实了。

“这是怎么回事？这是怎么回事？向谁在射击？谁在射击？”罗斯托夫问，他遇到了跑着的、横截他的去路的俄、奥兵士的混乱人群。

“鬼晓得他们！把所有的人都杀死了！一切都完了！”逃跑的人群用俄语、德语、捷克语回答他，他们也和他一样不明白那里所发生的事。

“杀死德国人！”有一个人喊叫。

"鬼来抓他们这些奸贼！"

"Zum Henker diese Russen！……〔这些该死的俄国人！……〕"一个德国人也低语着。

有几个伤兵在路上走。咒骂、呼叫、呻吟，混成了一个共同的嘈杂声。射击声开始低息了，罗斯托夫后来知道，这是俄军和奥军互相射击。

"我的上帝！这是怎么一回事？"罗斯托夫想。"在这里，皇帝可以在任何时候看见他们……但不，这一定只是少数的坏人。这就要完结的，这不是那回事，这是不可能的，"他想，"但愿赶快，赶快走过他们面前！"

失败与逃跑的思想不能够进入罗斯托夫的脑子。虽然在他奉命去寻找总司令的那个地方，正在卜拉村山上，他看见了法国的大炮和军队，他却不能，也不肯相信这个。

18

罗斯托夫奉命在卜拉村村庄附近寻找库图索夫和皇帝。但是，这里不但没有他们，而且没有一个指挥官，只有各种混乱的军队人群。他催策已经疲倦的马，以便赶快越过这些人群，但他愈向前走，人群愈是混乱。在他所走的大路上拥挤着许多篷车，各种轿车，俄国和奥国的、受伤和未受伤的各种兵士。这一切在法国炮兵从卜拉村高地打来的炮弹的凄惨声中嘈杂着，混乱地骚动着。

"皇帝在哪里？库图索夫在哪里？"罗斯托夫问着他所能止住的所有的人，但不能得到任何一个人的回答。

最后，他抓住一个兵的领子，强迫他回答。

"哎！老兄！他们早已向前逃跑了！"那兵回答了罗斯托夫，因为什么而发出笑声，并且挣脱着身子。

丢开了这个显然喝醉了酒的兵，他止住了一个要人的侍从兵或马夫的马，开始盘问这个人。这个侍从兵向罗斯托夫说，皇帝在一小时前被人用马车飞快地从这条路上运走了，说皇帝受了重伤。

“不可能的，”罗斯托夫说，“一定是别人。”

“我亲自看见的，”这个侍从兵带着自信的嘲笑说，“我现在当然认识皇帝了，我在彼得堡，就像看见您这样地，看见过他许多次。他面色苍白地坐在马车里。他们赶着四匹黑马多么快哦！我的天，从我旁边轰轰地走过去的！我当然认识御马和依利亚·依发内支了，我看，依利亚除了替皇帝不会替别人赶车的。”

罗斯托夫放了他的马，想要向前走。一个受伤的军官，从他身边走过，向他说话了。

“喂，您要找谁？”军官问，“总司令吗？他被炮弹打死了，在我们的团前面被炮弹打进胸脯打死的。”

“没有打死，是伤了。”另一个军官更正。

“是谁？库图索夫吗？”罗斯托夫问。

“不是库图索夫，他叫什么，——哦，那都是一样，活的人剩下不多了。您就到那里去，到那个村庄上去，所有的指挥官都聚集在那里，”这个军官指着高斯提拉代克村庄说，然后从他身边走过去了。

罗斯托夫骑马慢步行走，不知道，他现在为了什么并且为了找谁要向前走。皇帝负了伤，战事失败了。现在不能不相信了。罗斯托夫顺了指示给他的，可以远远看见尖塔和教堂的方向走去。他为什么还要着急呢？即使是皇帝和库图索夫还活着没有受伤，他现在要向他们说什么呢？

“走这条路哦，大人，走那条路马上就会被打死的，”一个兵向他大声说，“走那条路要被打死的！”

“嗬！你说什么！”另一个说，“他到哪里去？那条路近一点。”

罗斯托夫思索了一下，正向那个据说他会被打死的方向走去。

“现在反正是一样了：假使皇帝已经打伤了，难道我还要当心自己吗？”他想。他进了那个区域，从卜拉村跑走的人大都就死在那里。法军肖未占领这个区域，而受伤的和活的俄国兵早已离开那里了。在原野上，在每一皆夏其那[①]的地方倒着十个或十五个打死的受伤的人，好像耕好了的土地上的肥料堆。受伤的人两两三三地爬在一起，可以听到他们的悲惨的、有时在罗斯托夫看来是虚伪的呻吟和喊叫。罗斯托夫放马驰行着，免得看见这些痛苦的人，他觉得害怕。他害怕，不是为了他自己的生命，而是为了他所需要的那种勇气，并且他知道，他没有勇气看到这些不幸的人的景状。

法军已经停止射击这个散布着死尸和伤员的原野，因为这里已经没有好好的活人了，但看到一个从这里骑马走过的副官，又把炮对着他，向他射出几个炮弹。听到这些咝咝的、可怕的声音，看到四周的死尸，这些见闻在罗斯托夫心中合成了一种恐怖与自怜的印象。他想起了母亲最近的信。他想："假使她看见我现在，在这里，在这个原野上和许多向我射击的炮，她会有怎样的感觉呢？"

在高斯提拉代克村，有从战场上退下来的、虽然混乱但大体上还有秩序的俄军。法军炮弹达不到这里，步枪射击声也很遥远了。这里每个人都已经清楚地知道并且谈到会战失败了。罗斯托夫无论问谁，谁都不能告诉他，皇帝在哪里，库图索夫在哪里。有的说皇帝受伤的消息是正确的，有的说不是的，并且这样地说明这个散布开了的错误的传闻，说，和皇帝侍从中的人来到战场上的宫内大臣托尔斯泰伯爵确实是面色苍白、惊惶万状，坐了皇帝的车子从战场上跑回来了。有一个军官向罗斯托夫说，在村庄后面的左方他看见了一个高级指挥官，于是罗斯托夫骑马到那里去了，他不再希望找到任何人，却只要对自己消除良心的不安了。走了大约三俚，经过了最后的俄军，罗斯托夫看见，在掘了壕沟的菜园旁边，有两个骑马的人对着壕沟站立着。一个人的帽上有白羽翎，罗斯托夫觉得有点儿相识：另一个不相识的，骑着美丽的栗色的马

① 一皆夏其那即一俄亩，约合一.〇九二五公顷，十七.七八中亩。

（罗斯托夫好像认识这匹马），走到壕沟前，用马刺刺了马，并且放松缰勒，轻轻地从壕沟上跳进了菜园。只有一点泥土被马的后蹄从沟边上踏落下来。他迅速地掉转马头，又跳过壕沟，恭敬地向有白羽翎的骑马的人说话，显然是劝他做同样的行动。那个骑马的人的样子是罗斯托夫觉得相识的，并且因为什么缘故，不禁吸引了罗斯托夫的注意，他的头和手做了拒绝的姿势，由于这个姿势罗斯托夫立刻认出了他所哀怜的、他所崇拜的皇帝。

“但是这不会是他，独自在旷野上的！”罗斯托夫想。这时候，亚力山大转过头来，于是罗斯托夫看见了那么清楚地留在他记忆中的、可爱的容貌。皇帝面色苍白，双腮下瘪，双眼下凹：但他的容貌却更美丽、更温雅。罗斯托夫觉得幸福，确信皇帝受伤的消息是不对的。他觉得幸福，因为他看见了他。他知道他可以、甚至应当一直走到他那里去，向他报告道高儒考夫命他报告的事情。

但是好像一个在恋爱的青年，当那巴望的时刻终于来到并且他单独和她在一起的时候，他发抖了，不能自主了，不敢说出他在许多夜里所梦想要说的话，却惊惶地环顾着，寻找帮助或延宕和逃跑的机会，现在，罗斯托夫得到了他在世界上所最巴望的时机，却不知道如何去接近皇帝，并且他想到了成千的理由：认为这是不方便的，不合体统的，不可能的。

“怎么！我似乎高兴我有了机会利用他的孤独和丧气。在这个悲伤的时候，不相识的面孔也许对他是不愉快而痛苦的，此外，现在单单是看见了他我便心发慌、口发干，我还能够向他说什么呢？”他曾在自己的想象中对皇帝说了无数的言语，现在没有一句能想得起来了。那些话大部分是为了完全不同的情况而说的，那些话大部分是预备在胜利与凯旋时说的，特别是在他受了伤躺在死床上的时候说的，那时候，皇帝感谢他的英勇行为，而他快要死，向皇帝表示他的在行动中得到证明的爱。

“况且，现在已经快是下午四点钟，会战已经失败，我怎能请求皇帝对右翼下命令呢？不，我绝对不应该到他那里去，不应该妨碍他的沉思。宁愿死一千次，也不要受到他的不好的目光、不好的意见，”罗斯托夫下了决心，内心悲伤地失望地乘马走开了，不断地回顾着仍然犹豫地站在那里的皇帝。

当罗斯托夫作着这些考虑并且悲伤地离开皇帝时，封·托尔上尉偶然地来到同一的地方，他看见了皇帝，一直走到他面前，要为他效劳，帮助他步行走过壕沟。皇帝想要休息，并且觉得自己不适，坐在苹果树下，托尔站在他旁边。罗斯托夫在远处又嫉妒又懊悔地看见封·托尔热情地和皇帝说话很久，显然皇帝流了泪，用手蒙了脸，并且握了托尔的手。

“我本是可以处在他的地位上的！”罗斯托夫想到他自己，几乎忍不住他对皇帝的命运的同情之泪，十分绝望地骑马向前走，不知道他现在要向哪里去，为什么要去。

他觉得他自己的软弱是他悲伤的原因，因而他更加感到绝望了。

他本能够……不仅能够，而且他应该走到皇帝那里去。这是他向皇帝表示忠心的唯一无二的机会。而他没有利用这个……“我做了什么？”他想。于是他掉转了马，驰回他看见皇帝的地方，但是在壕沟那边现在已经没有人了。只有几辆行李车和马车走过。罗斯托夫从一个车夫口里知道了库图索夫的司令部在附近的村庄里，行李车就是向那里去的。罗斯托夫跟着他们走。

在他前面的是库图索夫的马师，牵着一匹披了马衣的马。在马师后边是一辆行李车，在行李车后边有一个老家奴步行着，他头戴尖帽、身穿羊皮袄、两腿向外弯。

“齐特，啊，齐特！”马师说。

“干吗？”老人漫不经心地回答。

“齐特，你去摩洛齐特！”

“哎，傻瓜，呃！”老人说，愤怒地唾了一口。

不作声地走了一会儿之后，这个笑话又开始了。

在下午五点钟之前，会战在各点上都失败了。有一百多尊大炮落在法军手中了。

卜尔惹倍涉夫斯基和他的军团放下他们的武器了。别的纵队，损失了大约一半的人，成了无秩序的、混乱的人群向后退却。

兰惹隆和道黑图罗夫的残余军队，混合在一起，拥挤在奥盖斯特村附近的池沼的岸上和堤上。

六点钟前，在奥盖斯特堤上只听到法军的激烈的炮击，法军在卜拉村高地的斜坡上设了许多炮位，射击我们撤退的军队。

道黑图罗夫和别人在后卫集合了几个营，向追赶我军的法国骑兵射击。天色渐渐地黑了。在狭窄的奥盖斯特堤上，这许多年来，戴着便帽的老磨工，拿着钓竿，安静地坐在堤上钓鱼，他的孙子，卷起了衬衣袖子，把银色的摆动的鱼放进水罐：在这个堤上，这许多年来，莫拉维亚人们穿着蓝外衣，戴着毛茸茸的帽子，安静地赶着他们的装运小麦的双马车，并且身上粘染了面粉，带着变白的车子，从这个堤上赶过去，——就在这个狭窄的堤上，现在，在运送车和大炮之间，在马蹄之下和车轮之间，麕集了许许多多因为死亡恐怖而面色难看的人，他们互相拥挤着，自己快要死，从将死的人身上踏过，并且互相杀死，只是为了向前走几步而被同样地杀死。

每隔十秒钟，便飞过一颗炮弹，压缩着空气，或是在这密集的人群中，炸开一颗榴弹，炸死人，并且溅了血在附近的人身上。

道洛号夫臂上负了伤，和他的连里（他已经是军官）上十个兵士步行着，他的团长骑着马，他们便是全团里剩下来的人。他们被人群驱迫着，挤进了堤口，面面受挤，停止下来了，因为在前面有一匹马倒在大炮下面，人群在拖这匹马。一颗炮弹打死了他们后边的人，另一颗炮弹落在前面，溅了血在道洛号夫身上。人群拼命地前进，互相拥挤，移动了几步，又停下来了。

“走过这一百步，一定会得救：再站两分钟，一定会死。”每个人都这么想。

道洛号夫站在人群中央，向堤边挤去，撞倒了两个兵，跑到遮了池面的滑溜的冰上。

“走这边！”他喊叫着，在冰上跳着，冰在他下边喳喳响着，“走这边！”他向着拖大炮的人们喊叫，“受得住！……”

冰承受得住他，但动摇着发出喳喳响声，显然是，不用说在大炮或人群的下边，就是在他一个人的下边，冰也快要破裂了。他们望着他并且向岸边拥挤，还不敢走到冰上去。团长骑马站在堤口，向道洛号夫举了手，张了嘴。忽然一颗炮弹那么低低地从人群的头上呼呼地飞过，使得人人都弯了腰。有什么东西扑通一声跌到湿的东西里边去了，这个将军从马上跌到血泊里去了。没有人看一看这个将军，也不想扶他起来。

“到冰上去！从冰上走！走！过去！你没有听见吗！走！”在炮弹打中了将军之后，忽然发出了无数的声音，他们自己也不知道在喊什么，并且为什么在叫。

在后面的一尊要拖到堤上的炮，拖到冰上去了。成群的兵士开始从堤上跑到结冰的池面上。在最前面的一个兵士的脚下，冰冻破裂了，他的一只脚落到水里去了。他想拔出来，却陷到腰了。附近的兵士们退缩了，一个赶炮车的兵止住了他的马，但是在后边仍然听到叫声：“到冰上去，为什么停下来，走，走！”人群中发出了恐怖的叫声。环绕着大炮的兵士们向马挥手并且打马，要它们转身向前走。马匹离开岸上了。步兵脚下的冰冻破了一大块，冰上大约四十个人，有的向前跑，有的向后跑，互相地撞沉水里去了。

炮弹仍旧有规律地响着，打在冰上、水中，而打在挤满堤上、池上、岸上的人群里的最多。

19

安德来·保尔康斯基公爵躺在卜拉村山上，就是他手拿旗杆倒下的地方。他流着血，失了知觉，发着低微的、可怜的、小孩般的呻吟。

傍晚时他停止了呻吟，完全安静了。他不知道他的昏迷经过了多久。忽然他又觉得自己是活着的，感到头部火烧的、撕割的痛疼。

“我直到现在才知道的，今天才看见的那个崇高的天，它在哪里？”这是他的第一个思想。“这种痛苦我也不曾知道过，”他想，“是的，我直到现在，什么、什么也不知道。但我是在哪里？”

他开始倾听，听到临近的马蹄声，和说法语的话声。他睁开了眼睛。在他头上又是那同样的崇高的天和升得更高的浮云，在浮云之间可以看见蔚蓝的天穹。他没有掉转头，也没有看那些从蹄声与话声上判断起来，是骑马来到他面前停下来了的人。

骑马来的人是拿破仑和伴随他的两个副官。拿破仑骑马从战场上走过，下了最后命令，要加强那射击奥盖斯特堤的炮兵，他看着留在战场上的死伤的人。

“De beaux hommes!〔很好的人！〕”拿破仑说，望着一个打死的俄国掷弹兵，这兵脸贴地，脖子发黑，肚子向下，远远地伸着一只已经僵硬的手，躺在地上。

“Les munitions des pièces de position sont épuisées sire,〔阵地上的炮弹用完了，陛下，〕”这时，一个副官从射击奥盖斯特的炮兵那里骑马跑来说。

“Faites avancer celles de la réserve,〔到预备队里去取，〕”拿破仑说，又走了几步，在安德来公爵面前停住了，安德来公爵仰面躺着，身旁有丢下的旗杆（军旗已经被法军拿去做胜利品了）。

“Voilà une belle mort!〔这是光荣的死！〕”拿破仑望着安德来·保尔康斯基说。

安德来公爵明白这是说他的，而且这是拿破仑说的。他听到他们用Sire〔陛下〕称呼这个说话的人。但是他听到这些话声，好像听到苍蝇的嗡嗡声一样。他不但不对这些话发生兴趣，而且也没有注意，立刻就把他的话忘记了。他的头发烧，他觉得他流血过多，快要死了，他看见了头上遥远的、崇高的、永恒的天。他知道这是拿破仑——是他心目中的英雄，但是这时候，他觉得，拿破仑，和当时在他的内心与那崇高、无极、有飞云的天空之间所发生的东西比较起来，是那么一个渺小、不重要的人。这时候，无论是谁站在他的身边，无论说到他什么，这一切在他都无关紧要了，他只高兴有人站在他身边，他只希望这些人帮助他，使他回生，他觉得生命是那么美好，因为他此刻对生命的了解是全然不同了。他鼓起了全部的力量，想要动弹一下，发出声音。他无力地动了动他的腿，发出自怜的、微弱的、疼痛的呻吟。

"啊！他是活着的，"拿破仑说，"把这个年轻人抬起来，送到裹伤站去！"

说了这话，拿破仑骑马去迎兰恩元帅，他走到皇帝面前，脱了帽子，微笑着庆祝胜利。

安德来公爵记不得别的事情了。由于放上担架、行动时的颠簸、在裹伤站用探针检查伤处所引起的剧痛，他失去了知觉。直到这天傍晚，当他和别的受伤的、被擒的俄国军官被送入医院时，他才恢复了神志。在这次移动中，他觉得自己的神志稍微好了一点，能够旁顾，甚至可以说话了。

他神志清醒时所听见的第一句话，是一个法国运输军官匆促地所说的话：

"应当停在这里，皇帝马上就要经过这里：他欢喜看见这些俘虏先生们。"

"今天有那么多的俘虏，差不多是全部的俄军了，也许他看厌了这些俘虏了。"另一个军官说。

“不见得！这个人，据说，是亚力山大皇帝全部禁卫军的总指挥。”第一个军官说，指着一个穿白色禁卫骑兵制服的受伤的俄国军官。

保尔康斯基认出了来卜宁公爵，他在彼得堡的交际场中遇见过他。在他旁边站着另外一个军官，也是一个受伤的、十九岁的禁卫骑兵军官。

保拿巴特骑马奔来，勒住了马。

“谁是高级官？”看见了俘虏们，他说。

他们提出了上校，来卜宁公爵。

“您是亚力山大皇帝禁卫骑兵团长吗？”拿破仑问。

“我带领骑兵连。”来卜宁回答。

“您的团光荣地尽了职。”拿破仑说。

“伟大统帅的称赞是军人最好的奖赏。”来卜宁说。

“我愿意给您这个奖赏，”拿破仑说，“您旁边的这个年轻人是谁？”

来卜宁公爵说了苏黑切林中尉的名字。

拿破仑看了他一下，微笑着说：

“Il est venu bien jeune se frotter à nous.〔他太年轻了，不能够和我们多事的。〕”

“年轻是并不妨碍勇敢的。”苏黑切林用不连贯的声音低语着。

“回答得漂亮，”拿破仑说，“年轻人，您前途远大！”

为了排列全部的俘虏，安德来公爵也被抬到前面，送到皇帝的眼前，他不能不引起皇帝对他的注意。拿破仑显然想起了，他在田野上看见过他，他用同样的jeune homme——年轻人——这个称呼向他说话，在他的记忆中，他第一次也曾这么称呼安德来公爵。

“Et vous, jeune homme?〔您呢，年轻人？〕”他向他说，“您觉得怎样，mon brave?〔我的好汉？〕”

虽然五分钟前安德来公爵还能向抬他的兵士们说几句话，他现在却把他的眼睛直视着拿破仑，沉默无言了。……他觉得，和那崇高的、公正的、仁慈的、他所看见的、所了解的天空比较起来，拿破仑所关心的一切兴趣，这时候是那么无关紧要，他心目中的英雄本人以及他的琐屑的虚荣与胜利的喜悦，是那么渺小，——以致他不能回答他了。

和那种严格的、神圣的思想比较起来，一切都显得是那样的无用而不重要，这种思想是由于流血过多而身体虚弱，由于痛苦、由于死亡的接近所引起来的。望着拿破仑的眼睛，安德来公爵想到伟大是无关紧要的，想到生命是无足重轻的，生命的意义是人所不能了解的，他想到死亡是更不足道了，死亡的意义是活人不能够了解、不能够说明的。

皇帝没有等待回答，便转过身，走的时候，向一个长官说：

“要他们注意这些先生们，把他们抬到我的露营里去，让我的拉莱医生看他们的伤。再见，来卜宁公爵。”于是他刺了马，疾驰而去了。

在他的脸上显出自满与快乐的气色。

抬安德来公爵的兵士们，看到并且取走了玛丽亚公爵小姐挂在哥哥身上的金圣像，这时看见了皇帝对俘虏们所表示的善意，又赶快还出了圣像。

安德来公爵没有看到是谁，是怎样替他重新挂上的，但是在军服外边的胸口上忽然出现了细金链上的圣像。

“那就好了，”安德来公爵看了看他妹妹那么热情地、虔敬地为他挂上的圣像，这么想着，“假使一切都像玛丽亚公爵小姐所设想的那么明白而简单，那就好了。要能知道今生在什么地方寻找帮助，死后在那边，在坟墓的那边会遇到什么，那是多么好哦！假使我现在能够说：‘主，可怜我吧！’……我便是多么幸福而安宁呵！但我要向谁说这话呢？是向那个还不明确的、不可了解的、我不但不能称呼而且甚至不能用言语表达的力量——那个伟大的万有或无物，”他向自己说，“还是向这个上帝，就是玛丽亚公爵小姐缝在这个小吉祥袋子里的上帝呢？没有任何东西是确实的，除了我所了解的一切是无关重要的，那不可了解的然而重要的东西是伟大的，此外什么都没有了。”

担架向前移动了。他又在每次的颠簸中感觉到难以忍受的痛苦，烧热更厉害了，他开始昏迷了。关于父亲、妻子、妹妹、未来儿子的幻象，他在会战的前夜所感觉到的柔情，矮小的无足轻重的拿破仑的身材，尤其是，那崇高的天，——这一切是他昏迷幻象的主要根据。

他想起了童山的安静生活和平静的家庭幸福。他正在享受这种幸福的时候，忽然出现了矮小的拿破仑和他的无情的、狭窄的、因为别人不幸而快乐的目光，于是发生了怀疑、痛苦，于是只有天允许给他安宁。黎明的时候，一切的幻象都混乱了，化合成为没有知觉与没有记忆的混乱与黑暗，据拿破仑的医生拉莱的意见，结果大概是死亡而不是复原。

“C’est un sujet nerveux et bilieux,〔他是一个神经质的胆汁质的人，〕”拉莱说，“Il n’en rechappera pas.〔他不得复原了。〕”

安德来公爵，和其他的无法挽救的伤员在一起，留下来给当地居民去照顾了。